古典詩歌研究彙刊

第十六輯

龔鵬程 主編

第 15 冊

兩宋詠春詞研究

許 采 甄 著

國家圖書館出版品預行編目資料

兩宋詠春詞研究／許采甄 著 -- 初版 -- 新北市：花木蘭文化出
版社，2014〔民103〕

目 2+270 面；17×24 公分

（古典詩歌研究彙刊 第十六輯；第 15 冊）

ISBN 978-986-322-833-2（精裝）

1.宋詞 2.詞論

820.91   103013523

ISBN-978-986-322-833-2

9 789863 228332

古典詩歌研究彙刊
第十六輯　第十五冊   ISBN：978-986-322-833-2

兩宋詠春詞研究

作　　　者　許采甄

主　　　編　龔鵬程

總 編 輯　杜潔祥

副總編輯　楊嘉樂

編　　　輯　許郁翎

出　　　版　花木蘭文化出版社

社　　　長　高小娟

聯絡地址　235 新北市中和區中安街七二號十三樓

　　　　　　電話：02-2923-1455／傳眞：02-2923-1452

網　　　址　http://www.huamulan.tw 信箱 hml 810518@gmail.com

印　　　刷　普羅文化出版廣告事業

初　　　版　2014 年 9 月

定　　　價　第十六輯 21 冊（精裝）新台幣 32,000 元

兩宋詠春詞研究

許采甄 著

作者簡介

　　許采甄，台中市人，Ａ型射手座。成功大學中國文學研究所碩士。目前為新竹市中學教師。

　　喜歡和家人在一起的幸福感，喜歡徜徉在文學世界中，喜歡和學生一起成長，也努力讓學生愛上國文課，更珍惜平凡生活中的小確幸。

　　希望藉由這本著作，能讓人們靜心觀覽生活中的許多美好，細品古人詩詞中的韻致。

提　　要

　　春天，是蘊藏蓬勃生機的季節，是帶給人們活力與希望的美麗季節。大自然演奏的春之歌，呈現了多樣風貌的春天風情，也豐富了人生每一場與春天接觸的記憶。中國文人將春天各種景致的變化，以多種文學創作體裁呈現，使得歌詠春天的方式更為豐富多元，並以文筆繪製春天的神韻，展現了春天迷人的風采。

　　本論文以「兩宋詠春詞研究」為題，首先就先秦至宋代春天與文學的文獻做一概述；接著對兩宋詠春詞做較全面性的探討，分析春天在兩宋詞中的意涵，包括詞人描摹春天的各種景致，人們盡情享受春光的美好，還有詞人面對春天所興發的情感。另外，本文還結合了文學作品與立春民俗風尚，展示了宋人豐富的生活情趣與深厚的文化內涵。再者，本文還就詠春詞篇中修辭技巧的運用與詞篇表現形式兩方面，呈現兩宋詠春詞的藝術表現方式，透過藝術技巧的點染，使春天的形貌更栩栩如生。

　　最後則對北宋與南宋的詠春詞特點做一比較，例如「春天」在北宋詞人心中主要是代表一種時間的觀念，表明一種節候的更迭，或是代表一種美好的年華與事物，因此詞作多有對春天的禮讚、歌詠，或是流露出對春天的珍惜、挽留、不捨春歸等心緒；而南宋詞人多是將自身境遇、社會國家的離亂與悲痛，藉著春天的形象抒發心中的苦悶，譜寫對故國河山的眷戀與不捨。

　　藉著以上內容的論述與探討，使得「春天」在宋詞中的書寫有了更廣泛的意義與更全面性的認識，對於其他相關主題的研究，或許也能有所貢獻與助益。

誌　謝

　　颱風過後所帶來的旺盛西南氣流，正挾帶著呼呼的風聲，與一陣一陣滴落在屋簷上的雨聲，爲總是艷陽高照的大好晴天稍稍消了一些暑氣。

　　在台南的求學生涯中，太陽總是揮霍而不吝惜的展現它的熱情。悶熱的小房間裡，書架上、床上、地上皆擺放著一堆堆的書籍，我的心情的浮躁與煩悶指數在最後這段撰寫論文的日子裡，常與小房間的溫度不相上下，然而它始終是我最厚實的港灣。我想，日後我還是會懷念起這個小窩。

　　看著這本關於春天的論文小寶寶終於誕生，期間是受到許多人的呵護與關愛的。首先必須感謝的，是我的指導教授王偉勇老師，謝謝老師在這一年繁忙的公務裡，常常提點我論文上的架構與內容上的開展，給予我許多寶貴的意見；謝謝老師總是一字一句、細心又不厭其煩的批改我的論文，也謝謝老師將我們幾位門生當作是自己的寶貝般給予我們信心與鼓勵，使這本論文得以順利完成。

　　謝謝撥冗參與論文口試的高美華老師與高雄師範大學陳宏銘老師，謝謝兩位老師對這本拙作的耐心閱讀，並對這本論文給予肯定。諸如對文字詞句上的評點與指正，以及對內容上的缺失提供了其他面向上的思考角度，這些都使我對於相關論題的研究有了更廣博豐厚的

認識。

　　還要感謝與我一同走過這段求學期間的學長姐、同學與朋友們。謝謝充滿正義感又善體人意的正容，你的陪伴、勉勵，與資料上的互享，都給了我溫暖的力量；謝謝可愛的琮琇，你的細膩貼心與不時丟來的腦筋急轉彎，常常讓我的心情笑開懷；謝謝總是充滿活力的玫璇，你的認真與衝勁是我的精神指標喔；謝謝總是為大家帶來快樂的翊良，你清楚的思路常能幫我理出頭緒，還在口試當天便一大早到學校幫忙，安定我的緊張情緒；謝謝惠椀總是耐心的給我許多專業知識上的協助與解答，你與黑姊姊的幽默趕走了我的疲憊；謝謝熱心的芳祥學長借我的書籍，也解決我許多論文上的疑惑；謝謝好朋友仁淵總是願意傾聽、分享我的喜怒哀樂，除了時常蒐集笑話安撫我的焦躁不安、陪我度過低潮的心情，還不時帶我出外透氣，在東山、鹽水、柳營、玉井、甲仙、高雄、阿里山等地方，留下許多快樂的回憶，至於在生活上對我的關照與在電腦排版上給予我的協助，更是讓我感動莫名；還要謝謝從大二便相識的我親愛的室友珮君，謝謝你一直情義相挺，給我許多支持與鼓勵。此外，還要謝謝其薇、芳蓓、世耘、贈燕等同學，不斷的為我加油打氣。能在台南認識你們這些好同學、好朋友，是我的幸運，也是很幸福的一件事。

　　最後要感謝我親愛的家人，謝謝爸媽始終支持我的決定，讓我選擇我喜歡的中文系所；謝謝哥哥與妹妹的噓寒問暖，你們的肯定與鼓勵，還有對我的照顧與呵護，都化作最溫柔的敦促，讓我有繼續向前的動力。

　　謹將這本初初誕生的春天寶寶，獻給所有我敬愛的、親愛的，你們。

2006 年 7 月於台南

目

次

第一章　緒　論

第一節　研究背景及目的

　　春、夏、秋、冬四季自然景象的變換，提供了詩人四種不同時序的寫作背景。因著自然四季間時序的更替，喚起了人們對生死悲歡的重新體認與咀嚼。〔註1〕由於人是生活在時間與空間交錯而成的世界裡，「季節」在詩歌中便成為常用來傳達時空意識的素材。在中國古典詩裡，「季節」與「季節感」作為題材與意象，幾乎成了不可或缺的要素。〔註2〕因此，詩人透過對季節的種種感發和觸動，將季節和發生在生命、歷史中的種種事件結合在一起，使得「季節感」在中國詩歌中，有著極為重要的地位。〔註3〕透過時間展布的景色，人們感受著四季更迭的自然景物，如花飛猿啼、冰雪松梅、春去秋來等，並以自身年華有限的時間，領受時序興變流轉的美感，從而鋪展、表達內心與大自然間律動的關係。

〔註1〕　相關資料參見龔鵬程著《春夏秋冬》（臺北：月房子出版社，1994年1月初版），頁20～21。

〔註2〕　參見松浦友久著，孫昌武、鄭天剛譯《中國詩歌原理》（臺北：洪葉文化事業，1993年5月初版一刷），頁4。

〔註3〕　相關資料參見凌欣欣著《初唐詩歌中季節之研究》（臺北：文津出版社，1997年7月一刷），頁1。

　　日本學者松浦友久曾在《中國詩歌原理》一書中探討中國詩歌以春、秋兩季爲題材的作品多於夏、冬兩季，〔註4〕書中亦云：「由於中國的春與秋短暫，由此產生出被擴展了的愛惜與寂寥之情，結果使之成了最易感受的、更深沉細膩的詩歌所表現的季節。」〔註5〕可見春天與秋天是最易勾起文人情思的兩個季節，以春秋兩季爲題材的作品也多被賦予悲傷的風格，究其原因乃在於春秋時序的運行有其周而復始的規律，人類在時間的洪流中，短暫的生命卻是一去不返；又春天的流逝，以及代表遲暮季節的秋天，好比人類青春年華的消逝以及漸入人生晚年的象徵，因此文學作品中多有傷春悲秋的惆悵感懷。春秋兩季多是文人創作的題材，本論文會以春天作爲論題，乃在於文人面對美好的春天仍舊會有哀傷憂愁之感，並不只是在春暮凋零時節才會興起悲嘆；且人們對於美好春色的禮讚與歌詠也是書寫秋天的作品中少見的，由此看來春天較秋天似乎有著更爲豐富的意涵，這些都是本論文以春天爲選題研究的原因。

　　春天，是陽氣緩緩上升，冰雪逐漸消融的時候，東風吹拂著花葉草木，蟄伏的動物逐漸甦醒，大千世界萌發出無限朝氣蓬勃的生意。在這充滿生命喜悅的時節裡，人們感受著生命暖暖的湧動，眼前欣欣向榮的花草樹木、翩翩起舞的鶯燕蜂蝶、或是人類賞春遊春等歲時節俗的活動，便都成了詩人筆下描寫春天的豐富素材。四季的往復流轉

〔註4〕松浦友久認爲原因包含「『春秋』與『夏冬』文字本身在用法上的差異」、「作爲詩歌表現季節的春秋，比起夏冬來帶著明顯的主觀情緒性質」、「在春與秋，更多地集中了對人的生理產生正面感覺的事象。」、「從具象的層次上考慮，……春秋是更富變化、推移的季節，而夏冬則是更爲持續、凝固的季節。」、「從抽象的層次來考慮，……相對於夏與冬作爲自身安定的獨立的季節，春與秋則含有過渡到夏與冬的過渡期的、流動的性質。……春與秋由於其推移變化的屬性，當然被當作了詩歌更優先表現的季節。」等，皆是中國古典詩側重春秋的因素。詳細論述參見松浦友久著，孫昌武、鄭天剛譯《中國詩歌原理》，同註2，頁5～14。

〔註5〕參見松浦友久著，孫昌武、鄭天剛譯《中國詩歌原理》，同註2，頁14。

構築了大自然間不同的景色，人隨著時辰、節序的流變而興發各種不同的情感。然而在四季的亙古循環對照下，人類只有一次的生命便顯得短促，因此春天除了給人洋溢著溫暖生機的感受外，人們也意識到美好時光稍縱即逝、生命一去不復返的感傷。

在中國先秦典籍之中，詩經、楚辭、論語等，已有歌詠春天、感嘆春光流逝、或是春季遊賞等文字記載。漢魏六朝、唐代文學，以春天為題材的作品更是不勝枚舉。到了宋代，宋詞中詠嘆春天的作品數量甚豐，也有著更為深厚的思想內涵。「春光之於詞人，並非只是景致的變幻，更多的是對詞人內心世界的感召與興發；詞人詠嘆春天，並非僅是景物描寫，而是所感發的各種情感的抒寫與投射。」〔註6〕季節的更迭代換引起自然風物的變幻，因而觸發詩人的情感，繼而發之於詩詞，因此詠嘆春天的詩詞，其實是作者情感的外化。〔註7〕

春天萬物萌發、氣候溫暖怡人，也意味著新一輪生命的開始，比起秋天有著豐厚蓬勃的生命力，這是與秋天不同之處，也是本論文以春天為選題研究的原因。本論文擬從詠春作品的背景、兩宋詠春詞的思想內容、藝術表現等方面進行書寫，藉著對兩宋詠春詞的探討，了解詞人在面對春天的景色時，如何將觸發的心情化作筆下歌詠的作品，也藉此感受文人面對春天時溫切深厚的情感；此外，也期待藉著詠春詞了解春天蘊藏的民俗活動所承載的貼近生活、反映社會的風尚，以豐富這個溫暖美麗的季節。

第二節　研究現況概述

歌詠春天的詩歌雖然為數不少，然就目前的研究現況，專注某個朝代「詠春」詩詞的碩博士論文，猶未見著，專門探討四季的專

〔註6〕 參見張晶著《心靈的歌吟：宋代詞人的情感世界》（保定：河北大學出版社，2001 年 9 月第 1 版），第二篇〈春花秋月中的人生感懷〉，頁 48。

〔註7〕 參見張晶著《心靈的歌吟：宋代詞人的情感世界》，同上註，頁 48。

書則有龔鵬程《春夏秋冬》〔註 8〕、凌欣欣《初唐詩歌中季節之研究》〔註 9〕，其餘則是散佈於一些書籍中關於詠春詩詞的作品舉隅。至於兩宋詞中直接以詠春詞爲專門研究者，目前依舊闕如。而探討詩歌中時間意識的著作，有日本學者松浦友久《中國詩歌原理》中第一篇〈詩與時間〉的文章：〈中國古典詩中的「春秋」與「夏冬」——關於詩歌中時間意識的基本描述（上）〉、〈中國古典詩中的「春」與「秋」——關於詩歌中時間意識的基本描述（下）〉〔註 10〕；探討春恨主題方面的，有王立《中國古代文學十大主題——原型與流變》中的文章：〈中國古代文學中的春恨主題〉〔註 11〕；探討傷春主題方面的，則有楊海明《唐宋詞主題探索》中的文章：〈傷春與悲秋：唐宋詞中流行的「季節病」——談詞中的「佳人傷春」和「男士悲秋」〉〔註 12〕。

在期刊論文部份，著墨於唐宋詠春詩詞的僅有大陸地區的單篇論文：趙麗玲、金聲〈中國古代詠春詩漫論〉〔註 13〕；關注於傷春、春恨方面的文章則有：陳清俊〈盛唐「傷春」與「悲秋」詩的主題探討〉、王立〈春恨文學表現的本質原因及其與悲秋的比較〉〔註 14〕，

〔註 8〕 同註 1。

〔註 9〕 同註 3。

〔註 10〕 同註 2，頁 3～41。文中側重於探討中國詩歌中「春秋」作品數量多於「夏冬」之因，以及以「惜春」、「悲秋」之詩情譜系、語彙語法兩個層次來考察春、秋兩者在中國古典詩歌中的優先性與差異性。

〔註 11〕 王立著《中國古代文學十大主題——原型與流變》（臺北：文史哲出版社，1994 年 7 月初版），頁 173～199。

〔註 12〕 參見楊海明著《唐宋詞主題探索》（高雄：麗文文化事業，1995 年 10 月初版一刷），頁 79～90。

〔註 13〕 趙麗玲、金聲〈中國古代詠春詩漫論〉《咸寧師專學報》第 18 卷第 4 期（總第 59 期），1998 年 11 月，頁 35～39。此篇內容同金聲、趙麗玲〈百般紅紫鬥芳菲——古代詠春詩詞名句賞析〉《名作欣賞》第五期，1999 年，頁 22～26。

〔註 14〕 陳清俊〈盛唐「傷春」與「悲秋」詩的主題探討〉《國文學報》第 23 期，1994 年 6 月，頁 135～157；王立〈春恨文學表現的本質原因及其與悲秋的比較〉《古今藝文》第 26 卷第 3 期，2000 年 5 月，頁 39～49。

大陸地區則有張仲謀〈論唐宋詞的「閒愁」主題〉、張玉璞〈我正悲秋，汝又傷春矣！——宋詞主題研究之一〉〔註15〕；其他論述則是有關於立春與春遊習俗的文章，〔註16〕以及探討個別詞人，如宋祁、歐陽修、趙長卿、辛棄疾等人之詠春作品。〔註17〕綜上所述，兩宋詞的詠春作品數量仍然有限，而探討詠春詞的文章，則以個別作家居多，且討論分析的作品多為名篇。因此，針對兩宋詠春詞作全面性的研究，實有其必要，不僅可藉以了解詠春詞在兩宋詞中的發展、所呈現的特色；在春天豐富的文化內涵方面，也有值得開拓關注之處。然則本論文對相關主題的研究，期能有所貢獻與助益。

第三節　研究方法

本論文的研究方法首先是先要確認兩宋詞中的詠春作品內容與數量，而目前，兩宋詠春詞尚無普遍認定之選集，因此本論文係採用朱德才等人主編的《增訂注釋全宋詞》〔註18〕為底本，利用每闋詞下

〔註15〕張仲謀〈論唐宋詞的「閒愁」主題〉《文學遺產》第 6 期，1999 年，頁 42～50；張玉璞〈我正悲秋，汝又傷春矣！——宋詞主題研究之一〉《齊魯學刊》第 5 期（總第 170 期），2002 年，頁 63～68。

〔註16〕例如万建中〈春游習俗的原始內容〉《民俗研究》第 2 期（總第 26 期），1993 年，頁 36～39；朱啟新〈「迎春圖」年畫所反映的古代「立春」習俗〉《歷史月刊》第 73 期，1994 年 2 月，頁 58～65。

〔註17〕例如李若鶯〈趙長卿詠春詞欣賞〉《中國國學》第 13 期，1985 年 10 月，頁 267～278；秋虹〈紅杏枝頭春意鬧——試析宋祁〈玉樓春〉〉《國文天地》第 5 卷第 12 期，1990 年 5 月，頁 82～83；嚴迪昌〈論辛棄疾的「詠春」詞〉，收錄於孫崇恩、劉德仕、李福仁主編《辛棄疾研究論文集》（北京：中國文聯出版社，1993 年 2 月第一版第一次印刷），頁 136～149；宋邦珍〈歐陽脩詞中所呈現的生命情調——以「惜春」主題為主〉《中國語文》第 536 期，2002 年 2 月，頁 66～70；劉慶雲〈稼軒〈摸魚兒〉春詞在詞史上的典範意義〉，頁 284～291，此篇論文收錄於《辛棄疾學術研討會論文彙編》（研討會於 2004.4.11～15 在福建武夷山市舉辦）。

〔註18〕朱德才主編《增訂注釋全宋詞》（北京：文化藝術出版社，1997 年

所附注釋，逐闋閱讀與檢索、爬梳，增加對詞作相關資料的了解；並以唐圭璋所編《全宋詞》〔註19〕做一對照，以求詞作字句上的精確，以及確定研究的文本。

其次，則是匯整蒐集及閱讀與本論文相關的詩文典籍與文獻史書，加以統整歸納詠春詞作，並將其主題與特色做一分類，例如依照歷史進程探討春天在文學史上發展的概況；分別探討詞人筆下所描繪的多種春天風貌、面對春景而有的內在心靈感發，以及結合文學與社會民俗，探討立春詞作。

此外，本論文也將從文學藝術的表現此研究面向，探討兩宋詠春詞作的詞篇表現形式與常用修辭方式；最後則是運用明確的量化統計方式與表格的呈現，比較兩宋詠春詞的詞人與詞作數量、詞調使用情形，以及兩宋詠春詞篇在內容上的側重之處。

經過上述研究方式的確立，以下則分為兩宋詠春詞的界定，以及本論文研究章節兩方面，明確規範兩宋詠春詞的選詞標準，以及概述各章節的研究內容。

一、詠春詞的界定

本論文對於「詠春詞」的界定，是以下列幾項原則為主：

（一）詞牌下的題序，清楚標明以「春」為吟詠對象；或在春天進行相關活動，如春日遊賞等，且內容也明寫春天的詞作。如黃庭堅〈減字木蘭花・春〉（餘寒爭令）（冊一，頁 339）〔註 20〕、康與之〈荷葉鋪水面・春遊〉（春光豔冶）（冊二，頁 321）、趙長卿〈南歌子・春暮送別〉（枝上紅飛盡）（冊二，頁 767）、程垓〈瑞鷓鴣・

---

12 月北京第 1 版），此套書共四冊。

〔註19〕唐圭璋所編《全宋詞》（北京：中華書局，1965 年 6 月第一版）。唐圭璋《全宋詞》版本眾多，此處採用中華書局所出版，此套書共五冊。

〔註20〕凡是本論文所引之兩宋詠春詞，皆出自朱德才主編《增訂注釋全宋詞》，在引用論述時，直接標明冊數與頁碼，不再另以註腳方式附註。

春日南園〉（門前楊柳綠成陰）（冊三，頁 11）。

（二）詞牌下的題序標明「春詞」，內容實寫春天、且以春爲吟詠對象者。例如蘇軾〈哨徧・春詞〉（睡起畫堂）（冊一，頁 265～266）、呂本中〈蝶戀花・春詞〉（巧語嬌鶯春未暮）（冊一，頁 877）、趙長卿〈柳梢青・春詞〉（桃杏舒紅）（冊二，頁 778）。

（三）詞牌下有題序，雖未清楚標明以「春」爲吟詠對象，然內容實屬之者。如王炎〈南鄉子・甲戌正月〉（雲淡日曨明）（冊二，頁 844）、趙師俠〈蝶戀花・戊戌和鄧南秀〉（柳眼窺春春漸吐）（冊三，頁 92）、趙師俠〈卜算子・立石道中〉（晴日斂春泥）（冊三，頁 106～107）。

（四）詞牌下沒有題序，然內容實寫春天、且以春爲吟詠對象者。如歐陽修〈漁家傲〉（二月春耕昌杏密）（冊一，頁 117）、謝逸〈菩薩蠻〉（暄風遲日春光鬧）（冊一，頁 579）、曹冠〈宴桃源〉（簾纖小雨養花天）（冊二，頁 536）。

（五）在聯章詞〔註 21〕中，若整組詞是以春天爲歌詠的對象與主題，則此組聯章詞皆算入詠春詞選取範圍。因此，儘管詞作中不免有抒情成分居多者，本文仍歸入詠春詞的選取範圍。例如歐陽修〈漁家傲〉（正月斗杓初轉勢）（冊一，頁 116～119）等共有六闋與春天相關的作品；洪适〈生查子・盤洲曲〉（正月到盤洲）（冊二，頁 381～382）等共有三闋與春天相關的作品；張掄〈點絳脣・詠春十首〉（何處春來）（冊二，頁 412～413）等共有十闋詠春作品；王千秋〈點絳脣・春日〉（何處春來）（冊二，頁 476～477）以及汪莘〈好事近・春有三變，曰：孟、仲、季。天分四象，曰：曉、夕、晝、夜。自是而出，有不可勝言者矣。約而賦之，凡七篇〉（冊三，頁 210）則各

〔註 21〕夏承燾、吳熊和著《讀詞常識》說明了聯章詞的意義：「將二首以上同調或不同調的詞按照一定方式聯合起來，組成一個套曲，歌詠同一或同類題材，便稱爲聯章。……唐宋詞中的聯章體主要有普通聯章、鼓子詞和轉踏三種。」參見夏承燾、吳熊和著《讀詞常識》（北京：中華書局，2000 年 4 月新一版），頁 36。

有四闋、七闋歌詠春天以及抒寫感懷的詠春詞，凡此皆歸入詠春詞選取範圍中。

此外，本論文雖以朱德才等人主編之《增訂注釋全宋詞》爲底本，但遇有唐圭璋《全宋詞》所編列之詞人詞作在朱德才本未收錄之情況；或是唐圭璋編本有收錄而朱德才編本未收錄之情況，而詞作內容又屬詠春詞者，爲求擇取完善，也列入詠春詞選取範圍。此類詞作有三闋，分別是秦觀〈行香子〉（樹繞村莊）、〈沁園春〉（暖日高城）〔註22〕、方岳〈浣溪沙‧迎春〉（看見嬌黃拂柳芽）〔註23〕。

以上選詞標準，還須配合下列原則：

（一）在一闋詞中，若寫春景未達半闋者，則捨之不論。也就是說，題序雖標明以「春」爲吟詠對象，但內容以抒情成分居多、寫春景部分未達半闋，僅以些許句數點出春季、泛泛寫春；或是整首詞皆與春無關者，則捨之不論。例如鄭獬〈好事近‧初春〉：「江上探春回，正值早梅時節。兩行小槽雙鳳，按涼州初徹。謝娘扶下繡鞍來，紅靴踏殘雪。歸去不須銀燭，有山頭明月。」（冊一，頁170～171）詞中雖然在開頭點出時值初春，然而主體重心在於敘述歌女之事，與春無甚關連。又如周邦彥〈春景‧瑞龍吟‧大石〉：「章臺路。還見褪粉梅梢，試花桃樹。愔愔坊陌人家，定巢燕子，歸來舊處。　　黯凝佇。因念箇人癡小，乍窺門戶。侵晨淺約宮黃，障風映袖，盈盈笑語。　　前度劉郎重到，訪鄰尋里，同時歌舞。唯有舊家秋娘，聲價如故。吟箋賦筆，猶記燕臺句。知誰伴、名園露飲，東城閒步。事與孤鴻去。探春盡是，傷離意緒。官柳低金縷。歸騎晚、纖纖池塘飛雨。斷腸院落，一簾風絮。」（冊一，頁535）、仲殊〈夏雲峯‧傷春〉：「天闊雲高，溪橫水遠。晚日寒生輕暈。閒階靜、楊花漸少，朱門掩、鶯聲猶嫩。悔忽忽、過却清明，旋占得餘芳，已成幽恨。都幾日陰沉，連宵慵困。起來韶華都盡。　　怨入雙眉間鬭

〔註22〕參見唐圭璋所編《全宋詞》，同註19，冊一，頁分別爲479、485。
〔註23〕參見朱德才主編《增訂注釋全宋詞》，同註18，冊三，頁864。

損。乍品得情懷，看承全近。深深態、無非自許。厭厭意、終羞人問。爭知道、夢裏蓬萊，待忘了餘香，時傳音信。縱留得鶯花，東風不住，也則眼前愁悶。」（冊一，頁 485）兩闋詞的題序都與春有關，然而都只有幾句著墨於春天的景致，並未達半闋，且內容主要是抒寫懷人、情逝、愁悶的意緒。因此不列入本論文詠春詞的擇取範圍。

（二）排除壽詞。壽詞旨在稱頌壽星之人格特質或功業，並稱祝長壽、祈願等，與詠春詞無甚關連，故排除不論。例如韋驤〈醉蓬萊・廷評慶壽〉：「漏新春消耗，柳眼微青，素梅猶小。簾幕輕寒，引鑪煙裊裊。鳳管雍容，雁箏清切，對綺筵呈妙。此際驪虞，門庭自有，輝光榮耀。　慶事難逢，世間須信，八十遐齡，古來稀少。況偶佳辰，是桑弧曾表。滿奉金觥，暫停牙板，聽雅歌精禱。惟願增高，龜年鶴算，鴻恩紫詔。」（冊一，頁 177）、郭應祥〈減字木蘭花・壽李茂叔〉：「仲春上七。門左垂弧當此日。點檢春光。百草千葩已鬭芳。　折花持酒。綵袖殷勤來祝壽。明歲而今。穩向南宮待捷音。」（冊三，頁 241）。

（三）排除部分節令詞。春天的歲時節令、節日有除夕、守歲、新年、立春、元宵、上巳、寒食、清明等等。「節令」即節氣與時令，﹝註24﹞節氣是我國物候變化、時令順序的標誌，而節日則包含著一定的風俗活動和某種紀念意義。﹝註25﹞又歲時節氣的確立，並不意味著節日一定能產生，只不過為節日的產生提供了必要的前提條件。節日的形成，必須以一定的風俗活動為必備條件。﹝註26﹞是故

﹝註24﹞ 參見李永匡、王熹著《中國節令史》（臺北：文津出版社，1995 年12 月初版一刷）。書中前言云：「節令，係指節氣時令而言。……時令又被稱為『月令』，它係指古時，歷朝歷代由朝廷及各級政府官員，按季節制定的關於農事活動等政令。……以後，又將歲時節令稱之為『時令』。」見頁 2～3。

﹝註25﹞ 郭興文、韓養民著《中國古代節日風俗》（臺北：博遠圖書，1989 年2 月 25 日初版），頁 147。

﹝註26﹞ 參見伊泠、姚立江、潘蘭香選注《歷朝歲時節令詩》（北京：華夏出版社，1999 年 4 月北京第一版）之前言，頁 1。本書所選錄的詩是

一些重要的節氣，就直接構成了人們日常生活中長期傳承的節日，如立春、清明、冬至等。〔註27〕關於歲時節令與節日的差異，在本論文第三章中「載錄立春的民俗」一節，將有更詳盡的說明。由於年節（春節）已是大家耳熟能詳的傳統節日，關於介紹此方面的專書亦眾多；〔註28〕而在碩士論文《兩宋元宵詞研究》、《兩宋上巳寒食清明詞研究》〔註29〕中亦對元宵、上巳、寒食、清明等作了詳盡之研究討論，故關於除夕、春節、元宵、上巳、寒食、清明等節日皆不納入詠春詞擇取範圍。此外，立春是二十四節氣中的第一個節氣，被人們視為標誌一年農耕工作開始的節日，又是集生產、農事、祭祀、娛樂、飲食、養生、交際等諸多活動內容為一體的節令文化活動的典型之一，〔註30〕在春天的節令中不但具有代表性，也蘊含著豐富的文化內涵，因此關於立春的詞作，也將納入本文擇取範圍之中；而立春日若恰與上巳或寒食同日，則依舊歸入詠春詞之選取標準。

（四）詞牌下的題序，若有「春雪」、「春雨」等，應屬詠物詞範疇，故不列入詠春詞的範圍。如韓元吉〈謁金門・春雪〉：「春尚淺。誰把玉英裁翦。儘道梅梢開未徧。卷簾花滿院。　　樓上酒融歌暖。樓下水平煙遠。卻似湧金門外見。絮飛波影亂。」（冊二，頁

以漢民族爲主的主要傳統節日（見前言，頁3），因此春天的節日有：除夕、人日、元宵、立春、上巳、寒食、清明。

〔註27〕 參見馮賢亮著《歲時節令：中國古代節日文化》（揚洲：廣陵書社，2004年10月第一版第一次印刷），頁92。

〔註28〕 例如婁子匡編撰《新年風俗志》（臺北：臺灣商務出版社，1976年出版）、范勇、張建世著《中國年節文化》（成都：三環出版，1990年）、黎瑩著《中國春節風俗典故趣談》（臺北：臺佩斯坦，1990年）等。碩士論文亦有：邱添生指導，莊金德《唐代年節生活之研究——冬至到上元》（臺北：國立臺灣師範大學歷史研究所碩士論文，1993年）。

〔註29〕 王偉勇指導，陶子珍《兩宋元宵詞研究》（臺北：私立東吳大學中國文學研究所碩士論文，1992年）；王偉勇指導，張金蓮《兩宋上巳寒食清明詞研究》（臺北：私立東吳大學中國文學研究所碩士論文，1993年）。

〔註30〕 參見李永匡、王熹著《中國節令史》，同註24，頁38。

394）詞中景色方面主寫梅花與雪〔註31〕。又如趙長卿〈點絳脣·春雨〉：「夜雨如傾，滿溪添漲桃花水。落紅鋪地。枝上堆濃翠。 去年如今，常伴酕醄醉。今年裏。離家千里。獨猛東風淚。」（冊二，頁 768）詞上片寫景部份是摹寫夜裡春雨如傾，枝頭上的紅花被雨打落，只剩下濃綠的葉子。凡此種種，全力爲物象描寫之詞作，皆不列入本論文探討範圍內。

（五）全宋詞的詞作中若有「無名氏」之作品、宋人話本小說人物詞、宋人依托神仙鬼怪詞，或是作品屬於殘句（包括詞作內容未達半闋，以及有多達半闋以上是缺漏字），皆不列入本文詠春詞選取標準。但是這些無名氏作品或是殘句的詞作內容，若是明顯詠春或立春者，則在以下各章節的論述中，會有適當的舉例或援引，只是不列入本文詠春詞作的統計數量。例如無名氏作品有〈失調名〉（曉日樓頭殘雪盡）（冊四，頁 594）、〈失調名〉（捏個牛兒體態）（冊四，頁 595）、〈失調名〉（綵縷旛兒花枝小）（冊四，頁 595）等；宋人話本小說人物詞爲黃夫人〈鷓鴣天〉（先自春光似酒濃）（冊四，頁 745）；宋人依托神仙鬼怪詞爲李季萼〈木蘭花·惜春〉（東風忽起黃昏雨）（冊四，頁 753）；屬於殘句的則如李重元〈憶王孫·春詞〉：「萋萋芳草憶王孫。柳外樓高空斷魂。杜宇聲聲不忍聞。欲黃昏。雨打梨花深閉門。」（冊二，頁 32）全詞僅五句、周輝〈失調名·和人春詞〉：「捲簾試約東君，問花信風來第幾番。」（冊二，頁 609）全詞僅兩句。

根據上述選詞原則，全面檢閱朱德才等人主編之《增訂注釋全宋詞》，共得詠春詞 473 闋。自古文人寫作詩詞文章，在以四季爲歌詠題材方面，常是情景交融、抒情與寫景兼備，因此在選取詠春詞過程中，常遇有較難判別是否屬詠春詞之困難。又因爲「詠春」之定義，目前尚無文章予以明確規範；而有些書籍雖選錄某些詞作歸

〔註31〕「玉英」即雪花。參見朱德才主編《增訂注釋全宋詞》，同註18，冊一，頁 394。

屬爲吟詠春天的範疇而加以賞析，然細審之，其內容並未符合上述選取標準，實有再斟酌的餘地。而本論文雖給予明確規範，作爲取材的依據，但此中相信仍有仁智之見，則不妨以敝帚自珍視之，亦懇祈方家不吝指正。

二、研究章節概述

確立了詠春詞選詞範圍後，本論文在章節內容的安排上共分爲六章，依序爲：

第一章緒論，首先說明本文研究背景及目的、相關論題的研究現況、以及本文研究方法。

第二章「先秦至宋代有關春天與文學的文獻概述」，將採取重點式說明的方法，依照歷史時序探討春天在文學史上發展的概況。從先秦開始，歷經漢魏六朝、唐朝，一直到宋代，以明兩宋詠春詞的承襲或改變，因此本章可視爲兩宋詠春詞的探源。由於相關作品數量甚夥，因此只能選取一些春天特色較爲鮮明的文獻與作品爲代表。

第三章「兩宋詠春詞的主題與內容」共分爲三大部份，一是描寫春天的風華：主在透過春天時序的推移，呈現詞人筆下所描繪的多種春天風貌，以及描述人們於春天從事遊春、踏青等活動。二是抒發逢春的情志：探討詞人在面對春天時，除了視覺上所見，還有屬於內在心靈上的觸發與感懷，因此這部份將探討詞人惜春與留春的心情、春歸與送春的惆悵、念別與思鄉的愁苦，以及身世與家國的慨歎。三是載錄立春的民俗：將文學與社會民俗作一連結，欣賞詞人筆下關於立春的節俗與風尚。藉著這些面向的探討，可以展現春天在宋詞的書寫中蘊藏著豐富的知性美以及深厚的文化內涵。

第四章「兩宋詠春詞的藝術表現」則是就修辭技巧的運用與詞篇的形式兩方面加以探討。從詞人呈現的作品形式多變，以及摹寫、擬人、設問、典故等四種修辭方式的妥貼運用，使春天在宋詞中有著鮮活靈動的形象與神韻，也使詞篇更添美感。

　　第五章「兩宋詠春詞的比較」則是對兩宋詠春作品在詞人與詞作數量、詞調與題序的使用，以及思想內容上進行比較。首先將詞人與詞作數量、詞調的使用情形採用表格方式呈現，以明北宋與南宋詠春詞的運用情形；其次則是歸結兩宋詠春詞篇於思想內容上側重之處，實與其時代背景、社會國家的變動有關，也藉此一同感受兩宋詞人面對春天與家國的生命脈動。

　　第六章結論則是就以上章節，在兩宋詠春詞的主題與內容、藝術表現、相互比較上作一歸納，以見本人對詠春詞研究之總心得，同時呈現本論文之學術貢獻，以為日後相關論題之開展奠基。

第二章　先秦至宋代有關春天與文學的文獻概述

　　「一年之計在於春」，春天，是萬物萌發、草木欣欣向榮的季節，也是四季中氣候最舒適宜人的時候。在分節論述歷朝的詠春作品之前，先對「春」字作一介紹，看古人如何解釋「春」之意義。

　　在殷商史料中，除「春」、「秋」二字外，尚無四季的全稱，而是以四方配四時的草木之象來稱四季。〔註1〕周代農業發達，春、夏、秋、冬之稱，始告周全。「春」，《說文解字》（第一篇下，艸部）曰：「𣎏，推也，从日艸屯，屯亦聲。」〔註2〕段玉裁注文云：「鄉飲酒義曰：『東方者春，春之為言蠢也。』尚書大傳曰：『春出也，萬物之出也。日艸屯者，得時艸生也，屯字象艸木之初生。』」〔註3〕又，「春」字在甲文作〇、〇，學者朱芳圃引葉玉森之說釋春云：「上揭諸字當象方春之木，枝條抽發阿儺無力狀……。」〔註4〕。學者

〔註1〕鄧喬彬著《詞學廿論》（上海：上海古籍出版社，2005年6月第一版），頁23～24。書中記載學者們於本世紀40年代的甲骨卜辭中，發現武丁時代尚處於游牧兼農業的殷商人，在牛胛骨刻辭上以「東方曰析、南方曰因、西方曰夷、北方曰伏」此四方配四時的方式，將「析」、「因」、「夷」、「伏」的草木之象稱四季。

〔註2〕段玉裁注《說文解字注》（臺北：藝文印書館，1979年6月五版），頁48。

〔註3〕同上註，頁48。

〔註4〕朱芳圃《甲骨學・文字編》（臺北：臺灣商務印書館，1983年8月臺

高田忠周也說：「愚謂春之从屯，形聲而會意也。屯下曰，象艸木之初生屯然而難，難者難出也。……及春陽舒暢，於是，屯然屮艸生出也。春字从屮屯从日，其會意自顯矣……。」〔註5〕又如《春秋公羊傳》云：「春者何？歲之始也。」〔註6〕在漢代《釋名》中，有「春，蠢也，物蠢動而生也。」〔註7〕由上述可知，「春」是一年之首，是草木推破大地、欣欣向榮生長的季節，也是在陽光溫暖與天候舒暢時，萬物蠢動而生的時節。

因此在春天這充滿蓬勃生命力的季節裡，文人感受著外在時序的推移，並將觸發了內心的感召與興發，不論是愉悅的喜春之情，或是惆悵的傷春之感，皆藉著文字予以書寫與投射。

本章在以下各小節的安排上，是以時間順序來概述歷朝關於歌詠春天的文獻及詩歌作品。在每個小節中，依序先介紹這個朝代中描寫春天景色的作品，舉凡初春、仲春、暮春等景色的變化，或是在春天裡出遊、欣喜享受春光的愉悅之情等；其次，則介紹文人因美好時光稍縱即逝所抒發的惜春、傷春、春恨等作品。喜悅和惆悵，這兩種不同的類型和氣氛，是中國詩歌對春天情感表現的兩大系統〔註8〕：一是喜悅的謳吟，即對春天存有一份觀覽的欣賞心態；二是對春天懷有的惆悵之情，即在覽賞春光時亦觀照自我，反省到自身的空虛與不足，或是感嘆時光流逝，或是在面對美景時，懷想親人、友人、戀人甚至家國，以及在春殘將盡、落花紛飛時所引起的感慨等。因此春愁、春怨、惜春、傷春、春恨等情感皆奔湊於文人

四版），文中引文請參見第一卷，頁 10～11。

〔註5〕 周法高主編，張日昇、徐芷儀、林潔明編纂《金文詁林》（京都：中文出版社，1981 年 10 月出版），文中引文請參見上冊，頁 179。

〔註6〕 王雲五主編，計碩民選註《春秋公羊傳》（臺北：臺灣商務印書館，1976 年 8 月臺一版），引文出自〈隱公〉，頁 1。

〔註7〕 劉熙撰《釋名》（北京：中華書局，1985 年北京新一版），文中引文參見卷一〈釋天第一〉，頁 3。

〔註8〕 龔鵬程《春夏秋冬》（臺北：月房子出版社，1994 年 1 月初版），頁 62。

筆下，尤其傷春、春恨等作品更是早在先秦就已萌芽，並逐漸構築了後代傷春、春恨文學的系統脈絡。凡此，關於春天的喜悅歌詠或是惆悵感傷之情，遂使春天的詩篇呈現出繁複多面的樣貌。

第一節　先秦的詠春作品

先秦關於吟詠春天的文獻、作品，在《詩經》、《楚辭》、《論語》等經典中皆可看到，以下將分項概述。

一、《詩經》

《詩經》是中國最早的一部詩歌總集，詩篇內容豐富，如歌頌朝政、描寫戀愛詩篇、宗廟祭典、征戰討伐的場景，或是深刻描述現實社會生活中的爭戰離亂、百姓貧窮困苦的生活等等。而關於描寫春天的詩篇，在《詩經・豳風・七月》〔註9〕中如此記載：

> 春日載陽，有鳴倉庚。女執懿筐，遵彼微行，爰求柔桑。
> 春日遲遲，采蘩祁祁。

《詩經・豳風・七月》有八章，主要敘寫農夫在一年四季中從事耕作的過程、百姓生活情況，與氣候風物的變化。詩中生動、具體、形象地描述一年之中的「節氣」與「物候」，記敘的內容涉及節氣、物候、農事、生產、動物、植物諸方面，〔註10〕亦記載了西周時期新舊歲交替時的風俗活動。〔註11〕上述引用的詩句出自《詩經・豳風・七月》的第二章。詩中描述春天時，氣溫開始暖和，黃鶯飛鳴，婦女們挽著深筐，沿著小路尋找柔嫩的桑葉，春天日長而溫暖，婦女們採得眾多

〔註9〕　參見王雲五主編，馬持盈註譯《詩經今註今譯》（臺北：臺灣商務印書館，1971 年 7 月初版，1985 年 11 月修訂二版），頁 234～241；高亨注《詩經今注》（臺北：里仁書局，1981 年 10 月 15 日印行），頁 199～206。

〔註10〕李永匡、王熹著《中國節令史》（臺北：文津出版社，1995 年 12 月初版一刷），頁 74。

〔註11〕郭興文、韓養民著《中國古代節日風俗》（臺北：博遠圖書，1989 年 2 月 25 日初版），頁 39。

的白蒿﹝註12﹞裝了滿筐。詩中「春日載陽，有鳴倉庚」、「春日遲遲，采蘩祁祁」兩句，以物象的特徵表明季節的變化。「女執懿筐」三句，則寫出了先秦婦女採桑的習俗，呈現了生動的採桑風俗畫卷，如此看來，此詩不啻爲一幅風俗畫，反映豳人四時日常生活的狀況。

又如《詩經・小雅・出車》﹝註13﹞：春日遲遲，卉木萋萋。

倉庚喈喈，采蘩祁祁。

《詩經・小雅・出車》共六章，敘寫戰士征伐玁狁凱歌而歸。上述引用的詩句出自第六章前半部，此四句是描寫戰士們於春日勝利歸來時的春天景致，第六章後半部則是敘事，抒發戰士們的喜悅心情。詩中描述春天白日漫長，花草樹木蔥翠茂盛，黃鶯歡叫，眾多的婦女﹝註14﹞在田埂路旁採摘蘩蒿。

上述所選錄的兩首詩，雖然全篇內容並非主要描寫春天，但是在描寫春天的部份是歡快而生動的：春回日暖，芳草萋萋，綠蔭綿延，鳥鳴歡唱，田邊還長有茂盛的蘩蒿，而眾多採摘蘩蒿的婦女們的琅琅笑語，伴著黃鶯的啼叫，在這風和日麗的美好春色裡呈現了生動活潑的春日風情。

至於春天中的悵惘之情，例如春恨、傷春，在《詩經》中也已略見雛形。《詩經》中春恨尚處於主題的紋身階段﹝註15﹞，如《豳風・七月》第二章：「七月流火，九月授衣。春日載陽，有鳴倉庚。

﹝註12﹞高亨注《詩經今注》云：「蘩，蒿名，又名白蒿，用它墊蠶筐或做蠶山，以便蠶在上面結繭。」又王雲五主編，馬持盈註譯《詩經今譯》註云：「蘩，白蒿也，用以生蠶，蓋蠶有生出者，有未生出者，以白蒿水澆於蠶子，則未生出者亦可生，故采蘩所以生蠶，並非飼蠶。」以上皆同註9。

﹝註13﹞同註9，頁分別爲269～272、230～233。

﹝註14﹞此首詩中的「采蘩祁祁」是指採蘩的婦女眾多，與《詩經・豳風・七月》中的「采蘩祁祁」是指眾多的白蒿不同。可參見高亨注《詩經今注》，同註9，頁233；以及尹建章、蕭月賢著《詩經名篇賞析》（鄭州：中州古籍出版社，1993年10月第二版），頁227。

﹝註15﹞王立著《中國古代文學十大主題——原型與流變》（臺北：文史哲出版社，1994年7月初版），頁173。

女執懿筐，遵彼微行，爰求柔桑。春日遲遲，采蘩祁祁。女心傷悲，殆及公子同歸！」〔註16〕其中最後兩句的「女心傷悲，殆及公子同歸！」意思是在春日採蘩的姑娘們擔心被統治者子弟強行擄歸。兩句詩表現了西周社會階級上的概況，勞動者除了全年中繁忙的農事外，年輕的姑娘們還得擔心害怕被莊園、田園領主的子弟所擄走。以「春日載陽，有鳴倉庚。」、「春日遲遲，采蘩祁祁。」此自然物候的特質描寫，與聲情並茂、溫暖歡樂的意境拓展了「女心傷悲」的哀傷力度，也細膩刻畫了「女心傷悲」的心理層面。在這舒服美好的春日裡，婦女們成群結隊尋桑採蘩，心境上本是愉悅的，但是卻也感到傷悲，因為擔心「及公子同歸」，會剝奪了她們欣賞美景的自由。《豳風・七月》因此成為傷春的原型，〔註17〕亦被認為是我國最古老的「傷春」詩。〔註18〕

　　就以上敘述可知，春恨與傷春似乎相同，以下將說明春恨與傷春的成因：（一）春恨具體可分為兩種，一是面對初春、仲春美景所發生的怨春、恨春之情，見美景反生愁思，感傷自身本質沒有在人與人或人與社會的關係中得到應有的肯定；而另一種是面對暮春

〔註16〕 高亨注《詩經今注》，同註9，頁199。詩句中前兩句「七月流火，九月授衣。」據高亨頁201之注解，意思是豳曆七月黃昏時天上的星更向西斜，九月時農夫的衣服是由莊園主人所發給。（周代各地存在著幾種曆法，如夏曆、殷曆、周曆、豳曆等。豳曆自四月至十月都與夏曆相同，因此豳曆七月即夏曆七月。豳曆五月裏黃昏時候，火星正在天空的當中，六月裏便向西斜，七月裏更向下去了。「流」，向下去之意。「火」，星名，又名大火，即心宿。）

〔註17〕 鄧喬彬著《唐宋詞美學》（濟南：齊魯書社，1993年12月第一版），頁52。

〔註18〕 參見鄧喬彬著《唐宋詞美學》，同上註，頁49；以及王立著《中國古代文學十大主題——原型與流變》，同註15，頁174，書中皆引錢鍾書《管錐編》所言，認為《詩經・豳風・七月》：「吾國詠『傷春』之詞章者，莫古於斯。……女子求桑采蘩，而感春傷懷，頗徵上古質厚之風。」參見錢鍾書著《管錐編》（臺北：書林出版，1996年10月一版），第一冊，「毛詩正義六〇則」之第四十七則〈七月〉（『傷春』詩），頁130～133。

殘景發出的惜春、憫春之悲，痛惋花褪紅殘、好景不長，聯想到自身在現實中的被否定和難於被肯定，如同春光難久，春去難歸，這種頗近乎悲秋。〔註19〕上述兩種春恨的內在聯繫，又造成了兩者交織而難於判然區別。但春恨本質上的意義還在於前一種，包括前者向後者演變的過程。〔註20〕因此，自然物候的盛衰變化與人的坎坷社會遭遇、人生愛情的悲歡完滿地結合起來，春恨主題於是在不同時代不同作者筆下，不斷增進新的時代與個性內容，呈現了不同的樣貌。

　　關於傷春作品的成因，學者認為這跟春天的物候特性與作者的心理狀態之間的「對照」與「反差」有關，主要是由作者的心理狀態居於決定性的地位。〔註21〕具體而言，春天的姿容本身是多樣的，而創作者的心境也是斑駁複雜的，當創作者懷有愉悅的心情時，他們就會擇取春天美好的一面，來狀寫自己歡快開朗的精神面貌；而當創作者懷著憂鬱悲苦的心情時，他們或許擇取春天悲傷的一面來烘托自己愁緒百結的心態，又或許擇取春天「美好」的一面來反襯自己失意衰怨的心態。因此大好春光在作品中往往發生「變形」，變成了惱人的斷腸景色。〔註22〕

　　綜合以上關於春恨與傷春文學作品的成因，可以發現兩者共同之處，即在於面對美景而生惆悵惋惜之感，並將外在的自然景物用來比擬自己心情上的失意鬱悶，或是用以反襯自己在現實生活中的不順遂，因此作品主體其實是取決於創作者的心境與遭遇暢達與否，並憑藉外在自然景物多變的樣貌來書寫心中所感。

〔註19〕參見王立著《中國古代文學十大主題——原型與流變》，同註 15，頁184。又第二種的春恨成因是由於暮春本身與秋在某種程度上暗合——暮春是春之暮，秋是歲之暮。

〔註20〕參見王立著《中國古代文學十大主題——原型與流變》，同註 15，頁184。

〔註21〕參見楊海明《唐宋詞主題探索》（高雄：麗文文化事業，1995 年 10 月初版一刷），頁 80。

〔註22〕參見楊海明《唐宋詞主題探索》，同上註，頁 81。

二、《楚辭》

代表著南方文學的《楚辭》，有著豐富的想像力、華美的文采、濃厚的宗教情調、神話傳說的大量採用，以及方言口語的使用等，而且多以宗廟歌曲、祭祀神鬼、現實政治上的遭遇、有志難伸之心情抒發為主。因此關於歌詠春天的內容是以傷春為主，屈賦更有春恨主題的真正源頭〔註23〕之稱；且就傷春主題而言，《楚辭》亦是唐宋詞的原型。〔註24〕以下將依序介紹《楚辭・九章・思美人》、〈離騷〉以及〈招魂〉中關於春天的作品。

《楚辭・九章・思美人》〔註25〕：
開春發歲兮，白日出之悠悠。吾將蕩志而愉樂兮，遵江夏以娛憂。

本段敘寫屈原思念懷王，以及屈原不肯趨炎附勢而希望仍有所作為的意志。上述節錄自〈思美人〉其中一章的詞句，描寫新春又是一年的開始，燦爛的春日從容悠閒地升起，主人翁將洗淨憂鬱、敞開心懷，覓取歡愉，且沿著大江夏水以排遣憂悒。就本段而言，這是遊春的愉賞之情，記寫在一歲之首的美好春日中放鬆心情、排遣實際生活中所遭遇的憂愁不快，盡情歡樂，賞玩觀覽大自然的美好；無怪乎《楚辭集解》有云：「此章言乘此清明之候，取樂以忘憂也。」〔註26〕此外，在《楚辭・離騷》〔註27〕中則表現了傷春之情：

〔註23〕王立著《中國古代文學十大主題——原型與流變》，同註15，頁193。
〔註24〕參見鄧喬彬著《詞學廿論》，同註1，頁26。此書較作者《唐宋詞美學》（同註17）在傷春主題方面的探討更為詳細而完整，因此引用的資料若只見於《詞學廿論》的論點，將以此書做為附註的依據；若是引用的資料兩者皆收錄，係以先出版的《唐宋詞美學》做為附註的依據。
〔註25〕參見朱熹撰《楚辭集注》（臺北：藝文印書館，1983年6月四版），頁172～177；洪興祖撰《楚辭補註》（臺北：藝文印書館，1986年12月七版），頁242～247。
〔註26〕〔明〕王瑗撰，董洪利校點《楚辭集解》（北京：北京古籍出版社，1994年1月第一版），頁209。
〔註27〕參見朱熹撰《楚辭集注》，同註25，頁11～57；洪興祖撰《楚辭補

汩余若將不及兮，恐年歲之不吾與。朝搴阰之木蘭兮，夕攬洲之宿莽。日月忽其不淹兮，春與秋其代序。惟草木之零落兮，恐美人之遲暮。

〈離騷〉是屈原自傳性的長篇抒情詩，也是一首用生命寫成的詩篇。詩中有對現實的矛盾掙扎和對國家的忠貞不渝，自己雖有滿懷的抱負和獨立不遷、不隨波逐流的人格，卻得不到國君的信任和支持，歷經了失望痛苦、徬徨猶豫，終至壯志難酬的絕望。上述引用的詩句是描述時間過得飛快〔註28〕，主人翁總好像來不及似的，怕的是年歲不等人。早上摘取土坡上的木蘭，傍晚採摘水邊的宿莽〔註29〕。時光匆匆流逝不肯停留，四季時序更相替換，想到草木凋零，恐怕我也徒然衰老一事無成。在屈原的想法中，認為木蘭去皮而不死，宿莽經冬而不枯，自己就應向它們一樣，要經受得起考驗，修持自己而不同流合汙。春天雖有繁盛的花草，但是草木會凋零枯萎，就如同春夏秋冬四季有其次序更迭，天時易過，更可見人年之易老。所以在搴木蘭、攬宿莽之春日，會念及自己在現實人生中的價值，而因「恐年歲之不吾與」興起流連生命、努力實踐人生理想的目標。因此〈離騷〉中的這些詩句，呈現出在些微的傷春中，所激發出的生命意識是積極的。〔註30〕此種屈原精神的繼續，在後代傷春文學中亦可窺見。

由上引〈離騷〉中的詞句，可見其傷春所喚起的生命意識，主要表現為人生速逝之感，在春去秋來的永恆面前，人對生命的短暫已有體會，因而能從珍惜生命中興起積極有為、自我勉勵的意志。在《楚

註》，同註25，頁12～84。

〔註28〕「汩」，水流迅疾的樣子，比喻時間過得快。洪興祖撰《楚辭補註》注云：「汩，去貌，疾若水流也。」同註25，頁17。

〔註29〕「搴」，楚方言，摘取。「宿莽」，經冬不死的草。洪興祖撰《楚辭補註》注云：「草冬生不死者楚人名曰宿莽。」同註25，頁18。

〔註30〕鄧喬彬《唐宋詞美學》，同註17，頁42。又頁43中也提到「傷春悲秋是生命意識的表現，……而屈原的『哀眾芳之蕪穢』，是追求美政理想來實現生命的價值。」

辭‧招魂》〔註31〕中表現的傷春之情則與〈離騷〉呈顯出的積極生命
意識不同：

> 亂曰：獻歲發春兮，汩吾南征，菉蘋齊葉兮，白芷生，……
> 目極千里兮，傷春心。

〈招魂〉是《楚辭》的第九卷，內容是描述屈原追懷與懷王一起遊
獵的盛況〔註32〕，也寫出作者招魂的心情和環境；除了描寫上下四
方的險惡、故鄉居室、飲食、音樂之美，還描寫了宮廷生活的豪華
享受和江南春景，筆觸細膩、感情豐實的表達了作者對懷王的思念。
而上述所引用的詞句是〈招魂〉此歌辭的尾聲，描述在一年新的開
始，春氣新發，我急急向南行，自傷放逐獨自南行。王芻〔註33〕水
蘋的新葉長齊了，白芷的嫩芽萌生。而當我放眼望盡千里，感念著
國事日非，眼前的春景只會讓我不禁傷心欲絕。詩篇中藉著外在景
物的鋪陳呈現了作者的傷春之心，以菉蘋、白芷等新春景物點出了
時值春天，在一元復始、萬象更新的歲首，心情本應與萬物一樣欣
欣向榮、充滿生機。然而時移事往，當回憶起往昔曾有的歡樂，即
使昔日盛況猶歷歷在目，現在已不堪回首；對國仇的憤慨、國事的
隱憂，以及對祖國的熱愛都溢於言表。如今面對一片美好的春天景
色，只能「目極千里兮傷春心」，借自我對自然界美好景物的傾訴，
以撫慰內心的沉痛。

　　由《詩經》發展至《楚辭》，其傷春、春恨文學的內容有了更深
刻的內涵，除了從單純的以自然物候的特質來表現外，還呈現出蘊含
自我的生命意識，此種主體的自我意識遂逐漸豐厚其傷春與春恨文學

〔註31〕參見朱熹撰《楚辭集注》，同註 25，頁 245～267；洪興祖撰《楚辭
　　　　補註》，同註 25，頁 325～354。

〔註32〕關於〈招魂〉的作者是屈原或是宋玉的說法，歷來學者的論辯不少，
　　　　爲多數學者採用的說法是依據司馬遷的史記，認爲招魂爲屈原所
　　　　作。參見傅錫壬註譯《新譯楚辭讀本》（臺北：三民書局印行，1976
　　　　年 7 月初版，1978 年 12 月再版），頁 168；以及劉大杰著《校訂本
　　　　中國文學發展史》（臺北：華正書局，1999 年 8 月），頁 115。

〔註33〕「菉」，一名「王芻」，莖葉像竹的草。

的羽翼，演變爲後來更多變的內容與時代樣貌。

三、《論語》

　　《論語》是古代哲理散文之一，雖未構成完整的文學形式，但是在某些段落裡面，仍有一些具有文學性質的記事文，例如描寫孔子及其孔門弟子的言行、說話方式、彼此的對話等，皆可靈活生動的表現出人物的形象特徵與處事風格。在《論語・先進第十一》中，則發現了於春天遊賞的記錄：

> 莫春者，春服既成，冠者五、六人，童子六、七人，浴乎沂，風乎舞雩，詠而歸。〔註34〕

全章是記錄孔子鼓勵其四位門生表達自己的理想，上述所節錄的文字是曾點的志向，他希望在暮春三月〔註35〕的時候，換上已裁製完成的春裝，能和五、六個青年，六、七個小孩，大家一起到郊外踏青，在沂水邊洗洗澡，在舞雩臺上吹風乘涼，然後一路唱著歌回家。不同於子路、冉有、公西華關於政治、外交上的志向與抱負，曾點不談時事，而是說出自己心中的嚮往。這看似平凡、瀟灑自在的生活，卻是最得孔子欣賞的，因爲外在的絢爛、表象的風光，終當歸於平淡，而平淡才是眞美的意境。〔註36〕文中敘述曾點對在春天遊賞的嚮往，以富含文學性的文句，烘染出一幅天籟般自然自在的境界，在當時各派學術思想逐漸爭鳴並起、以現實政治抱負爲主的時代環境中，曾點這悠閒自在的生活嚮往，更凸顯出它的難能可貴，能不受紛擾的享受這份寧謐自然，即使平淡、平凡，確是一種幸福呢！此外，文中呈現出人們在春景中的動態敘述，也表現了遊春的愉賞之情；因有感於大自然的生之悸動，進而賞玩觀覽大自然中的

〔註34〕楊伯峻譯注《論語譯注》（臺北：五南圖書，1992 年 9 月初版一刷），頁 258。

〔註35〕「莫春」的「莫」同「暮」。同上註，頁 261。

〔註36〕參見曾昭旭著，曾昭旭、林安梧主編《讓孔子教我們愛》（臺北：臺灣商務印書館，2004 年 12 月初版一刷），頁 241。

美景，也使得「遊春」成為在詩中最基本的表現情感。〔註37〕

　　綜合以上討論，簡單的呈現出先秦文獻裡，《詩經》、《楚辭》、《論語》中關於春天的記載，包含描寫春天的物候、惆悵的傷春與春恨之感，以及欣喜的春天遊賞風情。除了這些關於春天的樣貌，後代文學的發展，持續繁衍了關於春天的文學作品，也更豐富其思想內涵。

第二節　漢魏六朝的詠春作品

　　進入漢魏六朝，古詩、樂府詩、儷賦等文學創作形式的出現，使得歌詠春天的形式更加拓展，關於歌詠春天的詩歌數量也較先秦為多。本節將依時代先後簡單介紹漢魏六朝關於歌詠春天的賦與詩篇，以呈現出這個時代的春天樣態。

　　在漢朝，張衡的〈歸田賦〉〔註38〕中，有一段是描寫春景清麗自然、情景交融的文句：

> 於是仲春令月，時和氣清，原隰郁茂，百草滋榮。王雎鼓翼，鶬鶊哀鳴，交頸頡頏，關關嚶嚶。於焉逍遙，聊以娛情。

到了仲春的美好季節，氣候溫和清朗，無論是高原或是低窪的平地上，各種草木都繁茂的滋長著。魚鷹鼓動著翅膀，黃鶯宛轉鳴叫，牠們交頸情篤，不停地上下飛翔，嘹亮的鳥鳴聲此起彼落。在這裡真是無拘無束、優游自得，足可以抒發鬱悶的情懷。張衡〈歸田賦〉運用平淺清新的語言，首段先抒寫自己在當時政治黑暗、宦官把持朝政的情況下，自己壯志難酬而又不願隨波逐流的思想情操，遂生歸隱田園之志，其後三段則是敘寫歸隱田園的生活之樂。上述節錄自〈歸田賦〉第二段，描寫仲春的美景，有鬱鬱蔥蔥的草木，有禽

〔註37〕龔鵬程《春夏秋冬》，同註8，頁50。

〔註38〕參見〔清〕陳元龍輯《歷代賦彙》（北京：北京圖書館出版社，1999年11月第一版），第十冊，頁577；以及魏耕原主編《歷代小賦觀止》（西安：陝西人民教育出版社，1998年2月第一版），頁90～93。

鳥動聽的唱和聲和雙雙對對上下翻飛的倩影，以明暢簡潔、輕靈自然的筆調敘寫春天，如此怡淡秀麗的田園春景，抒發了張衡對大自然的喜愛、對田園生活的嚮往，也可以映襯出現實塵世的汙濁。

這篇情景交融、感情真摯、清麗自然的抒情小賦，不同於多數漢賦是華麗辭藻的大幅堆砌，形式不但由長篇變為短篇，內容也不同於多數漢賦以描寫宮殿遊獵、只以帝王貴族為賞玩的作品，〔註39〕而是表現個人胸懷情趣、直抒胸臆，令人耳目一新，因此在中國文學史上，備受讚譽。它不但是第一篇以寫田園隱居的樂趣為主題的作品，也是現存東漢第一篇完整的抒情小賦，〔註40〕對後代的詩文辭賦都有深刻的影響。

在東漢末期〈古詩十九首〉中的〈迴車駕言邁〉〔註41〕，則呈現了與屈原〈離騷〉中因時序推移而同樣興起傷春之情：

迴車駕言邁，悠悠涉長道。回顧何茫茫，東風搖百草。所遇無故物，焉得不速老。

全篇詩中表現的是對人生短促的思考。上述所節錄的詩句是敘述當詩人駕車出遊，行進在悠悠的長道上，四面環顧下只看到茫茫的田原，還有在春風中搖曳生姿的百草，然而詩人感受到的不是春天來臨的欣喜和歡快，而是對時光流逝的悲哀。春天萬象更新，自然界的時序更迭，觸發了詩人聯想到自己也無法脫逃這個規律，因此感到自己也正在迅速地衰老，人生倏忽即逝，也會隨著自然演變而死去。

詩篇由自然景物來觸發人生短促易逝之感，並將春天作為悲哀的季節來表現，與〈古詩十九首〉其他詩篇大都在一年將盡的「歲暮」感到時光流逝的悲哀不同，本詩在時序的選擇上是以一年開始的歲首——春天來鋪陳，詩人內心因時光倏忽流逝，而為萬物的復

〔註39〕劉大杰著《校訂本中國文學發展史》，同註32，頁152。
〔註40〕魏耕原主編《歷代小賦觀止》，同註38，頁93。
〔註41〕高海夫、金性堯主編《古詩漢魏六朝新賞》（臺北：地球出版社，1993年6月第一版），頁51～53。

甦更新感到「回顧何茫茫」的空虛，以及「所遇無故物，焉得不速老」的悲傷。因此這種在恆常的春秋代謝中感傷人類生命短暫的詩篇，與屈原在〈離騷〉中因時序推移所觸發的傷春情感相似，是源於潛在的生命意識之躁動，也是悼惜青春不再、時光難駐的深深嘆息。〔註42〕

　　進入魏晉南北朝時期，文學的詩歌形式是上承漢、魏，下開唐朝，各種古典詩歌的內容（如清麗新巧的小品文、字句清新的山水文學、文學批評與理論的產生等），或是詩歌形體（如古詩的變體、有規律的長短體產生、小詩的興起等），都在這時期中，經過許多詩人的嘗試努力而漸趨近於完成。〔註43〕又因為此時期政治上的分裂，使南北政治環境的差異，以及地理、風俗各方面的不同，在文學上，於是形成南北不同的色彩。以下將簡單介紹南北朝關於歌詠春天的民歌與詩作。

　　南朝的民歌特色，風格清新、形式較短小，江南的吳歌是南方民歌的代表之一。〔註44〕而吳歌又包括了〈子夜歌〉等歌曲，〔註45〕而〈子夜四時歌〉是從〈子夜歌〉變化而來，是一種歌唱四時的曲調〔註46〕：

〔註42〕 鄧喬彬《唐宋詞美學》，同註17，頁44。

〔註43〕 相關資料參見劉大杰著《校訂本中國文學發展史》，同註32，頁290～327。

〔註44〕 〔宋〕郭茂倩撰《樂府詩集》云：「《晉書・樂志》曰：『吳歌雜曲，並出江南。東晉以來，稍有增廣。其始皆徒歌，既而被之管絃。蓋自永嘉渡江之後，下及梁、陳，咸都建業，吳聲歌曲起於此也。』」參見〔宋〕郭茂倩撰《樂府詩集》（臺北：里仁書局，1984年9月5日出版），卷第四十四〈清商曲辭一〉，頁639～640。

〔註45〕 《樂府詩集》引《古今樂錄》云：「吳聲十曲：一曰〈子夜〉，二曰〈上柱〉……又有〈七日夜〉〈女歌〉〈長史變〉〈黃鵠〉〈碧玉〉〈桃葉〉〈長樂佳〉〈歡好〉〈懊惱〉〈讀曲〉，亦皆吳聲歌曲也。」參見〔宋〕郭茂倩撰《樂府詩集》，同上註，卷第四十四〈清商曲辭一〉，頁640。

〔註46〕 參見上海古籍出版社編《先秦漢魏六朝詩鑒賞》（上海：上海古籍出版社，1998年12月第一版），頁90。

　　春林花多媚，春鳥意多哀。春風復多情，吹我羅裳開。〔註47〕

這首詩原列〈子夜四時歌〉中的〈春歌〉第十首〔註48〕，寫美好春色以及由美好春色觸發的歡欣之情。首句寫春林和春花，是從顏色著眼，春林一派蔥綠，點綴其間的朵朵春花為春林增添了豐富鮮麗的色彩；次句寫春鳥，是從聲音著眼，「意多哀」是指春鳥的啼聲中有種哀婉、讓人「樂於耳」的音調；〔註49〕後兩句中的春風「多情」，乃擬人寫法，應是「多情」少女賦予自然物的一種感情色彩，這裡也自然地帶出觀賞春色的少女，而以「多情」形容春風，賦予了風生命，自是民歌中想像奇特的表現。〔註50〕在明媚的春光裡，春風撩撥羅裳，裙子翩翩翻飛，似與多情的春風相伴舞，淡淡的花香與青蔥樹林裡沁人肺腑的清新，也藉春風傳送撲鼻而來，使人陶醉在這迷人的風光裡。詩篇採用白描的手法，以歡愉明暢的基調描寫春景以及活潑漾動的人物形貌，前三句連用三個「春」字和「多」字，不忌重複，憑藉對景物的描寫和春風拂衣這個細節的交代，以「春林」、「春鳥」、「春風」渲染出一片濃郁的春天氣氛，以及少女在此氛圍中的歡樂身影，使得「人在其中，情在其中，細膩而熨貼。」〔註51〕

<hr />

〔註47〕〔清〕陳夢雷撰《古今圖書集成》（臺北：文星書店，1964 年 10 月 1 日出版），本論文引用之與春天相關的文獻資料，出自第三冊「曆象彙編歲功典」第十一卷至第四十一卷。上述選錄的詩句則出自「曆象彙編歲功典第十二卷春部」，頁 138。

〔註48〕〈子夜四時歌〉共收〈春歌〉、〈夏歌〉、〈秋歌〉、〈冬歌〉七十五首，其中〈春歌〉有二十首，〈夏歌〉有二十首，〈秋歌〉有十八首，〈冬歌〉有十七首。參見〔宋〕郭茂倩撰《樂府詩集》，同註44，卷第四十四〈清商曲辭一〉，頁 644～649。

〔註49〕相關資料參見上海古籍出版社編《先秦漢魏六朝詩鑒賞》，同註46，頁 90。又龔鵬程《春夏秋冬》亦有註解云：「古典詩裡，「哀」常是指聲音高亢，而非心境慘悃。」同註8，頁 34。

〔註50〕參見王鎮遠著《兩晉南北朝詩選》（香港：香港中華書局，1991 年 10 月初版），頁 220。

〔註51〕參見王鎮遠著《兩晉南北朝詩選》，同上註，頁 219～220。

此外，南朝・宋文人鮑照〈代春日行〉〔註52〕，也是歌詠春天的樂府歌辭，是作者模仿漢樂府詩中的雜曲歌辭形式而創作的。〔註53〕在詩篇方面，如齊・王儉〈春詩二首〉〔註54〕、〔梁〕沈約〈初春〉〔註55〕、〔梁〕簡文帝〈晚春〉〔註56〕、陳後主〈立春日汎舟元圃〉〔註57〕等，所描繪的有初春、立春、晚春等春天不同的景色與樣貌，也有在春日進行的遊賞活動。其中，〔梁〕簡文帝〈春日想上林〉〔註58〕則被視為是惜春詩的萌芽階段，惜春和春日美好而又短暫的特性相關，因為春是如此明媚，所以令人珍惜；然而它又是如此匆匆，於是便教人惋歎了。〔註59〕〈春日想上林〉詩中從「處處春心動，常惜光陰移」兩句詩，可見其時空意識流露出對光陰的珍惜，雖然此詩是遊春之作，惜春的心情僅為一小部分，但這惜春的作品已在六朝詩中略見雛型；此外，又如梁元帝〈春日篇〉〔註60〕中的「獨念春花落，還似惜春時。」以及〔北齊〕蕭愨〈春

〔註52〕　參見〔清〕查慎行、張玉書等編錄《佩文齋詠物詩選》（臺北：廣文書局，1970年2月初版），本論文引用之「春類」係出自第五冊。上述引用之鮑照〈代春日行〉在頁583。

〔註53〕　參見伊冷、姚立江、潘蘭香選注《歷朝歲時節令詩》（北京：華夏出版社，1999年4月北京第一版），頁1。

〔註54〕　參見〔清〕陳夢雷撰《古今圖書集成》第三冊「曆象彙編歲功典第十二卷春部」，同註47，頁138；在〔清〕查慎行、張玉書等編錄《佩文齋詠物詩選》中亦有收錄，同註52，頁585。

〔註55〕　參見〔清〕陳夢雷撰《古今圖書集成》第三冊「曆象彙編歲功典第十六卷孟春部」，同註47，頁182。

〔註56〕　參見〔清〕陳夢雷撰《古今圖書集成》第三冊「曆象彙編歲功典第三十四卷季春部」，同註47，頁355。

〔註57〕　參見〔清〕陳夢雷撰《古今圖書集成》第三冊「曆象彙編歲功典第二十卷立春部」，同註47，頁217。

〔註58〕　參見〔清〕陳夢雷撰《古今圖書集成》第三冊「曆象彙編歲功典第十二卷春部」，同註47，頁139。全詩如下：「春風本自奇，楊柳最相宜。柳條恆著地，楊花好上吹。處處春心動，常惜光陰移。西京董賢館，南苑習都池。荇間魚共樂，桃上鳥相窺。香車雲母幰，駿馬黃金羈。」

〔註59〕　陳清俊〈盛唐「傷春」與「悲秋」詩的主題探討〉《國文學報》第23期，1994年6月，頁148。

〔註60〕　參見〔清〕陳夢雷撰《古今圖書集成》第三冊「曆象彙編歲功典第

晚〉〔註61〕中的「不愁花不飛,到畏花飛盡。」等詩篇,逐漸使「惜春」的心情作爲一首詩整體的核心而被謳歌,而此種惜春的心情應是從六朝後期開始,〔註62〕也使唐代的季節感懷詩繼承這個傳統,而有不同類型的表現。〔註63〕

庾信是南北朝具有代表性的作家,由於他歷仕南北朝,文學上又因庾信等人的北入,促成南北文學的初次結合。〔註64〕庾信的辭賦作品中,風格清新明麗的〈春賦〉〔註65〕描繪了一幅絢爛的宮苑春色:

> 宜春苑中春已歸,披香殿裏作春衣。新年鳥聲千種囀,二月楊花滿路飛。河陽一縣併是花,金谷從來滿園樹。一叢香草足礙人,數尺遊絲即橫路。……苔始綠而藏魚,麥纔青而覆雉。……三日曲水向河津,日晚河邊多解神。……百丈山頭日欲斜,三晡未醉莫還家。池中水影懸勝鏡,屋裏衣香不如花。

由於庾信曾先後歷仕南朝、北朝,因此〈春賦〉的寫作時間有學者討論是在南朝抑或在北朝時所創作。〔註66〕〈春賦〉全篇是以長安

十二卷春部」,同註47,頁139。全詩如下:「春還春節美,春日春風過。春色日日異,春情處處多。處處春芳動,日日春禽變。春意春已繁,春人春不見。不見懷春人,徒望春光新。春愁春自結,春結詎能中。欲道春園趣,復憶春時人。春人意何在,空爽上春期。獨念春花落,還似惜春時。」

〔註61〕參見〔清〕陳夢雷撰《古今圖書集成》第三冊「曆象彙編歲功典第三十四卷季春部」,同註47,頁355。全詩如下:「春庭聊縱望,樓臺自相隱。窻梅落晚花,池竹開新笋。泉鳴知水急,雲來覺山近。不愁花不飛,到畏花飛盡。」

〔註62〕相關論述參見松浦友久著,孫昌武、鄭天剛譯《中國詩歌原理》(臺北:洪葉文化事業,1993年5月初版一刷),頁25。

〔註63〕相關資料參見陳清俊〈盛唐「傷春」與「悲秋」詩的主題探討〉,同註59,頁146、148。

〔註64〕許東海著《庾信生平及其賦之研究》(臺北:文史哲出版社,1984年9月初版),頁7。

〔註65〕參見〔清〕陳元龍輯《歷代賦彙》第二冊,同註38,頁2;以及〔清〕陳夢雷撰《古今圖書集成》第三冊「曆象彙編歲功典第十一卷春部」,同註47,頁130～131。

〔註66〕認爲庾信〈春賦〉是早期(南朝時)作品的學者如〔北周〕庾信撰,

宮苑爲背景，鋪寫春天景致、春遊盛事、曲水流觴之雅興等。全篇可分爲五小段，首段描寫宮苑的春景，第二至四段鋪寫春遊人們的盛裝打扮、貴人遊宴的歡樂與食物用具的華美精緻、以及享受音樂歌舞、射箭馳馬的歡樂；末段則寫曲水流觴的活動及人們爲春色所動，醉而忘歸。上述引用的文句節錄自文章首段、第三段前兩句，以及末段數句等偏重描摹春景與敘寫曲水流觴之事。

　　首兩句「宜春苑中春已歸，披香殿裏作春衣」已點出春天的到來，苑中、殿內正忙著趕製遊春的新衣，此由春衣埋下伏筆，引出遊春的序幕，所以春天的美麗景致成了引導人們走出戶外賞春、遊春的誘惑。於是「新年鳥聲千種囀，二月楊花滿路飛」開展了聽覺與視覺的享受，許多悅耳的鳥鳴聲在新的一年開始時鳴奏著婉轉動聽的協奏曲，楊花隨著二月的春風滿路飄飛，就好像來到了河陽縣，滿眼都是桃李的花朵；〔註67〕又好像進入了金谷園，到處都是

　　〔清〕倪璠注，許逸民校點《庾子山集注》（北京：中華書局，1980年10月第一版），在第一册卷之一，頁74言：「〈春賦〉以下，庾子山仕南朝時爲東宮學士之文也。……觀其文氣，略與梁朝諸君相似。」現今學者多採其說法，例如錢鍾書《談藝錄》（臺北：書林出版，1988年11月出版），頁300有言：「子山辭賦，體物瀏亮、緣情綺靡之作，若春賦、七夕賦、燈賦、對燭賦、鏡賦、鴛鴦賦，皆居南朝所爲。」許東海《庾信生平及其賦之研究》，同註64，頁71；以及魏耕原主編《歷代小賦觀止》同註38，頁340，皆採其於南朝所作之說。而曲德來、遲文浚、冷衛國主編《歷代賦廣選‧新注‧集評》（瀋陽：遼寧人民出版社，2001年1月第一版）第四卷，頁462則認爲庾信〈春賦〉應是作者仕魏或北周時所作，因爲賦中內容是寫長安宮苑而非仕梁時的建康宮苑，且後期（北朝時）作品〈枯樹賦〉中的詩句：「若非金谷滿園樹，即是河陽一縣花。」與〈春賦〉：「河陽一縣併是花，金谷從來滿園樹。」的詩句同樣，因此認定〈春賦〉是庾信後期作品。本論文則採倪璠及今人錢鍾書等的說法爲主，因即使歷仕北朝，亦可懷想、敘寫關於之前官仕南朝的事蹟、景物，而作者喜愛的詩句亦不一定都得在同一時期才可反覆使用。

〔註67〕相關資料參見章培恒、安平秋、馬樟根主編，許逸民譯注，安平秋審閱《庾信詩文》（臺北：錦繡出版，1992年8月初版），頁30。注解4言：「河陽：今河南孟縣西北。《白帖》：『（晉）潘岳爲河陽令，多植桃李，號曰花縣。』」

青翠的樹木。〔註68〕從「併是花」、「滿園樹」皆呈現了春天所帶來的蓬勃生機,以及描摹春景的豐富畫面,像是一幅彩色圖畫,描繪出了滿園春色。而「一叢香草足礙人,數尺遊絲即橫路」是指一叢叢芳香的碧草足以妨礙遊人的腳步,一縷縷飄動的遊絲似乎要擋住人們遊春的去路,兩句詩描繪出人們急欲出外觀覽美景,而那腳步彷彿會被腳下叢生的香草和空氣中飄飛的遊絲給阻斷去路,這裡亦可感受到人們迫不及待要去賞春的雀躍心情。

「苔始綠而藏魚,麥纔青而覆雉」,是寫初染綠色的苔草下有魚群嬉游,青青的麥壠遮蓋著啼叫的雉鷄,兩句純由大自然植物與動物之間,一靜一動構成「春」的景象,語句清新自然又生動地點出春天的生機,動靜之間,趣味盎然。末段開始則寫出了三月修禊以祈福驅邪的風俗,以及曲水流觴的雅興。「百丈山頭日欲斜,三晡未醉莫還家」兩句,則寫出傍晚時分,當高遠的山頭上太陽將要西斜,遊春的人們不醉酒盡興便不回家,文句上雖是寫人們欲盡興才歸,其實也將遊春人群陶醉於美麗春色中而依依難捨的心情描摹出來。其下「池中水影懸勝鏡,屋裏衣香不如花」兩句,則呼應了首段動人的春景,即春水照人勝過屋裏懸掛的明鏡所映照出的人影,而屋裏衣衫薰染的香氣〔註69〕也遠不如春郊怒放的春花香氣,結尾呈現了百花盛開、香氣撲鼻的滿園春色,可見春色的可人並非人爲的妝飾所能取代,本與春色爭妍的人們,反爲春色所感動而陶醉其中。

〈春賦〉以五、七言詩句穿插爲主,呈現的是熱鬧又活潑輕快的遊春情調,語句清麗自然,以白描手法摹景寫物,然白描中溢光流彩,綺靡宕逸,這正是庾信遠俗獨到之處;〔註70〕又其賞玩觀覽

〔註68〕「金谷」,指金谷園,晉石崇的別墅,在今河南洛陽。石崇《金谷詩序》:「余有別廬,在河南界金谷澗中,或高或下,有清泉茂樹,眾果竹柏草藥之屬。」同上註,頁 30 之注解 5。

〔註69〕「衣香」:古代女子有用香薰衣的習慣。參見曲德來、遲文浚、冷衛國主編《歷代賦廣選・新注・集評》,同註 66,頁 468 之注解 30。

〔註70〕參見魏耕原主編《歷代小賦觀止》同註 38,頁 343。

春天的情致，也以〈春賦〉描寫得最爲細膩傳神，〔註71〕展現在讀者眼前的彷彿是一幅色彩紛呈、充滿蓬勃生機的春天圖畫。而庾信寫作文章在聲律、文字上的講究，也奠定了唐宋律賦的基礎，也將宮體詩所運用的聲律和麗辭等形式美，巧妙地運用到駢文上（包括賦在內），因此庾信的影響不只在美文的傳承，也使後代文士祖述、仿效，〔註72〕在文學史上有深遠的影響。

此外，北朝詩篇中描寫春天風情的，如〔北齊〕蕭慤〈春晚〉〔註73〕、〔北齊〕楊休之〈春日〉〔註74〕、〔北周〕宗懍〈早春〉〔註75〕等，描寫春天景致及動植物在春天的樣態，皆傳神而生動，也爲北朝文學增添了豐富的面貌。

第三節　唐代的詠春作品

唐朝是中國詩歌史上的黃金時代，形式完備，內容豐富、風格多樣，派別林立，使詩歌在唐朝，成爲一種最普遍的文學形式。因此本小節關於唐代詠春的詩詞，將先依春天時序先後，即初春、盛春、暮春等景色變化作介紹，最後才介紹文人因美好時光稍縱即逝所抒發的感春之作。

春天的腳步是否已經來到，可以從一些小地方發現春天的蹤影，例如劉方平〈月夜〉〔註76〕：

〔註71〕龔鵬程《春夏秋冬》，同註8，頁50。
〔註72〕相關資料參見許東海《庾信生平及其賦之研究》，同註64，頁287～289。
〔註73〕參見〔清〕陳夢雷撰《古今圖書集成》第三冊「曆象彙編歲功典第三十四卷季春部」，同註47，頁355。
〔註74〕參見〔清〕陳夢雷撰《古今圖書集成》第三冊「曆象彙編歲功典第三十四卷季春部」，同註47，頁355；以及〔清〕查慎行、張玉書等編錄《佩文齋詠物詩選》，同註52，頁588。
〔註75〕參見〔清〕陳夢雷撰《古今圖書集成》第三冊「曆象彙編歲功典第十六卷孟春部」，同註47，頁182；以及〔清〕查慎行、張玉書等編錄《佩文齋詠物詩選》，同註52，頁588。
〔註76〕參見清聖祖御定《全唐詩》（北京：中華書局，1960年4月第一版），

更深月色半人家，北斗闌干南斗斜。今夜偏知春氣暖，蟲
聲新透綠窗紗。

這是一首報春小詩，描寫冬春之交物候的變換。首兩句寫作者夜晚
所見之景，夜已深沉，月漸西斜，房屋、庭院、街巷、樹木，有一
半浸浴在月色裏，一半則沉睡在暗影中；而深藍如絨布的天空中，
北斗星已經橫轉〔註77〕即將隱沒，南斗星也開始傾斜。通過星月移
位這一富有詩意的自然景觀來點題記時，將詩人留戀月色、夜深不
寐，且觀察細膩之情呈顯出來，也勾勒出一幅靜夜水墨畫。後兩句
描述詩人在這靜寂的夜半，忽然有一陣蟲鳴聲在庭院響起，原來是
春蟲感到春天氣息的到來，從長長的冬眠中甦醒而後發出叫聲，這
蟲聲初次透過綠色的窗紗，傳入詩人的耳中，也驅散了深夜的寒氣，
使詩人感覺到春天和暖的腳步已經來臨。詩中尤以末句的蟲鳴報
聲，別出新意，詩人借助聽覺和感覺，捕捉到半夜小蟲在窗紗外鳴
叫，推想料峭寒夜中唯有這細小生靈最先感知「春氣暖」，彷彿迫不
及待地向人們報春訊；而「新」字說明了近來首聞，有新鮮之感。
此外，「綠」與「春」呼應，從色彩中亦可領略到春的氣息；而「透」
字雖然在字面上說春蟲的鳴叫聲透過窗紗傳進詩人耳中，其實也隱
含著蟲聲隨著暖暖的春氣滲透入屋舍。全詩憑著詩人觀察事物的敏
銳與細膩體驗，由視覺、聽覺和感覺揭開了春天來臨的序幕。

　　韓愈〈春早呈水部張十八員外二首〉之一〔註78〕也描繪出早春
的神韻：

天街小雨潤如酥，草色遙看近卻無。最是一年春好處，絕
勝烟柳滿皇都。

這首清新雋永的詩是韓愈寫給水部員外郎張籍的，張籍在兄弟中排
行十八，故稱張十八。詩中描摹了早春風景。首句形容初春的濛濛

第八冊，卷 251，頁 2840。

〔註77〕「闌干」即縱橫交錯、橫斜之意。參見奚少庚、趙麗雲主編《歷代
　　　　詩詞千首解析辭典》(臺北：建宏出版社，1996 年 2 月初版)，頁 452。
〔註78〕清聖祖御定《全唐詩》，同註76，第十冊，卷 344，頁 3864。

細雨落在京城街道上，纖細的雨絲，就像酥油一樣柔膩光滑，詩人通過味覺來表達審美感覺，使人彷彿含咀著那「雨潤如酥」的閒適之趣；又細雨霏微，甘如酥油，春雨細柔滑潤地滋潤著土地，賦予萬物滋生的條件，也給人濕潤軟綿之感。次句寫草芽新冒，罩上一層雨霧，遠望是一片嫩綠，走近一看，草芽卻稀稀疏疏看不太出來是什麼顏色。從以上兩詩句可以看出詩人觀察的仔細，將早春景色的特點刻劃入微，朦朧美中洋溢著勃勃生機。結尾兩句是詩人對早春的由衷讚美，將早春細雨中的草色與暮春的滿城烟柳相比，表明早春的珍貴，是春回大地的象徵，帶給人們無限生機與驚喜，因此遠遠勝過那滿城烟柳、枝葉茂盛的晚春時候。詩人抓住春雨中「草色遙看近卻無」的特點，描繪出早春的景象，彷彿用飽蘸水分的彩筆輕輕一抹，畫面上便隱隱泛出淡淡青草色。於是此詩獲得如下好評：「『草色遙看近卻無』，寫照工甚，如畫家設色，在有意無意之間。」〔註79〕這首詩歌詠早春，能攝早春之魂，〔註80〕給讀者以無窮的美感趣味，甚至是繪畫所不能及的。

　　此外，描寫早春詩篇，另有王勃〈早春野望〉〔註81〕、楊巨源〈城東早春〉〔註82〕、白居易〈正月三日閒行〉〔註83〕等。

　　從初春進入到春天的繁盛時節——盛春，白居易〈錢塘湖春行〉〔註84〕一詩彷彿可以嗅到泥土的芳香和春天充滿生氣的感覺：

　　　孤山寺北賈亭西，水面初平雲腳低。
　　　幾處早鶯爭暖樹，誰家新燕啄春泥。
　　　亂花漸欲迷人眼，淺草纔能沒馬蹄。

〔註79〕富壽蓀選註，劉拜山評解《唐人絕句評注》（臺北：木鐸出版社，1982年6月初版），頁156所引黃叔燦《唐詩箋注》之評論。
〔註80〕參見蕭滌非等撰寫《唐詩鑑賞集成》（臺北：五南圖書出版，1990年9月初版一刷），下冊，頁977。
〔註81〕清聖祖御定《全唐詩》，同註76，第三冊，卷56，頁682。
〔註82〕清聖祖御定《全唐詩》，同註76，第十冊，卷333，頁3737。
〔註83〕清聖祖御定《全唐詩》，同註76，第十三冊，卷447，頁5026。
〔註84〕清聖祖御定《全唐詩》，同註76，第十三冊，卷443，頁4957。

最愛湖東行不足，綠楊陰裏白沙堤。

這首詩扣緊了環境和季節的特徵，把披上春天外衣的錢塘湖，描繪得生意盎然、恰到好處。詩題是〈錢塘湖春行〉，於是詩人在首句便對所遊的區域做一劃定，錢塘湖是西湖的別名，孤山是錢塘湖裡一座獨立的山，山上有寺，名孤山寺，是湖中登覽勝地。因錢塘湖面積廣大，可遊覽的景致非一時能看盡，所以詩人觀覽的範圍是「孤山寺北賈亭西」以及末尾點出的湖東白沙堤，賈亭與白沙堤皆是西湖名勝。第二句開始則是描寫春行沿路的景色，首先描繪錢塘湖的風貌，秋冬水落、春水新漲，朵朵舒卷的白雲似黏貼在天空中，和湖面上蕩漾的波瀾連成了一片，在迷濛的水色天光、雲氣氤氳、波紋晃漾間，彷彿籠罩一層薄紗的錢塘湖展示了它靜謐恬雅的面目，水面平穩，可見風不強烈；雲腳低〔註85〕，可見陽光不酷熱，呈現出這時還是濕涼的春天氣候。

接著中間四句點明詩題「春行」兩字，寫遊行湖畔的觀感，透過物色的描繪，展現春天迷人的風姿。在「早鶯爭暖樹，誰家新燕啄春泥」中，詩人經由視覺、聽覺等來摹寫，從黃鶯爭著棲息背風向陽的樹、燕子啄泥銜草以營建新巢的動態中，把春天的活力生動地描繪出來，以「早燕」、「新鶯」勾勒出江南早春圖，鶯、燕皆成為春天的象徵，而「爭」以及「啄春泥」則展現了生命的活力，也顯得鮮活且趣味橫生。「亂花漸欲迷人眼，淺草纔能沒馬蹄」則寫出了野花持續生長、繁艷盛多，奼紫嫣紅的令人目眩心迷；詩用「沒馬蹄」來形容眼前所見之景正是這嫩綠的、僅能覆蓋住馬蹄的淺草，而淺草待長，彷彿綠茸茸的地毯般將覆蓋大地，兩句詩也透露出從初春至仲春春天色彩開始濃艷，繁花競放的季節即將到來。最後兩句「最愛湖東行不足，綠楊陰裏白沙堤」則直抒胸臆，點明這

─────────────────────────

〔註85〕「雲腳低」指下雨前後接近地面的雲氣，又名「雨腳」。參見鄭永曉選析、華岩審訂《相逢何必曾相識──白居易作品賞析》（臺北：開今文化事業，1993年2月初版），頁191。

是遊賞不盡的「春行」，湖東風景宜人，登上綠楊夾道成蔭的白沙堤，總攬全湖之勝，明媚秀麗的春景盡收眼底。

　　遊春，總不外是對春景的描繪和人們在春景中的動態敘述。白居易詩運用白描手法，以湖水雲山和鶯燕花草泥楊等自然物象舖出了一個春遊所見的畫面。〔註86〕隨著遊賞，一幕幕春天的景致如畫面般輪接轉換，拼接成一個美麗的春天，也記錄了詩人騎馬春行於迷人景色中的悠然心境。詩中遊春的情感脈絡，也隨著它華贍流易的筆調，向人間吐訴一段生的悸動與欣悅。〔註87〕

　　白居易的詞作〈憶江南三首〉之一〔註88〕，同樣寫江南春色，不過時序已進入盛春：

　　　　江南好，風景舊曾諳。日出江花紅勝火，春來江水綠如藍。
　　　　能不憶江南？

〈憶江南〉此詞牌原名〈謝秋娘〉，白居易按此調填詞，因有「春來江水綠如藍，能不憶江南」一句，才改其名爲〈憶江南〉，此外，還有〈望江南〉、〈夢江南〉、〈江南好〉等許多異名。〔註89〕白居易年少時曾旅居蘇、杭，又曾在蘇、杭任刺史，因此在他晚年回到北方後，對江南的點滴生活仍念念不忘，此首作品便是抒發對江南的憶戀之情。而上述所引用的第一首詞作，是描繪生機盎然、色彩艷麗的江南春天。首先詩人即讚頌江南好，於是由「好」而「憶」，由「風景舊曾諳」顯見自己曾親身經歷，所以熟悉江南的美好。接著「日出江花紅勝火，春來江水綠如藍」刻劃出在初日映照下的江畔春花，紅得勝過火焰；而春水蕩漾，深濃的碧綠色江水，似乎比藍草還要綠，詩人以「紅勝火」、「綠如藍」凸出渲染了江南水鄉的春色，以紅日與紅花相互輝映，陽光越明媚，春花就越艷麗；並以

〔註86〕參見龔鵬程《春夏秋冬》，同註8，頁78。
〔註87〕參見龔鵬程《春夏秋冬》，同註8，頁80。
〔註88〕清聖祖御定《全唐詩》，同註76，第十四冊，卷457，頁5196。
〔註89〕參見奚少庚、趙麗雲主編《歷代詩詞千首解析辭典》，同註77，頁504。

紅花、綠水相互映照，使紅者更紅、綠者更綠，如此敷彩設色的手法，在「紅」、「綠」色調襯托下的明豔色澤，給人以絢麗奪目的印象，也呈現出江南萬紫千紅的迷人景致。如此令詩人難忘的江南春景，即便未曾到過江南的人，也會想親自一睹爲快呢！

　　王勃〈仲春郊外〉〔註90〕也顯現了盛春景致：

　　　　東園垂柳徑，西堰落花津。物色連三月，風光絕四鄰。鳥
　　　　飛村覺曙，魚戲水知春。初晴山院裏，何處染囂塵。

詩篇描述的是仲春二月長安城外的春景。首先便點明詩題是詩人在郊外欣賞到的春天景致，時值仲春，長安城外的道路是蒼翠茂盛的柳枝隨風披拂，渡頭邊則是落英繽紛的美景，舉目所及的大自然，正是在二月到三月的最佳時令，全披上了鮮豔妍麗的外衣，色彩紛呈、熱熱鬧鬧的裝飾著大地，這裡的風光之美更是冠絕周圍地區。接著「鳥飛村覺曙，魚戲水知春」兩句，則動態描寫了春天裡生物的蓬勃生命力，舒適宜人的春和季節，原本平穩熟睡的人兒，在聽到鳥群吱吱喳喳飛過村子的聲音，才驚覺天色已大亮；而春水溶溶，水中的魚兒亦感受到溫暖的春意而更活躍的嬉游其中。在這有著大自然美景、乾淨明亮的環境中，也映照出詩人的心胸明淨，是不會沾染到絲毫喧鬧的紅塵俗世中的塵埃。詩篇先寫盛春景色，以春天的「柳」、「花」做爲代表季節性的景物，又以聽覺及視覺的手法，描寫動態的飛鳥與魚群戲水，展現出春天活潑的生命力。末兩句則以抒情做結尾，流露出詩人有著感受春天的明淨心胸，亦隱含詩人有著欣賞大自然的澄澈靈魂，是不受一丁點塵世中的喧囂干擾的。

　　孟浩然〈春曉〉〔註91〕，則有幾分春晚的惆悵：

　　　　春眠不覺曉，處處聞啼鳥。夜來風雨聲，花落知多少？

春天夜晚，好夢正酣甜，隔天早上被鳥啼的喧鬧聲吵醒時，才知道天

〔註90〕清聖祖御定《全唐詩》，同註76，第三冊，卷56，頁676。
〔註91〕清聖祖御定《全唐詩》，同註76，第五冊，卷160，頁1667。

已經亮了，而聽聞窗外鳥鳴啁啾，此起彼伏，才想到昨晚聽到颶風下雨的聲音，不知道院裡的花被風雨打落了多少。詩篇由「醒——聽——想——問」構思而成，是出自生活的真實感受，前兩句是喜春，後兩句則抒發了惜春之情。詩人醒來，首先聽聞啼鳥處處，弄春囀晴，從聽覺寫出了春曉鳥群的歡鬧，展現了春天的盎然生機，然而卻也因此想到昨夜的風雨聲，但因醒而未起，不曾親見，於是發出了「花落知多少」的疑問。花落遍地，有惜花之意，字裡行間流露出詩人對大自然飽含深情，也因「落花」使詩人聯想起已殘的鮮麗與已逝的春光，〔註 92〕於是亦可見詩人那份愛春、惜春的心情，風雨使花飄零，是自然現象，也恰似眾多充實豐盈的生命，在春光的消逝中逐漸耗損，因而不由得慨歎春光易逝。然而儘管傷春惜花，詩篇所展現的仍然是一幅美麗的春晨圖畫，清新活潑而非低沉哀婉。

　　韓愈〈遊城南十六首〉之三〈晚春〉〔註 93〕，則妙用擬人手法，生動描繪晚春圖景：

　　　　草樹知春不久歸，百般紅紫鬥芳菲。楊花榆莢無才思，惟
　　　　解漫天作雪飛。

這首詩只有短短二十八個字，便生動地描繪出一幅群芳鬧春圖。首兩句「草樹知春不久歸，百般紅紫鬥芳菲」即點出時值晚春，春天將要消逝，自然界的花草樹木都靈敏地預感到春天不久就要歸去，因此千方百計想挽留住春天的腳步，也想珍惜春天剩餘的時光，於是都使出了渾身解數爭妍鬥美，著千般顏色，呈萬種風姿，將大地裝飾得千紅萬紫、繁花似錦。惟有楊花榆莢〔註 94〕知道自己無法開

〔註 92〕相關論述參見柯慶明著《境界的再生》（臺北：幼獅文化事業，1977
　　　　年 5 月初版，1993 年 12 月初版六印），頁 268～278。
〔註 93〕清聖祖御定《全唐詩》，同註 76，第十冊，卷 343，頁 3850。
〔註 94〕「榆莢」，榆樹果實扁圓，有膜質之翅，故曰榆莢。其形連屬若串錢，
　　　　亦稱榆錢。榆未生葉時，先在枝條間生榆莢，榆莢老時呈白色，隨
　　　　風飄落。參見富壽蓀選註，劉拜山評解《唐人絕句評注》，同註 79，

出絢麗的花朵，但是它們不甘示弱，使出以多取勝的本事，讓楊花榆莢像雪花一樣漫天飄飛，爲這萬紫千紅的大地點綴飄舞的白絮，使這幅晚春圖更添詩意。詩人巧妙的比擬，運用豐富的想像力，賦予草樹生命，使它們有靈性，能敏銳的感知春天即將消逝，而欲挽留春天的腳步；又讓少色澤香味的楊花榆莢不因「無才思」而自慚形穢，反而是善用自身特色與美艷的群花爭鳴競放，爲晚春添色，這志氣著實令人覺得可愛、可敬。

其他描寫晚春的詩篇，還有李華〈春行寄興〉〔註95〕、杜甫〈曲江二首〉之一〔註96〕等，其中杜甫〈曲江二首〉之一：「一片花飛減卻春，風飄萬點正愁人。且看欲盡花經眼，莫厭傷多酒入唇。」本段連用三句來寫落花，便透露了春天消逝的消息，詩人因看見一瓣花片落下就感到春色已減而發愁，但接著又看見枝頭殘花一瓣瓣、一片片地被風飄走，加入那「萬點」的行列而即將落盡，心中眞是愁緒萬千，詩句上雖不言惜，而惜春之意自現。美好春光的消逝使詩人藉這暮春之景，將惜春與留春之情融合於詩中，也令人感受到須好好珍惜這短暫的春光。

至於唐代惜春詩的眞正成立，要推初唐劉希夷的〈代悲白頭翁〉〔註97〕，此詩將惜春詩推向成熟的階段〔註98〕：

今年花落顏色改，明年花開復誰在？……年年歲歲花相似，歲歲年年人不同。

這是一首擬古樂府，題目又作「代白頭吟」，詩從紅顏寫到白頭翁，詠嘆青春易逝、紅顏易老的感慨。上述節錄的詩句，已將惜春詩的特點呈現出來，即以落花作爲春天將盡的表徵，並由花落比喻青春易逝、生命短暫，以及由自然物的循環，襯托出生命一去不返的悲哀。

頁153。

〔註95〕清聖祖御定《全唐詩》，同註76，第五冊，卷153，頁1590。

〔註96〕清聖祖御定《全唐詩》，同註76，第七冊，卷225，頁2409～2410。

〔註97〕清聖祖御定《全唐詩》，同註76，第三冊，卷82，頁885～886。

〔註98〕陳清俊〈盛唐「傷春」與「悲秋」詩的主題探討〉，同註59，頁148。

詩中具有一種時間循環反復的意味，也道出千古以來的人類，在面對綿延不絕的時間，所共有的悲哀。「春花春月，流水悠悠，面對無窮宇宙，深切感受到的是自己青春的短促和生命的有限。……對廣大世界、自然美景和自身存在的深切感受和珍視，對自身存在的有限性的無可奈何的感傷、惆悵和留戀。」〔註99〕這種每個人共同具有的時間意識，或是生命意識，正是惜春詩抒情的泉源。〔註100〕

之後，崔國輔〈白紵辭二首〉之一〔註101〕、王維〈晚春嚴少尹與諸公見過〉〔註102〕、杜甫〈曲江二首〉之一、杜甫〈江畔獨步尋花七絕句〉之七〔註103〕、薛能〈惜春〉〔註104〕等，皆抒發了惜春之情。其中，杜甫的詩篇包含各種惜春的情緒，如前引述的〈曲江〉詩等，許多詩篇皆衍生出各種複雜的情感，如惱春、怨春、留春等微妙而曲折的情懷。此外，杜甫也將家國之痛納於春詩之中，例如〈春望〉：「國破山河在，城春草木深。感時花濺淚，恨別鳥驚心。烽火連三月，家書抵萬金。白頭搔更短，渾欲不勝簪。」〔註105〕從詩中可以感受到詩人面對國家殘破、家人離散而書信不通時心中的焦急與無助，雖然鋪展眼前的是明媚的三月春景，但是對於無心賞景的詩人而言，此時感念時事、離亂傷痛與嘆息衰老的心情，徒使美景增添悲哀。

又如〈傷春五首〉中：「天下兵雖滿，春光日自濃。西京疲百戰，北闕任群兇。煙花一萬重，蒙塵清路急。」、「鶯入新年語，花開滿故枝。天青風捲幔，草碧水通池。牢落官軍速，蕭條萬事危。鬢毛元自白，淚點向來垂。不是無兄弟，其如有別離。巴山春色靜，

〔註99〕　李澤厚著《美的歷程》（臺北：谷風出版社，1987年11月初版），頁170。
〔註100〕　陳清俊〈盛唐「傷春」與「悲秋」詩的主題探討〉，同註59，頁149。
〔註101〕　清聖祖御定《全唐詩》，同註76，第四冊，卷119，頁1204～1205。
〔註102〕　清聖祖御定《全唐詩》，同註76，第四冊，卷126，頁1276。
〔註103〕　清聖祖御定《全唐詩》，同註76，第七冊，卷227，頁2452。
〔註104〕　清聖祖御定《全唐詩》，同註76，第十七冊，卷558，頁6470。
〔註105〕　清聖祖御定《全唐詩》，同註76，第七冊，卷224，頁2404。

北望轉逶迤。」等詩句〔註106〕，以及〈春日江村五首〉之一：「農
務村村急，春流岸岸深。乾坤萬里眼，時序百年心。茅屋還堪賦，
桃源自可尋。艱難賤生理，飄泊到如今。」〔註107〕等，詩中皆可
見詩人將社會國家的動亂不安、擔憂國事的心情，以及對時序流轉
的感嘆，融入以描摹春天景色爲對象的作品之中，使得「春之傷悲」
在感時憂國的杜甫詩中，得到充分的體現。諸如此類作品爲春季感
懷詩〔註108〕注入了新的生命與內涵，這是杜詩獨到的貢獻。因此，
杜詩已爲中晚唐的「惜春」詩，與兩宋的「惜春」詞開了一條路，
可以說對於春的憐惜，在杜甫詩中已經發展得相當完全了。〔註109〕

第四節　宋代的詠春作品

　　宋詞是宋代流傳普遍的一種文學形式，詞的音樂性與內容的多
元化，使詞在宋代成爲文學主流。本小節討論有關宋代的詠春作品，
是指宋詩而言，至於宋詞的詠春作品，將在以下各章分項論述。因
此，本小節將簡單介紹幾首關於宋詩的詠春作品，呈現同一時代不
同文學形式所表現的詠春之作。

　　首先，由蘇軾〈惠崇春江晚景二首〉之一〔註110〕揭開春天到來
的帷幕：

　　　　竹外桃花三兩枝，春江水暖鴨先知。蔞蒿滿地蘆芽短，正
　　　　是河豚欲上時。

詩題〈惠崇春江晚景〉中的惠崇，是宋代著名畫家，〔註111〕「春江

〔註106〕　清聖祖御定《全唐詩》，同註76，第七冊，卷228，頁2471。
〔註107〕　清聖祖御定《全唐詩》，同註76，第七冊，卷228，頁2486。
〔註108〕　作者認爲盛唐的春季感懷詩主要包括惜春、傷春、春怨等類型。參見
　　　　　陳清俊〈盛唐「傷春」與「悲秋」詩的主題探討〉，同註59，頁156。
〔註109〕　相關討論參見陳清俊〈盛唐「傷春」與「悲秋」詩的主題探討〉，
　　　　　同註59，頁149～154。
〔註110〕　北京大學古文獻研究所編《全宋詩》（北京：北京大學出版社，1991
　　　　　年7月第一版）第十四冊，卷809，頁9374。
〔註111〕　〔宋〕郭若虛撰《圖畫見聞誌》（上海：上海書店，1984年12月印

晚景」是他的畫作，今已失傳。本首詩則是蘇軾爲這幅畫題的一首
題畫詩，「晚景」，一作「曉景」。詩篇呈現的是一幅以早春景物爲背
景的春江鴨戲圖，首先，詩前三句「竹外桃花三兩枝，春江水暖鴨
先知，蔞蒿滿地蘆芽短」具體描寫了六樣景物，有竹子、在竹外開
放的桃花、江水、在水上浮游的鴨子、佈滿地面的蔞蒿、新出嫩芽
的蘆葦；而這三句也分別描繪了地面景、江上景、岸邊景，由此可
想見這幅畫的取景和佈局。江岸竹林外露出幾枝迎風綻放的桃花，
桃花是春天的信使，桃花的艷紅色與青翠的竹林、江水的藍綠色互
相掩映，使春天的顏色繽紛熱鬧了起來；江上的鴨群浮游戲水，想
必是感知春天已經到來，江水逐漸變得暖和；江岸邊長滿岸旁的蔞
蒿，以及陸續冒出嫩芽的蘆筍，皆以青蔥的綠色或深或淺點綴江岸，
當春水漲起時，鮮肥的河豚眞會讓人垂涎欲滴啊。詩人摹景狀物細
膩生動，「水暖」、「鴨先知」、「欲上時」兩句，是畫面上欣賞不到的，
需憑藉詩人的聯想力和生活知識上的經驗判斷，才能寫出在視覺之
外，鴨子戲水感知春江的暖意，以及在這暖流之下，「河豚沿江而上」
的信息，使得畫面活現於眼前。畫有畫境，詩有詩境，蘇軾並未爲
原畫所囿，而是運用豐富的想像力和意趣盎然的筆觸，賦予靜態的
圖畫鮮活的生命力，呈現出自然界活躍的生命與對季候的敏感。

　　秦觀〈春日五首〉之二 〔註112〕 則寫出夜雨初晴的春天景致：
　　　一夕輕雷落萬絲，霽光浮瓦碧參差。有情芍藥含春淚，無
　　　力薔薇臥曉枝。

春日大地，經過昨晚輕雷落下而後細雨紛紛的滋潤，春色更濃，雨停
後，初晴的陽光照耀被雨洗過的琉璃瓦，一層層參差的屋瓦反射的浮
光閃亮如碧玉。那一株株芍藥，燦然盛開，由於昨夜細雨的滋潤，因

　　行），第四卷「紀藝下」之「花鳥門」有言：「建陽僧慧崇，工畫鵝
　　鴈鷺鷥，尤工小景，善爲寒汀遠渚，蕭灑虛曠之象，人所難到也。」
　　參見該書頁10。
〔註112〕 北京大學古文獻研究所編《全宋詩》，同註110，第十八冊，卷1061，
　　頁12112。

此花兒飽含水分，遺留在花瓣上的水珠，就好似花兒含淚欲泣，而薔薇花枝經過昨夜風雨，雨水增加的重量把枝條壓低，使枝條橫豎倒伏，柔弱的攀附著其他嫩枝悄然開放，猶如嬌臥無力的佳人，百媚自生。詩篇在首句便以「輕雷」、「落萬絲」寫出了春天雷雨的特色，三、四句則聚焦於芍藥與薔薇的嬌媚，運用擬人手法，賦予春天的花草多愁善感的心靈，僅因微風細雨便顯得泫然欲泣、嬌弱無力，也刻劃出薔薇在曉色中那懶洋洋的神態，而以嬌弱女子的情態摹寫雨後柔弱的花枝，也流露出詩人柔婉纖細的惜花之情。詩人能體物入微，又融情入景，使詩中有遠景、近景，有動有靜，有情有姿，呈現細膩輕柔、清新婉麗的韻味。

葉紹翁〈游園不值〉〔註 113〕以探出牆外的紅杏來烘染滿園濃郁的春色：

> 應憐屐齒印蒼苔，小扣柴扉久不開。春色滿園關不住，一
> 枝紅杏出牆來。

詩題中的「不值」是「不遇」之意，指詩人沒有遇見園庭的主人，所以無法進入觀覽園中美景。「屐齒」是指木製鞋子的鞋底有齒，以防滑到，在詩中的意思則是由於詩人未遇到園庭主人，不得其門而入，所以猜想是園庭主人為了愛惜園中的青苔，不讓那木屐鞋的齒痕印在上面，〔註 114〕而從蒼苔與屐齒「可」印，也可以發現春雨剛下過不久，庭園還非久晴。當詩人想進園遊春，園庭的柴扉卻緊閉，輕輕的叩門，等了很久還是無人答應，從詩中前兩句可見詩人失望掃興的心情。三、四句卻筆鋒一轉，將滿園春光用一枝嬌豔欲滴的出牆紅杏來代表，因此詩人從牆外便可以猜想，牆頭的紅杏已經把滿園春色的消息透露出來了，可見園庭裡一定有滿園關不住的春色，也意味著紅杏具有頑強的生命力，是牆與門扉都關不住的；而

〔註 113〕 北京大學古文獻研究所編《全宋詩》，同註 110，第五十六冊，卷 2949，頁 35135。

〔註 114〕 參見金性堯選注《宋詩三百首》（臺北：書林出版，1990 年 10 月出版），頁 286。

這冒出牆頭的紅杏，帶給詩人一種意外的喜悅，也掃除先前訪友不遇的失望惆悵。三、四句渲染了濃郁的春色，「關」字與「出」字皆凸顯了春意的活躍，以及春光的洋溢，又寓見微知著之意〔註115〕。從無人應門、靜寂的庭園裡，詩人原本期待的心情變成失望遺憾，在忽然看到一枝紅杏伸出牆外，盡而領略到園庭中的盎然春意，失望之情頓又翻轉成驚喜，如此曲折的心情轉換，詩人刻畫細膩，於景又能凸出特點，烘染出春天的盎然生意。

　　朱熹〈春日〉〔註116〕則寫出了春日遊賞所見之景，用文字繪製了心靈的春色：

　　　　勝日尋芳泗水濱，無邊光景一時新。等閒識得東風面，萬紫千紅總是春。

若單純的以欣賞角度看待此詩，詩篇雖是摹景寫春，但「尋芳」兩字點明此首詩是遊春踏青之作。在這風和日麗、天氣晴朗的春日裡，詩人於泗水邊遊春踏青，展現在眼前的是一片明媚春光，「新」字有春回大地、萬象更新之意，也有於郊外遊賞、迎接春天到來之令人耳目一新的感覺；三、四句也抒寫了尋芳所得，微微的春風輕柔吹拂在臉上，眼前萬紫千紅的景象，盡是春光點染而成，那些色彩繽紛、生意盎然的鮮花，使風景煥然一新，觸處生春；春風徐徐吹過，百花搖曳爛漫生姿，於是詩人在妊紫嫣紅中認得了春風的魅力，感受到了春天的氣息，原來百花齊放下，大地成了花團錦簇的世界，是春風這般魔力點化而成。詩人身為宋代著名的理學家，卻能擺脫談論真理的理性思維，而以清新自然的文字表現對春天的喜愛，字裡行間流露出濃郁的春天氣息，也展現了百花的盎然春意。

　　歐陽修〈豐樂亭遊春三首〉〔註117〕描寫的也是遊春踏青，但是

〔註115〕參見金性堯選注《宋詩三百首》，同上註，頁286評曰：「三、四兩句是名句，寫得自然，寓見微知著之意。」

〔註116〕北京大學古文獻研究所編《全宋詩》，同註110，第四十四冊，卷2384，頁27500。

〔註117〕北京大學古文獻研究所編《全宋詩》，同註110，第六冊，卷292，

時序已進入暮春：

> 綠樹交加山鳥啼，晴風蕩漾落花飛。
> 鳥歌花舞太守醉，明日酒醒春已歸。
> 紅樹青山日欲斜，長郊草色綠無涯。
> 遊人不管春將老，來往亭前踏落花。

豐樂亭在今安徽省滁縣西南琅琊山幽谷泉上，是歐陽修任滁州太守時所建。上述選錄的詩是出自〈豐樂亭遊春三首〉中的第一、三首，詩篇主在描寫豐樂亭的暮春景色，與遊人盡情賞春之意趣。第一首詩的前兩句寫山鳥在枝葉茂密、青翠的樹林間快樂地鳴叫，陽光下的春風在山野間輕拂著枝葉，落花也隨風飄飛起舞。在如此春光明媚、有花鳥歌吟相伴的春光裡，太守似乎已經喝醉，當明天酒醒時，春天已經悄悄逝去。第三句的「太守醉」，有太守喝醉之意，但也意味著太守是醉倒在這迷人的春色中。末句「明日酒醒春已歸」則含蘊著對春天的無限珍惜，詩人在鋪敘美麗的春景後，加上這筆惜春之情，可見詩人在曼妙的春光中感到些許對春天消逝的惆悵。

第二首詩前兩句同樣是描摹春天的美景，開滿紅花的樹與青翠蓊鬱的山巒點綴著豐樂亭的風光，此時太陽將要西下，夕陽餘暉籠罩下的豐樂亭更顯姿色動人，廣闊的郊野上是一望無際的茸茸青草鋪蓋，來這裡踏春遊賞的遊人儘管太陽將要落下還是不肯離去，流連忘返於豐樂亭前，欣賞暮春的美景，也在這亭前來來往往地踏著落花，似乎執意挽留春天，濃厚的遊春興趣更不因為春天將消逝而稍減半分。詩篇用鮮麗的色彩描繪出晚春時的豐樂亭景色，並以遊人踏落花來反襯詩人的惜春心情，「踏落花」顯示出遊人的興致高昂，以及樂陶陶的賞春情態，暮春時花朵都落盡了卻仍不減遊人意興，似乎也透露出遊人們同太守一樣，捨不得春天歸去。兩首詩皆呈現了身為太守的歐陽修與當地人民共同踏春遊賞，和樂融融的情景，而詩篇後半皆流露出惜春之情，寫來感情纏綿又酣暢淋漓，卻

頁 3685。

沒有過於感傷的成分，反映了詩人多情而又高曠的性格〔註118〕。

　　其他關於歌詠春天的宋詩，還有張耒〈新春〉〔註119〕、徐璣〈壬戌二月〉〔註120〕、真山民〈春行〉〔註121〕等寫早春、仲春與踏春遊賞之興；歐陽修〈暮春有感〉〔註122〕、邵雍〈春盡後園閒步〉〔註123〕、晁沖之〈春日二首〉〔註124〕、范成大〈碧瓦〉〔註125〕寫暮春之作等。

　　關於春天的悵惘之情方面，由一些描寫晚春的詩作中可以窺知，如前引歐陽修〈豐樂亭遊春〉有些許惜春之情等，而傷春感懷於詞作之中蓬然勃興〔註126〕，因此諸如關於春天悵惘之情的詞作，詞作中又包含哪些思想內容、意涵與生命情調，將在下一章節討論之。

第五節　小　結

　　本章著重於先秦至宋代關於歌詠春天的文獻探討，主要在於呈現各個朝代中描寫春天景色的作品，舉凡春天景色的變化，或是在春天裡出遊、欣喜享受春光的愉悅之情等；以及因美好時光稍縱即

〔註118〕參見木齋總主編，陶文鵬主編《中國文學寶庫・宋詩精華》（桂林：廣西師範大學出版社，1996 年 1 月第一版），頁 121。

〔註119〕北京大學古文獻研究所編《全宋詩》，同註 110，第二十冊，卷 1175，頁 13267。

〔註120〕北京大學古文獻研究所編《全宋詩》，同註 110，第五十三冊，卷 2778，頁 32881。

〔註121〕北京大學古文獻研究所編《全宋詩》，同註 110，第六十五冊，卷 3434，頁 40874。

〔註122〕北京大學古文獻研究所編《全宋詩》，同註 110，第六冊，卷 283，頁 3599。

〔註123〕北京大學古文獻研究所編《全宋詩》，同註 110，第七冊，卷 367，頁 4516～4517。

〔註124〕北京大學古文獻研究所編《全宋詩》，同註 110，第二十一冊，卷 1225，頁 13888。

〔註125〕北京大學古文獻研究所編《全宋詩》，同註 110，第四十一冊，卷 2244，頁 25764。

〔註126〕例如王立著《中國古代文學十大主題——原型與流變》，同註 15，頁 181 有言：「每逢亂世風雲特定文化氛圍的觸發，這種春恨正宗即勃然而興，南宋時曾達到空前的高峰。」

逝所抒發的惜春、傷春、春恨等作品。因相關詩歌爲數眾多，本章只舉例各個朝代數篇詩歌或文獻作爲討論。在經過上述各節的論述，對於各朝代關於春天的喜悅歌詠或是惆悵感傷之情，已有一定的認識和瞭解，茲整理幾點結論如次：

其一：先秦關於吟詠春天的詩歌與文獻，本章是以《詩經》、《楚辭》、《論語》作爲代表。詩篇中皆有描寫春天景致，或是賞玩觀覽春景的愉悅心情，但這時期歌詠春天的詩句都還只是佔整首詩中的一部分，全詩主體並非皆主要在吟詠春天。至於春天中的悵惘之情，如春恨、傷春等，在《詩經》中已略見雛型，《豳風・七月》是傷春的原型，亦被認爲是我國最古老的「傷春」詩。發展至《楚辭》，傷春、春恨文學的內容有了更深刻的內涵，除了從單純的以自然物候的特質來表現外，還呈現出蘊含自我的生命意識，有積極的，也有沉痛哀傷的。而在《論語》中，則有遊春的文獻記載。

其二：時代進入漢魏六朝以及唐、宋，因著文學形式、體裁、類型等的發展，詩篇所呈現的內容與方式豐富多變，因此表達歌詠春天的作品，諸如樂府、賦、古詩、近體詩等，此時吟詠春天的詩歌作品也已獨立成篇，與先秦時代還只是全篇作品的一部分不同。在文字語詞的運用、聲律的諧和與意象的表達方面，也隨著時代進步而刻劃入微，彷彿詩中的大自然與動植物都生氣勃勃的活現眼前；而文字色彩上的運用，以及各種感官上的摹寫，也把握了春天的特質，增添了春天豐富的樣貌，以文筆繪製了春天的神韻。

此外，惜春的作品已在六朝詩中略見雛型，六朝後期開始，「惜春」的心情作爲一首詩整體的核心被謳歌，此種惜春的心情類型也使唐代的季節感懷詩繼承這個傳統，而有不同類型的表現。至初唐劉希夷的〈代悲白頭翁〉將惜春詩推向成熟的階段；盛唐之後，惜春詩真正成立。爾後，杜甫的詩篇因包含各種惜春的情緒而成爲典型，例如將家國之痛納於春詩之中，爲春季感懷詩注入了新的生命與內涵，是杜詩獨到的貢獻，也因此杜詩遂下開中晚唐的惜春詩，

與兩宋的惜春詞。在宋代的詠春詩中，上文呈現的主要是以描摹春天景色為主的作品，其中在歐陽修的作品中，可見詩人的惜春之情，以及面對春天消逝而有的惆悵感懷。諸如此種珍惜春天的心緒也常表現在歐陽修及其他詞人的詠春詞中。

　　至於兩宋時期蔚為大觀的詠春詞，包含其主題內容、藝術表現、兩宋不同時期的比較等，將在以下各章節詳細討論；藉以探討詠春詞中豐富的自然意象與內在情思的融合，如何呈現出繁複的春天樣貌。

第三章　兩宋詠春詞的主題與內容

　　時序的流變、推移使得大自然換上了四季不同景物的布幕，多采紛呈的妝點著大地。宋代詞人逢春之時所描寫的春色，以及因景物而抒發的心情，皆賦予了春天作品中不同的情感色彩，也流露出詞人不同的寫作情趣。本章即以朱德才主編之《增訂注釋全宋詞》為文本，依據本論文詠春詞的選詞標準，將詞作進行整理與分類。由於本章著重在探討兩宋詠春詞的主題與內容，因此在以下各小節的安排上，首先介紹兩宋詠春詞作中描寫春天景色的作品，藉著詞作呈現出初春、盛春、暮春等不同景致的變化，以及詞人對春天存有的觀覽、欣賞心態；其次，則探討詞人面對春天景致時所抒發的情感，諸如春愁、惜春、送春、傷春、春恨等作品；最後則是將文學與社會民俗作一連結，欣賞詞人筆下所描繪的立春民俗風貌。

第一節　描寫春天的風華

　　本節在探討描摹春景的作品方面，將依春天時序先後所呈現景色的變化，以及人們在春日裡外出遊春賞春、盡情享受美好春光的作品，做一介紹。在分別探討不同時序的詠春詞之前，先欣賞蔣捷〈解佩令‧春〉〔註1〕為整體春景所做的概括描寫：

―――――――――――
〔註1〕凡是本論文所引用的兩宋詠春詞，皆出自朱德才主編《增訂注釋全

> 春晴也好。春陰也好。著些兒、春雨越好。春雨如絲,繡
> 出花枝紅裊。怎禁他、孟婆合早。　　梅花風小。杏花風
> 小。海棠風、驀地寒峭。歲歲春光,被二十四風吹老。楝
> 花風、爾且慢到。(冊四,頁394)

春天氣候多變,但是無論晴天或陰天,都不減詞人喜愛春天的心情,
若天空又飄下一些春雨,更增添春天的韻味。看那細細的雨絲,將
大地繡出了一朵朵嬌豔的花,在微風細雨中緩緩款擺,裊娜多姿,
如此柔軟纖細怎麼能受得了風吹。此時已過了梅花風與杏花風,迎
面吹拂而來的海棠風春寒料峭,如此歲歲年年的春光,都經過二十
四番花信風〔註2〕的洗禮,因此期望代表春天那最後一波花信的楝
花風,可以慢點才到。詞人將春天的氣候、花信風稍來的春天訊息
與百花競放呈現在詞作中,末尾的心願並流露出詞人喜愛春天、珍
惜春天的心情。

一、初　春

　　在歐陽修〈玉樓春・題上林後亭〉中,描繪的是初春的景致與及
時行樂的曠達情懷:

> 風遲日媚煙光好。綠樹依依芳意早。年華容易即凋零,春

宋詞》(北京:文化藝術出版社,1997年12月北京第1版)。本論文
在引用論述詞作時,直接標明冊數與頁碼,不再另以註腳方式附註。
〔註2〕二十四番花信風又稱二十四番花信、二十四番風、二十四番風信,
是與花期相應而來、傳播花開音信的風,簡稱花信風。由小寒至穀
雨共四個月一百二十天中,有八個節氣:小寒、大寒、立春、雨水、
驚蟄、春分、清明、穀雨。每五天爲一候,共二十四候,每一候對
應一種花信,所以每個節氣有三番花信風,從小寒至穀雨共有二十
四番花信風。二十四番花信風分別是小寒三信:梅花、山茶、水仙;
大寒三信:瑞香、蘭花、山礬;立春三信:迎春、櫻桃、望春;雨
水三信:菜花、杏花、李花;驚蟄三信:桃花、棠棣、薔薇;春分
三信:海棠、梨花、木蘭;清明三信:桐花、麥花、柳花;穀雨三
信:牡丹、荼蘼(或做荼蘪、酴醾)、楝。以上資料參見喬繼堂、
朱瑞平主編《中國歲時節令辭典》(北京:中國社會科學出版社,1998
年5月第一版),頁25;漢語大詞典編輯委員會編纂《漢語大詞典》
(上海:漢語大詞典出版社,1999年11月第一版)第一卷,頁118。

色只宜長恨少。　　池塘隱隱驚雷曉。柳眼未開梅萼小。
尊前貪愛物華新，不道物新人漸老。（冊一，頁112）

在風和日麗、陽光刷飾著溫暖色調的春天中，蒼翠的樹木透露出了初春的消息。從池塘隱隱傳來的春雷聲，柳樹上柳葉初生，細長如眼的樣子，以及梅花初初抽芽的萼片，都可以窺見春天乍到、大自然剛從寒冬甦醒的樣貌。詞中除了寫景，上、下片末尾有著面對此美景而興發的感嘆，詞人因見春光芳意聯想到年華稍縱即逝，美好的春色「長恨少」，也意味著人的青春年華同樣「長恨少」、容易凋零，因此不如趁這萬物復甦的春天開懷暢飲，沉醉在氣象更新的歡樂之中，不去管歲月催人老的事實。詞人的心境從原本的感嘆春景易逝，轉化成觀賞美景的心態，不耽溺於年華老去的感傷，而是及時行樂，抓住當下去欣賞大自然景色之「新」，才能忘了「人漸老」的惆悵，如此亦顯見詞人對於人生的超曠與豁達。

在歐陽修〈蝶戀花〉（簾幕東風寒料峭）中：「簾幕東風寒料峭。雪裏香梅，先報春來早。」（冊一，頁107）、〈蝶戀花〉（南雁依稀回側陣）中：「南雁依稀回側陣。雪霽牆陰，遍覺蘭芽嫩。……臘後花期知漸近。東風已作寒梅信。」（冊一，頁107）、〈又漁家傲〉（正月新陽生翠琯）中：「正月新陽生翠琯。花苞柳線春猶淺。……池水泮。東風吹水琉璃軟。……隴梅暗落芳英斷。初日已知長一線。」（冊一，頁118）等，詞中同樣藉由初春氣候微寒、白天逐漸比夜晚還長，以及大地回春而由南歸北的雁子，草木冒出新芽、花苞待放，與因應花期而來的花信風等徵候，呈現出早春的自然風物。

蘇軾〈減字木蘭花〉同樣描摹了早春的景致：

鶯初解語。最是一年春好處。微雨如酥。草色遙看近卻無。
休辭醉倒。花不看開人易老。莫待春回。顛倒紅英間
綠苔。（冊一，頁283）

黃鶯嬌啼，鳴聲婉轉悅耳有如說話，是春天中最美好的時節。詞上片寫明媚的春景，透過聽覺與視覺生動呈現早春的風貌，除了以黃鶯的

婉轉啼聲來透露春天到來的消息外,「最是一年春好處。微雨如酥。草色遙看近卻無」則化用了中唐韓愈〈春早呈水部張十八員外二首〉之一的詩句:「天街小雨潤如酥,草色遙看近卻無。最是一年春好處,絕勝烟柳滿皇都。」〔註3〕將細柔滑潤如酥油般的春雨與早春細雨中的草色融入詞作中,表明充滿無限生機的早春,是春回大地的象徵,遠比那已是滿城烟柳、枝葉茂盛的晚春還來得珍貴。詞作下片則透露出好景難再,而人的青春年華容易老去的感傷,但是與其悲嘆生命的短暫,不如珍惜春天,及時盡情享受人生。詞作的心境轉折相似於上述所列舉的歐陽修〈玉樓春‧題上林後亭〉,詞境皆因詞人的體悟更添加了情韻。

在李元膺〈洞仙歌〉中,表達了與蘇軾認為早春是春天最美好的時節的相同看法,作者於詞序中說道:「一年春物,惟梅柳間意味最深。至鶯花爛熳時,則春已衰遲,使人無復新意。予作〈洞仙歌〉,使探春者歌之,無後時之悔。」(冊一,頁 389)詞人於詞序中說明了他認為春日的最好時節是在梅柳初初發芽吐嫩,而非鶯啼花開、萬紫千紅綻放大地之時,因此提醒人們及早探春,不要徒留春時過後才尋春的遺憾。詞中更是明白表示詞人的看法:

> 雪雲散盡,放曉晴池院。楊柳于人便青眼。更風流多處,一點梅心,相映遠。約略顰輕笑淺。　　一年春好處,不在濃芳,小豔疏香最嬌軟。到清明時候,百紫千紅花正亂。已失春風一半。蚤占取韶光、共追遊,但莫管春寒,醉紅自暖。

在雪銷冰散、才放曉晴的庭院中,柳葉初生,討人喜歡,由於人們喜悅時正目而視,眼多青處,故曰「青眼」。而冬去春來,當柳眼新生,梅便將告退,因此「一點梅心」與前面作者賦予多情性格的柳眼相對應,梅將凋謝,不像柳色那樣喜悅,而約略有些傷感,「約

〔註3〕　清聖祖御定《全唐詩》(北京:中華書局,1960 年 4 月第一版),第十冊,卷 344,頁 3864。此首詩在本論文第二章第三節「唐代的詠春作品」中已有討論。

略嚬輕笑淺」彷彿是化在微笑中的淡淡哀愁，爲梅增添了無限風韻，因此說「更風流多處」在梅不在柳。這時正是春意漸濃、萬物充滿了新鮮活力的時候，也是一切希望的徵兆。而到了清明時節，已是花草繁茂、百花熱鬧綻放之時，反而使人感到沒有新意，這種極盛的場景，其實也是一種衰微的徵兆，在這春意闌珊之際，使人興起好景難駐的惆悵。篇末作者再次提醒眾人探春及早，雖然早春在氣候上仍是春寒料峭，不如春暖花開的令人舒適、喜悅，但是「春寒」同樣自有意趣，此時是更適宜喝酒以暖和身子的時候呢。

　　辛棄疾〈鷓鴣天・代人賦〉描繪的則是農村的早春樣貌：

> 陌上柔桑破嫩芽，東鄰蠶種已生些。平岡細草鳴黃犢，斜
> 日寒林點暮鴉。　　山遠近，路橫斜。青旗沽酒有人家。
> 城中桃李愁風雨，春在溪頭薺菜
> 花。〔註4〕（冊二，頁894～895）

詞人在詞作上片主要是寫近處的自然風光，以柔桑、嫩芽、幼蠶、黃犢、暮鴉描繪出一幅生機盎然的初春農村風景。首兩句在描寫桑樹抽芽、蠶卵已經有小部分孵化成幼蠶時，用了一個傳神的「破」字，寫出桑葉在春天溫暖氣候的催動下，逐漸萌發的勃勃生機，撐破了原本包覆在桑芽上的薄膜，「破」字讓人感受到柔桑抽芽生長的生命力。三、四句描寫隆冬過後，黃毛小牛吃起山坡上鮮嫩的春草時所發出的鳴聲，可以想見牛群吃草的時候是歡快滿足的。「斜日寒林點暮鴉」則點出時值夕陽西下，夕陽照在帶著寒意的樹林上，早春的寒林還沒有蔥綠的樹色，飛行在天空中的黑色烏鴉歷歷可見，遠望烏鴉彷彿是灑在天上的幾滴墨點。詞人以這些景物饒富生趣的展示了春日黃昏的絕妙景致，「就連那習慣用來形容蕭瑟景象的寒林、暮鴉，這裡也褪去了它們的傷感色彩而變成爲這幅『早

〔註4〕　唐圭璋《全宋詞》作「陌上柔條初破芽」、「春在溪頭野薺花」。參見
　　　　唐圭璋所編《全宋詞》（北京：中華書局，1965年6月第一版），冊
　　　　三，頁1898。

春農桑圖』的一個組成部分。」〔註5〕

　　下片則將鏡頭拉遠，描寫詞人在幽靜的山林中遇有一間可以歇息、小酌、掛有青旗的山村酒店，不但描繪出這富有特色的地方風物，也透露出詞人欣喜的心情。末兩句「城中桃李愁風雨，春在溪頭薺菜花」則翻出新意，不僅是寫景，也以對比的方式寫出詞人心中所感。當城市中嬌豔的桃花李花在早春的寒風冷雨中凋零而春意闌珊的時候，那遍佈在田野溪邊的雪白的薺菜花，繁密如天上的群星，正一朵接一朵地迎著風雨開放，使人感到春意盎然。薺菜花的花瓣碎小，沒有鮮豔的顏色，也沒有濃郁芬芳的香味，詞人卻讚賞其不畏風雨的堅強，對比出城市中憔悴嬌弱的桃花李花；於此也展現出詞人欣賞質樸平凡、富有旺盛生命力而占盡春光的薺菜花，正好似他那頑強進取的人生觀，以及崇尚清新樸素的生活態度。辛棄疾對於農村這種天然野趣的欣喜和愛賞，尤能在平凡的農村生活中發現那天然、清新、純樸的豐厚美感，正是由於本身有著欣賞事物的眼光，以及熱愛生活、情感豐富的心，才能領略大自然中的美好風情。

二、盛　春

　　宋祁〈玉樓春・春景〉所描繪的春景則漸漸由早春進入到盛春，詞中寫活了春天，充分展現出歡快明朗、生機盎然的春日：

> 東城漸覺風光好。縠皺波紋迎客棹。綠楊煙外曉寒輕，紅杏枝頭春意鬧。　　浮生長恨歡娛少。肯愛千金輕一笑。爲君持酒勸斜陽，且向花間留晚照。（冊一，頁100）

詞作上片描繪出漸漸濃盛的春景，以及春日遊樂的酣暢；下片則感嘆人生的苦多樂少，也顯現詞人對歡樂生活的眷戀與倍感珍惜。詞人在詞作上片，描寫湖面上水波晃漾，好像是歡迎著遊客在這美麗的春景中泛舟嬉戲，在這春江綠水、碧波粼粼的美好春光裡，彷彿

〔註5〕　參見楊海明《唐宋詞主題探索》（高雄：麗文文化事業，1995 年 10月初版一刷），頁 197。

可以聽見船棹與水之間划行拍動的聲音，又像是將春天划向更深更濃的春意，展現了人在春天裡的歡快自得。「綠楊煙外曉寒輕」兩句則以罩上了一層飄忽輕靈的薄霧的岸邊楊柳，以及在枝頭上燦然怒放的紅色杏花，描繪出春意漸濃的景致。紅杏，艷麗了春日，點染了枝頭上喧鬧的春意，詞人運用擬人手法，以一個「鬧」字展現出春天自然界中的蓬勃生意，道出春天飽滿的色澤，使春意由一個抽象的感覺變成一個活潑鮮活的形象。王國維對此讚譽有加：「境非獨謂景物也，喜怒哀樂亦人心中之一境界。故能寫真景物真感情者，謂之有境界，否則謂之無境界。『紅杏枝頭春意鬧』，著一『鬧』字，而境界全出。」〔註 6〕即謂只用這一個「鬧」字就將爛漫的大好春光描繪得淋漓盡致，也寫出詩人心中所擁有的一片盎然春光。誠如楊海明所說：「一片風景實際就是一片心情，所以那『紅杏枝頭』所呈現的『春意』就不僅體現著大自然的蓬勃生機，同樣也體現著作者心頭的盎然生趣。」〔註 7〕

　　詞作下片由景入情，遊春的歡快適意提醒了詞人人生的短暫以及歡娛的時刻稍縱即逝。歡娛恨少，憂患苦多，春天表現著時序的輪迴，人的生命卻不能再重來，因此詞人願意不吝惜千金去換取一些歡笑、換取春日的自得與美麗。於是舉起酒杯，勸說夕陽晚點下山，把美麗的斜暉照射在這些花叢裡，希望能留住夕陽，留住這歡娛的時刻，使春天永遠不老，永遠長在。

　　歐陽修〈漁家傲〉中所描述的是二月的春日風情：

　　二月春耕昌杏密。百花次第爭先出。惟有海棠梨第一。深淺拂。天生紅粉真無匹。　　畫棟歸來巢未失。雙雙款語憐飛乙。留客醉花迎曉日。金盞溢。卻憂風雨飄零疾。（冊

〔註 6〕王國維著，徐調孚校注《校注人間詞話》（北京：中華書局，1955 年 3 月上海第一版，2003 年 4 月北京新一版），頁 2～3；王國維著，馬自毅注譯，高桂惠校閱《新譯人間詞話》（臺北：三民書局，1994 年 3 月初版），頁 11～12。
〔註 7〕參見楊海明《唐宋詞主題探索》，同註 5，頁 73。

一，頁 117）

整闋詞的上片是描寫時序進入二月春耕的時候，百花爭妍的熱鬧情景。雖然菖蒲和杏樹都長得相當繁盛茂密了，但是那最早開花的海棠梨，無論是深色或淺色，都呈現出最嬌美的姿色，它的美麗是別的花卉無法匹敵的。在詞作下片，詞人首先描寫在春天氣候暖和時，成雙成對的燕子在先前畫棟上築好的泥巢中相互依偎，互訴柔情。接著筆鋒一轉，由外在景物轉寫到詞人與賓客盡情享受春光之情景，以「留客醉花迎曉日」兩句，呈現詞人從夜晚到天亮，在花叢間與客人盡情喝酒的喜樂之情。「卻憂風雨飄零疾」則描寫出詞人在面對如此大好美景、心情歡快的同時，卻也擔心著突然來臨的疾風驟雨會摧殘百花，因而興起了憐惜百花的心情。

歐陽修的詞作中，有兩組歌詠一年十二個月景物的〈漁家傲〉組曲，〔註8〕共二十四闋詞。〈漁家傲〉是屬於講唱文學的鼓子詞，原本是北宋鄉間市井流行的俗曲，這種用同一個詞牌重疊幾次描寫同一內容的聯章體，也是來自民間的一種藝術形式。而此種帶有民間曲子的風格，和敦煌唐代曲子寫本中描寫十二個月風光的曲子相類似，這種創作形式不但好聽，而且易懂易記，爲人民群眾所喜聞樂見。歐陽修利用它來描述當時的風土人情、民間習俗，富有濃厚的生活氣息，就像一幅北宋歲時風俗畫的長卷，而也由於歐陽修、范仲淹等人的寫作與提倡，〈漁家傲〉遂成爲後來詞人們最愛用的詞牌之一。〔註9〕

宋人十二月時令詞，由北宋歐陽修開創先例，尤其歐陽修〈漁家傲〉的十二月詞風一開，其後仿效之作紛紛出現，蔚爲後代風尚，對後代歲時習俗之詩、詞、文、賦、曲的影響很大，由此而派生出以春、

〔註8〕 參見朱德才《增訂注釋全宋詞》，同註1，冊一，頁116～120。
〔註9〕 相關資料參見王鈞明、陳泟齋選注《歐陽修秦觀詞選》（臺北：遠流出版社，1988年7月1日臺灣初版一刷），參見前言（頁5）及詞作賞析（頁35）；葉嘉瑩著《晏殊·歐陽修·秦觀》（臺北：大安出版社，1988年12月初版），頁54；宋柏年著《歐陽修研究》（成都：巴蜀書社，1995年5月第一版），頁148～149。

夏、秋、冬四季爲序的四季歌詞。〔註10〕例如洪适有〈生查子・盤洲曲〉共十四闋詞，〔註11〕除首尾兩首，其餘均以月爲序，描寫江西盤洲一至十二月的景物，每闋詞首句皆以某月「到盤洲」爲開端，例如「正月到盤洲」、「子月到盤洲」、「臘月到盤洲」等；張掄有〈點絳脣・詠春十首〉、〈阮郎歸・詠夏十首〉、〈醉落魄・詠秋十首〉、〈西江月・詠冬十首〉等共四組四十闋詞，〔註12〕分別描寫四季景物或兼以抒情；吳潛有〈望江南〉十四闋詞，〔註13〕每闋詞首句皆以「家山好」爲開頭，例如「家山好，好處是三春」、「家山好，好是夏初時」等，十四闋詞中的前四闋詞是描寫四季之景。

以上舉例，可見宋人喜好以四季與十二月爲序塡詞，此種以四季與十二月更替爲序的創作方式，其文化淵源有二：一是《禮記・月令》及其以農業爲本的中國曆法制度；二是歲時風俗及其流傳於民間的〈十二月時令歌〉、〈十二月風俗歌〉等。宋人所創作的十二月四季時令詞，較之於唐五代的節氣詩詞還具有三個藝術特徵：一是「以月季爲序，或以十二個月，或以春、夏、秋、冬四季，排列有序，表現出宋人強烈的時間意識。」二是「以組詞形式出之，或以十二個月爲一組，或以春、夏、秋、冬四季爲一組，構成唐五代詞從未有過的組詞形式。」此種創作方式是對組詩形式的繼承，又是對宋詞詞體的創新。第三個特徵是「十二月四季詞屬於典型的民俗文化，其內容多融時令節氣、天象物候以及與之相關的史事、世事、心事爲一體，最能集中地反映宋人的時間意識和生命意識。」由於生命有限，而時間無限，與唐人樂觀向上、積極處世的民俗節氣詩相比，宋人筆下的十二月四季時令詞卻流露出一種人生無常、生命短暫、時光易逝、名利皆空的悲哀，因此傷春悲秋，乃是宋代

〔註10〕相關資料參見蔡鎮楚、龍宿莽著《唐宋詩詞文化解讀》（北京：北京圖書館出版社，2004 年 9 月第一版第一次印刷），頁 308。
〔註11〕朱德才《增訂注釋全宋詞》，同註1，冊二，頁 381～383。
〔註12〕朱德才《增訂注釋全宋詞》，同註1，冊二，頁 412～416。
〔註13〕朱德才《增訂注釋全宋詞》，同註1，冊三，頁 759～761。

月季時令詞的總體格調，也是基本美學特徵。〔註14〕綜上所述，以四季與十二月爲序塡詞創作的方式，表現出宋代文人對四季輪替更迭的敏銳感受；以組詞形式的方式呈現，不但使每闋詞都獨立成篇，又能連綴成爲組詞，表現了詞富有情致以及審美的長處；而藉由描述十二個月的風俗民情，更是反映出宋詞的民俗文化特徵。

　　歐陽修除了以〈漁家傲〉組曲來歌詠十二個月景物外，還有一組總共十闋的〈採桑子〉組詞，〔註15〕同樣是以聯章體的形式呈現，從不同的側面歌頌西湖的四季風情。每闋詞首句皆以「西湖好」三個字做結，例如「輕舟短棹西湖好」、「清明上巳西湖好」、「殘霞夕照西湖好」等。此組十闋〈採桑子〉詞是以四季爲序，分別敘寫西湖在四季變換與陰晴朝暮中的景色，有遊湖泛舟、飲酒之樂，或是酣賞於美景之中的閒適情趣，也表現出遊覽西湖的雅興以及流連光景的人生態度，這些都體現詞人對自然景物的眞切感受，表現出他對自然山水深摯的愛悅之情，其中亦融情入景，流露出詞人幽微深遠的思想情感。

　　秦觀〈行香子〉一詞，描繪的則是盛春時的田園風光：

　　　樹繞村莊。水滿坡塘。倚東風、豪興徜徉。小園幾許，收盡春光。有桃花紅，李花白，菜花黃。　　遠遠圍牆。隱隱茅堂。颺青旗、流水橋傍。偶然乘興，步過東岡。正鶯兒啼，燕兒舞，蝶兒忙。〔註16〕

詞中呈現的是一幅田園春光圖。上片先從被層層綠樹圍繞著的村莊著筆，一泓綠水，漲滿了坡塘，樹色與池水使得眼前映滿一片春天的新綠。倚著一片春風，遊興正濃，自在徜徉於這靜好嫻雅的美麗景色裡，顯現詞人怡然自得的神態。「小園幾許」五句，呈現出大自然以鮮明豐富的色彩，熱鬧妝點了田園，組成一幅春滿小園的圖畫，絢麗多采

〔註14〕以上相關引文及論述參見蔡鎭楚、龍宿莽著《唐宋詩詞文化解讀》，同註10，頁309～311。

〔註15〕朱德才《增訂注釋全宋詞》，同註1，冊一，頁102～104。

〔註16〕此闋詞朱德才《增訂注釋全宋詞》未收錄；而是收錄於唐圭璋所編《全宋詞》，同註4，冊一，頁479。

而又充滿生機。不同於上片所描述的靜態的爛熳春光，下片描寫的是春天的動態之美。詞人首先以圍牆、茅屋草堂、小橋流水、掛著青旗的鄉村酒店，呈現出這一片寧謐的景色彷彿有種吸引人的魔力，使得詞人乘著興致，步過東邊的小山岡，此時展現的又是另一派醉人的春光。詞人以「啼」、「舞」、「忙」描述出黃鶯、燕子、蝴蝶三種蟲鳥的特性，與上片的結尾互相映照，又進一步強化了滿眼的春色與生機勃勃的氣氛，使得詞人的眼裡耳裡滿是春光，充滿了春天來臨的喜悅。

南宋詞人范成大在〈眼兒媚・萍鄉道中乍晴，臥興中，困甚，小憩柳塘〉中，則描繪出在春日溫暖宜人的天氣中，閒適慵懶的感受：

酣酣日腳紫煙浮。妍暖破輕裘。困人天色，醉人花氣，午夢扶頭。　　春慵恰似春塘水，一片穀紋愁。溶溶洩洩，東風無力，欲皺還休。（冊二，頁622）

這闋詞的上片是描寫詞人乘興道中的困乏。春景濃盛、春日雨後的天氣溫暖舒適，加上芬芳的花香沁人心脾，使人像是喝了扶頭酒般，午夢昏昏，醉倒在這溫適的氣候與迷人的花香裡。下片則寫詞人小憩柳塘邊的慵懶。春慵就像春塘中那微微泛起的細小波紋，也像春水般溫柔熨貼、微波輕漾，也好似春風般困倦到連吹皺池水般的力氣也沒有了。整闋詞描寫春日溫暖的天氣給人的慵懶困乏之感，空氣中還瀰漫著醉人的花香，更使人如臨其境，感受到春日午後小憩柳塘的酣暢舒適，以及享受春慵的愉快與適意。

此外，描寫盛春的詞作，還有南宋趙長卿〈點絳唇・春半〉（輕暖輕寒）：「輕暖輕寒，賞花天氣春將半。柳搖金線。求友鶯相喚。」（冊二，頁768）、〈玉樓春・春半〉（江村百六春強半）：「江村百六春強半。拍拍池塘春水滿。風團柳絮舞如狂，雨壓橘花香不散。」（冊二，頁776）、趙師俠〈浣溪沙・癸巳豫章〉（日麗風和春晝長）：「日麗風和春晝長。杏花枝上正芬芳。無情社雨亦何狂。　　一洗嬌紅啼嫩臉，半開新綠映殘妝。畫梁空有燕泥香。」（冊三，頁95）等，詞人從溫暖宜人的氣候、繁盛的花草柳樹、黃鶯鳥的鳴叫、春塘綠水，

以及春雨等方面來敘寫濃盛的春天景物外,在趙師俠的詞作中,下片還以擬人方式,描寫花兒經過春雨的滋潤,遺留在花瓣上的水珠,使得花兒好似含淚欲泣,新長出來的綠葉,正映照著那經春雨洗禮過、泫然欲泣而只剩下殘妝的花容,這種比擬方式類似秦觀〈春日五首〉之二〔註17〕詩作中所描寫的經細雨滋潤後的花兒樣貌。諸如以上詞作,無論詞人是從靜態或是動態的景物切入,皆呈現出欣欣向榮的盛春景致,一派春意盎然。

　　詞人們除了以春天景物表現出盛春的活潑春意外,在自然界色彩新鮮繽紛,姿態妍麗嬌媚,充滿蓬勃生機的季節裡,人們也以暢快歡恣的向外發散的生活方式來回應熱情奔放的春光;而宋代踏青風俗遠比唐代盛行,〔註18〕於是遊春、賞春的活動也隨之活絡起來。例如康與之〈荷葉鋪水面・春遊〉:

　　　　春光豔冶,遊人踏綠苔。千紅萬紫競香開。暖風拂鼻籟,
　　　　驀地暗香透滿懷。　　　荼蘼似錦裁。嬌紅間綠白,只怕迅
　　　　速春回。誤落在塵埃。折向鬢雲間、鳳釵。(冊二,頁321)

詞的上片描述豔麗的春光裡,人們出外踏青,大自然百花齊放,花團錦簇,暖風拂面,忽然間陣陣花香也撲鼻而來,與遊人們好似抱個滿懷。下片則描寫荼蘼花就像是經大自然的巧手精心剪裁過,豔麗鮮明的顏色妝點著每一朵花,而這美好的風景只怕春天稍縱即逝,因此不妨拾起飄落於地上的花朵,插在烏黑濃密的頭髮上當作裝飾,讓這鮮麗的美景也妝點一片好心情。在馬子嚴〈賀聖朝・春遊〉中,同樣呈現出人們賞春的喜樂之情:

　　　　遊人拾翠不知遠。被子規呼轉。紅樓倒影背斜陽,墜幾聲

〔註17〕秦觀〈春日五首〉之二:「一夕輕雷落萬絲,霽光浮瓦碧參差。有情芍藥含春淚,無力薔薇臥曉枝。」參見北京大學古文獻研究所編《全宋詩》(北京:北京大學出版社,1991年7月第一版)第十八冊,卷1061,頁12112。關於此首詩作,在本論文第二章第四節「宋代的詠春作品」中已有討論。

〔註18〕參見郭興文、韓養民著《中國古代節日風俗》(臺北:博遠圖書,1989年2月25日初版),頁170。

　　絃管。　　　茶蘼香透，海棠紅淺。恰平分春半。花前一笑
　　不須慳，待花飛休怨。(冊三，頁84)

由「拾翠」點出春遊踏青時採拾花草的風俗，除了有代表春天物候的
子規鳥、荼蘼與海棠花外，還有人們熱鬧的歌聲絃管，呈現出春遊時
的歡暢之情；而詞的末尾亦有好好珍惜春光，把握當下美景，以及行
樂及時的心情。

　　又如趙師俠〈行香子〉：

　　春日遲遲。春景熙熙。漸郊原、芳草萋萋。夭桃灼灼，楊
　　柳依依。見燕喃喃，蜂簇簇，蝶飛飛。　　　閑庭寂寂，曲
　　沼漪漪。更秋千、紅索垂垂。遊人隊隊，樂意嬉嬉。盡醉
　　醺醺，歌緩緩，語低低。(冊三，頁106)

整闋詞刻意以疊字呈現，上片描寫春遊所見的春景，那溫暖明亮的天
候，繽紛可愛的春景，茂盛的草木，豔麗的桃花，輕柔披拂的楊柳，
以及燕子歡唱、一群群蜂蝶快樂飛舞，皆是春日吸引人們出外遊春賞
春的魅力。下片則描寫春遊的樂趣，因為人們出外遊春賞春，此時屋
子裡的庭院是寂靜無聲的，庭院中有著曲折迂迴的池塘，池水微微盪
漾，隱約還能聽見那些在外遊賞春景的人們成群結隊、歡愉和樂、喝
酒暢飲的歌聲與交談聲。整闋詞呈現節奏輕快的韻律，也流露出人們
遊春時雀躍的好心情。再如洪咨夔〈好事近‧次曹提管春行〉(二十
四番風)：「……踏青底用十分晴，半陰晴方好。深院日長睡起，又海
棠開了。」(冊三，頁 485) 則道出詞人認為出外踏青遊賞的最好時
節是陰天與晴天交融、春氣煦柔的舒適日子，不需要在陽光非常充足
炎熱的時候才出外踏青；而詞的末尾也點出春日白晝漸長，又是時值
海棠開花的美好時節。

三、暮　春

　　當春天過半，春意更為深濃，漸漸進入春天的尾巴，大自然鮮麗
奪目的色彩逐漸褪色，取而代之的是蔥翠的樹色、漸漸炎熱的天氣，
還有詞人筆下對於春天消逝的感傷愁緒。

　　晏殊〈踏莎行〉除了描繪晚春靜寂、美麗的景象，也流露出對於歲月流逝而引發的淡淡閒愁：

> 小徑紅稀，芳郊綠徧。高臺樹色陰陰見。春風不解禁楊花，濛濛亂撲行人面。　　翠葉藏鶯，朱簾隔燕。爐香靜逐遊絲轉。一場愁夢酒醒時，斜陽卻照深深院。（冊一，頁88）

這是一首描繪暮春景象，以及抒寫時序流逝而興起惆悵的作品。上片開頭三句：「小徑紅稀，芳郊綠徧。高臺樹色陰陰見」點明了時值春、夏之交，紅花稀疏，芳草已經遍佈郊野的景色。「春風不解禁楊花」兩句描寫此時的春風不懂得約束、禁止楊花，以致柳絮漫天飛舞，亂撲過路人的臉上，暗示出無法將春天留住，只能聽任楊花飄舞送春歸去的無奈心情；另一方面則凸出了楊花的無拘無束，以及雖然時值暮春但仍活躍的生命力，使詞中呈現富有生趣而無衰頹情調的暮春景色。〔註19〕下片「翠葉藏鶯」兩句，一句承上、一句起下，分寫室外與室內的景物，而「鶯」與「燕」皆帶著明顯的季節特徵：上句描寫翠綠的樹葉已經長得很濃密，才能藏得住黃鶯的身影，與上片「樹色陰陰」相呼應；下句敘寫燕子為朱簾所隔，不得進入室內。「爐香靜逐遊絲轉」則寫出室內香爐裡的燃煙裊裊上升，和飄盪在空中、蜘蛛昆蟲等吐出的游絲相互纏繞，逐漸融合在一起，由「逐」與「轉」的動態形容襯托出室內的寂靜。末尾兩句則描寫主人翁因午間小飲入睡而後醒來時，已是日暮時分，西斜的夕陽正照著這深深的朱門院落，想到一天的光景又要消逝，一春好景也即將消逝，那麼短暫的人生也將在這日復一日的斜陽光影中逐漸消逝，不禁興起傷感的愁緒。

　　整闋詞「通體寫景，但於景中見情。」〔註20〕，詞人先由外而內，再由內而外地描寫春夏交替時景物的悄漸變化，並以楊花如細雨紛飛般撲向行人之面此種暮春景色，來呈現仍然富於活力的自然景

〔註19〕相關資料參見唐圭璋等撰寫《唐宋詞鑑賞集成》（臺北：五南圖書公司，1991年6月初版一刷），頁508。
〔註20〕參見唐圭璋選釋《唐宋詞簡釋》（臺北：木鐸出版社，1982年3月初版），頁58。

象；詞作中也隱含著對已逝春光的惋惜，因而有對節序更替、歲月流逝而引發的一些惜春光之易逝、感時光之不再的悵惘之情。

黃庭堅〈清平樂〉則以自問自答的方式，語言輕巧婉轉地描繪出春天的景象：

> 春歸何處。寂寞無行路。若有人知春去處。喚取歸來同住。
>
> 春無蹤迹誰知。除非問取黃鸝。百囀無人能解，因風飛過薔薇。（冊一，頁341）

詞寫春歸之時，詞人深感寂寞的惆悵心情。上片賦予抽象的春天以具體的人的感情，對春天進行了擬人化的描寫，春天消逝，了無蹤影，希望有人能知道春天的去處，好喚它回來與詞人待在一起。可是春天消逝無蹤，沒有人知道它究竟在哪裡，於是問問春天的使者黃鸝，或許它知道春天的去處，枝頭上的黃鸝不間斷的婉轉啼叫，可惜沒有人聽得懂，只見黃鸝鳥最後趁著風勢飛過薔薇花叢，在看到那綻放的薔薇花，詞人才恍然大悟原來時至初夏，春天已經歸去不再回來了。整闋詞以發問起興，描寫的是春天消逝的景象，卻沒有以落花流水來呈現春殘景色，也沒有表現濃厚的傷感情懷，而是跳脫惜春慣用的以情為主的表達方式，以清新的筆觸及新奇的想像，表現了對春天熱切追求的心情，因此獲得如下好評：「〈清平樂〉為最新警，通體無一句不俏麗，而結句『百囀無人能解，因風飛過薔薇。』不獨妙語如環，而意境尤覺清逸，不著色相。為山谷詞中最上上之作。」〔註21〕以及「一洗傳統春詞的綢繆香澤之態，爽健明快，富有思新語妙的藝術情趣。」〔註22〕詞人由問春到尋春、惜春，從期待到失望，每經一轉折，便越加深一層惜春的心情，詞人原本那份執著追尋春天，但是到後來卻落寞惆悵的情懷，最終也只能懷著寂寞的心情，望著薔薇嘆息春天消逝、無處尋覓。

〔註21〕薛礪若著《宋詞通論》（香港：中流出版社，1974年3月出版），頁137。

〔註22〕參見陳邦炎主編《詞林觀止》（臺北：臺灣古籍出版，1997年1月初版一刷），頁360。

　　南宋初期的詞人趙長卿，有詞集《惜香樂府》十卷，〔註23〕分別將詞作內容按照春、夏、秋、冬四景等編入詞集中，〔註24〕在本論文所規範的詠春詞中，趙長卿的詠春詞將近三十闋，每闋皆有詞題以標明詞作內容。〔註25〕關於描寫暮春的詞作，例如〈青玉案‧春暮〉（天涯目斷江南路）：「……綠暗花梢春幾許。小桃寂寞，海棠零亂，飛盡胭脂雨。」（冊二，頁 765～766）中，除了描寫綠葉的繁茂濃密、桃花漸漸凋謝外，還以「胭脂雨」來形容紛紛飛落的海棠，也透露出暮春多春雨的現象。又如〈臨江仙‧暮春〉上片：

> 春事猶餘十日，吳蠶早已三眠。多情忍對落花前。酴醾飄
> 暖雪，荷葉媚晴天。（冊二，頁767）

詞中道出春天的日子已所剩不多，在溫暖的暮春時節裡，南方吳地的桑蠶已經開始抽絲。蠶在生長過程中要蛻皮數次，每次蛻皮前有一段時間不動不食，猶如睡眠的狀態。由於此時的天候溫暖如同初夏，南邊繁忙的蠶事已經開始，蠶也生長迅速，故有「吳蠶早已三

〔註23〕趙長卿因宋史無傳，生平不可考。〔明〕毛晉將趙長卿的詞集《惜香樂府》十卷收入《宋六十名家詞》中。參見毛晉輯《宋六十名家詞》（上海：上海古籍出版社，1989 年 12 月第一版），頁 276～304。

〔註24〕《惜香樂府》共十卷，內容分類編次，凡春景三卷、夏景一卷、秋景一卷、冬景一卷、總詞三卷、補遺一卷。毛晉在《宋六十名家詞》中的每位詞家之後皆各附以跋語，在趙長卿《惜香樂府》卷十末有云：「長卿，自號仙源居士，蓋南豐宗室也。……鄉貢進士劉澤集其樂府，以春景、夏景、秋景、冬景，及總詞、賀生辰、補遺類，編釐為十卷。」參見毛晉輯《宋六十名家詞》，同上註，頁 304。又《四庫全書總目》亦有根據毛晉跋語之記載，謂此「乃當時鄉貢進士劉澤所定，其體例殊屬無謂。……是分隸亦未盡愜也。」參見〔清〕永瑢、紀昀等撰《武英殿本四庫全書總目提要》（臺北：臺灣商務印書館，1983 年 10 月初版）第五冊，卷一百九十九，「集部五十二‧詞曲類二」，頁 5-309～5-310；〔清〕紀昀、陸錫熊、孫士毅等原著，四庫全書研究所整理《欽定四庫全書總目》（北京：中華書局，1997 年 1 月第一版），「集部五十二‧詞曲類二」，頁 2797～2798。

〔註25〕詞題有「立春」、「春暮」、「暮春」、「早春」、「咏春」、「春半」、「春深」、「深春」、「殘春」、「春殘」、「春濃」、「尋春」、「春詞」等，其中尤以題為「春暮」與「暮春」的詞作最多，共有 11 闋。

眠」〔註26〕一句，點明了時令。而面對春天這令人多愁善感的季節，一片飛紅落花就能引起詞人情思的翻騰。「酴醿飄暖雪，荷葉媚晴天」兩句，則以「暖」說明酴醿花謝時正當溫煦的天氣，以「雪」形容酴醿花白柔雅潔如同雪花般紛飛飄落，「暖」與「雪」造成的對比溫度，也使得詞作造語別出心裁；而那水面初綻的亭亭荷花，彷彿一把季節的鑰匙，已然嗅得初夏的味道，正要開起夏天的麗日風情。

趙長卿描寫暮春風情的詞作，還有〈南歌子‧暮春值雨〉（黯靄陰雲覆）：「黯靄陰雲覆，滂沱急雨飛。洗殘枝上亂紅稀。恰是褪花天氣、困人時。」（冊二，頁 771）、〈菩薩蠻‧春深〉（赤欄干外桃花雨）：「赤欄干外桃花雨。飛花已覺春歸去。柳色碧依依。濃陰春晝遲。」（冊二，頁 772）、〈更漏子‧暮春〉（日彤彤）：「日彤彤，風蕩蕩。簾外柳花飛颺。紅有限，綠無窮。雨晴芳徑中。……春暮也，子規啼。傷春三月時。」（冊二，頁 773）等，描述出風狂雨橫的暮春時節裡，樹枝經過風雨洗禮，只剩幾朵殘花，而花朵顏色的消淡、柳樹的翠綠、柳絮的飄飛，以及杜鵑鳥的啼叫等，皆呈現出春天將要歸去的景象。再如〈謁金門‧暮春〉（風又雨）：「風又雨。滿地殘紅無數。花不能言鶯解語。曉來啼更苦。　　把酒東皋日暮。抵死留春春去。擬倩楊花尋去處。楊花無定據。」（冊二，頁 776）一詞，除了描寫經風雨打落的殘花，還以黃鶯因悲嘆春光不再而啼聲在詞人耳裡聽來痛苦淒切，象徵春天已經歸去。下片的敘寫方式

〔註26〕〔唐〕李白〈寄東魯二稚子〉詩：「吳地桑葉綠，吳蠶已三眠。我家寄東魯，誰種龜陰田。春事已不及，江行復茫然。南風吹歸心，飛墮酒樓前。樓東一株桃，枝葉拂青煙。此樹我所種，別來向三年。桃今與樓齊，我行尚未旋。嬌女字平陽，折花倚桃邊。折花不見我，淚下如流泉。小兒名伯禽，與姊亦齊肩。雙行桃樹下，撫背復誰憐。念此失次第，肝腸日憂煎。烈素寫遠意，因之汶陽川。」參見楊家駱主編，〔唐〕李白撰，〔宋〕楊齊賢注，〔元〕蕭士贇補，〔明〕郭雲鵬編《李太白全集》（臺北：世界書局出版，1962 年 3 月初版一刷），下冊，卷十三，頁 757～758。吳地盛行養蠶，李白詩中借「吳蠶三眠」絲緒滿腹，興發相思之感。宋詞中常用此典賦詠相思之情，比擬愁恨綿長，也借以點明時令、地域。

則近似黃庭堅〈清平樂〉（春歸何處）一詞中，詞人竭力留住春天，春天卻仍消逝無蹤迹，於是向黃鸝詢問春天的去處；〈謁金門・暮春〉這闋詞則是詞人請楊花探詢春天的蹤影，但是楊花飄飛無定所，就如同黃鶯一樣，詞人無法從它們身上得知春天歸向何處，只能望著花鳥深感嘆息。

此外，如歐陽修〈採桑子〉，也是描寫晚春的作品：

> 羣芳過後西湖好，狼籍殘紅。飛絮濛濛。垂柳闌干盡日風。
>
> 　笙歌散盡遊人去，始覺春空。垂下簾櫳。雙燕歸來細
>
> 雨中。（冊一，頁 103）

此詞從百花凋謝、落花縱橫散亂、柳絮漫天飄降如細雨、整天颳風等西湖的殘春景致，寫到個人的清逸生活，宛如一幅淡然脫俗的山水畫。即使是暮春時候的西湖，仍有它迷人的魅力，花雖然零落，遊人已散去，詞人才體悟春天真的消逝了，然而此時也正是雨中雙燕還在為哺育幼雛而忙碌的時候。從作品中可以感受到詞人在觀賞自然界繁華過後的蕭瑟時，心中存有著的那份對自然之美濃厚的愛悅情感，也深深融入在畫面之中。

在蘇軾〈望江南・暮春〉一詞，則運用典故，以《論語》〔註27〕中孔子與曾點所嚮往的自在生活，呈現在暮春三月的怡然自得：

> 春已老，春服幾時成。曲水浪低蕉葉穩，舞雩風軟紵羅輕。
>
> 酣詠樂昇平。　　微雨過，何處不催耕。百舌無言桃李盡，
>
> 柘林深處鵓鴣鳴。春色屬蕪（冊一，頁 249）

詞人以《論語》，以及在三月舉行修禊，祈福驅邪、曲水流觴的典故〔註28〕，呈現在這舒適天氣中的酣樂喜悅，也流露出詞人心中同樣嚮往這樣的生活雅興；下片則以春耕以及春末夏初出現的鳴禽，暗示春天將盡。此外，在〈桃源憶故人・暮春〉（華胥夢斷人何處）詞

〔註27〕參見楊伯峻譯注《論語譯注》（臺北：五南圖書公司，1992 年 9 月初版一刷）中〈先進第十一〉篇，頁 258。關於此篇內容，在本論文第二章第一節「先秦的詠春作品」中已有討論。

〔註28〕相關典故在本論文第四章第一節「修辭技巧的運用」中將作討論，故此暫不探討。

中，則云：「……聽得鶯啼紅樹。幾點薔薇香雨。……暖風不解留花住。片片著人無數。樓上望春歸去。芳草迷歸路。」（冊一，頁268）除了以黃鶯啼叫、薔薇花開時飄下的些許春雨外，「暖風不解留花住」兩句，描述暖風不知道把花留住，一片片將花朵吹落到人們身上。兩句詞句的意思類似晏殊〈踏莎行〉（小徑紅稀）中的「春風不解禁楊花，濛濛亂撲行人面」同樣是以擬人化的方式敘寫春風任由柳絮濛濛胡亂地撲向行人之面，只能聽任楊花飄舞送春歸去而無法挽留住春天。最末兩句則寫出即使登高遠望，只能看著春天歸去，因為那一片綠茸茸的芳草透露了春天已然逝去的事實，流露出詞人對於花落春歸的無奈和失落。

又如韓元吉〈菩薩蠻‧春歸〉（牆根新筍看成竹）：「牆根新筍看成竹。青梅老盡櫻桃熟。幽牆幾多花。落紅成暮霞。」（冊二，頁393）描寫春天歸去，氣候的溫暖，使得牆邊已冒出鮮嫩的新筍，而青梅老盡、櫻桃成熟、落花的顏色好似晚霞等，皆以景物呈現出時值暮春，春夏的景色已漸換布幕來妝點大自然。趙長卿〈小重山‧殘春〉（綠樹陰陰春已休）：「綠樹陰陰春已休。葦花飄盡也，不勝愁。遊絲飛絮兩悠悠。迷芳草，日暖雨初收。」（冊二，頁769）、〈長相思‧春濃〉（花飛飛）：「花飛飛。柳依依。簾捲東風日正遲。社前雙燕歸。」（冊二，頁772）敘寫綠樹蔥翠蓊鬱、花朵凋謝、飛絮濛濛、春深日長、燕子歸去等現象。而劉克莊〈憶秦娥‧暮春〉（遊人絕）則云：「遊人絕。綠陰滿野芳菲歇。芳菲歇。養蠶天氣，采茶時節。　枝頭杜宇啼成血。陌頭楊柳吹成雪。吹成雪。淡煙微雨，江南三月。」（冊三，頁674）詞中道出暮春的江南三月，滿眼綠蔭、繁花凋謝，因此沒有遊人出外賞花。但也由於此時天候溫暖，正是養蠶、采茶的好季節，雖然外出遊春的人煙稀少，卻因此凸顯出此時人們專注於農事的繁忙。下片則以杜鵑啼血與柳絮飄飛如雪來呈現淒清的晚春風景，又加上幾縷淡煙與濛濛細雨，更使江南的晚春增添朦朧的美感。

從上述所舉例的詞作中，呈現出春天依循時序的更迭而有著變

幻多端的面貌，旖旎的春光在詞人的筆下更是顯現出多樣的風華景
致與萬般風情；詞人所存有的觀覽之情，在作品中亦流露出隨著景
物的變化所興發的情感律動。

第二節　抒發逢春的情志

　　春天是一年中充滿無限希望、蘊藏蓬勃生機，以及適合出外歡
遊的美好季節，人們對春天的欣喜熱愛，卻也會因為春天的稍縱即
逝而感到更加痛苦。自然界的春秋代序是一種周而復始的循環，人
類在這時間洪流中卻無法再重鑄一個青春的自我，因此在面對時序
的流轉與社會的變動，詞人便傾注了個人身世之感於作品之中，折
射出時代生活、作家個性等面向，賦予了春天作品中不同的情感色
彩，也使得詠春之作並非只是對天候或是季節物象等外在形態的臨
摹描寫。因此本節在探討「抒發逢春的情志」方面，是著重兩宋詞
人藉由詠春所抒發的情感，以及於詠春詞中所欲表達的志氣與抱
負。以下擬就「惜春與留春的心情」、「春歸與送春的惆悵」、「念別
與思鄉的愁苦」、「身世與家國的慨歎」這四方面，探討兩宋詞人在
詠春詞中主要表現的情志。

一、惜春與留春的心情

　　面對春天的流逝，詞人的無奈與惋惜，在歐陽修〈玉樓春〉詞中
表露無遺：

> 殘春一夜狂風雨。斷送紅飛花落樹。人心花意待留春，春
> 色無情容易去。　　高樓把酒愁獨語。借問春歸何處所。
> 暮雲空闊不知音，惟有綠楊芳草路。（冊一，頁113）

上片開頭兩句即點明時值春意闌珊的暮春時節，在經過一夜的風狂雨
驟之後，樹枝上的落花飄飛，如此衰殘景象提示著人們春意已經所剩
無幾。「人心花意待留春」兩句，以擬人方式描寫人們想要挽留春天，
春天卻無情逝去，徒留人們的無奈與惆悵。下片寫詞人在高樓持杯喝

酒，面對春天的逝去，只能孤獨的問道春天歸向何處，但是仰望高空，天上的雲無法言語；展望前方，映入眼簾的則是一片綠楊芳草，似乎春天的歸宿便是這綿延無涯的茸茸芳草，而詞人的落寞，以及留春不住的愁情，似乎也湮沒於這綿延無際的草色中，空留餘恨。又如〈玉樓春〉，同樣流露出詞人惜春與留春不住的愁苦：

> 東風本是開花信。及至花時風更緊。吹開吹謝苦忽忽，春意到頭無處問。　　把酒臨風千萬恨。欲掃殘紅猶未忍。夜來風雨轉離披，滿眼淒涼愁不盡。（冊一，頁116）

詞的上片寫春風本是催促花開的信使，帶來一波波千嬌百媚的花卉相繼綻放的消息，但是在春天歸去時，卻扮演了催促花落、使百花凋謝的角色。作品流露出詞人對花時「更緊」的東風是有怨言的，因為它將美好的春天忽忽帶走，現在已無處詢問春天的去向了。下片則寫詞人面對眼前淒清的風景，心中滿是「千萬恨」的恨春忽忽逝去，只能舉杯澆愁；「欲掃殘紅猶未忍」則透露了詞人的惜春心情，就連掃去飄落地上的殘花花瓣也覺於心不忍，害怕的是一旦掃盡只剩丁點的殘春，那便意味著春天真的消逝了。然而經過夜晚的風雨摧折，眼前是草木分離、落花飄散的衰殘景象，面對春天真的歸去，詞人滿懷無奈與愁苦的心情絮說不盡。

又如歐陽修〈鶴沖天〉（梅謝粉）詞云：「……花無數。愁無數。花好卻愁春去。戴花持酒祝東風。千萬莫忽忽。」（冊一，頁 124）表達出春深以後，詞人憂喜參半的複雜心情，雖然眼前是一片繽紛的花海，卻也暗示出這花團錦簇的現象是短暫的，春天終究要歸去，因此詞人心裡的愁苦也如繁花一樣無盡處。而當下為挽留春天所能做的事，便是舉杯向東風祈求，不要將春天忽忽帶走。

除了上述詞作所流露出歐陽修的惜春、留春，與無奈春天歸去的愁苦外，在以下詞作裡則表現了珍惜春天的心情，例如〈減字木蘭花〉：「留春不住。燕老鶯懶無覓處。說似殘春。一老應無卻少人。

風和月好。辦得黃金須買笑。愛惜芳時。莫待無花空折枝。」（冊一，頁 106）詞中以燕、鶯飛逝表示春已歸去，無處覓得蹤跡，而人一旦年老，便無法重返年少。因此需把握當下的美好時光以及時行樂，不要等到年老時才後悔莫及。又如〈玉樓春〉（雪雲乍變春雲簇）：「雪雲乍變春雲簇。漸覺年華堪送目。……尊前百計得春歸，莫爲傷春歌黛蹙。」（冊一，頁 115）則敘寫季節由冬轉春，美好的春天即將來臨，那麼就可以登山臨水放眼縱觀。春天帶來的生機使人歡欣愉悅，但是春天終究會迅速離去而令人傷感；因此這終日企盼的春天終於來臨時，就應該好好歡樂暢飲，不要爲了花落而悲哀，也不要因爲感傷春天的轉眼即逝，而使原本歡欣的歌舞都染上了哀怨感傷的色彩。

由上述所舉的例子，以及在本章第一節中所舉例的作品，如〈玉樓春‧題上林後亭〉、〈採桑子〉（羣芳過後西湖好）等，皆可以看見歐陽修的作品中有著對春光易逝、年歲一去不返的感嘆，以及無法挽留住春天的無奈，只能眼睜睜看著春天漸漸消逝。但是他擁有一顆懂得觀覽萬物美好的心，以及一片能欣賞大自然的美麗心情，因此即使是暮春時候的風景，仍有它迷人的魅力所在。花雖然零落，賞春的遊人也已散去，但是從作品中可以感受到詞人在觀賞自然界繁華過後的蕭瑟時，心中依然存有著那份對自然之美的濃厚的愛賞之情與敏銳之心。

「歐陽修的詞作是偏愛寫春天景緻，多寫惜春少寫悲春。詞中的『我』是有一顆深情又懂得品賞的心靈，描寫惜春的心情是對於生命美好的讚嘆，他懂得欣賞人世間之美好事物，又投注深情，……他的情感不是陷溺式的，而是把握當下去欣賞、去品嘗，暫時放下內在的悲傷情感。他的生命是有活力的，絕不會自怨自艾；他的生命情調是入世的，不是出世的。……由他描寫春天的美好，可比映照出其生命特質，他對人世間的一切有相當動人的依戀情結。」〔註29〕所以當

〔註29〕參見宋邦珍〈歐陽脩詞中所呈現的生命情調──以「惜春」主題爲主〉《中國語文》第 536 期，2002 年 2 月，頁 69～70。

歐陽修在面對春天的消逝時，雖然有著對春天的眷戀和不捨，也有著惆悵與淒涼愁苦的情感，但是他並未一直沉溺於這感傷的情緒之中，而是轉而能把握當下去欣賞眼前的美好景物，用對美好事物的欣賞，來排遣他的哀傷與憂愁，趁著春天還未完全消逝，也要及時行樂，盡情享受這歡欣愉悅的氣氛，珍惜這剩下的春光。

　　與歐陽修有著能把握當下去欣賞美好景物、珍惜春光等同樣的情懷，在當時同是地位顯達的詞人作品中也可看到，例如晏殊、宋祁等皆有之。以晏殊〈踏莎行〉：「細草愁煙，幽花怯露。憑闌總是銷魂處。日高深院靜無人，時時海燕雙飛去。　　帶緩羅衣，香殘蕙炷。天長不禁迢迢路。垂楊只解惹春風，何曾繫得行人住。」（冊一，頁87）與〈踏莎行〉（小徑紅稀）（冊一，頁88）兩闋詞為例，葉嘉瑩認為晏殊此種對自然界景色節物的敏銳而纖細的感受，能表現出由銳感所觸引的一種纏綿深蘊的柔情，是因為他有善感的詩心，則凡目所及，寫得萬物都若有情，而且晏殊「獨能將理性之思致，融入抒情之敘寫中，在傷春怨別之情緒內，表現出一種理性之反省及操持，在柔情銳感之中，透露出一種圓融曠達之理性的觀照。」〔註30〕因此晏殊詞的特色，就如同他自身有其閒雅之情調〔註31〕、曠達之懷抱，以及寫富貴而不鄙俗，寫艷情而不纖佻的質素，能以詞之形式敘寫理性之思致，將理性和思致與詞「要眇宜修」的特質作了完美的結合，表現出情中有思的意境，也使得晏殊的詞作風格澄明而且溫潤，在圓融瑩澈之光照中，別有一種溫柔淒婉之致。〔註32〕

〔註30〕以上引文及相關論述參見繆鉞、葉嘉瑩合撰《靈谿詞說》（臺北：國文天地雜誌社，1989年12月初版），葉嘉瑩寫之〈論晏殊詞〉，頁93～101。

〔註31〕葉嘉瑩認為晏殊的「閒雅」正是有著雍容富貴的風度，而他的「閒雅的風格」，正是「他的顯達的身世與他的詩人的資質所相渾融相調劑而結成的佳果。」參見葉嘉瑩著《迦陵談詞》（臺北：三民書局，1997年2月初版），〈大晏詞的欣賞〉一文，163～164。

〔註32〕相關論述參見繆鉞、葉嘉瑩合撰《靈谿詞說》，同註30，葉嘉瑩寫之〈論晏殊詞〉，頁93～101。葉嘉瑩在《迦陵談詞》所錄〈大晏詞的

　　由欣賞春天的美好，希望能留住春天不讓它消逝，進而能珍惜春光，把握當下以及時行樂等，關於這些主題的作品，還有李石〈烏夜啼・送春〉（繡閣和煙飛絮）：「花花柳柳成陰處，休恨五更風。……留春盡道能留得，長在酒杯中。」（冊二，頁 311）詞中道出了儘管五更〔註33〕風吹來，便代表著春天的結束，但是不要因此心懷怨恨，而是要能把握住多少春光就好好珍惜，暢飲眼前的歡娛，陶醉在那即使短暫卻會永恆駐留心中的美好春色。韓元吉〈西江月・春歸〉（山路冥冥雨暗）詞云：「山路冥冥雨暗，溪橋陣陣花飛。一年寂寂又春歸。白髮自驚塵世。……杜鵑休繞暮煙啼。我欲風前重醉。」（冊二，頁 395）描繪出春天將逝之景，節序年復一年流轉，人的青春年華也隨著歲月而流逝，末尾「杜鵑休繞暮煙啼。我欲風前重醉」兩句，是反用杜鵑思歸的典義，表明自己遊興未盡不思歸，也不願春天歸去的心情。

　　又如曹冠〈喜朝天（即〈踏莎行〉）〉（翠老紅稀）：「送春惜別情

欣賞〉一文對「理性的詩人」與「思致」作了如下解釋：「大晏乃是一個理性的詩人，他的『圓融平靜』的風格與他的『富貴顯達』的身世，正是一位理性的詩人的『同株異幹』的兩種成就。……理性的詩人的感情不似流水，而卻似一面平湖，雖然受風時亦復縠綯千疊，投石下亦復盤渦百轉，然而卻無論如何總也不能使之失去其『含斂靜止』『盈盈脈脈』的一份風度。對一切事物，他們都有著思考和明辨，也有著反省和節制。他們已養成了成年人的權衡與操持，然而卻仍保有著一顆真情銳感的詩心，此一類型之詩人，自以晏殊為代表。」晏殊詞中的「思致」乃是「由大晏對人生感受體驗而得，而並非由頭腦思索而得，它原即在情感之中，而並非在情感之外。……大晏所觸動者已不僅為讀者之感情，而且更觸動了讀者有關整個人生的一種哲想，因此大晏乃超越了其表面所寫的人生之一面，而更暗示著人生之整體。」參見《迦陵談詞》所錄〈大晏詞的欣賞〉一文，同上註，頁 158～162。

〔註33〕「五更」，舊時自黃昏至拂曉一夜間，分為五段，每段約兩小時，又稱「五鼓」、「五夜」、「五更」。「更」，歷也，經也。相關資料參見漢語大詞典編輯委員會編纂《漢語大詞典》，同註2，第一卷，頁357、526。這裡的「五更風」應指春末最後一天的五更，無論是大自然的風吹或是人為的「五更鐘」一響，便代表春天結束、夏天來臨。

何限。不須惆悵怨春歸，明年春色重妍暖。」（冊二，頁 532）、〈粉蝶兒〉（繞舍清陰）：「繞舍清陰，還是暮春天氣。……問留春不住，春怎知人意。最關情，雲杪杜鵑聲碎。　休怨春歸，四時有花堪醉。」（冊二，頁 540）、王炎〈朝中措〉（杜鵑聲斷日曈曨）：「柳梢飛絮，桃梢結子，斷送春風。莫恨春無覓處，明年還在芳叢。」（冊二，頁 847）等，這些詞作雖然都寫時值暮春，或是春天即將消逝的情景，但是詞人們並不怨恨春天歸去，作品中也沒有消極的傷感情緒。因為春天裡仍有許多美麗的花卉和景致可供欣賞、陶醉，即使春天結束，也已遍嚐了春天裡的美好，何況明年春天依然會到來，仍會用那妍麗繽紛的景色來妝點大自然。

綜上所述，詞人於作品中所表現的面對春天的心態，有因為挽留不住春天的歸去而產生的嘆惋之感，也有因為知道春光不久留，而興起的珍惜春光、把握當下，以及及時行樂、莫沉溺於傷感情緒中的心情寫照。儘管每位詞人因為個人際遇與當時的心情，使筆下的篇章呈現不同風貌，但其中所透露的珍惜時光與眷戀春天之情卻是相似的，誠如楊海明所言：「詞人把他們的愛心推廣到了世間一切可愛之人和可愛之物身上，形成了一種泛愛眾生的人文景觀。……詞人的人文關懷還廣泛地普射到本無生命的山水草木身上，這就形成了『灑向人間都是愛』的泛愛現象。」〔註34〕而除了喜愛春天，進而珍惜美好春光與及時行樂的想法貫串詞作外，亦可窺見詞人於作品中所流露的豁達與樂觀之心態，相信美好的春天依舊會到來，重新溫暖人們的心房，諸如此類作品皆成為惜春與留春之最佳寫照。

二、春歸與送春的惆悵

遲暮的春天不易久駐，詞人面對美好的春天消逝與送春歸去的

〔註34〕參見楊海明《唐宋詞與人生》（石家莊：河北人民出版社，2002 年 5月第一版），頁 449。

心情往往是惆悵無奈的。例如秦觀〈畫堂春〉：

> 落紅鋪徑水平池。弄晴小雨霏霏。杏園憔悴杜鵑啼。無奈
> 春歸。　　柳外畫樓獨上，憑闌手撚花枝。放花無語對斜
> 暉。此恨誰知。（冊一，頁 401）

此詞開頭三句，便點明了時值暮春，在視覺與聽覺方面皆感受到了春
天即將歸去的景象。落花鋪滿了小徑，綠水漲滿池塘，天氣陰晴不定，
天空好像要放晴，可是此時正細雨霏霏，那杏園中的杏花已經零落凋
謝，杜鵑聲聲啼叫，似乎是在悲吟春天的忽忽歸去。春天的離去，使
得詞人滿懷無奈的愁緒，於是獨自登上柳樹外的畫樓，憑靠著欄杆，
並用手指撚持著樹上稀疏的花，對著花兒惆悵良久後放下花兒，默默
無語對著夕陽餘暉，這花落春歸的悵惘和愁恨又有誰能明白呢！

　　詞人將自己親身的體驗，用柔婉細膩的筆觸寫下了所見所感，其
中流露出的春愁、傷春、惜花等纖細的感情，益發顯得淒涼無奈。葉
嘉瑩認為秦觀能夠蘊含詞的婉約、纖細、柔媚的質素，在於秦觀有「詞
心」。〔註35〕例如寫杏園「憔悴」，雖明寫春光遲暮之景色，卻不是以
落花狼藉、風雨摧殘的景象呈現；又如描述「手撚花枝」到「放花無
語」的細微動作，其中皆流露出詞人愛花的深情，以及惜花零落的無
奈。「無語對斜暉」一句，則隱含傷心春天歸去之情，使得結尾「此
恨誰知」飽含深幽的愁苦。對於此闋詞，葉嘉瑩有如下評價：「秦淮
海的傷春裏邊，沒有被今昔離合悲歡的某一個特定情事或人物所拘
限，他所寫的是內心深處的最細微的體會，所以寫得耐人尋味。他的
感覺最敏銳，最纖細，最容易被觸動，能寫出對美好的光陰、美好的
花朵的那份愛惜和珍重；寫出對不能夠長久保留的美好的東西的哀惋
和嘆息。」〔註36〕由此觀之，秦觀在詞中所表現的面對春歸之景所興
發的哀婉纖柔之愁緒，正是由於他能將心中敏銳善感之特質，加以細
膩的抒發、呈現。

〔註35〕參見葉嘉瑩《晏殊・歐陽修・秦觀》，同註9，頁 70。
〔註36〕同上註，頁 77。

　　又如朱淑眞〈蝶戀花·送春〉，則是通過詞人豐富的想像力，貼切細膩的呈現捨不得春天歸去的愁苦心情：

> 樓外垂楊千萬縷。欲繫青春，少住春還去。猶自風前飄柳絮。隨春且看歸何處。　　綠滿山川聞杜宇。便做無情，莫也愁人苦。把酒送春春不語。黃昏卻下瀟瀟雨。（冊二，頁 408）

詞人發揮豐富的想像力，通過對春末夏初景物的描寫，抒發送春歸去的惆悵之情。首先以繁茂的垂楊那眾多柔細有如絲縷的柳條，想像它可以繫住春天，延遲春天歸去的時刻；又想像那些在空中隨風飄舞的柳絮，可以藉著風飄尾隨春天的歸去，以知曉春天最後的去處，然後把春天找回來。在詞作下片，詞人再次發揮想像力，藉著耳中聽聞宣告春天歸去的杜鵑鳥的聲聲啼叫，以爲杜鵑鳥即使無情，但是也因爲擔憂人們爲了春天歸去而愁苦，所發出同情的哀鳴聲。整闋詞在詞人無法以柳條繫縛住春天、柳絮也無法知道春天歸向何處的悵惘心情中，詞人只好借酒澆愁，把酒送春。無奈歸去的春天依然無語，卻在黃昏時候下起了瀟瀟細雨，彷彿是表達著春天不忍歸去，卻不得不歸去而灑下的惜別眼淚。

　　陳德武〈蝶戀花·送春〉，除了描寫送春歸去的心情，也表達了期待春天再次到來的願望：

> 昨夜狂風今日雨。風雨相催，斷送春歸去。萬計千方留不住。春歸畢竟歸何處。　　好鳥如歌花解舞。花鳥無情，也訴離愁苦。流水落紅芳草渡。明年好記歸時路。（冊四，頁 410）

此詞首先以「昨夜狂風今日雨」一句，明白寫出暮春的風雨交加將春天送走的情景。詞人無法留住春天、也無處覓得春天歸向何處，這與黃庭堅〈清平樂〉（春歸何處），以及朱淑眞〈蝶戀花·送春〉（樓外垂楊千萬縷）等詞作中，所呈現出留春、尋春、問春歸何處的心情相似。在美好的春色裡，有清脆悅耳的鳥鳴聲，也有鮮豔的花朵如翩翩起舞般嬌媚可愛，雖說花與鳥不懂得人們面對春歸的愁緒，但是暮春

時節杜鵑的哀婉啼叫，以及零落凋謝的花朵，似乎也曉得春天歸去的愁苦。詞人在末尾則寫出自己的心願：希望那伴著落花與芳草隨水流逝的春天，明年依然記得再次歸來。這種期待春天再次歸來的心情，與陳德武另一首作品〈浣溪沙‧送春〉（月落桐梢杜宇啼）：「山上安山經幾載，口中添口又何時。相思一曲訴伊誰。」（冊四，頁 410）表達了同樣的心情。詞人在詞作下片以「山上安山經幾載，口中添口又何時」分別代表「出」、「回」兩字的隱語，表示春天就此離去，而要經過多久才又會再回來呢？這種送春歸去、思念春天的心情，幻化成文字，譜寫出詞人的不捨愁緒與殷殷企盼。

此外，趙鼎〈少年遊‧山中送春〉：「三月正當三十日，愁殺醉吟翁。可奈青春，太無情甚，歸去苦忽忽。　共君今夜不須睡，尊酒且從容。說與樓頭，打鐘人道，休打五更鐘。」（冊一，頁 884）詞中化用唐朝詩人賈島〈三月晦日贈劉評事〉〔註37〕的詩意，描述三月的最後一天，春天即將離去，面對春天忽忽逝去，詞人無奈與愁苦的心情交織其中。而為了要守住春天在人間逗留的最後時刻，除了陪伴春天，從容喝酒外，也要叮嚀樓頭的打鐘人，希望他不要敲打五更鐘，因為當五更鐘一響，也就代表著三月三十日的結束、春天的結束。

又如謝明遠〈菩薩蠻〉：「春風春雨花經眼。石泉槐火春容晚。流水自無情。回波聚落英。　問春何處去。春向天邊住。舉酒欲銷愁。酒闌愁更愁。」（冊二，頁 119）作品首先以風雨、落花流水等意象來呈現遲暮的春色；下片則轉寫問春歸向何處的心情，以為喝酒可以澆熄心中的愁緒，但是等到醉意闌珊時，卻越發惆悵，心中的空虛與失落感更為深切。再如陳允平〈謁金門〉（春欲去）：「春欲去。無計得留春住。……恨煞多情杜宇。愁煞無情風雨。春自悠

〔註37〕賈島〈三月晦日贈劉評事〉：「三月正（一作更）當三十日。風（一作春）光別我苦吟身。共君今夜不須睡（一作寢）。未到曉鐘猶（一作五更還）是春。」參見清聖祖御定《全唐詩》，同註3，詩見第十七冊，卷574，頁6687。

悠人自苦。鶯花誰是主。」（冊四，頁 91）、〈謁金門〉（春又晚）：「春又晚。枝上綠深紅淺。燕語呢喃明似翦。采香人漸遠。……蜂情愁不展。」（冊四，頁 91）等，除了描寫春天漸去之景外，詞人還運用擬人手法，將面對春逝的惆悵感懷寄託在杜鵑的哀鳴、無情的風雨，以及蜜蜂尋不著百花的焦急愁緒之中。

面對美好的春天轉瞬即逝，詞人千方百計想要春天多在人間駐足一會兒，因而有詞人想像用萬千柳條將春繫縛住、想像柳絮隨風飄散，可以因此獲曉春天的歸處；有詞人勸說打鐘人不要敲響五更鐘，藉以延遲春天歸去的時間；也有詞人盼望春天再次歸來。但是留春無望，最終還是得面對送春歸去的心情，因此有對花無語的纖細柔婉之愁，有藉酒消愁的濃烈的情緒表達，也有將愁悶寄託在風雨與花鳥身上以表達心中的無奈與惆悵。諸如此類作品皆呈現了詞人在面對春天消逝與送春歸去時，所抱持的心態與感懷。

三、念別與思鄉的愁苦

當眼前呈現的是一片風光明媚的美好春色，但是心所繫念之人卻不在身邊，或是即將與之分別，這都會使人益發傷感。而若是身為在外遠行的遊子，滿眼春色只會令心裡更加寂寞與難過。以下分別就念別與思鄉的愁苦分別加以探討。

辛棄疾詞作多為豪放縱逸，卻也有婉約的作品，例如〈祝英臺近·晚春〉〔註38〕運用了層遞法，從視覺、聽覺、感覺三方面寫盡了暮春的淒涼：

> 寶釵分，桃葉渡。煙柳暗南浦。怕上層樓，十日九風雨。斷腸片片飛紅，都無人管，倩誰喚、流鶯聲住。　　鬢邊覷。試把花卜心期，纔簪又重數。羅帳燈昏，嗚咽夢中語。是他春帶愁來，春歸何處。却不解、將愁歸去。（冊二，頁 875）

〔註38〕此闋詞的詞牌在唐圭璋《全宋詞》中，作「祝英臺令」。同註4，冊三，頁 1882。

這闋詞描寫的是女子惜春、懷人之情。起首三句描繪出纏綿的離別圖景，烘托出女子與欲遠行之人分別的淒苦惆悵。「怕上層樓」五句，描寫兩人分別後的時序變換，如今已是風雨吹落紅的暮春時節，遠行之人卻還未歸來，因此女子不敢登樓觀睞，因為怕風雨送春歸會勾起更顯孤寂落寞的愁情。「都無人管」則強調鶯啼春不歸，也開啟下片怨春懷人的愁緒。下片將女子嬌懶慵倦的細微動態和百無聊賴的神情描寫入微，女子將別在髮上的簪花反覆簪取，並細數其花瓣以卜遠行之人的歸期。這種對人物動作的細膩描述，充分表現出女子的殷切盼望與癡情，即使在夢中亦嗔怪春帶愁來，卻不會將愁帶去。詞作中縈繞著一片癡情怨語，在婉轉中綿綿無盡。

詞人透過晚春景物的描寫，烘托怨別之情，將主人翁的心理、動作、夢境，具體而生動的刻畫出一個深情女子對心所繫念之人的想念與別離之情。詞面上未著一「怨」字，卻筆筆含怨，鋪寫女子內心對於春歸人未還的哀婉愁情；春天的逝去，也代表著等待的女子青春年華的歸去，而在女子的愁緒中，或許也寓託了詞人深刻的感懷。〔註39〕張炎將此闋詞作為「景中帶情，而有騷雅。」〔註40〕的詞例，即是認為詞作內容有一定的思想深度，能體現出詞人對現實人生的關懷，而且又不過度講求比興寄託而失卻詞的本色。清人沈謙則云：「稼軒詞以激揚奮厲為工，至『寶釵分，桃葉渡』一曲，

〔註39〕例如楊海明《唐宋詞史》中所轉引之黃蓼園《蓼園詞選》認為：「此必有所托，而借閨怨以抒其志乎。……次闋言問卜，欲求會而間阻實多，而憂愁之念將不能自已矣。意致淒惋，其志可憫。」參見楊海明《唐宋詞史》認為黃氏說法基本上可以成立。見氏著《唐宋詞史》（高雄：麗文文化事業，1996 年 2 月初版一刷），頁 556。筆者則以為，黃氏此說法可列為參看，但不一定得認為此闋詞確有詞人欲寄託的言外之意，因為此闋詞並未如辛詞〈摸魚兒〉（淳熙己亥，自湖北漕移湖南，同官王正之置酒小山亭，為賦）（更能消、幾番風雨）等詞有明顯寓含寄託之意，因此若是能將本闋詞單純的回歸為藉晚春景物鋪寫主人翁的傷春與思念之情，同樣不失為一首優秀詞作。

〔註40〕〔宋〕張炎撰，夏承燾校注《詞源注》（臺北：木鐸出版社，1982 年 5 月初版），卷下之〈賦情〉篇，頁 23。

昵狎溫柔，魂銷意盡，才人伎倆，眞不可測。」〔註41〕說明辛棄疾
的婉約詞超越一般的婉約詞篇，也呈現出辛詞風格的多樣化。

在辛詞中，關於此種藉著晚春景致來抒發思念與別離心情的詞
作，還有〈祝英臺近〉（綠楊堤）：「綠楊堤，青草渡。花片水流去。……
斷腸幾點愁紅，啼痕猶在，多應怨、夜來風雨。　　別情苦。馬蹄踏
遍長亭，歸期又成誤。……畫樑燕子雙雙，能言能語，不解說、相思
一句。」（冊二，頁 942）這闋詞與上闋詞表達的都是相思之情，上
闋詞是以女子口吻來訴說思念之愁苦，這闋詞則以男子口吻來表達內
心的悲傷。詞作首先點明是晚春時節，落花、杜鵑啼聲、風雨等景物
皆增添了主人翁的離情愁緒。尤其「別情苦」三句寫出了分別的痛苦，
分別時連馬都徘徊亭前不忍離去，何況是相互繫念的人呢？詞末則以
成雙成對的燕子對比自己的孤單，即使燕子的呢喃有如人能言語，但
還是無法像人一樣訴說想念對方的心情。

至如嚴仁〈玉樓春·春思〉，則是藉春天的景致，反襯出主人翁
因爲想念遠方之人而身形日益消瘦：

> 春風只在園西畔。薺菜花繁蝴蝶亂。冰池晴綠照還空，香
> 徑落紅吹已斷。　　意長翻恨遊絲短。盡日相思羅帶緩。
> 寶匳明月不欺人，明日歸來君試看。（冊三，頁 569）

這闋詞採上景下情的寫作方式，呈現主人翁懷人的心情。上片描寫
的春景有動態與靜態之景，以繁密的薺菜花與蝴蝶飛舞點明時值繁
盛的春天。園中百花綻放，然而主人翁卻只注意到白色的薺菜花，
這暗示著主人翁因想念遠方之人而無意於遊賞眼前的繽紛美景。「冰
池晴綠照還空」兩句，則以一泓碧水、一條落花飄散的小徑，襯托
出主人翁盡日凝望遠行之人歸來的寂寞心情。下片敘寫相思之情，
以「恨游絲短」反襯自己思念的情意之長；以「羅帶緩」來暗示因
爲思念之苦而日益消瘦的現象。這種寫法與《古詩十九首·行行重

〔註41〕〔清〕沈謙撰《塡詞雜說》。收入江寧、唐圭璋彙刊《詞話叢編》（臺
　　　　北：新文豐出版公司，1988 年 2 月臺一版），第一冊，頁 630。

行行》：「相去日已遠，衣帶日已緩。」〔註42〕以及柳永：「衣帶漸寬終不悔，爲伊消得人憔悴。」〔註43〕相似，流露出主人翁的一片深情。結尾兩句則預擬當所想念之人歸來時，可以請他看看映照在鏡子裡的主人翁消瘦的容顏，暗示主人翁想念之深。如此委婉曲折的藉春景以表達思念心情的寫作手法，使詞意婉轉層深、獨具韻致。

此外，藉詠春以抒相思別離之情的作品，還有謝逸〈鵲橋仙〉（蝶飛煙草）：「一春若道不相思，緣底事、紅綃褪玉。」（冊一，頁585）、曾協〈踏莎行・春歸怨別〉（柳眼傳情）：「魚沉雁斷無音信。琵琶聲亂篆煙斜，寸腸欲斷無人問。」（冊二，頁349），分別道出離別後的相思之情，使佳人日益消瘦；以及杳無音訊，只能聽聞琵琶、凝看香爐中盤繞的煙縷，徒撩亂人心、使人斷腸。又如劉過〈賀新郎・春思〉（院宇重重掩）：「佳人無意拈針線。遶朱闌、六曲徘徊，爲他留戀。試把花心輕輕數，暗卜歸期近遠。奈數了、依然重怨。把酒問春春不管。枉教人、只恁空腸斷。腸斷處，怎消遣。」（冊三，頁159）詞中描寫佳人因爲思念遠方之人，而無心於作針線活。「試把花心輕輕數」兩句，則類似辛棄疾〈祝英臺近・晚春〉中「試把花卜心期，纔簪又重數」之情意，女子細數花瓣以卜所思之人歸來、兩人相見之期。然而數了幾次後只覺得依然哀怨層深，直教人空斷腸罷了。

又如吳禮之〈杏花天・春思〉（悶來凭得闌干暖）：「遙山好似宮眉淺，人比遙山更遠。」（冊三，頁287）詞中比喻遙望之遠山好像宮中女子淺淺的眉毛般似有若無，而心所繫念的人好像比遠方的山還更遙遠。再如馮偉壽〈春風裊娜・春恨　黃鍾羽〉（被梁間雙燕，話盡春愁）：「夢裏飛紅，覺來無覓，望中新綠，別後空稠。相思難偶，歎無情明月，今年已是，三度如鉤。」（冊四，頁16）描述與思念之人分別後的惆悵落寞，而無情的月亮，已經三次圓了又缺，與所思念

〔註42〕參見張庚纂《古詩十九首解》（北京：中華書局，1985年北京新一版），頁2。

〔註43〕出自柳永詞作〈鳳棲梧〉（竚倚危樓風細細）。參見朱德才主編《增訂注釋全宋詞》，同註1，頁25。

之人也已分隔三個月了。而李裕翁〈摸魚兒・春光〉（計江南、許多風景）：「惆悵處，曾記蘇隄攜手。十年驚覺回首。……長門別有。脈脈斷腸人，柔情盪漾，長是為伊瘦。」（冊四，頁 492）則回憶起十年前兩人曾經攜手遊賞的蘇堤，然而事過境遷，現在也只剩悲傷的主人翁那片柔情蜜意，以及因為想念對方而日益瘦削的身形了。

關於藉描寫春天景致以抒發思鄉之愁苦的作品，則有蘇軾〈蝶戀花・送春〉：

> 雨後春容清更麗。只有離人，幽恨終難洗。北固山前三面
> 水。碧瓊梳擁青螺髻。　　一紙鄉書來萬里。問我何年，
> 真箇成歸計。白首送春拚一醉。東風吹破千行淚。（冊一，
> 頁 256）

此詞上片描寫雨後的春天景物更為清麗，尤其那三面臨江的北固山，矗立的形狀猶如女子梳妝起來的美麗髮髻。然而離開家鄉的詞人面對這美麗的景色，卻是倍感憂愁。下片「一紙鄉書來萬里」兩句，明白寫出詞人離家已久，家人殷切的盼望他能儘早返家，決定回家的時間。末兩句則緊扣詞題，描寫詞人甘願一醉送春歸去以解思鄉之苦，然而自己思鄉的愁緒在東風吹拂下化作千行傷心淚，想念家鄉的心情無須言說已表露無遺。又如賀鑄〈惜餘春・踏莎行七首〉同樣抒發了思鄉之情：

> 急雨收春，斜風約水。浮紅漲綠魚文起。年年游子惜餘春，
> 春歸不解招游子。　　留恨城隅，關情紙尾。闌干長對西
> 曛倚。鴛鴦俱是白頭時，江南渭北三千里。（冊一，頁 434）

首先「急雨收春」三句，點明晚春的自然景色。「年年游子惜餘春」兩句，則道出在這晚春時節，出門在外的遊子總會珍惜這稍縱即逝的美好春光，然而春天要歸去卻不懂得招呼一聲思鄉的遊子也應該返家了。下片轉而抒情，以「留恨城隅」兩句寫出遊子當時與親朋分別時的地點，從家鄉寄來的書信中流露著關心與殷殷叮嚀，但是面對這夕陽餘暉，又看到恩愛的鴛鴦，想到現在與家鄉的距離相隔千里遠，心中甚是愁苦。

　　而趙文〈蘇幕遮‧春情〉，也是藉著書寫春天景致來表達心中思念家鄉的情感：

> 綠秧平，煙樹遠，村落聲喧，凫雁歸來晚。自倚闌干舒困眼。一架葡萄，青得池塘滿。　飲先愁，吟又懶。幾許閒情，百計難消遣。客路不如歸夢短。何況啼鵑，怎不教腸斷。（冊四，頁 279）

此詞上片描寫的是一幅寫意、閒適的鄉村春景，以綠油油的稻秧、樹林、村中的人聲喧鬧，以及凫雁、架上的葡萄、池塘綠水等景物呈現出春天的鄉村風情。下片則描寫詞人在悠然的閒情中卻有無法排解的愁緒，「客路不如歸夢短」三句，點出了詞人的愁苦原來來自心中那片思鄉之情，因爲身處他鄉，返鄉的路途不如在夢中夢見家鄉那樣短距離。而此時傳來的聲聲杜鵑鳥鳴，則令離家在外的遊子更爲傷悲。

　　此外，趙長卿〈青玉案‧殘春〉（梅黃又見纖纖雨）：「梅黃又見纖纖雨。客裏情懷兩眉聚。何處煙村啼杜宇。勸人歸去，早思家轉，聽得聲聲苦。」（冊二，頁 775）詞中藉春末夏初的景色抒發詞人離家在外的心情，並以杜鵑鳥的啼叫想像是勸遊子歸家，然而思鄉情緒在聽聞鳥鳴聲後更添愁苦。而王炎〈點絳唇‧崇陽野次〉（雨涇東風，誰家燕子穿庭戶）：「……孤村薄暮。花落春歸去。　浪走天涯，歸思縈心緒。家何處。亂山無數。不記來時路。」（冊二，頁 842），在詞題中已點明詞人在崇陽縣（今湖北）的郊外，描述詞人在人煙稀少的暮春郊野中，歸鄉的思緒縈饒心頭。「家何處」三句流露出孤寂痛苦的心傷，只見眼前無數綿亙的山峰，對於來時的路已不復記憶，想念的家鄉又在何處呢？王炎的另一闋詞〈木蘭花慢‧暮春時在分寧〉（博山香霧冷）：「正飛絮濛濛，平蕪杳杳，家在天涯。」（冊二，頁 846）同樣是描述在春天凋零的時節想念家鄉的愁緒。

　　又如劉光祖〈踏莎行‧春暮〉：「掃徑花零，閉門春晚。恨長無奈東風短。起來消息探荼蘼，雪條玉蕊都開遍。　晚月魂清，夕陽香遠。故山別後誰拘管。多情於此更情多，一枝嗅罷還重撚。」

（冊三，頁 80）、姜夔〈霓裳中序第一・春晚旅寓〉（園林罷組織）：
「園林罷組織。樹樹東風翠雲滴。草滿舊家行迹。時聽得聲聲，曉
鶯如覓。……可念我〔註44〕、飄零如此，一地送岑寂。……留春渾
未得。翻些入、啼鵑夜泣。清江晚，綠楊歸思，隔岸數峯出。」（冊
四，頁 492）兩闋詞皆因為眼前的春末夏初景色而想到故鄉：前闋
是擔憂離開後的故鄉不知有沒有人來管理，思鄉的心情只能就著反
覆撚取並嗅聞花草的馨香來聊以撫慰。後闋由詞題可以知曉詞人暮
春時正離家在外，眼前所見的暮春景色，使詞人想到自己家中的庭
院應該也已是綠草遍佈，又好像常常聽到家中庭院裡黃鶯的啼聲，
思鄉心切之情流露於字裡行間。然而自己現在卻離家在外，可憐詞
人如今只有清冷寂寞陪伴著孤單的自己。詞末則描述詞人無法將春
天留住的無奈，除了以杜鵑鳥啼，以及翠綠的楊柳呈現春末夏初之
景物外，還意味著詞人想要歸家的期待，卻被遍佈江岸的層層山峯
給遮住了。

四、身世與家國的慨歎

　　靖康之難是宋朝重要的轉折點，女真滅亡了北宋，宋朝宗室南
渡，在江南建立了南宋朝廷。由於國破家亡的變故，使得人們離鄉背
景，倉皇向南邊逃難，更覺恥辱的則是徽、欽二帝被俘虜。而做為能
反映時代樣貌的文學，與社會脈動之間有著深刻的關連性。在北宋滅
亡以後的詞壇，便集中地體現了這個時代的變動，詞人以沉重悲傷的
基調，用迂曲委婉或是隱含寄託的方式，來傾訴心中面對山河變色、
失卻家園、愛國與憂政的沉痛哀感。在南宋詞人的詠春作品中，便往
往可以見到這種藉春天來書寫亡國之恨的題材。

　　例如辛棄疾〈摸魚兒・淳熙己亥，自湖北漕移湖南，同官王正之
置酒小山亭，為賦〉，採用比興手法，以春天將要逝去的淒迷景象，

〔註44〕「可念我」即「可憐我」之意。參見張相《詩詞曲語辭匯釋》（臺北：
　　　　洪葉文化事業，1993 年 4 月初版一刷），下冊，頁 604。

暗喻南宋國勢的衰沉：

> 更能消、幾番風雨。忽忽春又歸去。惜春長恨花開早，何
> 況落紅無數。春且住。見說道、天涯芳草迷歸路。怨春不
> 語。算只有殷勤，畫簷蛛網，盡日惹飛絮。　　　長門事，
> 準擬佳期又誤。蛾眉曾有人妒。千金縱買相如賦，脈脈此
> 情誰訴。君莫舞。君不見、玉環飛燕皆塵土。閒愁最苦。
> 休去倚危樓，斜陽正在，煙柳斷腸處。（冊二，頁857）

這闋詞是辛棄疾南歸多年後仍不受朝廷重用，在淳熙六年由湖北轉
運副使調任湖南轉運副使時，同僚王正之為他置酒餞行，辛棄疾所
抒發的憂時感世之嘆。詞作內容表達了詞人對於國事的憂慮、感嘆
北伐時機的錯失、對昏庸當權者的警告，以及自己有志難伸的沉重
心情。上片描寫春天歸去的景致、惜春愛花，以及留春、怨春的情
感，流露出對春光的珍惜、眷戀，無計留春的怨憤，以及傷春歸去
之情。這些都呈現出詞人力圖挽救國勢的赤誠之心。尤以簷下蜘蛛
殷勤結網、整天沾黏飛絮希望能留下幾分春色來做比擬，似乎也隱
含詞人以及其他愛國之士為朝政奔勞的苦心。下片則運用陳皇后、
楊玉環、趙飛燕等人的典故，慨歎自身遭遇，「長門事」五句以陳皇
后原本失寵於漢武帝的典故，〔註45〕比喻自己得不到國君重用的失
意，以及滿腔愛國的熱血抱負無處發揮、又遭人妒忌的苦悶。「君莫
舞」三句則以楊玉環、趙飛燕等人雖能歌善舞，然最終皆化為塵土，
〔註46〕警告那些苟且偷安的投降派當權者，不要猖狂得意、恃寵而
驕，因為每個人最終皆會歸於塵土，往後的歷史也會為當今的功過
做一番評論。其中「舞」字可比擬成朝廷小人的張牙舞爪擾亂國事、
胡作非為而又得意忘形的行徑。「閒愁最苦」實指詞人對於南宋朝廷

〔註45〕「長門事」的典故為兩宋詠春詞中常用典故，故於本論文第四章第
　　　　一節「修辭技巧的運用」中再作探討。
〔註46〕「君不見、玉環飛燕皆塵土」句中的「皆塵土」，是用《趙飛燕外傳》
　　　　附〈伶玄自敘〉中的語意：「斯人俱灰滅矣，當時疲精力馳騖嗜欲盡
　　　　惑之事，寧知終歸荒田野草乎。」參見〔漢〕伶玄撰，嚴一萍選輯
　　　　《趙飛燕外傳》（臺北：藝文印書館，1966年版），頁9。

前途的擔憂。最末以「休去倚危樓」三句景語作結，字面上的意思是若再登上高樓倚欄遠望，那夕陽餘暉正照在被暮靄籠罩著的柳樹，遠遠望去一片迷濛，使人更易傷心斷腸。詞人藉著暮春落照迷離之景，象徵南宋日薄西山的局勢，詞人不願也不忍看到這種情況，字裡行間流露出沉痛而又報國無門的哀感。

　　詞人在作品中所寫的「春」不僅是指春天這個季節，也隱指南宋國勢，因此詞人在詞作開頭形容風雨飄搖的南宋局勢，有如春天將要歸去，再也禁不起幾番風雨的摧殘了，但是在小人諂媚弄權下，愛國志士無法發揮長才，詞末則比喻這搖搖欲墜的國勢如同將要西下的夕陽般孱弱，正慢慢沉淪沒落，不禁令人痛心疾首。詞中「摻雜著『時不我予』的身世之感與家國之思，就成了南宋言志之作最令人動容的所在。」〔註47〕這闋詞情感激切強烈，卻以委婉含蓄的形式表達，能將滿腔忠義奮發的憂國之情以及身世之感，藉長門宮怨的方式，傾訴自身壯志難酬的苦悶、對小人當道與蛾眉見妒的憤懣，以及對國勢飄搖的憂慮。詞中融合意象、典故與人生喟嘆，於婉約的惜春意緒中滲透出沉鬱和悲涼，猶如綿裏針般外柔和而內尖刻，因而被譽為辛詞中摧剛為柔、融豪放於婉約的代表作。

　　因此清人陳廷焯云：「稼軒『更能消幾番風雨』一章，詞意殊怨，然姿態飛動，極沉鬱頓挫之致。起處『更能消』三字，是從千回萬轉後倒折出來，真是有力如虎。」〔註48〕近人梁啓超云：「迴腸盪氣，至於此極。前無古人，後無來者。」〔註49〕今人如張夢機也說：「『摸魚兒』是稼軒壯詞中造境最美的一首詞，通篇用含蓄的筆調，比興的方法，來傷國事，抒壯懷，姿態飛動，極沉鬱頓挫之致；既不僅

〔註47〕參見王偉勇〈古典詞的主題與技巧——以唐宋詞為論述核心〉《國文天地》18 卷 9 期，民 92.02，頁 36。

〔註48〕參見〔清〕陳廷焯《白雨齋詞話》（北京：人民文學出版社，1959 年10 月北京第一版），卷一，頁 23。

〔註49〕參見梁令嫻輯《藝蘅館詞選》（臺北：中華書局，1970 年 10 月臺一版），丙卷，頁 92。

是豪壯的呼號，也不限於兒女的怨慕，可以說，這是辛棄疾所獨創的一種境界。」〔註50〕以上評論，皆給予這闋詞很高的評價。

此外，辛棄疾在這闋詞中以失寵美人自況，寄託自己政治上的怨恨憤慨，這是承繼屈原〈離騷〉中「香草美人」的比興手法。在本論文第二章第一節曾論述春恨與傷春文學的成因與源頭，屈賦是春恨主題的真正源頭，《楚辭》也是唐宋詞傷春主題的原型。〔註51〕而每逢亂世風雲特定文化氛圍的觸發，這種春恨正宗即勃然而興，南宋時曾達到空前的高峰，〔註52〕辛棄疾這首〈摸魚兒〉可謂箇中代表作。楊海明認為此闋詞「雖以傷春開頭，又以傷春結尾，但是卻突破了常見的『傷春』範式，甚至還突破了『怨而不怒』的傳統習套，出現了悲憤怨怒交加的情緒傾向。」〔註53〕也有學者認為此闋詞「在傷春詞中，真可謂是一首千古絕唱。」〔註54〕究其原因，乃是詞人那股憂國憂政之情的深廣與憤切所致。

對於國家命運的深深憂慮，以及因為身為由北方南歸的歸正人而屢遭妒忌、排擠的苦悶情緒，辛棄疾的詞作中因而出現了如〈摸魚兒〉此類藉傷春怨別等題材，以抒寫其感時傷世的憂鬱情懷。他如〈滿江紅·暮春〉：

> 可恨東君，把春去春來無迹。便過眼、等閒輸了，三分之一。畫永暖翻紅杏雨，風晴扶起垂楊力。更天涯、芳草最關情，烘殘日。　　湘浦岸，南塘驛。恨不盡，愁如織。算年年孤負，對他寒食。便恁歸來能幾許，風流早已非疇昔。憑畫欄、一線數飛鴻，沉空碧。〔註55〕（冊二，頁880）

〔註50〕張夢機著《詞箋》（臺北：三民書局，1971年12月初版），頁103。
〔註51〕相關論述參見本論文第二章第一節「先秦的詠春作品」，頁4。
〔註52〕王立著《中國古代文學十大主題——原型與流變》（臺北：文史哲出版社，1994年7月初版），頁181。
〔註53〕楊海明《唐宋詞主題探索》，同註5，頁84。
〔註54〕參見張晶著《心靈的歌吟：宋代詞人的情感世界》（2001年9月第一版），頁55。
〔註55〕唐圭璋《全宋詞》作「愁如積」、「風流已自非疇昔」。參見《全宋詞》，

此闋詞是藉著描寫春天景致以諷當世的作品。上片描寫春天已過了三分之一，開頭「可恨東君」一句總領全篇，其中流露出的「恨」便是詞中所描寫的「春去春來無迹」、「過眼」便「輸了三分之一」，以及紅杏花落如雨、垂楊無力、芳草烘托殘日等春去忽忽、一晃眼便滿是凋零與衰殘的景象。下片則進一步抒發詞人心中的愁悶，從空間以及時間積累而成的憤恨與愁思，繁密的無法盡數。詞面上說春天哪時會再歸來，實際則指南宋朝廷何時才能收復北方故土？然而可悲的是那昔日的風華景致已不復見了。詞末以「一線飛鴻」暗喻有志效國之士，在勢力壯大的小人弄權下，正如被天空遮蔽了的飛鴻般，微不足道。次如〈滿江紅〉：

> 點火櫻桃，照一架、荼蘼如雪。春正好、見龍孫穿破，紫苔蒼壁。乳燕引雛飛力弱，流鶯喚友嬌聲怯。問春歸，不肯帶愁歸，腸千結。　　層樓望，春山疊。家何在，煙波隔。把古今遺恨，向他誰說。蝴蝶不傳千里夢，子規叫斷三更月。聽聲聲、枕上勸人歸，歸難得。（冊二，頁 956）

此詞上片同樣描寫春天將要歸去的景致，除了描寫成熟的櫻桃、白色荼蘼、新生的竹筍等植物外，還較上闋詞多了動態的乳燕、流鶯等鳴禽來呈現春末夏初的景色。「問春歸」三句與〈祝英臺近·晚春〉（寶釵分）中「是他春帶愁來，春歸何處。却不解、將愁歸去」的寫法類似，字裡行間滿溢著詞人對春歸的惆悵，以及下片所抒寫的對家國河山的憂愁。詞作下片的「層樓望」六句，透露詞人的故鄉遠在被戰火烽煙與山脈、河水阻隔的敵軍手中，即使如莊周夢蝶，也不會傳送在敵軍蹂躪下家鄉慘狀的夢。那暮春三月的子規啼聲，頻頻勸人歸鄉，但無奈的是南宋欣於當前的偏安江南之局勢，而不思恢復北方故土，也不為徽、欽二帝被俘，以及中原淪陷雪恥，卻是甘願稱臣屈辱求和，如此朝政如何能使南歸的百姓歸得了家鄉呢？

同註 4，冊三，頁 1887。

　　從上舉詞篇，可見辛棄疾的憂國之心是與自身的身世之感雜揉
在一起的。詞人由自然景物的衰殘，和河山之慟、家國之思、個人
孤危的處境、無法施展抱負的鬱悶、被憂讒妒忌的愁苦等揉合在一
起，因而引發了憂憤與悲愁的情感，這都成了詞人筆下悲壯淋漓的
詞篇。辛棄疾此種用自己生命中之志意與理念敘寫詞篇的感發特
質，葉嘉瑩先生認為這乃是因為辛棄疾稟賦了「具眼」、「具心」、「具
手」三種能在詩歌的形象中傳達出一種感發力量的因素。〔註 56〕此
外，也由於辛棄疾的憂患意識和責任感，使得詞人在作品中反映現
實的深度和廣度，在南宋愛國詞篇中有著鮮明的色彩。

　　與辛棄疾交誼甚篤的辛派詞人陳亮，在詞作〈水龍吟・春恨〉則
是藉春天美好的景色，來反襯自己失意衰怨的心態，並寄寓詞人欲恢
復失土之志，以及國恨家愁的情感：

> 鬧花深處層樓，畫簾半捲東風軟。春歸翠陌，平莎茸嫩，
> 垂楊金淺。遲日催花，淡雲閣雨，輕寒輕暖。恨芳菲世界，
> 游人未賞，都付與、鶯和燕。　　寂寞憑高念遠。向南樓、
> 一聲歸雁。金釵鬥草，青絲勒馬，風流雲散。羅綬分香，
> 翠綃封淚，幾多幽怨。正銷魂，又是疏煙淡月，子規聲斷。
>
> （冊三，頁 120）

此詞上片，鋪寫明媚的春景，先以百花綻放、翠綠的田野、初生的
柔嫩春草、淺黃色的垂柳呈現春天美麗的景致，後以春日漸長、微
雨暫收、不寒不暖的舒適天候來表現此時春日的美好。「恨芳菲世
界」三句，是詞作的轉折處，詞面上言人們不能遊賞這美好的春景，

〔註 56〕參見孫崇恩、劉德仕、李福仁主編《辛棄疾研究論文集》（北京：中
國文聯出版社，1993 年 2 月第一版第一次印刷），葉嘉瑩撰寫之〈論
辛棄疾詞的藝術特色〉，頁 179～180。葉嘉瑩先生在文中說明了「具
眼」、「具心」、「具手」三種特質：「……要想在詩歌之形象中傳達出
一種感發的力量，則首在具眼，次在具心，三在具手。具眼，所以
才能對一切事物有敏銳之觀察而掌握其鮮明之特色；具心，所以才
能對所觀察接觸之事物引起真切活潑的感發；具手，所以才能以豐
美之聯想及切當之言語來加以表達。而辛棄疾就正是在以上三方面
都具有過人之稟賦的一位作者。」

且這芳菲世界被鶯燕所佔有，實爲憾事；實際上是寄寓詞人對於北
方的錦繡河山盡淪於敵人手中的怨悱。下片從登樓遠眺、賞心樂事
一去不返、別後的懷念、別時景色的觸目銷魂，烘托出詞人內心深
摯的感情。〔註 57〕詞面上仍是鋪寫昔日春天的遊賞活動已風流雲

〔註57〕詞作中的「遲日催花」運用了《詩經・豳風・七月》中春日遲遲的
　　　典故；「子規聲斷」運用了揚雄〈蜀王本紀〉的典故，此兩則典故在
　　　兩宋詠春詞中爲常見典故，故於本論文第四章第一節「修辭技巧的
　　　運用」中再做探討。而「向南樓、一聲歸雁」以及「翠綃封淚」的
　　　典故，因於兩宋詠春詞中僅有一、兩闋詞使用之，故於此探其典源。
　　　「南樓」出自《世說新語・容止》：「庾太尉在武昌，秋夜氣佳景清，
　　　使吏殷浩、王胡之之徒登南樓理詠。音調始遒，聞函道中有屐聲甚
　　　厲，定是庾公。俄而率左右十許人步來，諸賢欲起避之。公徐云：『諸
　　　君少住，老子於此處興復不淺！』因便據胡牀，與諸人詠謔，竟坐
　　　甚得任樂。」參見余嘉錫編撰，周祖謨、余淑宜整理《世說新語箋
　　　疏》（臺北：華正書局，1989 年 3 月版），下卷上，容止第十四，頁
　　　618。此典實於《晉書・庾亮傳》也有記載：「亮在武昌，諸佐吏殷
　　　浩之徒，乘秋夜往共登南樓，俄而不覺亮至，諸人將起避之。亮徐
　　　曰：『諸君少住，老子於此處興復不淺。』便據胡牀與浩等談詠竟坐。
　　　其坦率行己，多此類也。」文字說明了庾亮鎮守武昌時，與屬吏於
　　　秋夜登南樓賞月、談笑。後人遂以「南樓」、「南樓老子」、「老子興
　　　不淺」爲典，或詠歡娛遊樂的雅興，或詠長官屬吏宴集歡會，或代
　　　表宴集賞月之處所，參見〔唐〕房玄齡等撰，楊家駱主編《新校本
　　　晉書並附編六種》（臺北：鼎文書局，1983 年 7 月四版），卷七十三，
　　　列傳第四十三，〈庾亮傳〉，頁 1924。「翠綃封淚」在韋莊〈傷灼灼〉
　　　詩以及曾慥輯《類說六十卷》中皆有記載：〔唐〕韋莊〈傷灼灼〉詩
　　　之詩題有注云：「灼灼，蜀之麗人也。近聞貧且老，殂落於成都酒市
　　　中。因以四韻弔之。」〈傷灼灼〉全詩如下：「嘗聞灼灼麗於花，雲
　　　髻盤時未破瓜。桃臉曼長橫綠水，玉肌香膩透紅紗。多情不住神仙
　　　界，薄命曾嫌富貴家。流落錦江無處問，斷魂飛作碧天霞。」參見
　　　清聖祖御定《全唐詩》，同註3，第二十冊，卷700，頁8049。〔宋〕
　　　曾慥輯《類說六十卷》卷二十九引《麗情集・灼灼》：「錦城官妓也。
　　　善舞拓技，能歌水調。相府筵中與河東人坐，神通自授，如故相識。
　　　自此不復面矣。灼灼以軟綃多聚紅淚，密寄河東人。」參見〔宋〕
　　　曾慥輯《類說六十卷》（北京：書目文獻出版社，1988 年 2 月出版），
　　　第六十二冊（子部・雜家類），卷二十九，頁 482。上述文獻說明唐
　　　末名妓灼灼與意中人分別，難以再會，常派人以軟綃巾包紅淚相寄。
　　　後以「紅巾寄淚」、「紅綃粉淚」、「封淚寄與」等指相思寄信，或盡
　　　寫離愁別恨之情。

散，以及與人分別時傷感的情景，然實際上皆是抒寫詞人對北國故
土的深切懷念，以及在面對家國河山陷於敵人手中，當今南宋朝廷
卻以偏安而不思收復故土為政策時，所流露出的憤恨與失望之情。

　　陳亮在詞中所描寫的明媚春光，實際上是以愈益美好的春景，
來烘托詞人所要表達的強烈春恨。因為春景愈炫爛美麗，詞人對它
的依戀愈深，當春天逝去之時，所給人的惆悵與愁緒也就愈深。因
此雖然詞人眼前滿溢著一片春光，但是這美景卻也觸發詞人的感
懷，使得那寸寸愁腸都成眼淚。故《論詞隨筆》有云：「感時之作，
必借景以形之。如……同甫云，『恨芳菲世界，游人未賞，都付與鶯
和燕。』不言正意，而言外有無窮感慨。」〔註58〕這段文字道出了
詞人對大自然的敏銳感受，而將它與社會人生感懷揉合之後的藝術
表現魅力。《藝概》中也說：「同甫〈水龍吟〉云：『恨芳菲世界，游
人未賞，都付與，鶯和燕。』言近指遠，直有宗留守大呼渡河之意。」
〔註59〕這段話意謂「恨芳菲世界」三句與抗金名將宗澤臨死時還大
呼「渡河」一樣，〔註60〕念念不忘收復被金人佔領的故國河山，同
時也道出了詞人這闋詞在婉麗含蓄中，蘊含有深刻的剛勁之氣。

　　由上述辛棄疾〈摸魚兒〉、〈滿江紅‧暮春〉、〈滿江紅〉（點火櫻
桃），以及陳亮〈水龍吟‧春恨〉等詞作中，皆可以看見春恨、傷春
主題的趨勢，從單純的面對美好春色，或是面對春天歸去而興發的感
時傷春、年華易逝等情感，在南宋時轉向社會因素而漸漸增強。南宋
詞人在春恨、傷春的主題下，實是蘊藏著家愁國恨的憤情，藉此抒寫

〔註58〕 參見〔清〕沈祥龍撰《論詞隨筆》。收入江寧、唐圭璋彙刊《詞話叢
　　　　 編》，同註41，第五冊，頁4057。

〔註59〕 參見〔清〕劉熙載《藝概》（臺北：華正書局，1988年9月版），頁
　　　　 111。

〔註60〕 宗澤（1059～1128），字汝霖，義烏人。「有文武才，……屢戰皆捷，
　　　　 徙知開封府，進東京留守，北方憚澤威望，呼為宗爺爺，不敢復犯東
　　　　 京。澤前後請帝還京二十餘疏，俱為姦人所抑，憂憤成疾，大呼過河
　　　　 者三而卒。」參見昌彼德、王德毅、程元敏、侯俊德編《宋人傳記資
　　　　 料索引》（臺北：鼎文書局，1974年10月初版），第二冊，頁1293。

對恢復故土的心願、對南宋偏安政局的不滿，更是對自身壯志難酬、抗金時機一再錯失，而滿懷憂愁憤恨的情感表露。

　　辛棄疾、陳亮等人所抒寫的春恨、傷春之作，表現的是對南宋國勢逐漸衰微的預感和憂慮，以及壯志難酬的怨恨。而遺民詞人劉辰翁所抒寫的春恨、傷春之作，則是表現宋王朝覆亡前後的嚴酷現實，反映的是無枝可棲的遺民心態，較之辛棄疾、陳亮等人的詞作，更顯得情辭悲苦。例如〈蘭陵王·丙子送春〉：

> 送春去。春去人間無路。鞦韆外、芳草連天，誰遣風沙暗南浦。依依甚意緒。漫憶海門飛絮。亂鴉過，斗轉城荒，不見來時試燈處。　　春去。最誰苦。但箭雁沉邊，梁燕無主。杜鵑聲裏長門暮。想玉樹凋土，淚盤如露。咸陽送客屢回顧。斜日未能度。　　春去。尚來否。正江令恨別，庚信愁賦。蘇隄盡日風和雨。歎神遊故國，花記前度。人生流落，顧孺子，共夜語。〔註61〕（冊四，頁187）

丙子年二月，元軍攻陷南宋首都臨安，此闋詞表現了歷經亡國之變的詞人其忠貞氣節與愛國情操。上片描寫春天歸去之景致，比喻元軍入侵，軍隊席捲江南大地，詞人只能惦念著前朝君臣，而臨安城中再也不見昔日的繁華景象。中片則描寫前朝君臣思念故土的心境。以「箭雁沉邊」、「梁燕無主」比喻被擄北去的君王像被箭射中、沉落邊地的雁兒，而失去國家的南宋人民則像失去主人沒有了依靠的燕子。「杜鵑聲裏長門暮」句，形容被踐踏過的南宋皇宮在黃昏的杜鵑聲中更顯淒涼。「想玉樹凋土」四句化用典故，〔註62〕描寫詞人

〔註61〕唐圭璋《全宋詞》在「庚信愁賦」下有注云「二人皆北去」。參見《全宋詞》，同註4，冊五，頁3213。

〔註62〕「玉樹凋土」化用《晉書·庚亮傳》之典故：「亮將葬，何充會之，歎曰：『埋玉樹於土中，使人情何能已。』」因此「玉樹凋土」意指為國捐軀的人。參見〔唐〕房玄齡等撰，楊家駱主編《新校本晉書並附編六種》，同註57，卷七十三，列傳第四十三，〈庚亮傳〉，頁1924。「淚盤如露」化用李賀〈金銅仙人辭漢歌序〉，描寫漢亡後，魏明帝「詔宮官牽車西取漢孝武捧露盤仙人，欲立置前殿。宮官既拆盤，仙人臨載，

一想到爲國捐軀者，即淚如雨下，而被擄北行之人同樣流露出依戀故國之情。下片描寫詞人感到春歸無望、復國也希望渺茫的淒苦情懷。以「江冷恨別」意謂北去的人滿懷別愁。「蘇隄盡日風和雨」三句則描寫詞人對故國的回憶與思念。此時詞人只能藉著神遊故鄉，重遊蘇隄與賞花，在記起昔日故都的繁華熱鬧景象時，不覺悲從中來。「人生流落」三句，描寫詞人在戰亂亡國之後，只能與孩子們談心，傾訴心中深沉的故國之悲。

　　整闋詞圍繞著詞題「送春」展開抒情，雖題爲「送春」，實際上是送別一個朝代，哀悼亡國後的南宋。全詞共分三段，均以「春去」起句，而從不同方面加以抒寫。第一段寫春初初歸去，暗示淪陷後荒涼的臨安城，以及離散飄零的南宋君臣。第二段加深描繪春去的情景，比喻被俘擄的君臣，無依無靠、漂泊流浪的南宋遺民，回顧舊都依戀不捨的苦楚心情。第三段首先以江總、庾信之事來抒寫亡國之慟，面對春去不再重返的絕望，只能藉著神遊故國來懷想往昔的歡樂。詞人以借代、象徵、設問、比興的手法，以「春」當作南宋王朝的象徵，以春天歸去象徵南宋的覆亡，並以「春去。最誰苦」、「春去。尚來否」等設問的方式，寄託了自己對故國的眷戀，和對山河破碎的仇恨。故薛礪若有云：「沉鬱中含無限痛思。」〔註63〕便道出了詞人訴諸於作品中的哀戚之感。

乃潸然淚下。」意思是漢武帝曾在長安鑄造一個仙人銅像，手托盛露盤以承接天上露水，按當時迷信說法，若服用盤中之水，即可以長生不老。漢亡後，魏明帝派人搬遷此銅像至魏都，傳說銅人拆離漢宮時，淚流不只。因此金銅仙人的被搬遷，即象徵王朝的敗亡，銅人所留下的眼淚，即是亡國之淚。「咸陽送客」也是化用李賀〈金銅仙人辭漢歌〉中「衰蘭送客咸陽道」詩意，寫被擄北去的君臣，回顧舊都依戀不捨之狀。李賀〈金銅仙人辭漢歌〉全詩爲：「茂陵劉郎秋風客，夜聞馬嘶曉無跡。畫欄桂樹懸秋香，三十六宮土花碧。魏官牽車指千里，東關酸風射眸子。空將漢月出宮門，憶君清淚如鉛水。衰蘭送客咸陽道，天若有情天亦老。攜盤獨出月荒涼，渭城已遠波聲小。」參見清聖祖御定《全唐詩》，同註3，第十二冊，卷391，頁4403。

〔註63〕薛礪若著《宋詞通論》，同註21，頁343。

　　他如〈沁園春·送春〉，詞人同樣運用典故，並將春天擬人化，在為春天送行中深致挽留之意，並且借以抒發自己面對山河夢碎的沉痛心情：

> 春汝歸歟，風雨蔽江，煙塵暗天。況雁門阸塞，龍沙渺莽，
> 東連吳會，西至秦川。芳草迷津，飛花擁道，小為蓬壺借
> 百年。江南好，問夫君何事，不少留連。　　江南正是堪
> 憐。但滿眼楊花化白氈。看兔葵燕麥，華清宮裏，蜂黃蝶
> 粉，凝碧池邊。我已無家，君歸何里，中路徘徊七寶鞭。
> 風回處，寄一聲珍重，兩地潸然。（冊四，頁 205）

詞人用「春」象徵國運，以「春歸」比喻國家的滅亡，並通過「送春」抒發亡國的愁恨。詞作上片以「風雨」、「煙塵」暗指南宋朝政上的風雨飄搖、戰火漫天，元軍攻陷臨安城，縱橫萬里的大好河山全都淪入敵人手中。原本猶如春天裡花草繁盛、艷麗爭妍的美好河山，就像是仙境一般令人著迷眷戀。然而江南春天雖美好，如今已是春殘花謝之時，因此下片的「滿眼楊花化白氈」除了形容暮春裡濛濛飛絮的景色，也喻指元軍佔據江南之意，並說明上句「江南正是堪憐」的國家處境。「看兔葵燕麥」四句，則是化用典故，〔註64〕

〔註64〕「兔葵燕麥」出自劉禹錫〈再遊玄都觀〉詩序：「余貞元二十一年為屯田員外郎時，此觀未有花。是歲出牧連州，尋貶朗州司馬。居十年，召至京師，人人皆言，有道士手植仙桃，滿觀如紅霞。遂有前篇以志一時之事。旋又出牧，今十有四年，復為主客郎中。重遊玄都觀，蕩然無復一樹，唯兔葵燕麥動搖於春風耳。因再題二十八字，以俟後遊。時大和二年三月。」參見清聖祖御定《全唐詩》，同註3，第十一冊，卷365，頁 4116。「華清宮」是唐朝在驪山下建築的一所豪華離宮，舊名溫泉宮，唐玄宗改名華清宮。「凝碧池」是唐代長安宮內之池，王維在安史之亂時被叛軍拘禁於長安菩提寺，安祿山命梨園弟子數百人在凝碧池頭演奏歌曲，並大宴一班偽官，王維聽聞此事便寫詩以寄慨。事見〔宋〕歐陽修、宋祁撰，楊家駱主編《新校本新唐書附索引》（臺北：鼎文書局，1985年2月四版），第七冊，卷二百二，列傳第一百二十七，文藝中，頁 5765。詩作為〈菩提寺禁裴迪來相看說逆賊等凝碧池上作音樂供奉人等舉聲便一時淚下私成口號誦示裴迪〉：「萬戶傷心生野煙，百僚何日更朝天。秋槐葉落空宮裏，凝碧池頭奏管弦。」參見清聖祖御定《全唐詩》，同註3，

以唐朝史事喻指當今臨安城中的宋朝宮殿，已是雜草蔓生，一片荒涼的景象，而那些殘害百姓的敵人，則有如荒煙野草中飛舞的蜂蝶，群魔亂舞、氣焰高張。「我已無家」三句則沉痛的流露出詞人面對家國夢碎的心情，其中「七寶鞭」〔註65〕是借用晉明帝用七寶鞭迷惑敵人的典故，來喻指珍貴美好的春天仍然消逝不見。末尾「風回處」三句語意極悲，詞人將亡國的淒切心情訴諸於詞面，字字皆是血淚，也抒發了覆巢之下無完卵的孤臣孽子心情上的悲哀與絕望。

又如〈浣溪沙‧虎溪春日〉（春日春風掠鬢鬚）：「自縷青絲成細柳，更堆殘雪當凝酥。兒童且莫唱皇都。」（冊四，頁167）、〈山花子‧春暮〉（東風解手即天涯）：「闤闠相迎悲最苦，英雄知道鬢先華。更欲徘徊春尚肯，已無花。」（冊四，頁173）、〈八聲甘州‧送春韻〉（看飄飄、萬里去東流）：「……愁是明朝酒醒，聽著返魂鐘。留得春如故，了不關儂。　　春亦去人遠矣，是別情何薄，歸興何濃……青青柳，留君如此，如此忽忽。」（冊四，頁196）、〈摸魚兒‧甲午送春〉（又非他、今年晴少）：「春去也，尚欲留春可可。」（冊四，頁216）等，在這些作品中，詞人同樣以「春」當作南宋王朝的象徵，流露出詞人在面對山河破碎時，內心有如生離死別般的痛苦與無助，以及對故國依戀至深的情感。而即使宋亡，也不忍聽見兒童唱著有關故城臨安的歌謠，因為那只會勾起回憶而令人更傷心欲絕。

第四冊，卷128，頁1308。「兔葵燕麥」、「華清宮」、「凝碧池」在這裡皆借指宋朝宮殿，並以唐事暗喻今事，寄寓故國之思。

〔註65〕《晉書‧明帝紀》：「（太寧二年）六月，敦將舉兵內向，帝密知之，乃乘巴滇駿馬微行，至于湖，陰察敦營壘而出。有軍士疑帝非常人。又敦正晝寢，夢日環其城，驚起曰：『此必黃鬚鮮卑奴來也。』帝母荀氏，燕代人，帝狀類外氏，鬚黃，敦故謂帝云。於是使五騎物色追帝。帝亦馳去，馬有遺糞，輒以水灌之。見逆旅賣食嫗，以七寶鞭與之，曰：『後有騎來，可以此示也。』俄而追者至，問嫗。嫗曰：『去已遠矣。』因以鞭示之。五騎傳玩，稽留遂久。又見馬糞冷，以為信遠而止不追。帝僅而獲免。」參見〔唐〕房玄齡等撰，楊家駱主編《新校本晉書並附編六種》，同註57，卷六，帝紀第六，頁161。此以「七寶鞭」借指貴重之物。

　　而張炎（1248～1317？）〈高陽臺・西湖春感〉（接葉巢鶯）：「能幾番游，看花又是明年。東風且伴薔薇住，到薔薇、春已堪憐。更悽然。萬綠西冷，一抹荒煙。……莫開簾。怕見飛花，怕聽啼鵑。」（冊四，頁 414）則是抒發南宋覆亡之後，詞人重遊西湖的感懷，除了描寫西湖的暮春景致，同時也將詞人深厚的亡國哀感寄寓在那既美且慘的景色之中。例如「更悽然，萬綠西冷，一抹荒煙」幾句，便沉重道出黍離麥秀之悲。整首詞在淒迷欲絕的景語中完成，詞人的家國之感則是在西湖的今昔對比描寫中油然滲出。〔註 66〕尤其詞末「莫開簾」三句，以飛花、啼鵑徒增愁思而不如不見，則柔婉而又沉痛的表達詞人的心聲，真可謂「淒涼幽怨，鬱之至，厚之至。」〔註 67〕而耐人尋味。

　　綜上所述，由於宋朝歷經了靖康之難，女真滅亡了北宋，使得宋朝宗室南渡，政權移轉至偏安江南的局面，並建立了南宋。然而南宋政局安於江南，與外族屈辱求和，而不思收復故土的政策，埋下了日後南宋被元軍所滅的種子。面對家國河山的破碎，人民流離失所、無枝可棲，此時期的宋詞是充滿深沉、凝重的感傷基調。以上所舉的辛棄疾、陳亮、劉辰翁等人的詠春詞，皆是藉著春天來抒發詞人內心的沉痛之情，除了承繼屈原以來的寄託自身憤慨的春恨、傷春文學的傳統外，也拓展了自唐代杜甫開始將家國之痛納於春詩之中的意境。

　　由於時代背景的不同，南宋詞人藉著春天所抒寫的內容，不僅僅是個人身世之嘆，也不同於單純面對春天歸去的傷逝之情，而是包含了對國事與政局動盪的擔憂、對國家的眷戀，以及面對亡國的悲痛、懷想故土的哀愁。這些作品皆深刻的反映了宋朝時代的變動，就像是輪番播放著的，一曲又一曲悼念宋朝的輓歌。

〔註 66〕參見楊海明著《張炎詞研究》（濟南：齊魯書社，1989 年 10 月第一版），頁 110～123。
〔註 67〕參見陳廷焯《白雨齋詞話》，同註 48，卷二，頁 50。

第三節　載錄立春的民俗

　　一部宋詞，是宋代社會風俗的一面鏡子，是宋代各地民俗文化的藝術結晶。〔註68〕通過對傳統節日習俗的描寫，不僅反映出歲時節日所蘊藏的豐富文化內涵，也構築了宋代詞人筆下一幅幅生動的歲時風俗畫卷。本節主要在探討關於立春的兩宋詞作，因此先簡要說明歲時節令繁衍發展至節日的過程，並說明立春的由來，以及相關的風俗習尚，藉以呈現兩宋詠春詞中關於立春民俗的精采扉頁。

一、從歲時節令到節日風俗的定型

　　中國自古以農立國，節令的訂定在農事生產上便具有指時針的重要價值。「節令」，即節氣與時令。節氣是根據四季、天氣與物候變化的規律，以及反映大自然生態現象所制定，一年中包含有二十四節氣，如立春、雨水、驚蟄、春分、清明、穀雨等，不僅是農事活動的指南，在古代社會還是祭祀日與民眾社會生活的時間點；時令又被稱爲「月令」，是指古時候歷代政府按季節制定的關於農事活動等政令。而「歲時節令」又可合稱爲「時令」，通過對歲時、節氣的確立，使人們能順應自然時序，以利於農事及生活。〔註69〕而節日不同於節氣，必須包含有一定的風俗活動。節氣是我國物候變化、時令順序的標誌，而節日則包含著一定的風俗活動和某種紀念意義。〔註70〕又歲時節氣的確立，並不意味著節日一定能產生，只不過爲節日的產生提供了必要的前提條件。節日的形成，必須以一定的風俗活動爲必備條件。〔註71〕是故一些重要的節氣，就直接構成了人們日常生活中長期傳承的節日，如立春、清明、冬至等。〔註72〕

〔註68〕參見蔡鎮楚、龍宿莽著《唐宋詩詞文化解讀》，同註10，頁300。
〔註69〕以上相關資料參見李永匡、王熹著《中國節令史》（臺北：文津出版社，1995年12月初版一刷），頁1～26。
〔註70〕郭興文、韓養民著《中國古代節日風俗》，同註18，頁3、147。
〔註71〕參見伊冷、姚立江、潘蘭香選注《歷朝歲時節令詩》（北京：華夏出版社，1999年4月北京第一版）之前言，頁1。
〔註72〕參見馮賢亮著《歲時節令：中國古代節日文化》（揚洲：廣陵書社，

也由於人們對土地豐收寄予深厚的期望，於是產生出許多祈禱豐收的儀式，並逐步演變成節日風俗，例如本節將探討的立春，因有行春之儀、土牛鞭春等習俗而屬之。由上述可知，節日是自節令衍變而來，是依據歲時次序和社會生活的需要而確定的特殊時日，並且隨著時間而增添了遊樂等新的內容，逐步豐富了節日的內涵。

　　漢代是中國節日風俗的定型時期，漢代中期以後，隨著社會、政治、經濟、文化等的變化，秦漢時期傳統的歲時月令體制逐漸向平民化、世俗化、具有較強人文特性的歲時節日體系過渡、轉化，到東漢魏晉時期，影響中國兩千年的歲時節日體系終於基本形成。〔註73〕此時期的歲時節日不僅逐步脫離了節氣時令系統，還逐漸形成以社會生活節奏為主體的、具有人文屬性的時間系列，也形成了中國歲時節日的節俗模式。歲時節日體系的確立是中國民俗生活的一個重要進步，它不但為中國廣大民眾提供了表達自己情感、意願的時機；從其內涵來看，更是人們為了適應自然時季變化與人類生活節奏所創建的一種人文時間，人與自然的適應、人與社會的調適是歲時節日的兩大主題。〔註74〕經過時間的更迭，到了唐宋時期，歲時節俗伴隨著經濟文化的提高，娛樂成分不斷增長豐富，歲時禁忌的成分則逐漸被節慶所置換。宋代以下的歲節禮俗，便有著鮮明的時代特點，各時代新添的節令和原節令新添的禮俗內容，逐步增多、增繁，而且發展迅速。〔註75〕又節俗娛情內容的增加，也是宋代的顯著特色，並從宋代開始進入新的階段，此時期歲時節俗中的

　　　2004 年 10 月第一版第一次印刷），頁 92。
〔註73〕參見蕭放著《歲時——傳統中國民眾的時間生活》（北京：中華書局，2002 年 3 月北京第一版），頁 51～67；海上著《中國人的歲時文化》（長沙：岳麓書社，2005 年 7 月第一版），頁 16。
〔註74〕參見蕭放著《歲時——傳統中國民眾的時間生活》，同上註，頁 56。
〔註75〕參見王貴民著《中國禮俗史》（臺北：文津出版社，1993 年 7 月初版一刷），頁 315～322。作者在書中頁 316 說道：「以北宋的《東京夢華錄》和南宋的《夢粱錄》、《武林舊事》，所記載的節令部分比較，北宋比以前增加，而南宋又較北宋增繁。」

各種娛樂形式，幾乎成了民間的藝術節。〔註76〕凡此，皆反映出當時社會經濟的繁榮發展、市民階層興起與人民文化的提高，還有古代「勞農休息」之深義。而儘管歲時節俗在不同時代仍舊不斷的發生著變化，人們在歲時節日中所欲表達的美好生活願望卻是貫徹始終、世代傳承的，賦之於歲時節俗中便有了旺盛的生命力與深刻的文化內涵。

二、立春的由來

　　立春，是二十四節氣之一，據吳澄《月令七十二候集解》記載：「立春，正月節，立，建始也。……往者過來者續，于此而春木之氣始至，故謂之立也。立夏、秋、冬同。」〔註77〕陳三謨《歲序總考全集》中也有對立春的釋義：「立，建也。春，蠢也。萬物蠢化乃運動也。春爲陽中萬物始生，故曰立春，乃正月之節也。」〔註78〕由立春的物候：「東風解凍」、「蟄蟲始振」、「魚陟負冰」〔註79〕可說明春天和暖的氣溫使得萬物復甦，充滿生機。按中國習俗，立春是全年的第一個節氣，也是揭開春季序幕的節氣，此時大地回春，萬物復甦，是一年新的開始，也是人們作息與耕種的起始依據，並象徵著春天是充滿希望的季節、播種幸福的季節。所以人們便把立春視爲標誌一年農耕工作開始的節日，古代還圍繞這個節日舉行迎春以及慶典活動。立春的節俗活動，主要有迎春、鞭春等，是爲了表

〔註76〕同上註，頁322。
〔註77〕〔元〕吳澄撰，嚴一萍選輯《月令七十二候集解》（出版地不詳：藝文印書館印行，1967年出版），頁1。
〔註78〕參見〔明〕陳三謨編《歲序總考全集》之〈一年二十四氣詳解〉，收入藝文印書館編輯《歲時習俗資料彙編》（臺北：藝文印書館，1970年12月初版），第九冊，頁36。
〔註79〕參見〔元〕吳澄撰，嚴一萍選輯《月令七十二候集解》，同註77，頁1。「東風解凍」意思是春風送暖，化解了冰封已久的大地寒凍；「蟄蟲始振」是指蟄伏在土地中的眾小蟲於春天到來時紛紛甦醒，開始蠢蠢欲動；「魚陟負冰」是指因爲水溫漸升，魚兒浮游躍升到水面，水面上尚有未完全溶解的碎冰片，就如同被魚兒背負著一樣。

現歡迎、慶祝春天到來、勸勵農耕、祈求一年豐稔的目的。因此迎春、鞭春等豐富的活動，都是農業文明在禮俗活動中的反映。

迎春活動最早始於先秦，《禮記·月令》記載：「先立春三日，大史謁之天子曰某日立春，盛德在木，天子乃齊。立春之日，天子親帥三公、九卿、諸侯、大夫，以迎春於東郊，還反，賞公卿、諸侯、大夫於朝。命相布德和令，行慶施惠，下及兆民，慶賜遂行，毋有不當。」〔註80〕由此可知迎春之禮源遠流長，在立春前三日，太史謁告周朝天子某日為立春，於是天子開始齊戒，到了立春日，天子率領百官於東郊迎春，因北斗星的斗柄移向東方，表示冬季過去，春天已經到來。天子與群臣在迎春後，天子還會賞賜群臣，並命三公發布恩德命令，褒揚好人好事，對廣大人民施些小惠，以求其褒揚賞賜之事要做得恰當。這段文字說明了立春此節氣與人們的農業生產有著深厚的關係，也呈顯出帝王對迎春的重視，將務農當作國家大事，提升到朝廷禮儀，進行迎春大典。而由文字敘述中還可以知曉，二十四節氣中的立春，早在此時便已被列入禮儀之內，往後各個朝代每到其時，都仿效周朝，從朝廷到各地方官吏，皆敬慎其事，進行迎春大典，以示對農業的重視。

到了漢代，由於天人感應與陰陽五行思想盛行，以春、東為青色，並開始有土牛耕人、青帝句芒的記載。《後漢書·禮儀志》云：「立春之日，夜漏未盡五刻，京師百官皆衣青衣，郡國縣道官下至斗食令史皆服青幘，立青幡，施土牛耕人于門外，以示兆民，至立夏。」〔註81〕《後漢書·祭祀志》也記載：「立春之日，迎春于東郊，

〔註80〕〔清〕阮元校勘，1815年阮元刻本，〔清〕阮元用文選樓藏本校勘，〔清〕嘉慶二十年重刊宋本《十三經注疏》（臺北：宏業書局，1971年9月出版），第四冊，鄭氏注，孔穎達疏《禮記注疏卷第十四月令篇》，頁2932。文中「天子乃齊」之「齊」作「齋」釋文。參見《禮記注疏卷第十四月令篇》後之〈禮記注疏卷十四校勘記〉，頁2940。

〔註81〕參見范曄撰，楊家駱主編《新校本後漢書并附編十三種》（臺北：鼎文書局，1981年4月四版），第五冊，〈後漢書志第四·禮儀上·立春〉，頁3102。

祭青帝句芒，車旗服飾皆青。歌青陽，八佾舞雲翹之舞。」〔註82〕、
「立春之日，皆青幡幘，迎春於東郊外。令一童男冒青巾，衣青衣，
先在東郊外野中。迎春至者，自野中出，則迎者拜之而還，弗祭。
三時不迎。」〔註83〕由此可見，漢代的祭祀青帝句芒是祭祀春神、
農神，土牛耕人也是象徵性地向人們展示農時的到來，以及催勸農
耕、以獲豐收的涵義。此種迎春大典，後來加上了「鞭打春牛」的
禮俗。唐代之後，巫術行為滲透到節俗之中，於是出現「執杖鞭牛」
之舉，這也就是所謂鞭春、鞭春牛、打春牛的習尚。而宋代以後的
鞭春之舉由皇帝、官吏或句芒神進行，因其所在地及規模、時代的
不同，而有承襲或演變。〔註84〕立春之後，農民開始忙於春耕，謀
劃新的一年的耕種，並播下新的一年裡，期望豐收的心願種子。

三、兩宋詠春詞所反映的立春風俗習尚

因應自然節氣和風俗習慣所形成的節日，由於生產力和生活水
準的提高，到了享樂風氣盛行的宋代，則是宋人生活中的調味品和
潤滑劑，因而四時遊賞和頻繁過節也就成為了宋人享樂生活中的一
道「靚麗風景」。〔註85〕也由於宋人的重視過節、設立名目繁多的節
日，〔註86〕以及享樂生活的心態，因此便產生了大量的節序詞。宋

〔註82〕 參見范曄撰，楊家駱主編《新校本後漢書并附編十三種》，同上註，
　　　　第五冊，〈後漢書志第八·祭祀中·迎氣〉，頁3181。
〔註83〕 參見范曄撰，楊家駱主編《新校本後漢書并附編十三種》，同註81，
　　　　第五冊，〈後漢書志第九·祭祀下·迎春〉，頁3204～3205。
〔註84〕 相關資料參見喬繼堂著《中國歲時禮俗》（臺北：百觀出版社，1993
　　　　年4月初版），頁73～74。
〔註85〕 參見楊海明《唐宋詞與人生》，同註34，頁214。
〔註86〕 由〔宋〕龐元英《文昌雜錄》中記載：「祠部休假，歲凡七十有六日：
　　　　元日、寒食、冬至各七日。天慶節、上元節、同天聖節、夏至、先
　　　　天節、……各三日。立春、人日、……重陽、立冬各一日。」由此
　　　　可見宋人立定的節日繁多，且重視的節日與休假天數成正比。參見
　　　　〔宋〕龐元英撰《文昌雜錄》（北京：中華書局，1985北京新一版），
　　　　卷一，頁3～4。

詞中，以歲時節氣爲題者，張先首開風氣，〔註87〕是宋詞中最早的民俗詞。之後蘇軾、史浩、趙長卿、辛棄疾、趙以夫等人，皆有關於節序詞的作品。此外，宋末張炎在其《詞源》一書中，專列〈節序〉一節，並指出一般人歌詠節序詞，只是「類是率俗，不過爲應時納祜之聲耳」，人云亦云，且不避俗，他認爲節序詞要切合時景，要能有「措辭精粹，又且見時序風物之盛，人家宴樂之同」〔註88〕的特點，才稱得上是妙文。張炎的《詞源》所列的〈節序〉一節，反映出節序詞在宋詞中的重要地位，呈現出兩宋人在城市經濟發達的基礎上，物質生活的優裕和娛樂生活的豐富，也使得作爲反映宋人社會心理與情感趣味的歲時節俗，賦予了詞作娛樂、抒情與社交功能。而透過節序詞，可以窺見宋人在歲時節日裡的節俗風尚，也可以看見因爲時代境遇的變遷，節序詞中所呈現的並非全是歡愉場面，而是也存在著哀感的情緒等五味雜陳的人生況味。

　　關於較全面性探討兩宋歲時節慶的碩士論文，有《宋代節令詞研究》〔註89〕一文，其中探討的節令有元旦、立春、人日、元宵、寒食、清明、上巳、端午、七夕、中秋、重九、多至、除夕。《宋代節令詞研究》的作者所討論的節令詞範圍，是以「序題中有所標示者爲限」〔註90〕，因此兩宋詞中仍有不少作品實屬節令詞但是題序未標明者，作者並不列入討論。此外，就立春而言，該文作者是以立春風俗分項敘述，但是並未對立春的來源做一呈現，且在每項風

〔註87〕例如〈木蘭花・乙卯吳興寒食〉（龍頭舴艋吳兒競）（冊一，頁68）。

〔註88〕上述引文出自〔宋〕張炎撰，夏承燾校注《詞源注》卷下之〈節序〉篇，同註40，頁21～22。關於《詞源》的相關資料則出自劉紀華著《張炎詞源箋訂》（臺北：嘉新水泥公司文化基金會，1974年2月出版），頁150～152；劉少雄〈論張炎的詞學理論及其詞筆〉《臺北師院語文集刊》第3期，1998年8月，頁79～103。

〔註89〕張敬指導，廣重聖佐子《宋代節令詞研究》（臺北：國立臺灣大學中國文學研究所碩士論文，1994年。）關於立春的部分在論文中頁130～143。

〔註90〕同上註，參見第四章「節令詞分論」，頁113。

俗後所舉例的兩宋詞作，也只是將作品列出而少有探討，甚或指出因例子不勝枚舉而不加以贅述。諸如這些稍有不足的討論面向，筆者期望能在本論文中得以完善的呈現。

在《全宋詞》中，有關於立春風俗習尚的詞作，而又符合本論文選詞標準，即整首詞達半闋以上是以立春為主題的詞作，共有 52 闋，另有不列入數量計算的殘句與無名氏之立春詞四闋。在 52 闋作品中，有 47 闋詞作在詞牌下皆有標明與立春相關的題序，例如毛滂〈小重山・立春日欲雪〉（誰勸東風臘裏來）（冊一，頁 606）〔註 91〕、范成大〈朝中措・丙午立春大雪，是歲十二月九日丑時立春〉（東風半夜度關山）（冊二，頁 611～612）、李曾伯〈滿江紅・立春招雲岩，再和以謝之〉（草草春盤）（冊三，頁 838～839）等。以下將就普遍行之的漢民族立春風俗習尚分項做一敘述，除概括風俗來由，並呈現此風俗習尚繁衍至宋代的相關文獻，並與兩宋的立春詞互相結合，將詞作穿插於文中加以對照呈現，〔註 92〕一探兩宋詞人筆下的立春民俗風貌。

（一）春　牛

春牛又稱土牛，是以土製成牛形，以備春耕祭祀之禮的用途。在立春日的迎春儀式中，有出示春牛、鞭打春牛、買賣春牛、送春牛、繪製春牛的活動。《禮記・月令》云：「季冬之月，命有司大難，旁磔，出土牛，以送寒氣。」其下注云：「此難，儺，陰氣也。……磔，禳也。出猶作也，作土牛者，丑為牛，牛可牽止也。送猶畢也。」〔註 93〕意思是季冬之時，舉行分裂牲畜的形體以驅除邪惡的大儺祭

〔註 91〕此闋詞與李邴〈小沖山・立春〉（誰勸東風臘裏來）（冊一，頁 887）詞作內容相同，因詞作皆見於兩位作者的詞集，故在立春詞中統計為兩闋詞作。

〔註 92〕有些屬於殘句的詞作，雖未列入兩宋詠春詞的數量計算，但是詞句中所描述的內容若能貼切展現立春民俗者，仍會在本小節中列舉出以參照之。

〔註 93〕〔清〕阮元校勘，1815 年阮元刻本，〔清〕阮元用文選樓藏本校勘，〔清〕嘉慶二十年重刊宋本《十三經注疏》，同註 80，第四冊，鄭氏

典，並製作土牛以送走寒氣。《後漢書・禮儀志》云：「季冬之月，……立土牛六頭於國都郡縣城外丑地，以送大寒。」其下注曰：「是月之會建丑，丑爲牛。寒將極，是故出其物類形象，以示送達之，且以升陽也。」〔註94〕在《歲序總考全集》中也有加以解釋：「立春前一日爲十二月之終，出土牛以示農之早晚，十二月建丑，丑爲牛，立春則寒極而將回，故出物爲像，且鞭以送之，以示升陽之義也。」〔註95〕由上述文獻得知，出示土牛是爲了送走寒氣以迎新春，並昭示農人適合農耕的時間。宋代《歲時廣記》在這方面則有詳盡的說明：「《藝苑雌黃》：『立春日，祀勾芒，決土牛，其來尙矣。然土牛有二說：一曰以送寒氣；一曰以示農之早晚。』予謂二說可合爲一，土爰稼穡，牛者稼穡之具，故用之以勸農，冬則水用事，季冬建丑，寒氣極矣，土實勝水，故用以送寒。古人制此，良有深意。」〔註96〕這段文字清楚解釋了先秦以來製作土牛以迎春的兩種涵義：送走寒氣，以及昭示農耕時間。

在前文中曾提及《後漢書・禮儀志》所云：「立春之日，……施

注，孔穎達疏《禮記注疏卷第十七月令篇》，頁 2993。文下孔穎達注文云：「此月之時，命有司之官大爲難祭，令難，去陰氣。……大難旁磔者，旁謂四方之門，皆披磔其牲，以禳除陰氣。出土牛以送寒氣者，出猶作也。」參見《禮記注疏卷第十七月令篇》後之〈禮記注疏卷十七校勘記〉。王雲五主編，王夢鷗註譯《禮記今註今譯》對「旁磔，出土牛」解釋如下：「旁磔，磔牲於國門之旁。出土牛，製作泥牛。」又在「季春之月」一篇中對「命國難，九門磔攘，以畢春氣」的解釋是：「難（ㄋㄨㄛˊ），呂氏春秋寫作『儺』，是驅除惡鬼邪魔疫屬之祭。磔，是斫碎牲體；禳，是『攘』的意思。」意謂全國舉行儺祭，在各個城門砍碎牲體以驅除邪惡之氣，並以結束春之季節。參見王雲五主編，王夢鷗註譯《禮記今註今譯》（臺北：臺灣商務印書館，1969 年 1 月初版），頁分別爲 304、271。

〔註94〕參見范曄撰，楊家駱主編《新校本後漢書并附編十三種》，同註81，第五冊，〈後漢書志第五・禮儀中・土牛〉，頁 3129。

〔註95〕參見〔明〕陳三謨編《歲序總考全集》之〈四時令節詳解〉，同註78，第九冊，頁 52。

〔註96〕陳元靚編《歲時廣記》（北京：中華書局，1985 年新一版），卷八，「評春牛」條，頁 79。

土牛耕人于門外，以示兆民，至立夏。」說明了漢朝的立春日迎春儀式，有開始設置土牛的記載。到了唐朝，則出現了「執杖鞭牛」，即鞭打春牛的活動，「鞭春牛」、「打春牛」即「鞭春」、「打春」，鞭春的活動即淵源於前述出土牛、送寒牛等古禮，目的在表示送寒迎暖，春耕即將開始，並且要打去春牛的懶惰，鼓舞農耕，以迎來一年的豐收。最初的鞭春牛可能用的是真牛，後改為土牛。〔註97〕在塑造土牛時，得將五穀粒置於牛腹內，鞭打土牛成土塊後，五穀粒也全部掉出來，這便是農作物豐收的象徵。

　　之後的宋朝至清朝，繼續舉行在立春日迎春的典禮，以及地方官吏鞭打春牛的禮俗活動。宋代時，孟元老在《東京夢華錄》中有云：

> 立春前一日，開封府進春牛入禁中鞭春。開封、祥符兩縣，置春牛於府前。至日絕早，府僚打春，如方州儀。府前左右，百姓賣小春牛，往往花裝欄坐，上列百戲人物，春幡雪柳，各相獻遺。〔註98〕

這段文字說明了宋代的迎春活動已經推及民間，且立春時除了有鞭打春牛的禮俗外，還有進春牛、買賣小春牛、送春牛的活動。在《夢粱錄》中有云：「立春前一日，以旗鼓鑼吹妓樂迎春牛，往府衙前迎春館內。至日侵晨，郡守率僚佐，以綵杖鞭春，如方州儀。……奏律管吹灰，應陽春之象。」〔註99〕此段文字描寫了迎春牛時，吹鑼打鼓熱鬧迎接的場景，在立春當天，地方官吏並以綵杖（彩杖）來鞭打春牛。《武林舊事》中也有敘述迎春與鞭春的活動：「前一日，臨安府造進大春牛，設之福寧殿庭。及駕臨幸，內官皆用五色絲綵杖鞭牛。……掌管預造小春牛數十，飾綵旛雪柳，分送殿閣巨璫，各隨以金銀錢綵

〔註97〕參見李露露著《春牛辟地》（北京：社會科學文獻出版社，1998 年 7 月第一版），頁 112。

〔註98〕孟元老撰《東京夢華錄》（臺北：臺灣商務印書館印行，1971 年 1 月臺一版），卷六，頁 107～108。

〔註99〕吳自牧撰《夢粱錄》（北京：中華書局，1985 年北京新一版），卷一，頁 2。

段爲酬。」〔註100〕立春當天，除了有官吏以綵杖鞭牛外，朝廷還會將預先製作、裝飾著綵旛雪柳的小春牛，分送給王公貴族。

由前引《夢粱錄》與《武林舊事》的文獻，可知鞭打春牛用的彩杖，是用五色彩絲纏成，又稱春杖。在《歲時廣記》中有如下記載：「有司爲壇，以祭先農，官吏各具彩杖，環擊牛者三，所以示勸耕之意。」〔註101〕又引《歲時雜記》云：「春杖子用五綵絲纏之，官吏人各二條，以鞭春牛。」〔註102〕也因爲宋代鞭春儀式的隆重，群眾爲爭土牛散碎的泥塊兆示吉祥，而有互相搶奪的場面：「立春鞭牛訖，庶民雜遝如堵，頃刻間分裂都盡，又相攘奪，以至毀傷身體者，歲歲有之。」〔註103〕而爲了滿足士庶人家得到春牛的願望，百姓們便自造小春牛，在市場上出售，如上述引文「府前左右，百姓賣小春牛，往往花裝欄坐，上列百戲人物，春幡雪柳，各相獻遺。」這些小春牛花裝欄坐，上頭還裝飾著漂亮的百戲人物以及春幡雪柳，人們爭相購買饋贈他人，以求吉祥如意。《歲時廣記》在「送春牛」條有云：「《東京夢華錄》：『立春之日，凡在外州郡公庫造小春牛，分送諸廳。』」〔註104〕如此將立春禮俗中象徵豐收、吉利的春牛加以裝飾及買賣，也成爲了鞭春活動的另一特點。

諸如上述進春牛、鞭春牛、買賣春牛、送春牛，以及爭搶春牛的活動中，可見春牛在人們心中有種特殊的魔力，可以送走寒氣、預知農時，又有能討個好采頭的象徵，因此人們對春牛是保持著敬

〔註100〕周密輯《武林舊事》（北京：中華書局，1991年北京新一版），卷二，頁39。按：周密另有撰關於歲時之書籍《乾淳歲時記》，然內容同於《武林舊事》，故此不另呈現其關於立春的引文。《乾淳歲時記》收入藝文印書館編輯《歲時習俗資料彙編》，同註78，第七冊，關於立春的文字記載在頁2～4。

〔註101〕陳元靚編《歲時廣記》，同註96，卷八，「鞭春牛」條，頁78。

〔註102〕陳元靚編《歲時廣記》，同註96，卷八，「纏春杖」條，頁79。

〔註103〕陳元靚編《歲時廣記》，同註96，卷八，「爭春牛」條，頁78。

〔註104〕陳元靚編《歲時廣記》，同註96，卷八，「送春牛」條，頁78～79。然今本《東京夢華錄》並無此段文字。

畏的心態的。在蘇軾的《東坡志林》中，曾以做夢的形式談到人們
祭春牛的行為：

> 元豐六年十二月二十七日，天欲明，夢數吏人持紙一幅，
> 其上題云請〈祭春牛文〉。予取筆疾書其上，云：『三陽既
> 至，庶草將興，爰出土牛，以戒農事。衣被丹青之好，本
> 出泥塗；成毀須臾之間，誰為喜慍？』吏微笑曰：『此兩句
> 復當有怒者。』旁一吏云：『不妨，此是喚醒他。』〔註105〕

蘇軾藉夢中的情景描繪出立春祭春牛的活動，先寫出示土牛以戒農
事的涵義，次寫立春當天要衣著青色服飾，最末則是對將泥製的土
牛敲碎後以示一年豐收的行為發出質疑。蘇軾或許是認為這種行為
有點迷信，因為農作的豐收與天候的穩定以及農人的勤勞與否等因
素相關。在文末蘇軾還生動的刻劃出官吏間的對話，使得字裡行間
另含深意，卻也令人不禁莞爾。

　　此外，關於土牛的形制及顏色，宋代官方頒布了一部《土牛
經》，宋代邱光庭撰寫的《兼明書》也有詳盡記載，以供各地參照
應用。這兩本書是說明土牛需按這兩本圖經製作，牛的皮毛、頭角、
顏色都要按照當年的歲時干支，並根據節氣的推算來製作，而且鞭
打春牛的部位，還得依據當年立春到來的時間早晚，來擊打春牛的
肩、腹，或腿等部位。例如在《土牛經》中，主要是說明依據每年
曆法的推算，春牛的顏色、策牛人的衣服顏色、策牛人在春牛的前
後位置，以及策牛的籠頭韁索所使用的材質皆會有所不同。〔註106〕
《兼明書》中則主要在說明春牛的顏色，以及策牛人在春牛的前後

〔註105〕　蘇軾《東坡志林》卷一「夢寐」之〈夢中作祭春牛文〉，收入朱易
　　　　　安、傅璇琮等主編《全宋筆記》第一編・九（鄭州：大象出版社，
　　　　　2003 年 10 月第一版第一次印刷），頁 28。
〔註106〕　參見向孟撰，周履靖校梓《土牛經》，收入《相雨書外五種》（臺北：
　　　　　新文豐出版公司，1987 年 6 月臺一版），頁 1～3 為「釋春牛顏色第
　　　　　一」；頁 3～4 為「釋策牛人衣服第二」；頁 4～5 為「釋策牛人前後第
　　　　　三」；頁 5～6 為「釋籠頭韁索第四」。「籠頭韁索」即鞭牛用的春杖，
　　　　　《土牛經》中列出麻、草、絲等材質，而後則有用彩紙來裝飾春杖。

位置會依當年的時間、方位等有所不同。〔註 107〕茲舉《兼明書》
中的記載為例以詳參之：「土牛各隨其方，則是王城四門，各出土
牛，悉用五行之色。……封東方諸侯，則割壇東之青土，……封南
方諸侯則割赤土；西方則割白土；北方則割黑土。……立春在十二
月望，即策牛人近前，示其農早也。立春在十二月晦，及正月朔，
即策牛人當中，示其農事也。立春正月望，即策牛人近後，示其農
晚也。」〔註108〕

　　由上述文獻可知，從製造春牛的慎重、策牛人的服飾顏色及站立
位置，皆反映出宋代對立春禮儀的重視；而鞭打春牛則是春耕的開幕
大典，更是勸進農民不誤農時，以及早投入春耕，也寄託了人民祈求
農作豐收的願望。

　　在兩宋詠春詞中，蘇軾〈減字木蘭花・立春〉（春牛春杖）的上
半闋，描寫的是海南島的立春風俗：

　　　　春牛春杖。無限春風來海上。便與春工。染得桃紅似肉紅。

　　（冊一，頁 272）

詞中先以「春牛春杖」道出立春的習俗，以出示春牛以及纏著彩線的
春杖，來表示鞭打春牛的活動，透露出當地對立春禮俗的重視，也呈
現出這種習尚在地處偏遠的海南島也很盛行。「無限春風來海上」則
描繪出海南島的地理特點，「便與春工」兩句，描寫春神的造化之功，
使得海南島那盛開的桃花如同血肉般艷紅鮮麗，絢爛又充滿生機的妝
點了地處邊陲的海南島。在趙師俠〈少年遊〉中，描繪的是一派喜入
新春的和樂氛圍：

　　　　冰霜凝凍臘殘時。暖律漸推移。綵勝羅幡，土牛春杖，和
　　　　氣與春回。　　花心柳眼知時節，微露向陽枝。喜入新春，
　　　　稱心百事，如意想都宜。（冊三，頁 104）

────────────────────

〔註107〕　參見〔宋〕邱（丘）光庭著《兼明書》（北京：中華書局，1985 年
　　　　　北京新一版），卷一，頁 8。
〔註108〕　參見〔宋〕邱（丘）光庭著《兼明書》，同上註，頁 8。

此詞上片透露出天候漸漸溫暖的立春日，有華美的綵勝與羅幡的裝飾，還有出示土牛以進行鞭春的禮俗活動。在這自然界萬物逐漸甦醒、充滿春意的時節裡，人民欣喜迎接春天，也祈願著能有一個順心如意的好年景。

在詞作中描述時律推移與出示春牛禮俗的，還有下列三闋：

節物推移。青陽景變，玉琯灰飛。綵仗泥牛，星毬雪柳，爭報春回。(趙師俠〈柳梢青・祭戶立春〉(節物推移)(冊三，頁94))

燒色回青，冰痕綻白，嬌雲先釀酥雨。縱寒不壓葭塵，應時已鞭黛土。((高觀國〈東風第一枝・壬戌立春日訪梅溪，雨中同賦〉(燒色回青)(冊三，頁375～376))

風送深冬，雪消殘臘，天時人事相催。堂北迎萱，水東問柳，阿誰報道春回。土牛裝罷，候葭琯、先飛律灰。(陳德武〈慶春宮・立春〉(風送深冬)(冊四，頁408))

三闋詞在開頭幾句皆是描述冬去春回的初春景色，以草色回青、冰雪消凝、柔潤的小雨、金針花及柳芽的抽長等透露節物推移、春天到來的訊息。此外，三闋詞中還提到「玉琯」、「葭塵」、「葭琯」。「玉琯」指候氣的玉製律管；「葭塵」指葭莩(蘆葦裡的薄膜)之灰；「葭琯」也是指偵候時氣的玉管。古人燒葦膜成灰，置於十二律管中，放在密室內以占氣候，當某一節候至，律管內葭灰飛動。〔註109〕例如孟春之月的音律正當大簇，「大簇者，月建寅之律也。律，候氣之管，以銅爲之實，以葭灰、以羅穀覆之，置緹縵室中。孟春氣至，則大簇之律應而吹灰中者，氣與律相當也。」〔註110〕候氣之管是用以候十二月之氣的律管，每月的「月氣」與有關的律管「相應」。《歲時廣記》中也有提到此種候陽氣的記載：「《玉泉記》曰：『立春之日，

〔註109〕 朱德才《增訂注釋全宋詞》，同註1，冊三，頁376(第2065闋詞注4)；以及冊四，頁408(第2186闋詞注4)。

〔註110〕 〔宋〕張虙撰《月令解》(上海：商務印書館，1935年出版)，頁3；以及李永匡、王熹著《中國節令史》，同註69，頁76。

取宜陽金門竹爲管，河內葭草爲灰，以候陽氣。』」〔註111〕

　　因此詞中「節物推移。青陽景變，玉琯灰飛」、「縱寒不壓葭塵」，以及「候葭琯、先飛律灰」三句，便意味時節已到了孟春之月，即使天候寒冷，然而律管內葭灰已經飛動，表示此時已是「綵仗泥牛」、「應時已鞭黛土」、「土牛裝罷」的立春時節。這與前引《夢梁錄》中「奏律管吹灰，應陽春之象」的意思相同。第一闋詞中「綵仗泥牛」三句，描述以彩色春杖來鞭打春牛的禮俗，以及用星毬雪柳等繡球彩飾來妝點春牛，爲的是能喜氣洋洋的迎接春天到來。第三闋詞中的「鞭黛土」是指鞭打牛隻犁耕青黑色的泥土，即所謂的鞭春，這裡用「鞭黛土」來指稱一般所謂的鞭春，在兩宋立春詞中是獨特的用法，然而名稱雖有不同，所代表的意義皆是迎春納福之意。

　　再如下列三闋詞，則描繪了彩杖鞭春，以及熱鬧迎接春牛的情景：

　　　暖響土牛簫鼓，夾路珠簾高揭。(史浩〈喜遷鶯・立春〉(譙門殘月)(冊二，頁283))

　　　長記年年此日，迎著箇牛兒，彩鞭羞打。(趙以夫〈探春慢・立春〉(南國收寒)(冊三，頁690))

　　　捏個牛兒體態。按年令，旋拖五彩。鼓樂相迎，紅裙捧擁，表一個、勝春節屆。(無名氏〈失調名〉(捏個牛兒體態)(冊四，頁595))

第一闋詞描寫的是迎春牛的熱鬧場面，人們吹簫擊鼓、珠簾高揭，圍觀的人潮如湧，熱烈的夾道迎接春牛。從第二闋詞中「迎著箇牛兒，彩鞭羞打」兩句，可知描述的是立春日以彩杖鞭牛的情景。第三闋詞則是從製造春牛開始寫起，「按年令，旋拖五彩」是指關於春牛的形制以及顏色，都要按照當年的歲時干支，並根據節氣的推算來製作並彩繪，這便是前述《土牛經》與《兼明書》中所記載的春牛形制及顏色等的參照圖經。「鼓樂相迎」三句則描寫當製作好春牛後，人們以

〔註111〕　陳元靚編《歲時廣記》，同註96，卷八，〈立春〉篇下之記載，頁77。

熱鬧的鼓樂迎接春牛，進行迎春典禮的高潮，而人們爭相簇擁代表著吉利的春牛，爲的是能在新春討個好彩頭，有一個順利安泰的好年景。

（二）春　勝

在立春，除了有與農業相關的迎春、鞭春的節俗活動外，沿至後代則表現人們歡喜、慶賀的禮俗更爲豐富，例如簪戴春幡、春勝，便是婦女在立春日的裝飾。「勝」是古代婦女慶賀春天來臨的裝飾用品，是以扁平的金片、玉片等材料雕琢而成，中部爲一圓體，上下兩端作對向梯形，使用時繫縛在簪釵之首，插於兩鬢。亦有用布帛製成者。〔註112〕而根據製作材質的不同，「勝」有著許多不同的種類，例如以金製成者稱「金勝」；以玉製成者稱「玉勝」；以寶石製作者稱「寶勝」；以銀製成者稱「銀勝」；以布製成者稱「織勝」；以綵帛製作者稱「綵勝」，亦作「彩勝」，若是以花鳥爲題材所剪製而成者稱「花勝」，亦作「華勝」，形狀近似於現代的花結；在人日節簪戴而像人形者爲「人勝」。而「春勝」則是由於在立春日簪戴，故稱之；若是製成旗旌形狀和式樣的，則稱爲「春幡」。

舊傳在《山海經》中已有三次記載西王母曾戴過「勝」這種首飾，篇目分別爲《山海經‧西山經》：「西王母其狀如人，豹尾虎齒而善嘯，蓬髮戴勝。」〔註113〕、《山海經‧海內北經》：「西王母梯几而戴勝杖。」〔註114〕，以及《山海經‧大荒西經》：「有人，戴勝，虎齒，有豹尾，穴處，名曰西王母。」〔註115〕這三段文字皆呈現神話中的西王母頭

〔註112〕　參見周汛、高春明編著《中國衣冠服飾大辭典》（上海：上海辭書出版社，1996 年 12 月第一版），頁 409。

〔註113〕　參見洪北江主編《山海經校注》（臺北：洪氏出版社，1981 年 11 月 20 日再版），山經柬釋卷二，〈西山經：西次山經〉（山海經第二），頁 50。文後有郭璞注云：「蓬頭亂髮；勝，玉勝也。」

〔註114〕　參見洪北江主編《山海經校注》，同上註，海經新釋卷七，〈海內北經〉（山海經第十二），頁 306。郭璞注云：「無杖字是也，……《西次山經》與《大荒西經》亦俱止作『戴勝』，杖字實衍。」

〔註115〕　參見洪北江主編《山海經校注》，同註 113，海經新釋卷十一，〈大荒西經〉（山海經第十六），頁 407。文後注云：「經文有豹尾之有字

戴玉勝的形貌。時至漢朝，劉熙《釋名‧釋首飾》中也有對「勝」的釋義：「華勝，華象草木華也，勝言人形容正等，一人著之則勝也。蔽髮則爲飾也。」〔註116〕《後漢書‧輿服誌》則云：「太皇太后、皇太后入廟服，……簪以瑇瑁爲擿，長一尺，端爲華勝，上爲鳳皇爵，以翡翠爲毛羽，下有白珠，垂黃金鑷。」〔註117〕由此可見裁剪華勝插鬢簪戴的習俗，在漢代已見端倪。而在上文曾引述《後漢書‧禮儀志》：「立春之日，夜漏未盡五刻，京師百官皆衣青衣，郡國縣道官下至斗食令史皆服青幘，立青幡，施土牛耕人于門外，……。」則說明了此時在立春之日，已有豎立春幡的禮俗；而春幡的顏色，是依照漢代天人感應與陰陽五行思想，以春、東爲青色。

　　魏晉時關於幡勝的記載，則有《荊楚歲時記》：「正月七日爲人日，以七種菜爲羹，剪綵爲人，或縷金箔爲人，以貼屏風，亦戴之頭鬢，又造華勝以相遺，登高賦詩。」〔註118〕這段文字說明了在人日節時，裁剪像人形的人勝插鬢簪戴於頭上，因此人勝是人日節專有的簪飾。這段引文也呈現出到了魏晉南北朝，還有將華勝送人的禮俗；而此段文獻也是將「勝」與節日結合，而且「勝」可以作爲人身上的飾物或是贈送予人的明確的文字記載，在文字後面還有相應的解說：「人勝者，或剪綵或縷金箔爲之，帖于屏風上，忽戴之像人，入新年形容改從新也。華勝起于晉代，見賈充〈李夫人典戒〉云：『像瑞圖金勝之形，又取像西王母正月七日戴勝。』」〔註119〕在立春之日，《荊楚歲時記》的記載則是：「立春之日，悉剪綵爲鷰以

實衍。」

〔註116〕　劉熙撰《釋名》(北京：中華書局，1985 年北京新一版)，卷四，〈釋首飾第十五〉，頁 75。

〔註117〕　參見范曄撰，楊家駱主編《新校本後漢書并附編十三種》，同註 81，第五冊，〈後漢書志第三十‧輿服下‧后夫人服〉，頁 3676。

〔註118〕　〔晉〕宗懍撰，嚴一萍選輯《荊楚歲時記》(出版地不詳：藝文印書館印行，1965 年出版)，頁 6。

〔註119〕　〔晉〕宗懍撰，嚴一萍選輯《荊楚歲時記》，同上註，頁 7。

戴之。」宗懍於文末注云：「按綵鸞即合歡羅勝。」〔註120〕文獻記載著立春之日與人日節所簪戴的華勝是一樣的，都是爲了慶賀春天到來的婦女裝飾用品，但是因爲節日的不同而有不同的剪裁華勝的方式。

　　漢魏以來，幡勝被視爲吉祥之物，通常和禮服配用，無論繫縛在簪釵之首、插於兩鬢，或是懸掛於腰間，皆表示迎春之意，此種風俗在唐宋乃至元朝仍沿襲不衰。〔註121〕時至唐代，關於幡勝的記載，在《文昌雜錄》中記載著：「立春，賜三省官采勝各有差，謝于紫宸殿門。……今俗用立春日，亦近之。然公卿家尤重此日，莫不鏤金刻繪，加飾珠翠，或以金銀，窮極工巧，交相遺問焉。」〔註122〕又「唐歲時節物，……立春則有綵勝雞燕。」〔註123〕由此可知，在唐代，鞭春儀式結束後，添加了皇帝「賜春勝」給朝臣的禮俗，而且立春時所簪戴的幡勝與人日節是一樣的；此外，製作春幡春勝更講究精巧，除了以往以彩紙或金銀箔剪裁成燕子、彩蝶等象徵迎戶報喜與春暖花開的迎春節物之形狀外，還會加上珠翠用以裝飾，使得無論是簪戴於釵頭上、繫在花枝上，插飾於物品上，或是贈送給人，都蘊含著裊裊生姿的春天氣息，呈現一片賞心悅目的迎春風情。

　　在宋代，立春的節俗與唐代相似，在《歲時廣記》中：「《皇朝歲時雜記》云：『立春日，京師人皆以羽毛雜繪綵爲春雞春燕，又賣春花春柳。』」〔註124〕描述宋代立春時，春幡春勝的製作備極巧麗，剪裁的形狀有飛燕及雞雉等，而且還可以當作買賣的活動。此外，也同唐代一樣有「賜春勝」的禮俗，例如《宋史》：「時節餽廩。……

〔註120〕　〔晉〕宗懍撰，嚴一萍選輯《荊楚歲時記》，同註118，頁8。
〔註121〕　相關資料參見周汛、高春明編著《中國衣冠服飾大辭典》，同註112，頁409～411。
〔註122〕　〔宋〕龐元英《文昌雜錄》，同註86，卷三，頁20～21。
〔註123〕　同上註，卷三，頁21。
〔註124〕　參見陳元靚編《歲時廣記》，同註96，卷八，「爲春雞」條，頁81。

立春，奉內朝者皆賜幡勝。」〔註125〕《東京夢華錄》也有記載：「春日，宰執親王百官，皆賜金銀幡勝。入賀訖，戴歸私第。」〔註126〕兩段文獻皆說明了宋代的官僚於立春日，會得到宮廷賞賜的金銀幡勝。《夢粱錄》中對幡勝的記載則是：「街市以花裝欄，坐乘小春牛，及春幡春勝，各相獻遺與貴家宅舍，示豐稔之兆。宰臣以下，皆賜金銀幡勝，懸于幞頭上，入朝稱賀。」〔註127〕文獻中對春幡春勝互相贈遺的意義說得更爲清楚，立春當天互相獻遺小春牛與製作華美的春幡春勝，是祈求一年豐收吉利的象徵。在周密《武林舊事》中則敘述立春當日：「賜百官春幡勝，宰執親王以金，餘以金裹銀及羅帛爲之。……各垂於幞頭之左，入謝。」〔註128〕因朝臣位階的不同，得到宮廷所賞賜的金銀幡勝便會有製作材質的差異，文末也提到簪戴於頭上的春幡春勝的位置，皆是簪釵於包髮之巾的左側。

在宋詞中，蘇軾〈減字木蘭花・立春〉（春牛春杖）的下半闋，便寫到立春日簪戴的春幡春勝：

> 春幡春勝。一陣春風吹酒醒。不似天涯。捲起楊花似雪花。
>
> （冊一，頁 272）

此詞的下半闋與上半闋的句式「春牛春杖。無限春風來海上。便與春工。染得桃紅似肉紅」一樣，開頭第一句皆是描寫立春日的風俗，之後則描述海南島的春天風情，對海南之春熱情謳歌。詞中「春幡春勝。一陣春風吹酒醒」兩句，除了描寫立春日的傳統風俗，人們簪戴春幡春勝表示迎接春天之意，也指出迎春儀式後享受春宴的酣暢情景，彷彿從詞作便能感染到春酒醉人的情趣，以及詞人喜悅的心情。「不似天涯」兩句，除了將海南天暖、立春已見楊花的情景描

〔註125〕 〔元〕脫脫等撰，楊家駱主編《新校本宋史并附編三種》（臺北：鼎文書局，1983 年 11 月三版），第四冊，卷一百一十九，志第七十二，禮二十二，賓禮四，「朝臣時節餽廩」，頁 2802。

〔註126〕 孟元老撰《東京夢華錄》，同註98，卷六，頁 108。

〔註127〕 吳自牧撰《夢粱錄》，同註99，卷一，頁 2。

〔註128〕 周密輯《武林舊事》，同註100，卷二，頁 39。

繪出來，還以故鄉才有而海南沒有的雪花來比喻飄飛的楊花，因此此時的海南距離故鄉彷彿不若天涯般遙遠，也透露出詞人雖然思念故鄉卻能隨遇而安的曠達心情。

在趙長卿〈探春令・立春〉中，則是描述在立春前費了一番工夫裁製好的幡勝，須好好珍惜的心情：

> 數聲回雁。幾番疏雨，東風回暖。甚今年、立得春來晚。過人日、方相見。　　縷金幡勝教先辦。著工夫裁剪。到那時覯賞，須教滴惜，稱得梅妝面。（冊二，頁773）

此詞上片首先以在春天北歸的候鳥雁子，以及下了幾場疏雨來呈現春天到來的情景，並點明今年的立春來得比較晚，還在人日節之後。下片主在描寫需花費工夫製作的華美的幡勝，應在立春前先裁製完成，並且好好愛護，才能在立春日當天簪戴，以搭配精心裝扮的姿容。

至於下列三闋詞作，則描述了簪戴在頭上、裊裊飄飛的春幡形貌：

> 春已歸來，看美人頭上，裊裊春幡。（辛棄疾〈漢宮春・立春日〉（春已歸來）（冊二，頁919））
>
> 絲金縷玉幡兒。更斜裊、東風應時。（趙師俠〈柳梢青・祭戶立春〉（節物推移）（冊三，頁94））
>
> 綵縷旛兒花枝小。鳳釵上、輕輕斜裊。（無名氏〈失調名〉（綵縷旛兒花枝小）（冊四，頁595））

《歲時廣記》中「簪春旛」條有言：「《提要錄》：『春日刻青繪為小旛樣，重累十餘，相連綴而簪之。』」〔註129〕三闋詞便是呈現此種簪戴樣式繁多的幡勝之風尚。第一闋詞是描述詞人得知春天已經來臨的消息，是經由美人頭上的春幡隨風飄舞而得知的。第二闋與第三闋詞同樣是描述簪釵於頭上或點綴於髮飾上的綵勝幡兒隨風輕顫的樣子，同時也刻劃出製作華美、精心妝點的幡勝形貌。看那簪戴在頭上、隨風裊娜的華麗幡勝，就好似將春天的浪漫春意簪釵於頭

〔註129〕陳元靚編《歲時廣記》，同註96，卷八，「簪春旛」條，頁80。

上般，搖曳生姿且風情萬種。

此外，史浩〈喜遷鶯・立春〉（譙門殘月），以及方岳〈燭影搖紅・立春日東高內翰〉（輦路融晴），則愈見華麗剪裁形式的幡勝：

　　最好是，看彩幡金勝，釵頭雙結。（史浩〈喜遷鶯・立春〉（冊
　　二，頁283））

　　髻橫玉燕，鬢顫瓊幡。（方岳〈燭影搖紅・立春日東高內翰〉（冊
　　三，頁860））

詞中「釵頭雙結」與「髻橫玉燕」呈現出編製成雙結樣式，以及剪裁成燕形別釵在髮上的幡勝。又如史達祖〈東風第一枝・壬戌閏臘望，雨中立癸亥春，與高賓王各賦〉（草腳愁蘇）：「黏雞貼燕，想立斷、東風來處。」（冊三，頁339）、黃昇〈重疊金・除日立春〉（銀幡綵勝參差剪）：「銀幡綵勝參差剪，東風吹上釵頭燕。」（冊三，頁1014～1015），以及無名氏〈失調名〉（曉日樓頭殘雪盡）：「綵燕絲雞，珠幡玉勝，併歸釵鬢。」（冊四，頁594），皆如同前引《文昌雜錄》所記載：「立春，……公卿家尤重此日，莫不鏤金刻繒，加飾珠翠，或以金銀，窮極工巧。……立春則有綵勝雞燕。」以及《歲時廣記》所言：「《皇朝歲時雜記》云：『立春日，京師人皆以羽毛雜繒綵為春雞春燕，又賣春花春柳。』」將幡勝裁剪成飛燕、雞雛等象徵吉祥的節物，並用金銀材質製作，以珠翠或絲線加以彩飾，如此皆象徵富貴吉利之意，也包含人們的新春期望。

（三）春　帖

在原有的迎春禮俗外，立春日還有撰春帖、貼宜春字、請春詞等等祝吉的風俗習尚。

關於撰春帖、貼宜春字的禮俗活動，在《荊楚歲時記》中可以看到相關記載：「立春之日，悉剪綵為鷰〔註130〕以戴之，帖宜春二字。」宗懍於文末注云：「……宜春二字，傅咸〈鷰賦〉有其言矣。

―――――――――――――――――――――――――

〔註130〕按「鷰」同「燕」，引文時從原文，筆者敘述付則作「燕」。

賦曰：『四時代至，敬逆其始。彼應運於東方，乃設鷰以迎至。翬輕翼之岐岐，若將飛而未起。何夫人之功巧，式儀刑之有似。御青書以贊時，著宜春之嘉祉。』」〔註131〕文獻說明立春日有寫宜春帖，並將宜春帖貼於彩燕插帽上戴之，以示迎春接福的禮俗。「宜春」即「適春」之意，是祈祝新春以來，一切都能順適，有招取吉祥順利之意。撰寫宜春帖是達官顯貴或文人庶士在立春日書寫文字工麗的春帖子來互相贈送，內容大多歌功頌德，或者寄寓規諫之意。宗懍還認為西晉人傅咸在作品〈鷰賦〉中，似乎已經提到了宜春帖祝吉之舉，因為所徵引的這段傅咸的〈鷰賦〉是表達人們在春夏秋多四季，應該恭敬迎接它們開始的時候，春天「應運於東方」，是根據中國古代的五行理論。而此時以燕形製作春勝來歡迎春天，是取燕子代表多去春回的候鳥，有象徵美好春天的到來之意，因此成了迎春的節物之一。引文中也描述人們製作的綵燕精善巧妙、維妙維肖，綵燕展開時有如燕子鼓翼疾飛般輕巧矯健，就像是銜著春天到來以示吉利祥和之意。因此在立春日，除了以燕形來製作春勝歡迎春天外，還要寫出宜春二字來祝賀幸福。

　　至唐宋時代，寫宜春帖、貼宜春字的迎春習俗承襲前代，雖然同樣是寫宜春帖祝吉，但是自唐代開始，宜春帖也是貼在門上的。在《中國歲時禮俗》、《中國古代詩歌與節日習俗》中皆指出唐代孫思邈在《千金月令》中有記載此種禮俗，而《中國節令史》中則明確指出在《歲時廣記》卷八中載有唐代孫思邈《千金月令》所言：「立春日貼宜春字於門。」〔註132〕然經檢閱《歲時廣記》卷八「立春」，在「貼春字」條則記載：「《荊楚歲時記》：『立春日貼宜春字于門。』」

〔註131〕　以上引文出自〔晉〕宗懍撰，嚴一萍選輯《荊楚歲時記》，同註118，頁7～8。

〔註132〕　分別參見喬繼堂著《中國歲時禮俗》，同註84，頁73；李岩齡、韓廣澤著《中國古代詩歌與節日習俗》（臺北：百觀出版社，1995年7月初版一刷），頁52～53；李永匡、王熹著《中國節令史》，同註69，頁174。

〔註133〕，而檢閱《荊楚歲時記》並未記載這段文字。在《荊楚歲時記校注》中「帖宜春」後的校記有提及「《歲時廣記》八引，作『貼宜春字于門』。」〔註134〕，但是作者並未對此評論。因此由上述徵引的文獻可知，宜春帖貼在門上的習尚或許確實早在魏晉或是唐代便已有之。

　　宋代的文獻中則確實發現宜春字是貼於門上的，並且還有請春詞的記載。例如《歲時廣記》中記載：「《皇朝歲時雜記》：『學士院立春前一月撰皇帝、皇后、夫人閣門帖子，送後苑作院，用羅帛縷造。及期進入，前輩諸學士所撰，但宮詞而已，及歐陽公入翰林，始伸規諫，後人率皆依倣之，端午亦然。或用古人詩，或後生擬撰，作爲門帖，亦有用厭勝禱祠之言者。』」〔註135〕又「《司馬文正公日錄》云：『翰林書待詔請春詞，以立春日剪貼於禁中門帳。』」〔註136〕是知宋代翰林學士們在立春前需爲皇帝、皇后、夫人撰寫春帖子，當時春帖的內容多爲祝賀或是對朝廷歌功頌德等應制形式，至歐陽修開始則寄寓規諫於春帖中，後人便開始仿效；且這種春帖於立春以及端午等節慶都可撰寫，往後春帖的內容也更趨廣泛。而從「作爲門帖」以及「剪貼於禁中門帳」等句，皆可見當時的宜春帖是貼在門上的。

　　在《武林舊事》中也有撰寫春帖的記載：「學士院撰進春帖子，帝后貴妃夫人諸閣，各有定式，絳羅金縷，華粲可觀。」〔註137〕翰林學士們依照皇帝、皇后、夫人等不同身分撰寫春帖子，而春帖的越趨華麗，實也祈祝在新春就能帶來豐華圓滿的好年景。在《歲時雜詠》中收錄了幾篇春帖作品，例如歐陽修〈皇帝閣六首〉、〈夫人

〔註133〕　參見陳元靚編《歲時廣記》，同註96，卷八，「貼春字」條，頁82。
〔註134〕　王毓榮著《荊楚歲時記校注》（臺北：文津出版社，1988年8月初版，1992年6月二刷），頁64。
〔註135〕　參見陳元靚編《歲時廣記》，同註96，卷八，「撰春帖」條，頁82。
〔註136〕　參見陳元靚編《歲時廣記》，同註96，卷八，「請春詞」條，頁82。
〔註137〕　周密輯《武林舊事》，同註100，卷二，頁39。

閣五首〉；蘇軾〈太皇太后閣六首〉、〈皇太妃閣五首〉等〔註138〕；《古今圖書集成》中同樣也收錄了幾篇春帖作品，例如王曾〈立春帖子〉、司馬光〈皇帝閣春帖子詞四首〉、廖剛〈丙申春帖子四首〉、周必大〈皇帝閣春帖子五首〉等〔註139〕，內容主要皆是歌頌春天來臨的美好、描寫充滿蓬勃生機的新氣象、描述歲時節俗、祝福君王延年益壽，以及祈願順泰等內容。

在立春詞中，以宜春帖、宜春字入詞的作品較少，茲將這些作品引述如下：毛滂〈小重山·立春日欲雪〉（誰勸東風臘裏來），描繪出立春日帖宜春的風俗：

> 玉冷曉妝臺。宜春金縷字，拂香顋。（冊一，頁606）

詞作中「宜春金縷字，拂香顋。」描繪出婦女在立春日將以金箔字寫成的宜春兩字，貼拂在臉上，以示迎春的欣喜之情。這就如同前述《荊楚歲時記》中所記載的此種迎春禮俗：「立春之日，悉剪綵爲鷰以戴之，帖宜春二字。」此外，在以下三闋詞作中，也可見到此種立春禮俗：

> 桃花髻暖雙飛燕，金字巧宜春。（毛滂〈武陵春·正月七日，武都雪霽立春〉（春在前村梅雪裏）（冊一，頁629））

> 報道東皇初弭節，芳思滿凌晨。爭看釵頭綵勝新。金字寫宜春。（史浩〈武陵春·戴昌言家姬供春盤〉（報道東皇初弭節）（冊二，頁298））

> 已把宜春縷勝，更將長命題旛。（范成大〈朝中措·丙午立春大雪，是歲十二月九日丑時立春〉（東風半夜度關山）（冊二，頁611～612））

〔註138〕 〔宋〕蒲積中編《歲時雜詠》（臺北：臺灣商務印書館，1972年出版）。關於歐陽修的春帖作品在卷四，頁6～8；蘇軾的春帖作品在卷四，頁3～5。

〔註139〕 〔清〕陳夢雷撰《古今圖書集成》（臺北：文星書店，1964年10月1日出版），本論文引用之與春天相關的文獻資料，出自第三冊「曆象彙編歲功典」第十一卷至第四十一卷。上述選錄的詩作則出自「曆象彙編歲功典第二十卷立春部」，頁218～219。

第一闋詞是描述在有著彩燕裝飾的桃花髻上，貼有以金箔寫成的宜春字。第二闋詞則是先寫春神按節徐步降臨大地，而每逢立春日，人們總是「爭看釵頭綵勝新，金字寫宜春」那裝飾著鮮麗色彩的釵飾，迎風裊娜、搖步生輝，而貼在釵飾上、以金箔寫成的宜春字，更帶來新春新氣象的生意，因此吸引人們爭相搶看這象徵好彩頭的節物，以迎接與慶祝春日的來臨。第三闋詞則是描述除了將宜春兩字寫在幡勝上外，還將長命兩字也寫在幡勝上，流露出人們祈祝身體安泰、長命百歲的心願。

此外，史浩〈滿庭芳・立春詞，時方獄空〉（愛日輕融）云：「相將見，宜春帖子，清夜寫金鑾。」（冊二，頁 280）則是將宜春帖子貼於門庭楣柱的詞例。〔註 140〕而陳德武〈慶春宮・立春〉（風送深冬）：「宜春寶字」（冊四，頁 408）一句，便可見描述宜春帖的立春禮俗，也透露出當時的人民重視立春日，將宜春字視爲「寶字」的珍視心情。

（四）春　盤

歲時節日中的禮儀食俗，是人們因應生產、生活的需要而隨著歷史的推移逐漸形成、豐厚的，也是中華民族飲食文化中珍貴的一環。歲時節日的食俗，串聯起一個個有著豐富文化內涵的歲時節日，也反映出因應每種歲時節日而適合食用或是含有象徵意味的飲食風俗。

就立春而言，食春盤是中國傳統的食俗。春盤，是用蔬菜、果品、餅、糖等拼置於盤中爲食，或是餽送親友，取其寓意迎春和祝福，稱爲春盤。春盤是由五辛盤演化而來〔註 141〕，「辛」與「新」諧音，在新春期間食用有討口彩之意。晉代已有食五辛盤的記載，《歲

〔註140〕　參見朱德才《增訂注釋全宋詞》，同註 1，冊二，頁 280（第 1527
　　　　　闋詞注 10）。

〔註141〕　黎虎主編《漢唐飲食文化史》（北京：北京師範大學出版社，1998
　　　　　年 1 月北京第一版），頁 269 有云：「五辛盤是後世春盤、春餅的雛
　　　　　形。」

時廣記》云：「《風土記》：『正元日，俗人拜壽，上五辛盤，……五
辛者，所以發五臟氣也。』《正一旨要》云：『五辛者，大蒜、小蒜、
韭菜、蕓薹、胡荽是也。』」〔註142〕據《本草綱目》對於五辛的解
釋則是：「五辛菜，乃元旦、立春，以蔥、蒜、韭、蓼蒿、芥，辛嫩
之菜，雜和食之。取迎新之意，謂之五辛盤。杜甫詩所謂『春日春
盤細生菜』是矣。」〔註143〕「五辛」所指，與時代先後及佛、道、
煉形諸家之說大同小異。〔註144〕在春日食五辛，除了有迎新之意
外，還兼具醫學與養生功效：「歲朝食之，助發五臟氣。常食溫中，
去惡氣，消食下氣。」〔註145〕《歲時廣記》中：「《齊人月令》：『凡
立春日食生菜，不可過多，取迎新之意而已。』」〔註146〕因爲食五
辛菜，這些帶有刺激氣味的葷辛類蔬菜，能散發冬季五臟濁氣，增
進體內清新的成分，以預防時疫病痛。此種觀念也反映出當時人們
將一整年健康的追求，寄託在新春開始的時候。

　　唐代改五辛盤爲春盤，並將五種辛辣食品改爲蘿蔔、生菜，例如
《歲時廣記》云：「唐《四時寶鏡》：『立春日食蘆菔春餅生菜，號春
盤。』」〔註147〕《文昌雜錄》也有關於春盤內容物的記載：「唐歲時

〔註142〕　參見陳元靚編《歲時廣記》，同註96，卷五，「五辛盤」條，頁54。
〔註143〕　〔明〕李時珍著《本草綱目》（臺北：國立中國醫藥研究所，1976
　　　　　年2月出版），卷二十六，「菜部」中「葷辛類三十二種」之「五辛
　　　　　菜」，頁915。杜甫〈立春〉詩全詩如下：「春日春盤細生菜。忽憶
　　　　　兩京梅發時。盤出高門行白玉。菜傳纖手送青絲。巫峽寒江那對眼。
　　　　　杜陵遠客不勝悲。此身未知歸定處。呼兒覓紙一題詩。」參見清聖
　　　　　祖御定《全唐詩》，同註3，第七冊，卷229，頁2493。
〔註144〕　佛家指大蒜、小蒜、興蕖（阿魏）、慈蔥（蔥）、茖蔥（薤）。道家
　　　　　指韭、薤（菖頭）、蒜、蕓薹（油菜）、胡荽（芫荽）。煉形家指小
　　　　　蒜、大蒜、韭、蕓薹、胡荽。參見林正秋主編，徐海榮副主編《中
　　　　　國飲食大辭典》（杭州：浙江大學出版社，1991年5月第一版），頁
　　　　　71；汪福寶、莊華峰主編《中國飲食文化辭典》（合肥：安徽人民
　　　　　出版社，1994年3月第一版），頁126。
〔註145〕　〔明〕李時珍著《本草綱目》，同註143，頁915。
〔註146〕　陳元靚編《歲時廣記》，同註96，卷八，「食春菜」條，頁83。
〔註147〕　陳元靚編《歲時廣記》，同註96，卷八，「作春餅」條，頁83。

節物，立春則有……生菜。」〔註148〕《歲時廣記》又徵引《摭遺》云：「東晉李鄂，立春日命蘆菔芹芽爲菜盤饋貺，江淮人多傚之。《爾雅》曰：『蘆菔，即蘿蔔也。』」〔註149〕凡此說明了春盤最早是由江淮間流傳起來，後來則傳入宮廷；而且當時已有以春盤作爲互相餽贈之物的情形。由於此時食春盤的風氣盛行，杜甫詩「春日春盤細生菜，忽憶兩京梅發時。」便是描寫此種盛況。此外，春盤後來是用麵烙的春餅替代「盤」，用薄薄的圓餅包著菜蔬，在元旦至立春期間食用。

　　到了宋代，食春餅包菜的食俗日益普遍，不僅民間家庭製作，街市店鋪也有出售。例如《都城紀勝》中的記載：「市食點心，涼暖之月，大概多賣豬羊雞煎爆、……之屬。夜間頂盤挑架者，如鵪鶉餶飿兒、……春餅、旋餅、……之類。」〔註150〕便呈現宋代臨安城中，飲食市肆間的食店景況。在《夢粱錄》中也有類似的記載：「市食點心，……及沿街巷陌盤賣點心：饅頭、……餶飿瓦鈴兒、春餅、芥餅、……等點心。」〔註151〕這些文獻也是「春盤」已發展爲「春餅」的記錄。又如蘇軾〈送范德孺〉一詩中，也描寫在料峭寒風中所透露出的春意微融，此時正是品嚐春盤的好時節：「漸覺東風料峭寒，青蒿黃韭試春盤。」〔註152〕此外，朝廷也會在立春時賞賜春餅與春盤給文武百官，例如《歲時廣記》有云：「《皇朝歲時雜記》：『立春前一日，大內出春盤并酒，以賜近臣。盤中生菜，染蘿蔔爲之，裝飾置盦中，烹豚、白熟餅、大環餅，比人家散子其大十倍。民間亦以春盤相饋。有園者，園吏獻花盤。』」〔註153〕說明了朝廷會在立春時贈與百

〔註148〕〔宋〕龐元英《文昌雜錄》，同註86，卷三，頁21。

〔註149〕陳元靚編《歲時廣記》，同註96，卷八，「饋春盤」條，頁83。

〔註150〕耐得翁撰《都城紀勝》，收入《東京夢華錄：外四種》（臺北：大立出版社，1980年10月出版），《都城紀勝・食店》，頁98。

〔註151〕吳自牧撰《夢粱錄》，同註99，卷十六，「葷素從食店諸色點心事件附」，頁145～146。

〔註152〕蘇軾〈送范德孺〉：「漸覺東風料峭寒，青蒿黃韭試春盤。遙想慶州千嶂裏，暮雲衰草雪漫漫。」參見北京大學古文獻研究所編《全宋詩》，同註17，第十四冊，卷830，頁9599。

〔註153〕陳元靚編《歲時廣記》，同註96，卷八，「賜春饌」條，頁83。

官春盤以及酒類；春盤中有生菜與蘿蔔，以及烹豚﹝註154﹞，民間也會製作春盤互相餽贈。而朝廷製作的春盤比民間製作的還大，而且奢侈豪華，在《武林舊事》中有云：「後苑辦造春盤供進，及分賜貴邸宰臣巨璫，翠縷紅絲，金雞玉燕，備極精巧，每盤直萬錢。」﹝註155﹞可見春盤不但講究裝盤的華美，內容物也選料精良。可以想見若在當時能得到皇帝賞賜春盤的官員，真可說是無上殊榮。

在立春詞中，范成大〈朝中措・丙午立春大雪，是歲十二月九日丑時立春〉（東風半夜度關山）載云：

　　青絲菜甲，銀泥餅餌，隨分杯盤。（冊二，頁611～612）

由詞中「青絲菜甲，銀泥餅餌」兩句，可知鮮嫩的蔬菜，以及糕餅類的食品，都成了應時應景的春盤內容物。趙以夫〈探春慢・立春〉（南國收寒）詞則載：

　　纖手傳生菜，向人道、新春來也。（冊三，頁690）

此詞蘊藏著於春日食用春盤以象徵迎接新春、祝福吉利之意涵。以上兩詞皆如前引《歲時廣記》所載：「唐《四時寶鏡》：『立春日食蘆菔春餅生菜，號春盤。』」而史浩〈武陵春・戴昌言家姬供春盤〉（報道東皇初弭節），也有類似的詞句，此詞在題序中已道出立春日餽贈春盤，讓更多人享用的風尚。詞中有「四坐行盤堆白玉」一句，便是描述端春盤以奉客的情景，並以「白玉」來指稱春盤內其中一種食物——蘿蔔。這也符合前述《歲時廣記》：「《皇朝歲時雜記》：『立春前一日，大內出春盤并酒，以賜近臣。盤中生菜，染蘿蔔為之，裝飾置盒中，……。民間亦以春盤相饋。』」的記載。

而朱敦儒〈訴衷情〉（青旗綵勝又迎春）則載云：「金盤內家生菜，宮院徧承恩。」（冊一，頁805）道出朝廷會在立春時贈與百官

﹝註154﹞《歲時廣記》引《歲時雜記》：「都人立春日尚食烹豚，為之暴貴。其朕切有細如絲者。」意謂人民還有在立春日食用豬肉的風尚，因此豬肉價格暴貴。並且講究豬肉要切得細如髮絲以供食用。參見陳元靚編《歲時廣記》，同註96，卷八，「尚烹豚」條，頁84。

﹝註155﹞周密輯《武林舊事》，同註100，卷二，頁39。

春盤的情景，也呈現出一派宮廷的富貴昇平氣象。而在承平的時代中，遇有節慶便大肆慶祝，並求食物豐盛的情景，從万俟詠〈臨江仙〉（寒甚正前三五日）所載：「春盤共飣餖，遶坐慶時新。」〔註156〕（冊一，頁749）即可見一斑。

至如下列三闋詞作，則是描述佐酒以食春盤的美味享受：

> 三杯淡酒，玉腴蔬嫩，青縷堆盤。（陳三聘〈朝中措·丙午立春大雪，是歲十二月九日丑時立春〉（朝來和氣滿西山）（冊三，頁39））
>
> 堆盤紅縷，浮杯綠蟻，自有及時風味。（郭應祥〈鵲橋仙·□□立春〉（泥牛擊罷）（冊三，頁236））
>
> 酒醁清惜重斟，茉甲嫩憐細縷。（高觀國〈東風第一枝·壬戌立春日訪梅溪，雨中同賦〉（燒色回青）（冊三，頁375～376））

三闋詞中表達的是在立春日，能食用盛裝著肥美的魚肉〔註157〕、鮮嫩的蔬菜，以及應時果品的美味春盤，不但為春盤增色不少，而再佐伴以酒，真是視覺與味覺的美食享受。詞作中「青縷堆盤」、「堆盤紅縷」、「細縷」，即前引《武林舊事》所謂：「後苑辦造春盤供進，……翠縷紅絲，金雞玉燕，備極精巧。」

此外，辛棄疾〈蝶戀花·戊申元日立春，席間作〉〔註158〕、〈漢宮春·立春日〉，皆曾描述春盤此種食俗，也都在上半闋描述了立春的節俗，但是兩闋詞整體而言，卻是藉以呈現詞人憂國憂時的哀傷基調：

〔註156〕 「飣餖」：食品堆疊貌。參見朱德才《增訂注釋全宋詞》，同註1，冊一，頁749（第4398闋詞注5）。

〔註157〕 「玉腴」：魚的氣囊，一種食品。參見朱德才《增訂注釋全宋詞》，同註1，冊三，頁39（第0237闋詞注2）。《漢語大詞典》中沒有「玉腴」此詞，而對「腴」字的說明中，切合食物方面的釋義如下：「人或其他動物腹下的肥肉。」參見漢語大詞典編輯委員會編纂《漢語大詞典》，同註2，第六卷，頁1332。故筆者在此闋詞中將「玉腴」解釋作「肥美的魚肉」。

〔註158〕 此闋詞在唐圭璋所編《全宋詞》中的題序為「戊申元日立春席間作」，並未如同朱德才本在句子中間有標點符號。見氏著《全宋詞》，同註4，冊三，頁1903。

誰向椒盤簪綵勝。整整韶華，爭上春風鬢。往日不堪重記
省。爲花長把新春恨。　　春未來時先借問。晚恨開遲，
早又飄零近。今歲花期消息定。只愁風雨無憑準。(〈蝶戀花‧
戊申元日立春，席間作〉(冊二，頁 899))

春已歸來，看美人頭上，嫋嫋春幡。無端風雨，未肯收盡
餘寒。年時子，料今宵、夢到西園。渾未辦、黃柑薦酒，
更傳青韭堆盤。　　却笑東風從此，便薰梅染柳，更沒些
閒。閒時又來鏡裏，轉變朱顏。清愁不斷，問何人、會解
連環。生怕見、花開花落，朝來寒雁先還。(〈漢宮春‧立春
日〉(冊二，頁 919))

在立春日，理應是充滿歡欣氣氛、蓬勃生機，以及滿懷希望的佳節，
然而在這兩闋詞中呈現的是詞人對於國勢的隱憂與沉痛之情。在第一
闋詞中，題序點明了時值陰曆正月初一又逢立春，這理應是喜氣洋洋
的節日，因此詞人在上片「誰向椒盤簪綵勝」三句，描寫人們於這天
歡欣慶祝，除了有進獻椒盤飲酒的元日習俗〔註 159〕外，也有在立春
簪戴華美的幡勝互相比美的風尚。「往日不堪重記省」兩句，透露出
詞人的感傷情懷，與其他人歡慶的心情成了明顯對比。而詞人感傷的
緣由則於下片鋪陳出來，下片寫詞人期盼春天來到，但是春天到來的
短暫，使得因春天晚到而開得遲的花群一下又謝了。而今年雖然立春
日早，花期也已確定，但是無法預期而突如其來的風雨，不知今年的
花開能否如人意呢？這種心情就如同詞人於〈摸魚兒〉(更能消幾番
風雨)中「更能消、幾番風雨。忽忽春又歸去。惜春長恨花開早，何
況落紅無數」的矛盾心情。詞人因節序的推移觸發了心中滿懷的憂國
之情，並藉著花期暗指偏安的南宋決定北伐中原的日期，然而日益衰

〔註159〕　古時習俗正月初一日用盤進椒，飲酒則取椒置酒中，稱椒盤。《荊
楚歲時記》中有記載元日習俗：「長幼悉正衣冠，以次拜賀，進椒
柏酒……。」文獻中「椒酒」：置有椒實之酒也，即用椒浸製之酒。
「柏酒」：用柏葉浸製之酒。元旦習俗中共飲椒柏酒，可除百疫，
得長壽。參見〔晉〕宗懍撰，嚴一萍選輯《荊楚歲時記》，同註118，
頁 3；以及王毓榮著《荊楚歲時記校注》，同註 134，頁 36。

頹的南宋國勢，其詭譎的政局，就如同瞬息萬變的天氣般，只讓詞人徒增中原陸沉、故都未復的感嘆與失望。

在第二闋詞中，詞人同樣通過立春時節景物的描繪，隱喻南宋擾攘與不穩定的政局。詞作上片「春已歸來」三句描述了立春日簪戴春幡的禮俗；「無端風雨」兩句除了呈現春天氣候多變外，也暗指南宋政局的搖擺不定，使得收復中原之日遙遙無期，宛如被餘寒的氣溫所籠罩。「年時燕子」三句則寫於春天北歸的燕子，或許已飛回淪陷的北方中原，因此即使如今日當是充滿喜慶的立春時節，詞人卻只有懷想家鄉與中原仍陷敵手的悲痛心情，並且只能在夢中遙寄故國之思。詞人因為擔憂國勢而無心過節，因此尚未準備好黃柑酒以及贈送春盤的立春節俗，此種憂愁的心情，在「渾未辦、黃柑薦酒，更傳青韭堆盤」〔註160〕兩句中表露無遺。下片仍藉著春天景色，抒發心中的憂國懷鄉之情。「却笑東風從此」五句，以對東風的調笑，諷刺不思收復中原的南宋權貴，也隱含詞人的胸懷壯志在歲月年華中流逝。「清愁不斷」兩句，則以難解的連環比喻愁悶的心情。詞人深恐收復中原的時機，就如同花開花落般，年復一年，害怕終究只能看著大雁比詞人先歸回北方故土，而失地卻遲遲未收復。

綜上所述，集生產、農事、祭祀、娛樂、飲食、交際等諸多活動內容為一體的立春，蘊含了許多豐富的歲時禮俗：包含了為配合農事所舉行的迎春大典，出示土牛與鞭打春牛以象徵依照農時耕作以及勸勉農事；還有簪戴式樣繁多、剪裁精巧的幡勝；寫宜春帖、貼宜春字以示迎春；以及食用春盤、餽贈春盤的風尚等。凡此種種民俗風尚，皆是立春節俗的豐富體現，不但反映了人民於新春滿懷的心願，祈祝能有平安順泰、吉利豐收的好年景，也呈現出中華民

〔註160〕　「黃柑薦酒」：黃柑釀製的臘酒。立春日人們以此互敬以表吉慶。《歲時廣記》：「……立春日作五辛盤，以黃柑釀酒，謂之洞庭春色。」參見陳元靚編《歲時廣記》，同註96，卷八，「釀柑酒」條，頁84。「青韭堆盤」即五辛盤，因五辛盤中包含韭菜，故以「青韭堆盤」代指五辛盤。

族在長期繁衍發展的歷史長河中，逐步形成與豐厚的生活習尚、文化意蘊，以及審美情趣。

第四節　小　結

本章著重於兩宋詠春詞的主題與內容探討，詞人逢春之時所描寫的春色，以及因歲時節日、所見景物而抒發的心情，皆賦予了春天作品中不同的情感色彩。同樣取材自春天，作品所反映的內容有充滿生機與希望的歡愉之情；也有彌漫著沉痛與悲傷的基調，使得春天的景色反而成了惹愁引恨的觸媒。諸如此類或是歡欣、或是哀傷的感懷，都與詞人當時的心境與眼前的景色密切相關。因此從宋代詞人寫春、嘆春，可以看出宋人對美好生活的企求、對時光推移的玩味品賞，或是對人生價值的探索。茲整理幾點結論如次：

其一：在第一節「描寫春天的風華」中，主要是透過春天時序的推移，呈現詞人筆下屬於春天的千萬種風情。有梅柳初初發芽吐嫩、萬物復甦的初春時節；也有「紅杏枝頭春意鬧」般充滿蓬勃生機、百花鮮麗濃盛、鶯蝶飛舞的盛春時節；還有滿眼綠蔭、繁花凋謝、飛絮濛濛、杜鵑哀啼的暮春時節。此外，作品中也有描述人們於群花迎春競放、春暖花開之時，從事出外賞春、遊春、踏青等賞心悅目的樂事。

每種風景皆有獨特的味道，在詞人眼中皆是一幕幕無可取代的絕色景致。而從文章所呈現的作品中可以發現，當時序進入暮春，作品多有對於春天即將歸去而興起的惜春、留春與傷春情感。因為從暮春時節殘紅飄零的景象中，詞人體悟到的是自身年華的稍縱即逝；除了感傷春天的遲暮，也是嘆息青春的凋零。詞人將這些春天的自然景物透過細膩的觀察與深刻的描摹，構成了一頁頁逼真的紙上風華，也展現了詞人不同的審美情趣。

其二：在第二節「抒發逢春的情志」中，將詠春詞的主要內容，

分為「惜春與留春的心情」、「春歸與送春的惆悵」、「念別與思鄉的愁苦」、「身世與家國的慨歎」四方面加以論述，呈現詞人在面對時序的流轉與社會的變動時，於作品中所傾注的對於愛春惜春的細膩情感，對生命短暫、時光易逝所流露的悵惘之情，以及時代境遇與個人身世之感懷。

同樣是以美好的春天為對象來描寫，然而由於遭遇與心境的不同，化為詞人筆下的風景也有不同。例如同樣描寫西湖春景，在本論文第二章所討論的唐朝白居易〈錢塘湖春行〉一詩呈現的是明朗、愉快的美感；在本文第三章中所舉例的歐陽修〈採桑子〉（羣芳過後西湖好）呈現的是暮春的景致；張炎的〈高陽臺·西湖春感〉（接葉巢鶯）則是在美景上抹上了一層悽涼，使詞境有種「沉哀沁人」〔註161〕的凄美之感。

此外，由作品的呈現也可以發現，北宋末年的靖康之難與南宋的滅亡，皆影響了兩宋詠春的題材。例如辛棄疾的詠春作品，皆是藉春天為吟詠對象，而將對恢復中原故土的期盼、對南宋偏安政局與國家前途的隱憂、對身為北方歸正人而受到南人的猜忌與歧視，以及對自身壯志難酬的憤恨，以比興手法寄寓作品之中。在劉辰翁的詠春作品中，「春」已成為故國的象徵，無盡的春愁象徵著綿綿的國恨；而對春天的依戀與不捨，便代表著對故國的無限眷戀。因此劉辰翁的送春詞，便猶如一曲曲哀悼宋室的輓歌，沉痛而絕望。《論詞隨筆》有云：「感時之作，必借景以形之。……不言正意，而言外有無窮感慨。」〔註162〕又陳廷焯云：「所謂沉鬱者，意在筆先，神餘言外。寫怨夫思婦之懷，寓孽子孤臣之感。凡交情之冷淡，身世之飄零，皆可於一草一木發之。而發之又必若隱若見，欲露不露，反復纏綿，終不許一語道破。」〔註163〕皆可作為此類作品的注腳。

〔註161〕 唐圭璋選釋《唐宋詞簡釋》，同註20，頁230。

〔註162〕 〔清〕沈祥龍撰《論詞隨筆》，收入收入江寧、唐圭璋彙刊《詞話叢編》，同註41，第五冊，頁4057。

〔註163〕 參見陳廷焯《白雨齋詞話》，同註48，卷一，頁5。

　　其三：在第三節「載錄立春的民俗」中，首先探討歲時節令至節日風俗的定型；其次探討立春的由來；並將宋詞與傳統立春風俗習尚相互印證，一探宋人的立春風情。

　　歲時節日中習俗風尚的產生、發展與繁衍，是與整個社會的生產變遷和經濟變化等因素密切相關，也與民間的傳統好尚有著深厚的關係，因此任何一種歲時節日的出現，都意味著一種文化形態的產生，蘊含特定的禮俗活動與象徵意涵。

　　在本論文第三小節呈現的兩宋立春詞，不但反映出宋代社會經濟的繁榮發展、市民階層興起與人民文化水準的提高；以民俗風情入詞，還反映了宋人享樂生活的形態與及時行樂的心理觀照。而由立春詞中所呈現的多種立春風俗習尚，不但成為宋詞描述歌詠的對象，也展示了宋人豐富的生活情趣與深厚的文化內涵，同時更寄託了宋代詞人由於時代背景與境遇等不同因素，而構築了筆下各有特色的立春風味。

第四章　兩宋詠春詞的藝術表現

　　文學作品形成的要素，不外乎內容與形式兩方面。除了作者因時代境遇的不同，而將情感與理念寄託在內容上外；作品中所運用的藝術技巧，即作者表現在篇章上的巧妙的結構與生動貼切的辭采，不但能構成作品的美感，也使得內容與形式互爲表裡而相得益彰。因此，適當而生動的修辭就如同文學作品的化妝師，可以使作品更爲增色。而由「詞之修辭，尤稱微妙難識，繁複難理。」〔註1〕可知探討詞篇的修辭技法是較爲繁雜的，因爲塡詞須依據調譜，調譜又有格律平仄等限制；又詞之句調，長短錯出；再者，詞中若是要隱微委曲的稱物指事，或是表達情致意境等，皆需仰賴修辭技巧的運用，來作爲表達作者情意與讀者探求詞意的橋樑。

　　本章在兩宋詠春詞的藝術表現方面，將就以下兩方面呈現：一是文學作品中普遍運用的修辭技巧；二是詠春詞篇的特殊表現形式。以此兩者爲切入面向，並且舉例詞作加以說明印證。

第一節　修辭技巧的運用

　　在文學作品中，貼切適當的使用修辭技巧，不但有助於賞讀文

〔註1〕詹安泰撰，詹伯慧編《詹安泰詞學論集》（汕頭：汕頭大學出版社，1997 年 10 月第一版），頁 236〜237。

學作品，領略作品中文辭的組織、涵義，以及作者所要表達的情懷意緒，還能透過修辭這把魔杖的點染，使讀者穿越時空，泅泳於豐富的文學饗宴之中。本節在探討兩宋詠春詞篇中修辭技巧的運用方面，主要是將詠春詞歸納整理後，依據修辭種類使用次數的頻繁，分別將針對摹寫、擬人、設問、典故的使用等四方面〔註2〕進行論述，並在每種修辭種類的說明下列舉兩宋詠春作品加以印證。

一、摹　寫

「摹寫」是一種「繪聲繪色」的修辭法，因為強烈地訴之於直覺的感受，所以是一種生動的文學手段。〔註3〕在兩宋詠春詞中，詞人以摹寫此種修辭方式運用最多，或是描摹春天景色的變化、春天的天候與動植物的生長活動情形，或是描摹在面對眼前的春景時而興起的心緒感懷。

有著「近代中國修辭學研究的導師」之稱的陳望道在《修辭學發

〔註2〕　本小節欲探討的四種修辭方式，並未包括文學作品中常見的譬喻修辭，實乃兩宋詠春詞中的譬喻方式常用於描寫動植物等，而關於比喻春天的詞例並不多，因此譬喻的修辭方式暫不列入本小節討論範圍。而關於以春天做比喻的詞例茲舉數例如下：1.管鑑〈臨江仙〉（三月更當三十日）：「問春還有再來時。臘前梅蕊破，相見未為遲。
　　　　不似人生無定據，忽忽聚散難期。」（冊二，頁569）詞中以春天會年復一年的到來，比喻春天並不像人類聚散難期。2.辛棄疾〈粉蝶兒・和趙晉臣敷文賦落梅〉（昨日春如）：「昨日春如，十三女兒學繡。」、「而今春似，輕薄蕩子難久。」（冊二，頁917）詞人在上片將春天比喻作十三歲小女孩學繡，下片則把臨去的春光比喻為無情的輕薄蕩子。3.陳三聘〈菩薩蠻〉（楊花滿院飛紅索）：「春光不似人情薄。」（冊三，頁44）詞中比喻春天不像人情一樣淡薄。4.黃夫人〈鷓鴣天〉（先自春光似酒濃）：「先自春光似酒濃。」（冊四，頁745）詞中開頭便形容春光好似濃郁的酒，令人陶醉；接著則是對春天來臨以及歸去後的景物描寫。諸如以上詞例，皆是將春天做為比喻的例子。按：辛棄疾〈粉蝶兒・和趙晉臣敷文賦落梅〉在唐圭璋《全宋詞》中詞題作「和晉臣賦落花」，見氏著《全宋詞》（北京：中華書局，1965年6月第一版），冊三，頁1919。
〔註3〕　參見黃慶萱著《修辭學》（臺北：三民書局股份有限公司，1975年1月初版），頁66。

凡》一書中，將「摹寫」稱爲「摹狀」，﹝註4﹞對於「摹狀」僅分爲摹
視覺與摹聽覺的，尤以摹寫聽覺的爲常見。黃慶萱在《修辭學》中則
指出「『摹狀』一詞，易使讀者誤會爲視覺所得各種形狀的摹繪。」
而且「摹寫的對象，不僅爲視覺印象，同時也包括聽覺、嗅覺、味覺、
觸覺等等的感受。」所以黃慶萱認爲將「摹狀」改稱爲「摹寫」較爲
適宜。﹝註5﹞繼之，黃麗貞在《實用修辭學》中則同樣認爲摹寫對象
並非僅限於視覺與聽覺兩方面；﹝註6﹞此外她還增列感情意緒的摹
寫，稱之爲「心覺」，並將摹狀分成聽覺摹寫、視覺摹寫、嗅覺與味
覺的摹寫、觸覺的摹寫、感情意緒的摹寫等六類並加以解說。﹝註7﹞

　　在本節中，將分別對於感官的摹寫，即視覺、聽覺、嗅覺、觸
覺、心覺、綜合摹寫等六方面加以敘述，﹝註8﹞並在每種摹寫下面
列舉詠春詞作數闋與之印證，在同一闋詞中，不乏有兩種以上的摹
寫，但因爲分類的關係，因此僅就某種單一摹寫加以說明；至於羅
列於綜合摹寫種類下的詞例，因爲結合了兩種以上的摹寫，因此會
在詞例下加以說明詞作使用的摹寫種類。而在人文感官的摹寫外，

﹝註4﹞　陳望道在書中指出：「摹狀是摹寫對於事物情狀的感覺的辭格。」見
　　　　氏著《修辭學發凡》（臺北：文史哲出版社，1989 年 1 月再版），頁
　　　　98。
﹝註5﹞　參見黃慶萱著《修辭學》，同註3，頁 51。
﹝註6﹞　黃麗貞與黃慶萱同樣認爲「摹狀」並非只限於摹寫視覺與聽覺方面
　　　　的感受，而是：「人們把各種事物的形狀、聲音、色澤、氣味、情態
　　　　等的感受，描繪出來，套用現代的流行話，這種『跟著感覺走』的
　　　　修辭手法，就是『摹狀』，也叫『摹繪』。……世上事物儘管千變萬
　　　　化，經過各種感官的辨識，都可以很真切地描繪出來。」見氏著《實
　　　　用修辭學》（臺北：國家出版社，1999 年 3 月初版一刷），頁 141。
﹝註7﹞　參見《實用修辭學》，同上註，頁 141～153。本論文以下對於六種感
　　　　官摹寫的定義，即是參照《實用修辭學》中的說明，因此不另加註。
﹝註8﹞　兩宋詠春詞中有味覺摹寫（描寫口舌所品嚐到的滋味）的詞作僅在
　　　　郭應祥〈鵲橋仙・□□立春〉（泥牛擊罷）：「堆盤紅縷，浮杯綠蟻，
　　　　自有及時風味。」（冊三，頁 236）中可見，詞句意思是春盤以及酒，
　　　　皆有合時的美味。其他立春詞中雖有對於春盤的描寫，但也僅止於
　　　　春盤的内容物、立春食俗，並未有品嚐食物之後對於味覺的摹寫。
　　　　因此本論文不將味覺摹寫納入撰寫範圍。

筆者也整理歸納了兩宋詠春詞中諸多對於春天天候、動植物方面等自然物候方面的摹寫，此中對自然物候的摹寫，不免會與上述感官摹寫中的六類摹寫重疊，因此所列舉的例子會避免重複，以證兩宋詠春詞摹寫對象的豐富與廣博。

（一）人文感官的摹寫

1. 視覺摹寫

視覺摹寫是指描寫眼睛所看到的事物，包括對具象的形態、情狀，和抽象的色彩、光影等的感知。在兩宋詠春詞中，視覺摹寫的運用是詞人在摹寫類型中最為常見的，茲舉數例如下：

（1）黃庭堅〈訴衷情〉（小桃灼灼柳鬖鬖）：「山潑黛，水挼藍。翠相攙。」（冊一，頁 359）

（2）秦觀〈沁園春〉（暖日高城）：「正南浦春回，東岡寒退，粼粼鴨綠，裊裊鵝黃。」（唐圭璋《全宋詞》冊一，頁 485）

（3）吳淑姬〈小重山・春愁〉（謝了荼蘼春事休）：「謝了荼蘼春事休。無多花片子，綴枝頭。」、「一川烟草浪，襯雲浮。」（冊二，頁 33）

（4）毛开〈謁金門〉（春已半）：「春已半。芳草池塘綠徧。山北山南花爛熳。日長蜂蝶亂。」（冊二，頁 359）

（5）趙長卿〈南歌子・暮春值雨〉（黯靄陰雲覆）：「黯靄陰雲覆，滂沱急雨飛。洗殘枝上亂紅稀。」（冊二，頁 771）

（6）張震〈鷓鴣天・春暮〉（橫素橋邊景最佳）：「綠波清淺見瓊沙。銜泥燕子迎風架，得食魚兒趁浪花。」（冊二，頁 840）

（7）趙師俠〈水調歌頭・癸卯信豐送春〉（韶華能幾許）：「新荷泛水搖漾，萍藻弄晴漪。」（冊三，頁 87）

（8）張履信〈柳梢青〉（雨歇桃繁）：「雨歇桃繁，風微柳靜，日淡湖灣。」、「行雲掩映春山。真水墨、山陰道間。」（冊三，頁 224）

（9）吳潛〈望江南〉（家山好）：「白白紅紅花面貌，絲絲裊裊柳腰身。錦繡底園林。」（冊三，頁 759）

（10）胡浩然〈春霽・春晴〉（遲日融和）：「遲日融和，乍雨歇東郊，嫩草凝碧。紫燕雙飛，海棠相襯，妝點上林春色。」（冊四，頁 478）

（11）李裕翁〈摸魚兒・春光〉（計江南、許多風景）：「些兒淡沲沖融意，到處粘花著柳。疏雨後。更豔豔綿綿，潑眼濃如酒。」（冊四，頁 492）

由上述諸例中可以發現，詞人經過視覺所感知的大自然春天樣貌是豐富多樣的，有描摹青山綠水、花草植物、禽鳥魚兒，也有對春天陰晴雲雨的變化，以及從初春到暮春夏初景色更迭的描寫。其次也可看出詞人在描摹景物時，常於靜景中穿插動態的樣貌，例如吳淑姬〈小重山・春愁〉中的「一川烟草浪」形容蒸騰的水氣與繁茂的草如波浪浮動；趙長卿〈南歌子・暮春值雨〉中的「滂沱急雨飛」形容大雨飛濺；張震〈鷓鴣天・春暮〉中的「銜泥燕子迎風絮，得食魚兒趁浪花。」形容燕子與魚兒的乘風逐浪等。如此則萬物鮮活靈動的生命力彷彿躍然紙上，使摹寫像一卷生動的影片，而不僅是一張靜止的幻燈片。〔註9〕

此外，於詞例中還可見詞人在摹景寫物時常敷陳設色，以色彩描繪來呈現春色的濃淡，也反映出詞人面對春景的情感。〔註10〕例如上舉詞作中出現的「黛」、「藍」、「翠」、「綠」、「鵝黃」、「紅」、「瓊」、

〔註9〕黃慶萱認為摹寫應儘可能作動態的摹寫，因為「生命是日新月異的，世界在千變萬化著，我們不以捕捉一剎那的靜態為滿足；我們應該摹寫變動中的人生和世界，使我們的摹寫像一卷影片，而不僅是一張幻燈片。」見氏著《修辭學》，同註3，頁67。

〔註10〕李珺平於《中國古代抒情理論的文化闡釋》中有云：「某種色彩常與某種心境、情調相溝通，所以有些詩雖未直接使用色彩，通篇卻被某一種融融的色調所籠罩。……色彩氛圍表面烘托情境，實乃表露感情。」見氏著《中國古代抒情理論的文化闡釋》（北京：北京大學出版社，2005年11月第一版），頁216。

「白」、「碧」、「紫」等；或是未直接寫出色彩，而是以具體的事物或比喻的方法使文字也呈現出顏色，例如「襯雲浮」、「山北山南花爛熳」、「新荷」、「萍藻」、「行雲掩映春山。眞水墨、山陰道間。」、「錦繡底園林」、「潑眼濃如酒」等，都可藉著這些詞語想像春天景物色彩繽紛、恬淡素樸，或是濃烈醉人的樣貌。因此富於色彩的語言能加強作品的感染力，〔註11〕而色彩的搭配與組合、色彩的對比與映襯，會使視覺產生層次美與和諧美，〔註12〕也使得滿眼春色能鮮明生動的化爲詞人筆下的文字，藉著咀嚼這些文字的色彩，以品賞領略大自然的春天風情。

2. 聽覺摹寫

描寫事物所發出的各種聲響，使文字加添音樂的美感，或是藉著聲音來使人產生聯想、傳達情意等，皆是指聽覺的摹寫。在兩宋詠春詞中，詞人往往是以春天出現的禽鳥啼聲來增添豐富的春景，或是藉此表達詞人的感懷心緒；除了以鳥類的聲音呈現外，也有少數是以摹寫春天中人爲或大自然的聲音表現，以下所臚列的詞作將以春天中人爲或大自然的聲音，以及數種禽鳥的聲音摹寫爲主，至於未提及的春天中的禽鳥，也將於摹寫動物類的段落中舉例呈現。

（1）李冠〈蝶戀花・春暮〉（遙夜亭皋閑信步）：「數點雨聲風約住。」（冊一，頁98）

（2）歐陽修〈採桑子〉（輕舟短棹西湖好）：「無風水面琉璃滑，不覺船移。微動漣漪。驚起沙禽掠岸飛。」（冊一，頁103）

（3）歐陽修〈玉樓春・題上林後亭〉（風遲日媚煙光好）：「池塘隱隱驚雷曉。」（冊一，頁112）

〔註11〕參見謝文利、曹長青著《詩的技巧》（臺北：洪葉文化事業，1996年7月一版一刷），頁264。作者於文中認爲：「富於色彩的語言能加強詩的形象感染力。」雖然探討的是詩，然筆者以爲此種色彩的運用方式放諸於文學作品皆然。

〔註12〕相關資料參見吳曉著《詩歌與人生：意象符號與情感空間》（臺北：書林出版有限公司，1995年3月出版），頁60～76。

（4）蘇軾〈望江南・暮春〉（春已老）：「柘林深處鵓鴣鳴。」（冊一，頁 249）

（5）蘇軾〈如夢令・春思〉（手種堂前桃李）：「簾外百舌兒，驚起五更春睡。」（冊一，頁 270）

（6）仲殊〈訴衷情・春詞〉（長橋春水拍堤沙）：「長橋春水拍堤沙」、「幾聲脆管何處」、「噪閒鴉」。（冊一，頁 484）

（7）王灼〈清平樂・填太白應制詞〉（東風歸早）：「初聞百囀新鶯。歷歷因風傳去，千門萬戶春聲。」（冊一，頁 809）

（8）李清照〈好事近〉（風定落花深）：「酒闌歌罷玉尊空」、「魂夢不堪幽怨，更一聲啼鴂。」（冊一，頁 869）

（9）袁去華〈謁金門〉（春寂寂）：「隔葉黃鸝聲歷歷。」（冊二，頁 500）（10）趙長卿〈驀山溪・早春〉（曉來雨霽）：「幽禽弄舌，花上訴春光，高一餉，低一餉，清唳圓還碎。」（冊二，頁 766）

（11）辛棄疾〈滿江紅〉（點火櫻桃）：「流鶯喚友嬌聲怯。」（冊二，頁 956）

（12）趙善扛〈喜遷鶯・春宴〉（韶華駘蕩）：「鳥聲弄巧千調」、「輝豔冶，笑語盈盈」、「但拍掌。醉陶然一笑，忘形天壤。」（冊二，頁 986）

（13）程垓〈菩薩蠻・訪江東外家作〉（畫橋拍拍春江綠）：「畫橋拍拍春江綠。」（冊三，頁 17）

（14）馬子嚴〈孤鸞・早春〉（沙堤香軟）：「可奈東風，暗逐馬蹄輕捲。」、「驀地刺桐枝上，有一聲春喚。」、「陌上叫聲，好是賣花行院。」（冊三，頁 84）

（15）章良能〈小重山〉（柳暗花明春事深）：「雨餘風軟碎鳴禽。」（冊三，頁 136）

（16）韓淲〈浣溪沙・滿院春〉（芍藥酴醿滿院春）：「重簾雙燕語沉沉」、「輕雷不覺送微陰」。（冊三，頁 256）

（17）黃昇〈長相思・春晚〉（惜春歸）：「丁東風馬兒。」（冊三，頁1012）

（18）陳允平〈謁金門〉（春又晚）：「燕語呢喃明似剪」、「絲竹誰家坊院」。（冊四，頁91）

（19）劉辰翁〈青玉案・暮春旅懷〉（無腸可斷聽花雨）：「漸遠不知何杜宇。不如歸去，不如歸去。」（冊四，頁181）

　　由上述詞作中可以發現聲音的豐富性，有屬於人為的聲音，例如春天中人們歡暢歌飲的談笑聲，音響清遠的絲竹樂器聲，以及賣花人的叫賣聲；屬於大自然物候聲則有風雨聲、雷聲、江水拍擊堤岸之聲，還有因風吹拂使屋簷下的測風器具丁東作響的聲音。而屬於動物與禽鳥的聲音則如因船移使湖面產生漣漪，又漣漪的波動使得禽鳥因驚慌飛起而拍打翅膀或是啼叫的聲音，還有馬蹄聲、鵓鴣鳥（布穀鳥）、烏鴉、黃鸝鳥、黃鶯、燕子、杜鵑等，不但可看出不同鳥類有不同的啼叫聲，例如形容烏鴉的「噪」、形容黃鸝「歷歷」分明可數的鳥叫聲，還有幽禽一會兒高聲鳴叫，一會兒低聲碎語，像是在演奏音樂；又如「鳥聲弄巧千調」形容鳥兒發出各種美妙動聽的聲音、「雨餘風軟碎鳴禽」形容紛繁的鳥聲等；而即使是同一種鳥類也會有不同的鳥鳴聲，例如「初聞百囀新鶯。歷歷因風傳去，千門萬戶春聲。」與「流鶯喚友嬌聲怯」所形容的黃鶯鳥，前者是形容靈巧清脆流麗的鳴叫聲，後者則是多為詞人用來形容黃鶯的嬌羞軟嫩的鳴叫聲；又如「重簾雙燕語沉沉」與「燕語呢喃明似剪」所形容的燕子，前者是形容燕子啼叫聲深沉親切，後者則是形容燕子明快整齊的啼叫聲。

　　再者，從詞人描摹的鳥類，也透露出詞人表達的情境或是情懷意緒，例如蘇軾筆下酣甜的春睡，突然被簾外有著多變聲音的百舌鳥給驚醒；又如王灼詞中所形容的初春的黃鶯鳥，彷彿是捎來春天消息的使者，因為其清脆流麗的鳥鳴聲隨著風的陣陣吹送，使得千萬戶人家似乎盈滿了春天的氣息；再如李清照在作品中則以「一聲啼鴂」表達

出了詞人感傷幽怨的心情；而劉辰翁除了以「不如歸去」形容杜鵑的啼聲外，也反襯出南宋的覆亡使得詞人聽聞杜鵑鳥「不如歸去」的啼聲，卻無處可歸的悲苦心情。

　　上述詞例中除了有直接描摹聲音，或是以聲音來襯托意境外，還表現了「以物代聲」〔註13〕此種聽覺摹寫的方式，即作品中雖只寫出事物名稱，並未直接描摹聲音如何，但是卻彷彿可以從作品中真切感受到這個事物所發出的聲音。例如上述詞例中的雨、雷、絲竹、鵓鴣、馬蹄、啼鳩等；還有雖未寫出明確的事物名稱，但是仍可以感知聲音的詞句，例如馬子嚴詞作中「驀地刺桐枝上，有一聲春喚。」兩句，雖然不知樹枝上的禽鳥為何，但是生動傳神的表達了在春天中出現的某種鳥類，讓人有想像這種呼喚春天聲音的感受，因此筆者以為此兩句也可歸入「以物代聲」的聽覺摹寫方式。

3. 嗅覺摹寫

　　嗅覺摹寫是指鼻子所聞到的氣味。在兩宋詠春詞的嗅覺摹寫中，多是對於花草、泥土、爐香、篆香等的香味摹寫。茲舉數例如下：

　　（1）晏殊〈踏莎行〉（小徑紅稀）：「爐香靜逐遊絲轉。」（冊一，

〔註13〕黃麗貞在《實用修辭學》中歸納了四種聽覺摹寫的方式：直寫聲音、以物代聲、以聲音襯托意境、兼用其他辭格來摹聲。就「以物代聲」而言，黃麗貞舉了幾個例子說明，例如李煜〈望江南〉：「千里江山寒色暮，蘆花深處泊孤舟，笛在月明樓。」詞中以一個「笛」字就能讓讀者想像在靜夜裡，高樓上飄送出清幽的「笛聲」的情景。又如陶潛〈歸園田居〉：「狗吠深巷中，雞鳴桑樹顛。」中的「狗吠」、「雞鳴」，這種在一個發聲體的後面加上一個動詞，讓人自己去想像這種聲音，是最常見的一種摹聲的手法。此外，〔唐〕無名氏〈雜詩〉：「等是有家歸不得，杜鵑休向耳邊啼。」以及辛棄疾〈醜奴兒〉：「江晚正愁予，山深聞鷓鴣。」詞中的「杜鵑」和「鷓鴣」，是中國文學裡兩種具有特殊功能的鳥。當文辭裡出現了「杜鵑」這兩個字，它便自然有了聲音的示意，而且這聲音叫的是：「不如歸去」；而「鷓鴣」的叫聲是：「行不得也哥哥」，牠們的聲音，用以表示遊子「盼歸」的渴切心情。自古以來，牠們早已成為這樣「約定俗成」的「文學鳥」，只要我們讀到帶有這兩種鳥名的文句，它的含義，是不容置疑的了。以上資料參見黃麗貞著《實用修辭學》，同註6，頁144～145。

頁 88）

（2）蘇軾〈桃源憶故人・暮春〉（華胥夢斷人何處）：「幾點薔薇香雨。」（冊一，頁 268）

（3）秦觀〈畫堂春・春情〉（東風吹柳日初長）：「雨餘芳草斜陽」、「杏花零落燕泥香」、「香篆暗消鸞鳳」。（冊一，頁 411）

（4）康與之〈荷葉鋪水面・春遊〉（春光豔冶）：「千紅萬紫競香開。暖風拂鼻籟，驀地暗香透滿懷。」（冊二，頁 321）

（5）朱淑貞〈鷓鴣天〉（獨倚闌干晝日長）：「滿路桃花春水香。」（冊二，頁 408）

（6）范成大〈眼兒媚・萍鄉道中乍晴，臥輿中，困甚，小憩柳塘〉（酣酣日脚紫煙浮）：「醉人花氣。」（冊二，頁 622）

（7）趙長卿〈南歌子・早春〉（春色烘衣暖）：「宮梅破鼻香」、「酒帶歡情重，醺醺氣味長。」（冊二，頁 764）

（8）趙長卿〈玉樓春・春半〉（江村百六春強半）：「雨壓橘花香不散。」（冊二，頁 776）

（9）吳文英〈祝英臺近・除夜立春〉（剪紅情）：「玉纖曾擘黃柑，柔香繫幽素。」（冊三，頁 924）

（10）馮偉壽〈春風裊娜・春恨　黃鍾羽〉（被梁間雙燕，話盡春愁）：「蠶房香暖」、「隔院蘭馨趁風遠」。（冊四，頁 16）

上述詞例中，可見詞人多以「香」字來表示花草、泥土、爐篆的香味；也有以醉人的花香、以及「馨」字來描寫花的香氣；而在趙長卿〈南歌子・早春〉中則還有描寫飲酒後的醺醺樣態，從中彷彿可以嗅聞到濃濃的酒味。

4. 觸覺摹寫

觸覺摹寫是描寫肢體肌膚接觸到外在事物、氣溫等的感受。茲舉數例如下：

（1）黃庭堅〈訴衷情〉（小桃灼灼柳鬖鬖）：「雨晴風暖煙淡，天氣正醺酣。」（冊一，頁 359）

（2）秦觀〈畫堂春・春情〉（東風吹柳日初長）:「暮寒輕透薄羅裳。」（冊一，頁411）

（3）毛开〈滿江紅〉（潑火初收）:「已著單衣寒食後，夜來還是東風惡。」（冊二，頁360）

（4）曹冠〈宴桃源〉（廉纖小雨養花天）:「蕙蘭風暖正暄妍。」（冊二，頁536）

（5）趙師俠〈卜算子・立石道中〉（晴日斂春泥）:「陌上東風軟」、「料峭寒禁花柳開」。（冊三，頁106～107）

（6）吳琚〈柳梢青・元月立春〉（綵仗鞭春）:「拂面東風，雖然料峭，畢竟寒輕。」（冊三，頁214）

（7）吳潛〈如夢令〉（一餉園林綠就）:「輕暖與輕寒，又是牡丹花候。」（冊三，頁759）

（8）黃昇〈長相思・春晚〉（惜春歸）:「脫了羅衣著苧衣。」（冊三，頁1012）

　　從上述詞例中可以得知，詞人多是描摹對天氣寒暖的感知，因此以「寒」、「暖」兩字使用最多。其次，還有描摹對風吹拂肌膚的感受，例如以「暖」、「軟」、「料峭」等字來形容。此外，從詞句中對衣服質料的描述也可看出人對於天氣寒暖的感覺，例如「暮寒輕透薄羅裳。」、「已著單衣寒食後，夜來還是東風惡。」是直接以穿著透露出身體肌膚接觸天氣變化的感受；而「脫了羅衣著苧衣」則是以脫去較爲保暖的絲織衣裳而換上單薄涼快的麻織品，透露出季節漸趨溫暖的變化，也間接的表現出身體肌膚對於天氣冷暖的感知。

5. 心覺摹寫

　　描寫心靈對外在事物情況的感興，以表現心理狀態的摹寫，即稱爲心覺摹寫。而描繪心情感覺的形容詞，常以喜、怒、哀、樂、愁、悲等字直接描寫，此外也有以移覺〔註14〕手法，即以視覺、聽

〔註14〕 「移覺」是把屬於這一個感官的用詞，移用到另一個感官上。黃麗

覺、嗅覺、觸覺、味覺等感官之間的移轉作用來表現心情狀態者。
茲舉數例說明如下：

(1) 辛棄疾〈祝英臺近〉（綠楊堤）：「斷腸幾點愁紅」、「多應怨、夜來風雨。」（冊二，頁 942）

(2) 程垓〈上平西·惜春〉（愛春歸）：「愛春歸，憂春去。」（冊三，頁 3）

(3) 劉光祖〈踏莎行·春暮〉（掃徑花零）：「恨長無奈東風短。」（冊三，頁 80）

(4) 趙師俠〈滿江紅·丁巳和濟時幾宜送春〉（去去春光）：「留不住、情懷索莫。」、「歎流年、空有惜春心，憑春酌。」（冊三，頁 89）

(5) 趙師俠〈少年遊〉（冰霜凝凍臘殘時）：「喜入新春，稱心百事，如意想都宜。」（冊三，頁 104）

(6) 黃昇〈蝶戀花·春感〉（百計留春春不住）：「淺顰悃悵芳期誤。」（冊三，頁 1012）

(7) 仇遠〈減字木蘭花〉（一番春暮）：「惱人更下瀟瀟雨。」（冊四，頁 365）

(8) 胡浩然〈春霽·春晴〉（遲日融和）：「黯然望極」、「殢酒狂

貞在《實用修辭學》中舉例說明，例如馮延巳〈采桑子〉：「花前失卻遊春侶，獨自尋芳，滿目悲涼，縱有笙歌亦斷腸。」中以「涼」的觸覺用詞，移來與「悲」字合用以描寫心情。又如劉鶚《老殘遊記》裡寫王小玉的唱歌技巧，就是藉著移覺的幫助，寫得非常地動人：「聲音初不甚大，只覺入耳有說不出來的妙境：五臟六腑裡，像熨斗熨過，無一處不伏貼。三萬六千個毛孔，像吃了人參果，無一個毛孔不暢快。」其中以五臟六腑被熨過的「伏貼」，以及吃了人參果的「暢快」，都是借心情的感覺來寫耳朵（聽覺）的感受。這樣的巧移，使人對於那不易捕捉的聲音，得到相當具體的印象，才意會到王小玉動人的歌藝造詣。以及郭沫若〈由日本回來了〉：「梔子開著潔白的花，漾著濃重的、有甜味的香。」中用「味覺」的甜來寫「嗅覺」的香。此外，說人笑得很「甜」、表情「冷冰冰」、心裡覺得「酸、苦」之類，都是移覺手法的使用。以上資料參見黃麗貞著《實用修辭學》，同註 6，頁 154～156、160～161。

歡，恣歌沉醉。」（冊四，頁 478）

　　由上述詞例可知詞人摹寫心情的形容詞有愁、怨、愛、憂、恨、無奈、索莫（形容失意消沉）、歡、惜、喜、稱心、惆悵、黯然、狂歡、恣等，由這些用字可以知曉詞人於作品中所表達的情懷意緒。而在兩宋詠春詞中，描寫心情的形容詞則以「恨」、「愁」、「怨」、「無奈」、「惆悵」等字詞運用最多。以上詞例中愁、恨等語詞是屬於直接描繪心情的用字，至於使用移覺手法的心情描摹，例如：

（1）趙長卿〈踏莎行・春暮〉（柳暗披風）：「鶯花已過苦無多，
　　　看看又是春歸去。」（冊二，頁 764）

（2）趙長卿〈謁金門・暮春〉（風又雨）：「花不能言鶯解語，曉
　　　來啼更苦。」（冊二，頁 776）

（3）辛棄疾〈祝英臺近〉（綠楊堤）：「別情苦。」（冊二，頁 942）

（4）趙善扛〈喜遷鶯・春宴〉（韶華駘蕩）：「好春易苦風雨。」
　　　（冊二，頁 986）

（5）嚴仁〈蝶戀花・春情〉（院靜日長花氣暖）：「一寸芳心，更
　　　逐遊絲亂。」（冊三，頁 568）

　　在兩宋詠春詞中，以移覺手法表現的詞作並不多，從以上諸例可見詞人多以味覺的「苦」移轉至描寫心情的感受，而嚴仁〈蝶戀花・春情〉中則以視覺所見的「亂」來描摹紛亂的心緒。可見移覺的運用可以隨意變化，使得詞人能將敏銳細膩的感受更發揮得淋漓盡致，也營造出更靈活多樣的文辭語言。

6. 綜合摹寫

　　摹寫種類的綜合運用，不但因繪影繪聲，摹色摹狀，有香有味，能摸能觸而充實摹寫的內容，同時也因感官的交綜運用，可以使摹寫的效果呈現多采多姿與豐富的感覺性。〔註15〕在兩宋詠春詞中，詞人

〔註15〕參見吳正吉著《活用修辭》（高雄：復文圖書出版社，1986 年再版），
　　　　頁 23。此段文字在黃慶萱《修辭學》也說過類似的看法：「摹寫……
　　　　要像有聲影片，而不是默片。甚至是有香有味能觸能摸的影片。」

使用綜合摹寫的方式也不少，茲舉數例如下說明之：

(1) 王之道〈浣溪沙‧春日〉（水外山光淡欲無）：「水外山光淡
欲無。堤邊草色翠如鋪。綠楊風軟鳥相呼。」（冊二，頁 157）

此闋詞運用了視覺、觸覺、聽覺等三種摹寫：山水、青草的顏色、
翠綠的楊柳，皆是視覺摹寫；風吹拂在肌膚上的柔軟之感，屬於觸覺
摹寫；鳥兒的啼叫聲，則是聽覺摹寫。

(2) 趙善扛〈謁金門‧春情〉（新雨霽）：「新雨霽。開遍滿園桃
李。波暖池塘風細細，一雙花鴨戲。」（冊二，頁 985）

此闋詞運用了視覺、觸覺等兩種摹寫：雨過天晴、滿園桃李、一
雙花鴨皆屬於視覺摹寫；池塘水暖、微風細細吹拂，則屬於觸覺摹寫。

(3) 嚴仁〈蝶戀花‧春情〉（院靜日長花氣暖）：「院靜日長花氣
暖。一簇嬌紅，得見春深淺。風送生香來近遠。笑聲只在鞦
韆畔。　　目力未窮腸已斷。一寸芳心，更逐遊絲亂。」（冊
三，頁 568）

此闋詞運用了視覺、聽覺、嗅覺、觸覺、心覺等五種摹寫：庭院、
日長、嬌紅（借指花朵）、鞦韆、飄飛的遊絲等皆屬視覺上的摹寫；
安靜的庭院、鞦韆畔傳來的笑聲屬於聽覺摹寫；花的香氣屬於嗅覺摹
寫；對於天氣以及風吹的感受屬於觸覺摹寫；末尾的「腸已斷」、「一
寸芳心，更逐遊絲亂。」則屬於心覺摹寫。

（二）自然物候的摹寫

在此類自然物候的摹寫中，將分別對天候類、植物類、動物類三
方面的摹寫加以舉例探討，此中以植物類的摹寫最常為詞人所使用，
動物類的摹寫則次之。在自然物候的摹寫這一分類下，除了能更細微
的貼近春天的面貌，知曉春天變化多端的天氣、春天中生長的動植物
外，也能稍稍補足在感官摹寫中未能盡舉的詞作，使詠春詞呈現更完
整的面向。

見氏著《修辭學》，同註 3，頁 67。

1. 天候類

此種分類主要是對於春天天候變化的摹寫，例如：

（1）蘇軾〈哨徧‧春詞〉（睡起畫堂）：「初雨歇，洗出碧羅天，
　　　正溶溶養花天氣。」（冊一，頁265～266）

（2）郭應祥〈菩薩蠻‧立春日〉（雪銷未久寒猶力）：「雪銷未久
　　　寒猶力。霜華特地催晴色。」（冊三，頁226）

（3）汪晫〈如夢令‧次韻吳郎子信殘春〉（幾點弄晴微雨）：「幾
　　　點弄晴微雨。翳日薄雲來去。」（冊三，頁296）

（4）劉克莊〈憶秦娥‧暮春〉（遊人絕）：「養蠶天氣，采茶時節。」、
　　　「淡煙微雨，江南三月。」（冊三，頁674）

（5）趙以夫〈二郎神‧次方時父送春〉（一江淥淨）：「晴雨。陡
　　　寒乍熱，清陰庭戶。」（冊三，頁699）

（6）無名氏〈金明池‧春遊〉（瓊苑金池）：「雲日淡、天低晝永，
　　　過三點、兩點細雨。」（冊四，頁645～646）

由上述詞例中對於天候的摹寫，表現出春天氣候的詭譎多變、陰
晴不定，也可看出立春、江南三月的天氣如何，以及輕雲微雨的氣候
適合植養花卉，而養蠶、採茶則是江南三月適合從事的農事等。

2. 植物類

在兩宋詠春詞中，描摹植物的詞作以楊柳最多，其次為海棠、桃
花、杏花、荼蘼，再次為芍藥、梅、竹筍、梨花等，茲舉數例說明如
下：

（1）王千秋〈點絳脣‧春日〉（何處春來）：「何處春來，試煩君
　　　向垂楊看。萬條輕線。已借鵝黃染。」（冊二，頁476）

詞中描述的是初春的楊柳枝條是嫩黃色的。同樣的形容在詠春
詞中還如：趙長卿〈點絳脣‧早春〉（春到垂楊）：「春到垂楊，嫩黃
染就金絲軟。」（冊二，頁768）、趙長卿〈點絳脣‧春半〉（輕暖輕
寒）：「柳搖金線。」（冊二，頁768）、趙師俠〈蝶戀花‧戊戌和鄧
南秀〉（柳眼窺春春漸吐）：「柳眼窺春春漸吐。又是東風，搖曳黃金

樹。」（冊三，頁 92）等，皆是形容初春時柳條的顏色、柳條像金絲一樣柔軟，或是形容初生的柳葉就像人睡眼初展般，偷偷窺伺這個蘊含生機的春天。

　　（2）劉辰翁〈歸國遙・暮春遣興〉（初雨歇）：「照水綠腰裙帶
　　　　熱。」（冊四，頁 172）

　　詞中以「照水綠腰」比喻細長的楊柳枝條，這是對於楊柳姿態的描摹。同樣的詞作還如：韓淲〈浣溪沙・滿院春〉（芍藥醄釀滿院春）：「門前楊柳媚晴曛。」（冊三，頁 256）、無名氏〈錦纏道〉（燕子呢喃）：「柳展宮眉，翠拂行人首。」（冊四，頁 645）等，詞中描摹的楊柳，無論是陽光照射下顯得嬌媚的姿態，或是將柳條比擬成舒展的眉毛，翠綠細垂的拂掠在行人身上，諸如此類都將柳條橫生的姿態描摹的生動逼真。

　　（3）李流謙〈謁金門・晚春〉（行不記）：「風約柳花吹又起。故
　　　　黏行客袂。」（冊二，頁 485）

　　詞中描寫的是暮春時節，翠綠的楊柳已變成飄飛的柳花飛絮，為凋零的殘春增添了傷感的情緒。此種描寫柳絮沾惹行人、詞人欲以柳條繫春的想像，例如朱淑真〈蝶戀花・送春〉（樓外垂楊千萬縷）中「樓外垂楊千萬縷。欲繫青春，少住春還去。」（冊二，頁 408），或是類似晏殊〈踏莎行〉（小徑紅稀）中「春風不解禁楊花，濛濛亂撲行人面。」（冊一，頁 88）的描寫，〔註16〕皆屢見於詠春作品中。又如晁補之〈訴衷情・同前送春〉〔註17〕（東城南陌路歧斜）：「驚雪絮，滿天涯。」（冊一，頁 495）、范成大〈謁金門・宜春道中野塘春水可喜，有懷舊隱〉（塘水碧）：「只欠柳絲千百尺。繫船春弄笛。」（冊二，頁 622）、程垓〈菩薩蠻・訪江東外家作〉（畫橋拍拍春江綠）：「安得

〔註16〕關於朱淑貞〈蝶戀花・送春〉以及晏殊〈踏莎行〉兩闋詞作的探討，請分別詳見本論文第三章第二節「抒發逢春的情志」與第一節「描寫春天的風華」。
〔註17〕詞牌中的「同前」指的是「東臯寓居」，為詞人晁補之晚年閒居所作的一系列詞作。

萬垂楊。繫教春日長。」（冊三，頁 17）、劉克莊〈憶秦娥‧暮春〉（遊人絕）：「陌頭楊柳吹成雪。」（冊三，頁 674）等詞作皆屬之。

（4）馬子嚴〈賀聖朝‧春遊〉（遊人拾翠不知遠）：「海棠紅淺。」
（冊三，頁 84）

此闋詞中摹寫的是海棠的顏色，又如趙長卿〈菩薩蠻‧春深〉（赤欄干外桃花雨）：「海棠紅未破。勻糝胭脂顆。」（冊二，頁 772）、無名氏〈錦纏道〉（燕子呢喃）：「海棠經雨臙脂透。」（冊四，頁 645）同樣是描摹海棠的顏色；在張孝祥〈拾翠羽〉（春入園林）：「海棠芬馥。」（冊二，頁 700）中則是對海棠香味的摹寫。

（5）黃夫人〈鷓鴣天〉（先自春光似酒濃）：「山寺緋桃散落紅。」
（冊四，頁 745）

這闋詞是對桃花顏色所做的描寫，這是詠春詞中常見的從顏色來描寫桃花的方法，又如張孝祥〈拾翠羽〉（春入園林）：「夭桃弄色。」（冊二，頁 700）、無名氏〈西江月慢〉（煙籠細柳）：「見乍開、桃若燕脂染，便須信、江南春早。」（冊四，頁 724）等，除了形容桃花的顏色，也點出了桃花生長的季節。

（6）蔡伸〈柳梢青〉（數聲鶗鴂）：「海棠鋪綉，梨花飄雪。」、
「丁香露泣殘枝。」（冊二，頁 15～16）

詞中以比喻及擬人的方式描寫了三種植物：海棠、梨花、丁香在暮春時候的樣態。

（7）辛棄疾〈滿江紅〉（點火櫻桃）：「點火櫻桃，照一架、荼蘼如雪。春正好，見龍孫穿破，紫苔蒼壁。」（冊二，頁 956）

在這闋詞中，詞人是從植物的色彩以及樣態來描寫四種植物：有紅似火焰的成熟櫻桃，與火紅櫻桃映照的是白色的荼蘼花盛開如雪，還有那已抽長的龍孫（竹筍的別名）穿破了遍布紫苔的崖壁。從詞人對色彩的捕捉，使畫面構成強烈的色彩視覺，可見詞人細膩深刻的觀察與用詞設色的匠心。

綜上所述，可見詞人多從植物的顏色以及樣態來描摹植物，或是

運用比喻、擬人的手法，以想像春天中植物生長的情狀；又詞中多種
植物的出現，也可由其生長季節而知曉詞中所描述的春天是初春、盛
春，或是暮春時節。在兩宋詠春詞中所出現的植物，還有李花、牡丹、
荷、青麥、桑、菖蒲、薺菜花、萱草（金針）、菜花、蘭、萍、蓮、
薜荔、刺桐花、牛蒡、鹿黎、芭蕉、鶯花、麻等，其中有幾種在詠春
詞作中只出現一次的植物，儘管如此，仍然可見春天中的植物豐富多
樣的妝點著大自然，使大地充滿了蓬勃生機。

3. 動物類

兩宋詠春詞中，描摹動物的詞作以杜鵑（又稱杜宇、子規、鵜鴂
或是啼鴂）最多，〔註18〕其次為燕、鶯，再次為蝶、蜂以及其他多種
動物。茲舉數例如下：

（1）歐陽修〈漁家傲〉（二月春耕昌杏密）：「畫棟歸來巢未失。
　　　雙雙款語憐飛乙〔註19〕。」（冊一，頁117）

〔註18〕關於杜鵑的探討將於本章第一節第四部份「典故」的運用中加以探
　　　討，故不另在此類摹寫中舉例說明。

〔註19〕檢閱李栖著《歐陽脩詞研究及其校注》、歐陽修撰《六一詞》，以及
　　　黃畬箋注《歐陽修詞箋注》，皆作「飛乙」無誤。參見李栖著《歐陽
　　　脩詞研究及其校注》（臺北：文史哲出版社，1982年3月初版），頁
　　　210～211。歐陽修撰《六一詞》（臺北：華正書局，1987年9月初版），
　　　頁24～25。黃畬箋注《歐陽修詞箋注》（臺北：文史哲出版社，1988
　　　年10月臺一版），頁86。其中《歐陽脩詞研究及其校注》云：「乙，
　　　乙鳥，燕鳥也。」見氏著，頁211；《歐陽修詞箋注》云：「飛乙，飛
　　　燕。」見氏著，頁86。此外，段玉裁注《說文解字注》在「乞部」
　　　中則有如下說明：「乙，燕燕，乞也。齊魯謂之乞，取其鳴自謼象形也。」
　　　在「鳦」字下則解釋為：「乙或从鳥。」參見段玉裁注《說文解字注》
　　　（臺北：藝文印書館，1979年6月五版），第十二篇上「乞」部，頁
　　　590。在梅膺祚撰《字彙》中對於「乙」的說明為：「玄鳥也。……燕
　　　乙之乙，甲乙之乙，字異音異。隸文既通作乙，而燕乙字亦與甲乙字
　　　同音，故甲乙之乙亦云燕鳥。」參見〔明〕梅膺祚撰《字彙》（上海：
　　　上海辭書出版社，1991年6月第一版），子集，乙部，頁27。夏征
　　　農主編之《辭海》中則云：「乙，本作『乞』，同『鳦』，紫燕。」參
　　　見夏征農主編《辭海》（臺灣版）（臺北：臺灣東華書局，1992年10
　　　月初版），上冊，頁153。

　　詞人以「飛乙」稱飛燕，是兩宋詠春詞中獨特的稱呼方式。在詠春詞中，詞人們所描摹的燕子往往是軟語呢喃、成雙出現、以泥來築巢，或是初生的燕子、羞怯的樣態，也有從體態輕盈、品種的不同等方面加以描寫，例如：趙師俠〈行香子〉（春日遲遲）：「見燕喃喃。」（冊三，頁 106）、曹冠〈喜朝天（即〈踏莎行〉）（翠老紅稀）：「芹泥帶涇燕雙飛。」（冊二，頁 532）、趙必璟〈風流子・別贛上故人用美成韻〉（春光纔一半）：「春燕壘香泥。」（冊四，頁 335）、蘇軾〈哨徧・春詞〉（睡起畫堂）：「見乳燕捎蝶過繁枝。」（冊一，頁 265～266）、趙長卿〈玉樓春・春半〉（江村百六春強半）：「小立危欄羞燕燕。」（冊二，頁 776）、王炎〈南鄉子・甲戌正月〉（雲淡日曨明）：「掠水迎風燕羽輕。」（冊二，頁 844）、吳禮之〈蝶戀花・春思〉（滿地落紅初過雨）：「綠樹成陰，紫燕風前舞。」（冊三，頁 288）等，從中皆可看出詞人的觀察細膩，將燕子活動的情態與樣貌描摹得活靈活現。

（2）張先〈滿江紅・初春〉（飄盡寒梅）：「晴鴿試鈴風力軟，雛鶯弄舌春寒薄。」（冊一，頁 76）

　　詞中以擬人法的方式描寫鴿子與黃鶯的啼叫聲。鴿子在兩宋詠春詞僅出現於此；而對於黃鶯的摹寫，兩宋詞人多是以其聲音與顏色切入描寫，例如：洪适〈生查子・盤洲曲〉（二月到盤洲）：「恰恰早鶯啼，一羽黃金落。」（冊二，頁 382）、蔣捷〈秋夜雨・蔣正夫令作春夏冬各一闋，次前韻〉（金衣露溼鶯喉噎）：「金衣露溼鶯喉噎。」（冊四，頁 402）等，兩闋詞中皆分別以「一羽黃金落」以及金衣來形容黃鶯的羽毛顏色，同時也描述了黃鶯鳥的啼叫聲。

（3）洪适〈生查子・盤洲曲〉（正月到盤洲）：「便有浴鷗飛，時見潛鱗起。」（冊二，頁 381～382）

（4）程垓〈菩薩蠻〉（平蕪冉冉連雲綠）：「小鴨睡晴沙。翠烘三兩花。」（冊三，頁 18）

（5）張桂〈浣溪沙〉（雨壓楊花路半乾）：「蜂遺花粉在闌干。」

（冊四，頁 24～25）

（6）周密〈東風第一枝・早春賦〉（草夢初回）：「雛鴛迎曉偎香，
小蝶舞晴弄影。」（冊四，頁 230～231）

從第三例至第六例，詞中所描寫的動物有鷗鳥、潛鱗（冬日深藏
之魚類）、小鴨、翡翠鳥（「翠烘三兩花」中的「翠」）、蜜蜂、鴛、蝴
蝶等。在兩宋詠春詞中所出現的動物，還有烏鴉、百舌鳥、黃鸝、鷓
鴣、鸚鵡、喜鵲、黃犢、雁、鴻、鸂鶒（一種水鳥，亦稱紫鴛鴦）、
提壺鳥、鶴、鳩、桐花鳳（鳥名，又稱么鳳）、赬鱗（赤色的魚）等，
詞人同樣以比喻或擬人等方法來描摹這些生物的特色以及活動情
狀，使得萬物的湧動與活躍更增添了春天的活潑氣息，也具體傳達了
天地間生命律動的訊息。

二、擬　人

「擬人」的修辭方法是指把事物當作有情感、有思想的人類來描
寫，將事物擬化為人，投射了人的感情與特性於事物之中，使事物具
有人的形貌、個性、感情、思想等「屬性」，亦即事物「人性化」的
方式。因此，擬人手法的運用，不僅是動植物而已，擴而充之，萬物
皆有情。就擬人的題材對象而言，擬人可分為三類：有生物的擬人、
無生物的擬人，以及抽象物的擬人。〔註20〕在兩宋詠春詞中，擬人的
手法於作品中屢見，包括有生命的動植物的擬人、無生命的自然現象
的擬人，〔註21〕以及將抽象的春天擬人化。本節則主要在探討將春天

〔註20〕相關資料參見沈謙編著《修辭學》（臺北：國立空中大學，1995 年 1
月修訂版），頁 276～309；黃麗貞著《實用修辭學》，同註 6，頁 117
～125。此中黃麗貞的擬人分類與沈謙相同，僅名稱稍異，其分類為：
有生命事物擬人、無生命事物擬人、抽象事物擬人。見氏著《實用
修辭學》，同註 6，頁 120～123。

〔註21〕例如張先〈滿江紅・初春〉（飄盡寒梅）：「舞煙新柳青猶弱。」（冊
一，頁 76）、周邦彥〈第二〉（朝雲漠漠散青絲）：「柳泣花啼。」（冊
一，頁 539）、辛棄疾〈祝英臺近〉（綠楊堤）：「百舌聲中，喚起海棠
睡。」、「畫樑燕子雙雙，能言能語，不解說、相思一句。」（冊二，
頁 942）、嚴仁〈賀新郎・清浪軒送春〉（碧浪搖春渚）：「花不能言應

擬人化的運用方式，因此將這些詞作概分爲三項，分別是將春天比擬成人的表情與容貌樣態、比擬成人的思想與情感意緒，以及比擬成人與他人之間的互動。茲分別舉例說明如下：

（一）將春天比擬成人的表情與容貌樣態

此類大多是將春天比擬成人類的年華流逝，臉部笑的表情，以及女子嬌媚的神態，例如：

1. 蘇軾〈望江南・暮春〉（春已老）：「春已老。」（冊一，頁 249）
2. 姜特立〈臨江仙〉（桃李飛花春漸老）：「桃李飛花春漸老。」（冊二，頁 605）

上述詞例是將春天比擬成跟人類一樣，也會有青春年華的流逝。同樣的詞作還如蘇軾〈望江南・暮春〉（春未老）：「春未老。」（冊一，頁 250）、趙必璟〈風流子・別贛上故人用美成韻〉（春光纔一半）：「春未老、誰肯放春歸？」（冊四，頁 335）等，皆是以「老」來形容春光不再。

3. 范成大〈鷓鴣天〉（嫩綠重重看得成）：「春婉娩。」（冊二，頁 618）
4. 程垓〈蝶戀花・自東江乘晴過蠶頤渚園小飲〉（晴帶溪光春自媚）：「晴帶溪光春自媚。」（冊三，頁 16）

上述詞例是比擬春天像女子一般也有嬌媚的神態。相同的詞作還如：楊炎正〈秦樓月〉（東風寂）：「垂楊舞困春無力。」（冊三，頁 128）、蔡幼學〈好事近・送春〉（日日惜春殘）：「明年不怕不逢春，嬌春怕無力。」（冊三，頁 168）、黎廷瑞〈朝中措・送春〉（游絲千萬暖風柔）：「縱然留住，香紅吹盡，春也堪羞。」（冊四，頁 343）等，除了形容春天嬌媚柔弱的神態外，也有羞怯的樣態。

5. 劉將孫〈八聲甘州・送春〉（又江南、三月更明朝）：「贏得春工笑，惱殺渠儂。」（冊四，頁 468）

有恨，恨十分、都被春風誤。」（冊三，頁 565）等。

這闋詞在上引兩句前面的詞意是春天即將逝去，詞人想要強留住春天，於是「狂追柳絮，臥占殘紅。」並且沉醉於酒杯之中，才不會聽到告知春天已經歸去的五更鐘聲，而這種挽留春天的做法，贏得了春神滿意的笑容，卻也因此使其他必須遵循自然界規律、隨春天一併歸去例如柳絮、落花、春風等物候的煩惱。

（二）將春天比擬成人的思想與情感意緒

人的思想與情感意緒指的是人有思考的行為能力，也有例如無情、恨等情感上的表達。例如：

1. 晁補之〈一叢花〉（東君密意在花心）：「東君密意在花心。」、「應約萬紅，商量細細，留向未開尋。」（冊一，頁 516）

2. 葉夢得〈八聲甘州‧正月二日作，是歲閏正月十四纔立春〉（又新正過了）：「笑春工多思，留連底事，猶未輕回。應為瑤刀裁翦，容易惜花開。」（冊一，頁 715～716）

3. 張元幹〈好事近〉（春色到花房）：「春色到花房，芳信一枝偏好。勾引萬紅千翠，為化工呈巧。」（冊二，頁 99）

4. 辛棄疾〈粉蝶兒‧和趙晉臣敷文賦落梅〉（昨日春如）：「昨日春如，十三女兒學繡。一枝枝、不教花瘦。甚無情，便下得，雨僝風僽。向園林、鋪作地衣紅縐。　　而今春似，輕薄蕩子難久。……。」（冊二，頁 917）

5. 趙善扛〈喜遷鶯‧春宴〉（韶華駘蕩）：「看化工盡力，安排春仗。」（冊二，頁 986）

6. 程垓〈上平西‧惜春〉（愛春歸）：「喚鶯吟，招蝶拍，迎柳舞，倩桃妝。盡喚起、萬籟笙簧。」、「笑他人世漫嬉遊，擁翠偎香。」（冊三，頁 3）

7. 杜旟〈驀山溪‧春〉（春風如客）：「春風如客，可是繁華主。」、「老來心事，唯只有春知。」（冊三，頁 216～217）

8. 徐玐〈謁金門〉（春欲半）：「金縷香消春不管。」（冊三，頁

225）

9. 劉將孫〈八聲甘州·送春〉（又江南、三月更明朝）：「春還是、多情多恨，便不教、綠滿洛陽宮。」（冊四，頁468）

　　從上述詞例中，由「密意」、「約」、「商量」、「思」、「勾引」、「無情」、「安排」、「喚」、「倩」、「不管」、「多情多恨」等字詞，便使春天具備了人的情意，可知詞人筆下的春天與人類一樣是有思考以及情緒性的。例如晁補之〈一叢花〉中將春天擬化為與人一樣，有縝密的心思思考事情，也會和花神與群花商討對策，如何讓未開的花相繼綻放。葉夢得詞中的「春工」即指春天，並將春擬化作人，有人的思想，知道如何修剪花朵，並好好愛惜百花。張元幹在詞作中表達的是春天會勾引花草來妝點大地。辛棄疾〈粉蝶兒〉一詞，則兼用擬人與譬喻、對比的方式，描述春天到來與春天離去之情景。詞人在上片將春天生動的比喻作十三歲的小女孩學刺繡，禮讚他神妙的春工，能以輕快靈巧的小手繡出一朵朵豐腴穠麗的嬌豔花朵，也意味著此時的春天就如十三歲女孩般青春洋溢，有滿懷的熱情投注在使大地充滿生機的心思上。如此比擬，春天的神韻已經烘然托出而活靈活現。春天雖是群花的培育者，卻也會帶來風雨摧折百花，因此從「甚無情」句開始，便是鋪寫春天的無情，伴著風狂雨驟，使得凋落的百花有如鋪上一層厚毛毯。下片開頭則比擬將匆匆離去的春天就像是輕佻薄情的蕩子般難以久留，只留下面對春天歸去的詞人訴說不盡的愁緒。

　　趙善扛則在詞作中描述春神如何去安排春天的景物。程垓在〈上平西·惜春〉中則是描述春神喚起各具特色的動植物，也喚起自然界的各種聲響，充滿生機的一起裝飾大地。其中「笑他人世漫嬉遊」兩句，則是比擬春神同人一樣，在世上漫遊嬉鬧，沉醉於花花草草之中。在杜旟的詞作中，「春風如客，可是繁華主。」兩句雖寫春風是繁華主，但是這裡的春風實指春神，暗示春神是春天掌管萬物的主宰；而詞人年華老去，滿懷的心事也只有春天知曉，因此「老來心事，唯只有春知。」兩句是將春天擬作是老朋友般，可

以分享詞人的心事。徐玑〈謁金門〉中形容暮春時春天即將歸去，因此便不再管理金縷梅等花草，而任其凋謝。劉將孫〈八聲甘州・送春〉中則是形容春天與人一樣，有喜怒哀樂等情緒上的表達。

此外，又如晏殊〈踏莎行〉（小徑紅稀）：「春風不解禁楊花，濛濛亂撲行人面。」（冊一，頁 88）、歐陽修〈玉樓春〉（殘春一夜狂風雨）：「人心花意待留春，春色無情容易去。」（冊一，頁 113）、賀鑄〈惜餘春・踏莎行七首〉（急雨收春）：「春歸不解招游子。」（冊一，頁 434）、趙鼎〈少年遊・山中送春〉（三月正當三十日）：「可奈青春，太無情甚，歸去苦忽忽。」（冊一，頁 884）、辛棄疾〈祝英臺近・晚春〉（寶釵分）：「是他春帶愁來，春歸何處。却不解、將愁歸去。」（冊二，頁 875）、程垓〈蝶戀花・春風一夕浩蕩，曉來柳色一新〉（寒意勒花春未足）：「只有東風，不管春拘束。」（冊三，頁 16）、吳禮之〈謁金門・春晚〉（風乍扇）：「飛盡落花春不管。」（冊三，頁 288）、陳著〈青玉案〉（青山流水迢迢去）：「送得春來春又暮。鶯如何訴。燕如何語。只有春知處。」（冊四，頁 43）、趙必瓈〈風流子・別贛上故人用美成韻〉（春光纔一半）：「多少愁風恨雨，惟有春知。」（冊四，頁 335）等詞作，皆是將春天擬作如同人類般，具有思想以及情感意緒。

（三）將春天比擬成人與他人之間的互動

這類作品則是將春天比擬成一個活生生的人的個體，而能與他人產生如送往迎來等互動，例如：

1. 張孝祥〈蝶戀花・懷于湖〉（恰則杏花紅一樹）：「春到家山須小住。」、「留春伴我春應許。」（冊二，頁 678）

2. 王炎〈南鄉子・甲戌正月〉（雲淡日曨明）：「試出訪尋春色看，相迎。」（冊二，頁 844）

3. 蔡幼學〈好事近・送春〉（日日惜春殘）：「擬把醉同春住。」（冊三，頁 168）

4. 陳人傑〈沁園春・留春〉（春為誰來）：「春為誰來，誰遣之歸，

挽之不還。……畢竟須歸，何妨小駐，容我一尊煙雨間。春無語，只遊絲舞蝶，懶上杯盤。……春卻笑人，年來何事，要得一歸如許難。君知否，百八盤世路，盡在長安。」（冊四，頁64）

5. 劉辰翁〈菩薩蠻・丁丑送春〉（殷勤欲送春歸去）：「春去自依依。欲歸無處歸。」、「天涯同是寓。握手留春住。」（冊四，頁169）

6. 劉辰翁〈沁園春・送春〉（春汝歸歟）：「我已無家，君歸何里，中路徘徊七寶鞭。」、「風回處，寄一聲珍重，兩地潸然。」（冊四，頁205）

7. 劉辰翁〈摸魚兒・甲午送春〉（又非他、今年晴少）：「春憐我。我又自、憐伊不見儂廝和。已無可奈。但愁滿清漳，君歸何處，無淚與君墮。」（冊四，頁216）

8. 仇遠〈減字木蘭花〉（一番春暮）：「莫留春住。問春歸去家何處。春與人期。春未歸時人未歸。」（冊四，頁365）

9. 李季蕚〈木蘭花・惜春〉（東風忽起黃昏雨）：「春光背我堂堂去。縱有黃金難買住。」（冊四，頁753）

上述詞例中，由「住」、「伴」、「相迎」、與春天飲酒、握手留春、與春天唱和等諸多字詞，皆可見春天與詞人之間有著如朋友般的互動關係。例如張孝祥在詞作中將春天擬作自己的朋友般，邀請他到山中的家小住，還想像春天應該會答應留下來陪伴詞人。王炎在詞作中則描述出外訪尋春色時，便與春天如朋友般欣喜相迎。蔡幼學在〈好事近・送春〉中，則希望能與春天喝上一杯，使春天喝醉以留住他不讓他歸去。陳人傑〈沁園春・留春〉中則是將羈旅思鄉之情融入作品中，藉著描寫留春、送春、與春天對話的方式，呈現自己壯志未酬、未能北伐中原的慨歎。詞人為了挽留春天，便邀請春天與之共飲，然而春天未發一語，只遣遊絲與蝴蝶飄飛在空中，自己卻懶得上杯盤與詞人分享；再者，末尾春天又取笑詞人想要返回

家鄉是件很困難的事嗎？面對不了解自己心情的春天，詞人只簡單
回答自己有很多煩惱都留在都城長安，實際上正是因爲未收復中
原，因此儘管思鄉卻不能返家。這闋詞中的春天與其他詞人筆下的
春天有所不同，大部分詞人作品中的春天，就像是善解人意的朋友
般，與詞人有著和善的關係，面對分別總是依依不捨，然而在陳人
傑〈沁園春・留春〉中所描摹的春天，便有著與其他作品之中的差
異。

在劉辰翁〈菩薩蠻・丁丑送春〉、〈沁園春・送春〉，以及〈摸魚
兒・甲午送春〉三闋詞中，詞人將南宋比喻成春天，並將筆下的春天
擬化成與詞人似是同是天涯淪落人的關係，可以惺惺相惜、分享、慰
問彼此的心情；由春天依依不捨離開大地、以及不知將歸向何方的心
情，正如同詞人也沒有國家可以歸屬的無奈與絕望；末了詞人還是得
與春天分別，而無法再與春天唱和，只能以難捨的清淚與春天互道珍
重，甚至因愁苦滿懷的傷悲而使得詞人欲哭無淚。仇遠在〈減字木蘭
花〉中所描述的春天則是會與人約定再見面的時日。李季夔〈木蘭花・
惜春〉中，「春光背我堂堂去」一句則是將春天比擬作情人般，竟然
背著我而離去。

此外，晁補之〈金鳳鉤・同前送春〉〔註22〕（春辭我向何處）：
「春辭我向何處。」、「春回常恨尋無路。試向我、小園徐步。一闌
紅藥，倚風含露。春自未曾歸去。」（冊一，頁 495）、程垓〈蝶戀
花・自東江乘晴過蠶頤渚園小飲〉（晴帶溪光春自媚）：「晴帶溪光春
自媚。繞翠縈青，來約東風醉。」（冊三，頁 16）、吳泳〈洞仙歌・
惜春和李元膺〉（翠柔香嫩）：「待持酒高堂、勸東皇，且愛惜芳菲，
留春借暖。」（冊三，頁 531）、劉辰翁〈減字木蘭花・庚辰送春〉（送
春待曉）全詞〔註23〕（冊四，頁 173）、劉辰翁〈山花子・春暮〉（東

〔註22〕詞牌中的「同前」指的是「東皋寓居」。同註17。
〔註23〕劉辰翁〈減字木蘭花・庚辰送春〉（送春待曉）全詞爲：「送春待曉。
春是五更先去了。我醉方知。春正憐伊怕別伊。　　留君不可。歸

風解手即天涯）：「東風解手即天涯。」（冊四，頁 173）、劉辰翁〈八聲甘州・送春韻〉（看飄飄、萬里去東流）：「春亦去人遠矣，是別情何薄，歸興何濃。」（冊四，頁 196）等，皆是將春天擬作他人般，而與詞人大多有著挽留、分別、飲酒等互動；此中尤以劉辰翁的送春詞居多，詞人將覆亡的南宋比擬作春天，並時時與春天對話，春天就像是詞人難以忘懷、有著諸多不捨與眷戀的朋友般，在面對分別時，有種心如刀割般的痛苦與難受。

　　綜上所述，詞人將春天擬人化的形貌是豐富多樣的，春天不但會老、有嬌媚的神態、有笑有淚、有情有恨，或像是十三歲清麗的小女孩般能巧繡春光；此外，春天也會思考、安排掌管事物，或是與人飲酒、對話、產生情感等。將抽象的春天擬人化，投射了人的情感與特性在內，使得原本觸摸不到、只能藉著外在自然物候的變化而感知的春天，彷彿有了具體的形象般栩栩如生、富於立體感，也使詞人筆下捕捉到的春天形貌彷彿就像個有生命的人類一樣真實可親。而詞人們善感的心靈，也藉著豐富的想像力與春天之間互動，訴說挽留春天、不捨春天歸去、期待春天再來相會的心情；或是藉著與春天的對話，抒發滿腔情感，使得作品情景相生，也表現出鮮明的物我交融的色彩。

三、設　問

　　設問是指講話行文，刻意設計疑問句式，以引人注意、啟發思考、凸出論點、加深印象的修辭方式。關於設問的修辭，學者有多種分類方式：沈謙《修辭學》中將設問分成兩類，分別是（一）提問：自問自答，先提出問題，引發對方好奇與注意，再自行作答。（二）激問：問而不答，以問句表達確定的意思，答案必在問題的

　　到海邊方憶我。做盡花歸。欲贈君時少一枝。」其中「春正憐伊怕別伊」一句，以及下片中詞人所指稱的「君」，皆指春天，並以南宋比喻春，而有不捨與悲苦之感懷。

反面。〔註24〕而黃麗貞《實用修辭學》中則依據問題的性質與回答的配合，將設問分成四類：（一）有問有答。（二）問而不答。（三）反問。（四）其他設問辭格。〔註25〕

　　此外，宋緒連、鍾振振主編之《宋詞藝術技巧辭典》是依據詹安泰《詹安泰詞學論集》將一般所稱的設問稱為「敲問式」，共分為四類：自問格、對問格、推問格、設問格。〔註26〕就以上分類的方式而言，沈謙與黃麗貞對設問的定義與分類為一般所熟知以及普遍使用，其中黃麗貞的分類又較為周全，因為文學作品中的設問，並非每種問題皆會有作者的回答。又若是以黃麗貞的「奇問」類與詹安泰等人之「敲問式」來分類，則兩宋詠春詞作中的問答形式，多屬奇問以及推

〔註24〕參見沈謙編著《修辭學》，同註20，頁258。
〔註25〕黃麗貞在「有問有答」的分類中又細分（1）一問一答。（2）多問一答。（3）連問連答。在「反問」的分類中細分（1）用否定形式，表示肯定意思。例如文天祥〈過零丁洋〉：「人生自古誰無死？留取丹心照汗青。」（2）用肯定形式，表示否定意思。例如梅堯臣〈田家語〉：「誰道田家樂？春稅秋未足。里胥扣我門，日夕苦煎促。」在「其他設問辭格」中細分（1）正問：指設問句的本身已經從正面把問題表述得很明白了，自然不用回答。（2）奇問：也是不要求回答的設問，事實是所提的問題十分奇特，是無法回答的，完全是一種修辭上的效果，使人覺得這樣的表達十分生動、別致、富於情趣。例如蘇軾〈水調歌頭〉：「明月幾時有？把酒問青天。不知天上宮闕，今夕是何年？」（3）誘問：就是在對話、特別是在辯論中，用問句來誘導對方的思路，歸向提問的人。這種問題，就問的人來說，是設問，但必須對方來回答的，此種方式在《孟子》書中特別多。以上資料參見黃麗貞著《實用修辭學》，同註6，頁173～185。
〔註26〕「敲問式」意謂「不下斷語，僅作疑問，而答案如何，使人於問題中自行探索者。」敲問式又可分為四項：（一）其有不及對方，僅係自問，或雖書名所問之人，而仍屬自問者，謂之「自問格」。（二）其有對方雖不指出，而其問題分明為對方而發，或對方已經明顯指出者，謂之「對問格」。（三）其有事象難知，或事象先見，而並非人事，故作探話者，謂之「推問格」。（四）其有發問者與被問者之主名，均明白指出，而均屬假設者，謂之「設問格」。詳參詹安泰撰，詹伯慧編《詹安泰詞學論集》，同註1，頁278～280；以及宋緒連、鍾振振主編《宋詞藝術技巧辭典》（長春：吉林文史出版社，1998年1月第一版），頁584～590。

問類。〔註27〕因此若回歸大眾所熟知的修辭分類方式，即將作品中的問答稱之爲「設問」，那麼本論文綜合沈謙與黃麗貞兩家所言，可將設問概括分成三大類，或許是較爲周全的方式：（一）有問有答，即提問。（二）問而不答。（三）反問。以下將分項舉例說明之，並在作品中將問句標示出來：

（一）有問有答

作者使用自問自答這種形式的用意，在於「提出」問題、「提醒」聽話的人注意它所提出問題中的話意，所以一般稱之爲「提問」。〔註28〕例如：

1. 歐陽修〈玉樓春〉（殘春一夜狂風雨）：「<u>借問春歸何處所</u>。暮雲空闊不知音，惟有綠楊芳草路。」（冊一，頁113）

2. 謝明遠〈菩薩蠻〉（春風春雨花經眼）：「<u>問春何處去</u>。春向天邊住。」（冊二，頁119）

3. 王之道〈桃源憶故人・追和東坡韻呈曾倅子修三首〉：「<u>逢人借問春歸處</u>。遙指蕪城煙樹。」（冊二，頁148）

4. 朱淑貞〈眼兒媚〉（遲遲春日弄輕柔）：「午窗睡起鶯聲巧，<u>何處喚春愁</u>。綠楊影裏，海棠亭畔，紅杏梢頭。」（冊二，頁408）

5. 管鑑〈臨江仙〉（三月更當三十日）：「<u>問春還有再來時</u>。臘前梅蕊破，相見未爲遲。」（冊二，頁569）

6. 姜特立〈浪淘沙〉（春事有來期）：「<u>問春何似去年時</u>。報道今

年春意好，隨分開眉。」（冊二，頁 603）

7. 辛棄疾〈定風波・暮春漫興〉（少日春懷似酒濃）：「<u>試問春歸</u><u>誰得見</u>。飛燕。來時相遇夕陽中。」（冊二，頁 873）

從以上詞例可見詞人皆是先在句首或句子前半部假設問題，引起讀者的疑惑與注意，而後寫出答案。在上述詞例中，詞人多是詢問春天歸向何處、春愁何在，或是有無遇見春天歸去？而答案則多以天空，以及動植物來呈現。例如朱淑貞〈眼兒媚〉以春愁籠罩在眼前所見的楊柳、海棠、紅杏等景物中；管鑑〈臨江仙〉則以來年臘月之前的梅花吐蕊表示春天來臨的訊息；而辛棄疾〈定風波・暮春漫興〉則想像黃昏中飛來的燕子恰巧與歸去的春天相遇，字裡行間多了份別致的意趣。

（二）問而不答

此種設問的形式是只出現問句，沒有回答，或者避免正面作答，而讓人有聯想體會的空間；也因爲問句下面沒有答案，所以此種設問的方式亦稱「懸問」或「癡問」。〔註 29〕在兩宋詠春詞中，以此種設問方式居多，茲舉數例如下：

1. 黃庭堅〈清平樂〉（春歸何處）：「<u>春無蹤迹誰知</u>。<u>除非問取黃</u><u>鸝</u>。百囀無人能解，因風飛過薔薇。」（冊一，頁 341）

2. 晁補之〈水龍吟・次韻林聖予惜春〉（問春何苦忽忽）：「<u>問春</u><u>何苦忽忽</u>，帶風伴雨如馳驟。」（冊一，頁 497～498）

3. 李彌遜〈臨江仙・次韻葉少蘊惜春〉（試問花枝餘幾許）：「<u>試</u><u>問花枝餘幾許</u>，捲簾細雨隨人。」（冊二，頁 47）

4. 辛棄疾〈滿江紅〉（點火櫻桃）：「<u>問春歸、不肯帶愁歸</u>，腸千結……<u>把古今遺恨，向他誰說</u>。」（冊二，頁 956）

5. 吳文英〈掃花遊・送春古江村〉（水園沁碧）：「<u>問閶門自古，</u><u>送春多少</u>。倦蝶慵飛，故撲簪花破帽。」（冊三，頁 907）

〔註29〕參見黃麗貞《實用修辭學》，同註 6，頁 178。

6. 劉辰翁〈蘭陵王・丙子送春〉（送春去）：「鞦韆外、芳草連天，誰遣風沙暗南浦。」、「春去。最誰苦。」、「春去。尚來否。」（冊四，頁187）

7. 劉辰翁〈摸魚兒・甲午送春〉（又非他、今年晴少）：「春去也，尚欲留春可可。」（冊四，頁216）

8. 仇遠〈減字木蘭花〉（一番春暮）：「問春歸去家何處。春與人期。春未歸時人未歸。」（冊四，頁365）

9. 蔣捷〈粉蝶兒・殘春〉（啼鳩聲中）：「問東君、仗誰詩送。燕憐晴，鶯愛暖，一窗芳哄。」（冊四，頁398）

　　在上述詞例中，詞人皆在提出問句後，並未在下文做出回應，或是避免正面作答，而是繼續描述其他景物，或是抒發其他感懷，讓作品留給讀者想像的空間。例如黃庭堅〈清平樂〉中，詞人以為黃鸝知道春天歸向何方，但是黃鸝鳥只是不間斷的啼叫，並且趁著風勢飛過薔薇花叢，還是沒能告知欲竭力留住春天的詞人，春天終究歸向何處。又如辛棄疾與劉辰翁的詞作，以隱微的筆法將壯志難酬、報國無門的憤恨向春天訴說；或是將春天比擬為故國的象徵，留春不住、希望春天再來的殷殷期盼，以及面對春天歸去而流露出眷戀不捨的情懷。再如吳文英在詞作中詢問閶門（此指蘇州城西門）送春天歸去已有多少次，然而只見幾隻蝴蝶在破帽子邊倦懶飛舞，而徒留得不到回答的詞人悵惘的心情。諸如此類問而不答的設問方式，作者寄寓的含意往往比較繁多、抽象而幽深，是一種更含蓄的表達手法；此種意味性的問話，讓人覺得隱然有弦外之音的尋思妙趣，〔註30〕從上述列舉的詞例中詞人所要表達的隱微心情便可見一斑。

（三）反　問

　　沈謙《修辭學》中認為「激問」是為激發本意而發問，而與「提問」不同的是，「激問」的答案是在問題的反面。〔註31〕現在修辭

〔註30〕參見黃麗貞著《實用修辭學》，同註6，頁178。
〔註31〕參見沈謙編著《修辭學》，同註20，頁268。

學者都一致稱「激問」為「反問」，並將「反問」從設問獨立出來。
〔註32〕而就反問的表達方式，是從本意（答案）的反面提出問題，
以增強語意和語勢。在兩宋詠春詞中，此種設問方式最少，茲舉例
如下以說明之：

1. 程垓〈錦堂春・留春〉（最是元來）：「醉裏仙人，惜春曾賦。
   却不解、留春且住。<u>問何人、留得住</u>。怕小山更有，碧蕪春句。」
   （冊三，頁303）

2. 趙必瑑〈風流子・別贛上故人用美成韻〉（春光纔一半）：「春
   光纔一半，<u>春未老、誰肯放春歸</u>。<u>問買春價數</u>，酒邊商略，尋
   春巷陌，鞭影參差。」（冊四，頁335）

3. 李季蕚〈木蘭花・惜春〉（東風忽起黃昏雨）：「<u>欲將春去問殘
   花</u>，花亦不言春已暮。」（冊四，頁753）

在上述詞例中，程垓〈錦堂春・留春〉寫道醉夢裡的仙人曾經創
作關於惜春的詩歌，但是卻不懂得將春天留住，如果說有誰能將春天
留住，詞人以「怕小山更有，碧蕪春句。」一句便透露出自己認為晏
幾道一些關於詠春、留春與惜春之詞或許就能挽留住春天了，句中雖
然以「怕」字用為反設之辭，然實為「倘」之意〔註33〕。趙必瑑〈風
流子・別贛上故人用美成韻〉一詞，開頭以「春光纔一半，春未老、
誰肯放春歸。」提出問題，詢問誰肯送走春天、讓春天歸去，下文並
未正面作出回應，然而從眾人在商討買春的價錢，或是在街頭巷陌尋
找春天的蹤跡，便都顯現出眾人對春天的依戀與不捨，不肯讓春天歸
去的心情。因此這闋詞是「用肯定形式表示否定意思」的反問方式。
在李季蕚〈木蘭花・惜春〉中，詞人向殘花詢問春天歸去與否，「花
亦不言春已暮」一句道出殘花並未回答春天是否歸去，但是從凋殘的
百花便已暗示春天到了尾聲，即將歸去。

〔註32〕參見黃麗貞著《實用修辭學》，同註6，頁180。

〔註33〕張相《詩詞曲語辭匯釋》卷五中「怕」一條解釋如下：「怕，用為反
　　　　設之辭，猶云如其也；倘也。」參見張相《詩詞曲語辭匯釋》（臺北：
　　　　洪葉文化事業，1993年4月初版一刷），下冊，頁582。

綜上所述，詞人於作品中借助設問的修辭方式，主要在於抒發強烈的感情，凸出思想論點；也因爲設問是用側面商量的方式來提供意見，不但能啓發讀者的思考，讓讀者去推尋、去揣摩領略作品所要表達的意思，也讓作品有了更寬廣的想像空間。而不同種類的設問方式的運用，更使得平順的語句富有波瀾起伏、跌宕多姿的變化。

四、典　故

劉勰《文心雕龍・事類》云：「事類者，蓋文章之外，據事以類義，援古以證今者也。」〔註34〕意謂在從事創作時，除了注意文辭、章法以外，還要引據各種事物，來比類義理，並且援用往古舊聞，來證驗當今實況。換言之，也就是在詩文中把歷史事實、傳說故事或典章制度鎔鑄提煉，以表示特定意的詞句；或是詩詞中每有委曲之意，不能直達，便引用故實，藉以影喻等的創作方式，即稱爲用典故。〔註35〕又「明理引乎成辭，徵義舉乎人事，酒聖賢之鴻謨，經籍之通矩也。」〔註36〕則說明了用典有「明理引乎成辭」，以及「徵義舉乎人事」兩種使用語典與事典的方式：要闡明事理，就必須引用眾所熟知的前賢的文辭；要徵驗事義，就必須舉出古人的事跡。

綜觀兩宋詞中，由於詞體體製的因素，詞意較詩來得深致委婉，也由於南宋政局的紛擾變動，因此詞人常於詞作中使事用典，此種創作方式不但能深化詞意、藉以表達詞人心中不便言說的思想感懷，也能以少數文字表達豐富的情思，使作品給人具體鮮明的印象。在兩宋詠春詞中，諸多歌詠春天，或是藉寫春天以寓托他事等作品，

〔註34〕〔梁〕劉勰著，王更生注譯《文心雕龍讀本》（臺北：文史哲出版社，1991 年 9 月初版四刷），下篇，頁 168。

〔註35〕參見余毅恆《詞筌》（增訂本）（臺北：正中書局，1966 年 11 月臺初版，2001 年 1 月增訂本第三次印行），頁 311；以及陳弘治《詞學今論》（臺北：文津出版社，1991 年 7 月增訂二版），頁 226。

〔註36〕〔梁〕劉勰著，王更生注譯《文心雕龍讀本》，同註 34，下篇，頁 169。

皆徵引了許多可說是前人智慧結晶的典故，運用其中的史事故實或是詩文作品來加強作品涵義上的表達，其中或是歌詠春天的美景與賞春的愉悅，或言相思別離之情，或是訴說身世家國之感等，皆可見詠春詞中豐富的用典情形。以下是在歸納整理兩宋詠春詞後，以同一典故有三闋詞作以上使用爲原則，並依使用次數的頻繁依序羅列，將詠春詞作分爲常見語典與事典兩方面加以論述之，以呈現兩宋詠春詞作中用典的情形。

（一）常見語典

1. 東君、東皇、青帝

　　黃奭《尚書緯》：「東方春，龍房位。其規仁，好生不賊，其帝青，表聖明，行趨憙也。」下有注云：「春好生故曰憙。」〔註37〕屈原《楚辭・九歌》中有〈東君〉與〈東皇太一〉兩篇目，分別爲祭祀日神與春神之歌曲。又姜亮夫《楚辭通故》釋〈東皇太一〉中也云：「『東皇太一』即天神，明矣。……春於方位屬東。……東皇太一者，……而東字則祀於東郊也。」〔註38〕上引文獻說明了青帝、東皇爲古人所祭天地之一，是東方之神，東方爲春，也即司春之神。而「東君」又稱「東皇」、「青帝」，爲太陽之神或司春之神，因此後來化用爲典，以東皇、東君、青帝來詠春頌春。〔註39〕在兩宋詠春詞中，高似孫〈鶯啼序〉是整闋歌詠春神的詞作，其詞序爲：「屈原九歌東皇太一，春之神也。其詞悽惋，含意無窮。略采其意，以度春曲。」（冊三，頁 282）。此外，以東君、東皇爲典故的詞作，又以「東君」入詞最多，其次爲「東皇」，而以「青帝」入詞的在詠春詞中僅有一闋。茲舉數例如下：

〔註37〕〔清〕黃奭輯，嚴一萍選輯《尚書緯》（出版地不詳：藝文印書館，1972 年影印本），頁 1。

〔註38〕參見姜亮夫著《楚辭通故》（昆明：雲南人民出版社，1999 年 12 月第一版），第三輯，〈東皇太一〉，頁 632～635。

〔註39〕參見黃成民、謝亞非等編《唐宋詞典故大辭典》（南寧：廣西人民出版社，1994 年 7 月第一版），頁 206、209。

（1）歐陽修〈又漁家傲〉（三月芳菲看欲暮）：「強欲留春春不住。
　　　東皇肯信韶容故。安得此身如柳絮。隨風去。穿簾透幕尋朱
　　　戶。」（冊一，頁119）

（2）毛滂〈虞美人〉（百花趕定東君去）：「百花趕定東君去。知
　　　與花何處。陽春但更買花栽。留住蜂兒蝶子、等君來。」（冊
　　　一，頁635）

（3）史浩〈喜遷鶯‧立春〉（譙門殘月）：「瑞日烘雲，和風解凍，
　　　青帝乍臨東闕。」（冊二，頁283）

（4）趙善括〈朝中措‧惜春〉（東君著意在枝頭）：「東君著意在
　　　枝頭。紅紫自風流。貪引游蜂舞蝶，幾多春事都休。」（冊
　　　二，頁992）

（5）汪莘〈小重山〉（居士情懷愛小春）：「東君輕笑又輕顰。如
　　　道我，春去卻傷心。」（冊三，頁204～205）

（6）李曾伯〈滿江紅‧立春招雪岩，再和以謝之〉（草草春盤）：
　　　「凍逐寒梢殘雪解，暖隨野燒輕煙入。舉人間、無物不光輝，
　　　東皇德。」（冊三，頁838～839）

2. 二十四番花信、二十四番風、二十四番風信、東風二十四番、花信風

　　程大昌《演繁露》記載：「三月花開時風，名花信風。初而泛
觀，則似謂此風來報花之消息耳。按《呂氏春秋》曰：『春之得風，
風不信則其花不成。』」[註40] 由此可知古人因風應花期有信而至，

［註40］〔宋〕程大昌撰《演繁露》（北京：中華書局，1991年北京第一版），
　　　　卷一〈花信風〉，頁10。檢閱《呂氏春秋‧貴信》所載文句後，發現
　　　　與《演繁露》稍有差異，然而兩者表達的內容是一樣的。《呂氏春秋‧
　　　　貴信》為：「天行不信，不能成歲；地行不信，草木不大。春之德風，
　　　　風不信，其華不盛，華不盛則果實不生。」參見陳奇猷校釋《呂氏
　　　　春秋校釋》（上海：學林出版社，1984年4月初版），下冊，卷十九
　　　　〈貴信〉，頁1302。此段文字意謂天時、地氣運行若未遵循規律，則
　　　　節氣失調、草木不能長大。那麼春天的徵象——風，便不能按時來
　　　　到，如此花就不能盛開，果實也就無法生長了。

泛稱三月花開時的風爲花信風；又稱從小寒到穀雨四個月的花期中共有二十四番花信風。焦竑《焦氏筆乘正續》則清楚說明並依序羅列二十四番花信爲：「……二十四番花信風，一月二氣六候，自小寒至穀雨四月，八氣二十四候，每候五日，以一花之風信應之。小寒：一候梅花，二候山茶，三候水仙；大寒：一候瑞香，二候蘭花，三候山礬；立春：一候迎春，二候櫻桃，三候望春；雨水：一候菜花，二候杏花，三候李花；驚蟄：一候桃花，二候棠棃，三候薔薇；春分：一候海棠，二候棃花，三候木蘭；清明：一候桐花，二候麥花，三候柳花；穀雨：一候牡丹，二候酴醾，三候棟花。棟花竟，則立夏。」〔註41〕宋詞中常用此典詠春風、春花，或是泛指春季。例如：

(1) 歐陽修〈蝶戀花〉（南雁依稀回側陣）：「臘後花期知漸近。東風已作寒梅信。」（冊一，頁107）

(2) 歐陽修〈玉樓春〉（東風本是開花信）：「東風本是開花信。及至花時風更緊。」（冊一，頁116）

(3) 周輝〈失調名・和人春詞〉（捲簾試約東君）：「捲簾試約東君，問花信風來第幾番。」（冊二，頁609）

(4) 張孝祥〈驀山溪〉（雄風豪雨）：「桃杏意酣酣，占前頭、一番花信。」（冊二，頁700）

(5) 辛棄疾〈踏莎行・春日有感〉（萱草齊階）：「過牆一陣海棠風，隔簾幾處梨花雪。」（冊二，頁979）

(6) 洪咨夔〈好事近・次曹提管春行〉（二十四番風）：「二十四番風，纔見一番花鳥。」（冊三，頁485）

(7) 方岳〈燭影搖紅・立春日柬高內翰〉（輦路融晴）：「梅邊香沁綵鞭寒，初信花風到。」（冊三，頁860）

(8) 王沂孫〈鎖窗寒・春寒〉（料峭東風）：「桐花漸老，已做一

番風信。」（冊四，頁 320）

（9）蔣捷〈解佩令・春〉（春晴也好）：「梅花風小。杏花風小。
海棠風、驀地寒峭。歲歲春光，被二十四風吹老。楝花風、
爾且慢到。」（冊四，頁 394）

3. 春日遲遲、遲日

《詩經・豳風・七月》：「春日遲遲，采蘩祁祁。」〔註 42〕其中
「遲遲」是舒緩之意，「春日遲遲」則是形容春天日長而溫暖。在後
代詩詞中，也有以「遲日」來指稱春日者。茲舉數例如下：

（1）朱敦儒〈訴衷情〉（青旗綵勝又迎春）：「惠風遲日，柳眼梅
心，任醉芳罇。」（冊一，頁 805）

（2）朱淑眞〈眼兒媚〉（遲遲春日弄輕柔）：「遲遲春日弄輕柔。」
（冊二，頁 408）

（3）趙長卿〈柳梢青・春詞〉（桃杏舒紅）：「遲遲暖日，媚景芳
濃。」（冊二，頁 778）

（4）程垓〈瑞鷓鴣・春日南園〉（門前楊柳綠成陰）：「遲日暖熏
芳草眼，好風輕撼落花心。」（冊三，頁 11）

（5）趙師俠〈水調歌頭・癸卯信豐送春〉（韶華能幾許）：「漸清
和，微扇暑，日遲遲。」（冊三，頁 87）

（6）趙師俠〈行香子〉（春日遲遲）：「春日遲遲。春景熙熙。」
（冊三，頁 106）

（7）陳亮〈水龍吟・春恨〉（鬧花深處層樓）：「遲日催花，淡雲
閣雨，輕寒輕暖。」（冊三，頁 120）

（8）章良能〈小重山〉（柳暗花明春事深）：「遲遲日，猶帶一分
陰。」（冊三，頁 136）

（9）胡浩然〈春霽・春晴〉（遲日融和）：「遲日融和，乍雨歇東

〔註42〕參見王雲五主編，馬持盈註譯《詩經今註今譯》（臺北：臺灣商務印
書館，1971 年 7 月初版，1985 年 11 月修訂二版），頁 234；高亨注
《詩經今注》（臺北：里仁書局，1981 年 10 月 15 日印行），頁 199。

郊，嫩草凝碧。」（冊四，頁478）

4. 南　浦

《楚辭・九歌・何伯》：「子交手兮東行，送美人兮南浦。」[註43]
其後江淹〈別賦〉也用此語而作：「春草碧色，春水淥波，送君南浦，
傷如之何！」[註44] 南浦原指南面的水邊，後常用以喻指送別的地方，
也用來表示分離送別，以及別離的悲涼心境。兩宋詠春詞使用此典的
詞例如：

(1) 歐陽修〈夜行船〉（滿眼東風飛絮）：「落花流水草連雲，看
看是、斷腸南浦。」[註45]（冊一，頁124）

(2) 辛棄疾〈祝英臺近・晚春〉（寶釵分）：「寶釵分，桃葉渡。
煙柳暗南浦。」（冊二，頁875）

(3) 劉鎮〈江神子・三月晦日西湖餞春〉（送春曾到百花洲）：「相
思南浦古津頭。」（冊三，頁494）

(4) 劉辰翁〈蘭陵王・丙子送春〉（送春去）：「鞦韆外、芳草連
天，誰遣風沙暗南浦。」（冊四，頁187）

(5) 王沂孫〈摸魚兒〉（洗芳林、夜來風雨）：「方纔送得春歸了，
那又送君南浦。」（冊四，頁320）

5. 葡萄漲、蒲桃漲、蒲萄新綠漲

〔唐〕李白〈襄陽歌〉：「遙看漢水鴨頭綠，恰似葡萄初醱醅。」
[註46] 以及蘇軾〈武昌西山并敍〉詩：「春江綠漲蒲萄醅，武昌官柳知

〔註43〕「交手」是指古人將別則相執手，以見不忍相遠之意。〈河伯〉全文
　　　參見朱熹撰《楚辭集注》（臺北：藝文印書館，1983年6月四版），
　　　卷二，頁83～85；洪興祖撰《楚辭補註》（臺北：藝文印書館，1986
　　　年12月七版），卷二，頁132～135。

〔註44〕參見〔清〕陳元龍輯《歷代賦彙》（北京：北京圖書館出版社，1999
　　　年11月第一版），第十冊，頁406～409。

〔註45〕唐圭璋《全宋詞》在「落花流水草連雲」下注云：「一作『草連天』。」
　　　參見唐圭璋《全宋詞》，同註2，冊一，頁145。

〔註46〕「恰似葡萄初醱醅」中，「醱」一作「撥」。參見清聖祖御定《全唐詩》
　　　（北京：中華書局，1960年4月第一版），第五冊，卷166，頁1715。

誰栽。」〔註47〕，其中「葡」同「蒲」。李白、蘇軾先後將漢江春水漲綠比喻爲釀造而未過濾的葡萄酒的顏色，後以此用爲描寫春水綠漲的典故。例如：

(1) 蘇軾〈南鄉子·春情〉（晚景落瓊杯）：「認得岷峨春雪浪，初來。萬頃蒲萄漲淥醅。」（冊一，頁 243）

(2) 謝逸〈菩薩蠻〉（暄風遲日春光鬧）：「暄風遲日春光鬧，蒲萄水綠搖輕棹。」（冊一，頁 579）

(3) 王質〈江城子·宴守倅〉（柳梢無雪受風吹）：「直下蒲萄，春水未平堤。」（冊二，頁 724）

(4) 嚴仁〈賀新郎·清浪軒送春〉（碧浪搖春渚）：「碧浪搖春渚。浸虛簷、蒲萄晃漾，翠綃掀舞。」（冊三，頁 565）

6. 小雨如酥、小雨酥潤、潤如酥

〔唐〕韓愈〈春早呈水部張十八員外二首〉之一：「天街小雨潤如酥，草色遙看近卻無。最是一年春好處，絕勝烟柳滿皇都。」〔註48〕詩中描繪的是早春的景色，其中「天街小雨潤如酥」一句，形容初春落在京城街道上的濛濛細雨，有如酥油般柔膩光滑地滋潤著大地。後常用此典以形容初春細雨中草色如茵的情景，或是形容春天小雨滋潤、草木復甦的情景。例如：

(1) 蘇軾〈減字木蘭花〉（鶯初解語）：「鶯初解語。最是一年春好處。微雨如酥。草色遙看近卻無。」（冊一，頁 283）

(2) 田爲〈探春〉（小雨分山）：「烟徑潤如酥，正濃淡遙看堤草。望中新景無窮，最是一年春好。」（冊一，頁 754）

(3) 史達祖〈東風第一枝·壬戌閏臘望，雨中立癸亥春，與高賓王各賦〉（草腳愁蘇）：「乍忍俊、天街酥雨。」〔註49〕（冊

〔註47〕參見蘇軾著，傅成、穆儔標點《蘇軾全集》（上海：上海古籍出版社，2000 年 5 月第一版），詩集卷二十七，頁 337。

〔註48〕參見清聖祖御定《全唐詩》，同註46，第十冊，卷 344，頁 3864。

〔註49〕「忍俊」：熱衷於。在唐圭璋《全宋詞》中：「乍」別作「怎」；「俊」別作「潤」，又作「後」。參見唐圭璋《全宋詞》，同註2，冊四，頁

三，頁 339）

（4）高觀國〈東風第一枝‧壬戌立春日訪梅溪，雨中同賦〉（燒
色回青）：「燒色回青，冰痕綻白，嬌雲先釀酥雨。」（冊三，
頁 375～376）

7. 王孫、王孫芳草、草憶王孫、王孫何在

《楚辭》中所收錄的淮南小山〈招隱士〉：「王孫遊兮不歸，春
草生兮萋萋。」〔註50〕句中的「王孫」指王侯、世家子弟，〔註51〕
「王孫遊兮不歸」兩句則是盼望在這春草繁茂的春天出遊的王孫，
能早日歸來。後用此典泛指富貴人家的子弟，或用以代指所愛戀的
男子；也可用作懷人之典，以及表示思慕遠遊未歸之親朋或情人。
例如：

（1）李重元〈憶王孫‧春詞〉（萋萋芳草憶王孫）：「萋萋芳草憶
王孫。柳外樓高空斷魂。」（冊二，頁 32）

（2）朱淑眞〈鷓鴣天〉（獨倚闌干晝日長）：「萋萋芳草傍池塘。」
（冊二，頁 408）

（3）無名氏〈金明池‧春遊〉（瓊苑金池）：「好花枝、半出牆頭，
似悵望、芳草王孫何處。」（冊四，頁 645～646）

8. 金縷衣

〔唐〕杜牧〈杜秋娘詩并序〉：「秋持玉斝醉，與唱金縷衣。」
下有注云：「『勸君莫惜金縷衣，勸君惜取少年時。花開堪折直須折，
莫待無花空折枝。』李錡長唱此辭。」〔註52〕「金縷衣」為曲調名，

2327。
〔註50〕參見朱熹撰《楚辭集注》，同註43，卷八，頁 311～315；洪興祖撰《楚
辭補註》，同註43，卷十二，頁 381～385。「王孫遊兮不歸」一句，《楚
辭集注》注云：「遊一作游。」《楚辭補註》注云：「隱士避世在山隅也。
遊一作游。」參見《楚辭集注》、《楚辭補註》，頁分別為 312、383。
〔註51〕《楚辭集注》注云：「原與楚同姓，故云王孫。」《楚辭補註》也有
相同的解釋：「五臣云：『原與楚同姓，故云王孫。』」參見《楚辭集
注》、《楚辭補註》，同註43，頁分別為 312、383。
〔註52〕參見清聖祖御定《全唐詩》，同註46，第十六冊，卷 520，頁 5938。

其詞首句「勸君莫惜金縷衣」在中唐時期流傳頗廣。軍閥李錡及其妾杜秋娘，皆十分喜愛此曲調，亦常演唱。詞中是勸誡人們要愛惜青春年少的美好時光並及時行樂，後世遂用爲典實。例如：

（1）晏殊〈酒泉子〉（春色初來）：「勸君莫惜縷金衣。把酒看花須強飲，明朝後日漸離披。惜芳時。」〔註53〕（冊一，頁84）

（2）歐陽修〈減字木蘭花〉（留春不住）：「風和月好。辦得黃金須買笑。愛惜芳時。莫待無花空折枝。」（冊一，頁106）

（3）無名氏〈金明池‧春遊〉（瓊苑金池）：「佳人唱、金衣莫惜，才子倒、玉山休訴。」（冊四，頁645～646）

9. 拾　翠

曹植〈洛神賦〉：「爾迺眾靈雜遝，命儔嘯侶，或戲清流，或翔神渚，或采明珠，或拾翠羽。」〔註54〕其中「拾翠羽」原指洛水女神拾取翠鳥的羽毛當作首飾，故女子常去水邊撿拾翠鳥羽毛以爲頭飾或裝飾用，其後發展爲春遊時採拾花草的活動，因此沿至後代多指婦女春遊情景。例如：

（1）馬子嚴〈賀聖朝‧春遊〉（遊人拾翠不知遠）：「遊人拾翠不知遠。被子規呼轉。紅樓倒影背斜陽，墜幾聲絃管。」（冊三，頁84）

（2）易祓〈驀山溪‧春情〉（海棠枝上）：「東郊拾翠，襟袖靄飛絮。」（冊三，頁283）

（3）吳文英〈如夢令〉（鞦韆爭鬧粉牆）：「春光。春光。正是拾

〈杜秋娘詩并序〉其序云：「杜秋，金陵女也，年十五爲李錡妾。後錡叛滅，籍之入宮，有寵於景陵。穆宗即位，命秋爲皇子傅姆。皇子壯，封漳王。鄭注用事，誣丞相欲去己者，指王爲根，王被罪廢削，秋因賜歸故鄉。予過金陵，感其窮且老，爲之賦詩。」

〔註53〕朱德才主編《增訂注釋全宋詞》注云：「縷金衣」即「金縷衣」，綴以金線的衣裳。

〔註54〕參見〔清〕陳元龍輯《歷代賦彙》，同註44，第十冊，頁712～716。

翠尋芳。」（冊三，頁 920）

10. 前村梅、前村

〔唐〕釋齊己〈早梅〉詩：「萬木凍欲折，孤根暖獨迴。前村深雪裏，昨夜一枝開。」〔註55〕詩中確切描繪出早梅不畏風霜的特點，以及在皚皚白雪中綻放之景色，後因此借用爲歌詠早梅的典故。例如：

（1）蘇軾〈浪淘沙〉（昨日出東城）：「綺陌斂香塵。雪霽前村。東君用意不辭辛。料想春光先到處，吹綻梅英。」（冊一，頁 288）

（2）毛滂〈武陵春・正月七日，武都雪霽立春〉（春在前村梅雪裏）：「春在前村梅雪裏，一夜到千門。玉佩瓊琚下冷雲。銀界見東君。」（冊一，頁 629）

（3）辛棄疾〈好事近・席上和王道夫賦元夕立春〉〔註56〕（綵勝鬭華燈）：「惟有前村梅在，倩一枝隨著。」（冊二，頁 901）

11. 一日三眠、三眠細柳

張澍《三輔舊事》：「漢苑中有柳狀如人形，號曰人柳，一日三眠三起。」〔註57〕漢代宮苑中有人柳，人們形容它一日三眠三起。後世常用以描寫楊柳的樣態，以及詠柳的典故。例如：

（1）毛滂〈生查子・春日〉（日照小窗紗）：「煙暖柳醒鬆，雪盡梅清瘦。」（冊一，頁 631）

（2）程垓〈望秦川・早春感懷〉（柳弱眠初醒）：「柳弱眠初醒，梅殘舞尚癡。」（冊三，頁 13）

（3）周密〈東風第一枝・早春賦〉（草夢初回）：「草夢初回，柳

〔註55〕參見清聖祖御定《全唐詩》，同註46，第二十四冊，卷843，頁9528。
〔註56〕唐圭璋《全宋詞》作〈元夕立春〉。見氏著《全宋詞》，同註2，冊三，頁1905。
〔註57〕〔清〕張澍編輯《三輔舊事》（出版地不詳：藝文出版社，1967年影印本），頁13。

眠未起，新陰纔試花訊。」（冊四，頁230～231）

（二）常見事典

1. 子規、杜宇、杜鵑啼

揚雄〈蜀王本紀〉記載：「蜀王之先名蠶叢，後代名曰柏濩，後者名魚鳧。此三代各數百歲，皆神化不死，其民亦頗隨王化去。……後有一男子，名曰杜宇，從天墮止。朱提有一女子名利，從江原井中出，為杜宇妻。乃自立為蜀王，號曰望帝，治汶山下邑曰郫，化民往往復出。望帝積百餘歲，荊有一人名鱉靈，其屍亡去，荊人求之不得，鱉靈屍隨江水上至郫，遂活，與望帝相見。望帝以鱉靈為相，時玉山出水，若堯之洪水，望帝不能治。使鱉靈決玉山，民得安處。鱉靈治水去後，望帝與其妻通，慚愧。自以德薄不如鱉靈，乃委國授之而去，如堯之禪舜，鱉靈即位，號曰開明帝。……望帝去時子鴂鳴。故蜀人悲子鴂鳴而思望帝。望帝、杜宇也，後天墮。」〔註58〕杜宇傳說是古蜀帝名，後化為杜鵑即「子規」。因之杜宇即子規鳥的代稱，一名杜鵑，又名鶗鴂（啼鴂、鵜鴂），常於春末夏初的落花時節晝夜鳴叫。又「規」與「歸」諧音，古以為催歸之鳥，因此後人多以子規鳥的鳴叫喻為思歸之聲，也多用以比喻惜春、春歸的感傷，以及哀怨淒涼的悲傷心情。在兩宋詠春詞中，詞人運用此典故的比例最高，有將近四十闋詞以此為典實，茲舉數例如下：

(1) 蔡伸〈柳梢青〉（數聲鶗鴂）：「數聲鶗鴂。可憐又是，春歸時節。」（冊二，頁15～16）

(2) 曹冠〈粉蝶兒〉（繞舍清陰）：「問留春不住，春怎知人意。最關情，雲杪杜鵑聲碎。」（冊二，頁540）

〔註58〕參見揚雄、鄭文著《揚雄文集箋注》（成都：巴蜀書社出版，2000年6月第一版），頁332～333。其中「**鴂**」，鳥名，古與「鴃（**鴃**）」同，一名買鴀，一名子規，一名杜鵑。參見林尹、高明主編《中文大辭典》（臺北：中國文化大學出版部，1973年10月初版），第十冊，頁16805。

（3）趙長卿〈青玉案・殘春〉（梅黃又見纖纖雨）：「梅黃又見纖
纖雨。客裏情懷兩眉聚。何處煙村啼杜宇。勸人歸去，早思
家轉，聽得聲聲苦。」（冊二，頁 775）

（4）辛棄疾〈滿江紅〉（點火櫻桃）：「蝴蝶不傳千里夢，子規叫
斷三更月。聽聲聲、枕上勸人歸，歸難得。」（冊二，頁 956）

（5）陳三聘〈菩薩蠻〉（楊花滿院飛紅索）：「不是聽思歸。歸心
思此時。」〔註59〕（冊三，頁 44）

（6）劉克莊〈憶秦娥・暮春〉（遊人絕）：「枝頭杜宇啼成血。陌
頭楊柳吹成雪。吹成雪。淡煙微雨，江南三月。」（冊三，
頁 674）

（7）吳潛〈如夢令〉（雨過遠山如洗）：「嫩綠與殘紅，又是一般
春意。春意。春意。只怕杜鵑催裏。」（冊三，頁 759）

（8）劉辰翁〈青玉案・暮春旅懷〉（無腸可斷聽花雨）：「漸遠不
知何杜宇。不如歸去。不如歸去。人在江南路。」（冊四，
頁 181）

（9）蔣捷〈粉蝶兒・殘春〉（啼鴂聲中）：「啼鴂。聲中，春光化
成春夢。」（冊四，頁 398）

（10）姜个翁〈霓裳中序第一・春晚旅寓〉（園林罷組織）：「留春
渾未得。翻些入、啼鵑夜泣。清江晚，綠楊歸思，隔岸數峯
出。」（冊四，頁 492）

（11）劉天迪〈虞美人・春殘念遠〉（子規解勸春歸去）：「子規解
勸春歸去。春亦無心住。江南風景正堪憐。到得而今不去、
待何年。」（冊四，頁 499）

2. 池塘生春草、池塘春草、池塘夢、池塘詩夢、夢草池塘、夢池秀句

〔註59〕朱德才主編《增訂注釋全宋詞》注云：「思歸」為鳥名，即子規。古
人謂其聲似「歸去了」，視為催春歸去之鳥，故名思歸鳥。此言子規
之鳴聲。

　　《南史》卷十九中之〈謝惠連傳〉記載：「子惠連，年十歲能屬文，族兄靈運嘉賞之，云：『每有篇章，對惠連輒得佳語。』嘗於永嘉西堂思詩，竟日不就，忽夢見惠連，即得『池塘生春草』，大以為工。常云：『此語有神功，非吾語也。』」〔註60〕又鍾嶸《詩品》中所引《謝氏家錄》也有相似的記載：「康樂每對惠連，輒得佳語。後在永嘉西堂，思詩竟日不就，寤寐間、忽見惠連，即成『池塘生春草』。故嘗云：『此語有神助，非我語也。』」〔註61〕據說謝靈運〈登池上樓詩〉：「池塘生春草，園柳變鳴禽。」〔註62〕其中的「池塘生春草」一句，是謝靈運夢到族弟謝惠連後所得。詩中描寫的是春臨大地之時，池畔春草一片嫩綠，園中柳叢也充溢著悅耳的禽鳥聲，實是富有生意的滿園春色。因此宋詞中常用此典歌詠春景、春草，也借以表示賦詩詠春或頌美佳作。例如：

（1）朱淑真〈鷓鴣天〉（獨倚闌干晝日長）：「萋萋芳草傍池塘。」（冊二，頁408）

（2）陳三聘〈朝中措・丙午立春大雪，是歲十二月九日丑時立春〉（朝來和氣滿西山）：「細寫池塘詩夢，玉人窹做春旛。」（冊三，頁39）

（3）石孝友〈菩薩蠻〉（雪香白盡江南隴）：「雪香白盡江南隴。暖風綠到池塘夢。」（冊三，頁60）

（4）韓淲〈西江月・晚春時候〉（聞道晚春時候）：「游人爭渡水南橋。多少池塘春草。」（冊三，頁255）

（5）史達祖〈東風第一枝・壬戌閏臘望，雨中立癸亥春，與高

〔註60〕參見〔唐〕李延壽撰，楊家駱主編《新校本南史附索引》（臺北：鼎文書局，1985年3月四版），第一冊，卷十九，〈列傳第九・謝方明傳〉附〈謝惠連傳〉，頁537。

〔註61〕參見〔南朝梁〕鍾嶸著，陳延傑注《詩品注》（臺北：里仁書局，1992年9月25日出版），卷中〈宋法曹參軍謝惠連〉，頁46。

〔註62〕參見謝靈運著，顧紹柏校注《謝靈運集校注》（臺北：里仁書局，2004年4月30日初版），雜詩類，頁95。

賓王各賦〉（草腳愁蘇）：「今夜覓、夢池秀句。明日動、探
花芳緒。」（冊三，頁 339）

（6）周密〈東風第一枝・早春賦〉（草夢初回）：「草夢初回，柳
眠未起，新陰纔試花訊。」（冊四，頁 230～231）

3. 壽陽妝、壽妝、梅妝、梅額、梅花面、梅花妝

《太平御覽》卷三十引《雜五行書》曰：「宋武帝女壽陽公主，
人日臥於含章殿簷下，梅花落公主額上，成五出花，拂之不去。皇后
留之，看得幾時。經三日，洗之乃落。宮女奇其異，竟效之，今梅花
粧是也。」〔註63〕此段文字在《太平御覽》卷九七○也有相似的記載。
〔註64〕上述文獻說明了梅花妝飾的由來，後人遂以此典泛指婦女面部
化妝，或喻指女子裝扮入時，或是用以詠公主、詠梅花。

（1）吳則禮〈滿庭芳・立春〉（聲促銅壺）：「釵頭燕，妝臺弄粉，
梅額故相誇。」（冊一，頁 684）

（2）王之道〈蝶戀花・和張文伯魏園行春〉（春入花梢紅欲半）：
「步拾梅英，點綴宮妝面。」（冊二，頁 143）

（3）王千秋〈點絳脣〉（何處春來）：「何處春來，試煩君向梅梢
看。壽陽妝面。漏泄春何限。」（冊二，頁 476）

（4）趙長卿〈探春令・立春〉（數聲回雁）：「縷金幡勝教先辦。
著工夫裁剪。到那時覷當，須教滴惜，稱得梅妝面。」（冊
二，頁 773）

（5）吳文英〈解語花・立春風雨中餞處靜〉（檐花舊滴）：「梅痕
似洗。空點點、年華別淚。」（冊三，頁 899～900）

（6）周密〈東風第一枝・早春賦〉（草夢初回）：「更巧試、杏妝

〔註63〕〔宋〕李昉等撰《太平御覽》（北京：中華書局，1960 年 2 月第一版，
1992 年 2 月第四次印刷），第一冊，卷三十，〈時序部十五〉，頁 140。

〔註64〕《太平御覽》卷九七○引《宋書》所記載的文字較為簡約，文曰：「武
帝女壽陽公主，人日臥於含章簷下，梅花落公主額上，成五出之華，
拂之不去。皇后留之。自後有梅花粧，後人多効之。」參見〔宋〕李
昉等撰《太平御覽》，同上註，第四冊，卷九七○，〈果部七〉，頁 4299。

梅鬢。怕等閒、虛度芳期，老卻翠嬌紅嫩。」（冊四，頁 230
～231）

4. 莊周夢蝶、夢中蝴蝶、夢蝶

《莊子・齊物論》云：「昔者莊周夢爲胡蝶，栩栩然胡蝶也，
自喻適志與！不知周也。俄然覺，則蘧蘧然周也。不知周之夢爲胡
蝶與，胡蝶之夢爲周與？周與胡蝶，則必有分矣。此之謂物化。」
〔註65〕後因以用爲詠夢、蝴蝶，或是表示人生虛幻、生命變幻無常
的典故。例如：

(1) 辛棄疾〈滿江紅〉（點火櫻桃）：「蝴蝶不傳千里夢，子規叫
　　斷三更月。」（冊二，頁 956）

(2) 趙師俠〈蝶戀花・戊戌和鄧南秀〉（柳眼窺春春漸吐）：「醉
　　夢悠颺，似蝶翩躚舞。一枕仙遊何處去。覺來依舊江南住。」
　　（冊三，頁 92）

(3) 李曾伯〈虞美人・己亥春〉（韶華只隔窗兒外）：「韶華只隔
　　窗兒外。病起昏於醉。花開花落總相忘。惟有夢隨胡蝶、趁
　　春忙。」（冊三，頁 822）

(4) 張炎〈風入松・春游〉（一春不是不尋春）：「夢隨蝴蝶飄零
　　後，尚依依、花月關心。」（冊四，頁 431）

5. 長門賦、長門離恨、長門深閉、長門淚、千金求賦

《文選・長門賦一首并序》中其序記載：「孝武皇帝陳皇后，時
得幸。頗妒。別在長門宮，愁悶悲思。聞蜀郡成都司馬相如，天下工
爲文，奉黃金百斤，爲相如文君取酒，因於解悲愁之辭。而相如爲文
以悟主上，陳皇后復得親幸。」〔註66〕此序說明了陳皇后因妒失寵，

〔註65〕參見郭慶藩輯《莊子集釋》（臺北：河洛圖書出版社，1974 年 3 月臺
　　　　景印一版），卷一下，〈內篇・齊物論第二〉，頁 112。
〔註66〕參見〔梁〕昭明太子蕭統編，〔唐〕李善注《文選》（北京：中華書
　　　　局，1977 年 11 月第一版），卷十六，頁 227～229。序中說明了武帝
　　　　讀過司馬相如寫的〈長門賦〉後便復寵陳皇后，然而實際上史傳沒
　　　　有陳皇后復得親幸的記載，歷來學者也多認爲此序爲後人所僞託。

幽居於長門宮。她用黃金百斤請司馬相如寫〈長門賦〉，試圖感動武帝，武帝讀後復寵陳皇后。後世便把長門作爲失寵后妃居處的代稱，並以此作爲后妃失寵、宮怨的典故，或是借以自喻，抒發遭妒忌而不受重用的感懷。例如：

> （1）辛棄疾〈摸魚兒〉（淳熙己亥，自湖北漕移湖南，同官王正之置酒小山亭，爲賦）（更能消、幾番風雨）：「長門事，準擬佳期又誤。蛾眉曾有人妒。千金縱買相如賦，脈脈此情誰訴。」（冊二，頁 857）

> （2）嚴仁〈賀新郎・清浪軒送春〉（碧浪搖春渚）：「嫉色沖沖空悵望，淚盡世間兒女。君不見、千金求賦。」（冊三，頁 565）

> （3）劉辰翁〈蘭陵王・丙子送春〉（送春去）：「杜鵑聲裏長門暮。」（冊四，頁 187）

> （4）李裕翁〈摸魚兒・春光〉（計江南、許多風景）：「長門別有。脈脈斷腸人，柔情蕩漾，長是爲伊瘦。」（冊四，頁 492）

6. 桃葉、桃葉新聲、桃葉渡、桃根桃葉

郭茂倩《樂府詩集》卷四十五所錄〈桃葉歌三首〉中，其序引《古今樂錄》曰：「〈桃葉歌〉者，晉王子敬之所作也。桃葉，子敬妾名，緣於篤愛，所以歌之。」〔註67〕〈桃葉歌三首〉分別爲：「桃葉映紅花，無風自婀娜。春花映何限，感郎獨採我。」、「桃葉復桃葉，桃樹連桃根。相憐兩樂事，獨使我殷勤。」、「桃葉復桃葉，渡江不用楫。但渡無所苦，我自來迎接。」〔註68〕由此可知，桃葉爲晉人王獻之的愛妾，王獻之曾作〈桃葉歌〉促其渡江，而桃根則爲桃葉之妹。後世常用此爲詠歌妓的典故，亦用以喻指侍妾、情人或女子；也有指稱渡處者，稱爲桃葉渡。例如：

〔註67〕 參見〔宋〕郭茂倩撰《樂府詩集》（臺北：里仁書局出版，1984 年 9 月 5 日出版），卷四十五，頁 664。

〔註68〕 同上註，頁 664～665。其中〈桃葉歌〉之三「我自來迎接」一作「我自迎接汝」。

（1）賀鑄〈蝶戀花・改徐冠卿詞〉（幾許傷春春復暮）：「天際小山桃葉步。白蘋花滿湔裙處。」（冊一，頁477）

（2）趙長卿〈虞美人・深春〉（冰塘淺綠生芳草）：「碧桃銷恨猶堪愛。妃子今何在。」（冊二，頁766）

（3）辛棄疾〈祝英臺近・晚春〉（寶釵分）：「寶釵分，桃葉渡。」（冊二，頁875）

（4）劉辰翁〈菩薩蠻・丁丑送春〉（殷勤欲送春歸去）：「天涯同是寓。握手留春住。小住碧桃枝。桃根不屬誰。」（冊四，頁169）

7. 高唐夢、雲雨、高陽暮雨

宋玉〈高唐賦〉有言：「昔者楚襄王與宋玉遊於雲夢之臺，望高唐之觀。其上獨有雲氣，崒兮直上，忽兮改容，須臾之間，變化無窮。王問曰：『此何氣也？』玉對曰：『所謂朝雲者也。』王曰：『何謂朝雲？』玉曰：『昔者先王嘗遊高唐，怠而晝寢，夢見一婦人，曰：『妾巫山之女也，爲高唐之客，聞君遊高唐，願薦枕席。』王因幸之。去而辭曰：『妾在巫山之陽，高丘之阻，旦爲朝雲，暮爲行雨，朝朝暮暮，陽臺之下。』旦朝視之，如言，故爲立廟，號曰朝雲。』」〔註69〕又〈神女賦〉亦云：「楚襄王與宋玉遊於雲夢之浦，使玉賦高唐之事。其夜，王寢，果夢與神女遇，其狀甚麗，王異之。」〔註70〕署名宋玉的〈高唐賦〉、〈神女賦〉虛構了楚懷王與楚襄王遊高唐時，夢中與巫山神女遇合之事，神女自稱「旦爲朝雲，暮爲行雨。」後世多以「雲雨」、「高唐夢」詠人神艷遇，或是男女歡愛、佳遇等的典故，也有喻指男女幽會之路、男女私情歡會等。例如：

（1）蘇軾〈南鄉子・春情〉（晚景落瓊杯）：「暮雨暗陽臺。亂灑

〔註69〕文見戰國・宋玉撰〈高唐賦一首并序〉，參見〔梁〕昭明太子蕭統編，〔唐〕李善注《文選》，同註66，卷十九，頁264～267。

〔註70〕文見戰國・宋玉撰〈神女賦一首并序〉，參見〔梁〕昭明太子蕭統編，〔唐〕李善注《文選》，同註66，卷十九，頁267～268。

高樓溼粉頰。」（冊一，頁 243）

（2）洪适〈好事近〉（爛漫海棠花）：「只欠櫻脣清唱，怕行雲南北。」（冊二，頁 381）

（3）趙長卿〈南歌子‧早春〉（春色烘衣暖）：「盡驅和氣入蘭堂。又是輕雲微雨、下巫陽。」（冊二，頁 764）

8. 曲水流觴

《晉書‧王羲之傳》所載之王羲之〈蘭亭集序〉有云：「永和九年，歲在癸丑，暮春之初，會于會稽山陰之蘭亭，修禊事也。羣賢畢至，少長咸集。此地有崇山峻嶺，茂林修竹，又有清流激湍，映帶左右，引以為流觴曲水，列坐其次。雖無絲竹管絃之盛，一觴一詠，亦足以暢敘幽情。」〔註71〕文中描述晉代名士王羲之等人在三月上巳日於蘭亭宴集，按照傳統習俗，置酒杯漂浮於彎曲的水渠上，眾人便取杯飲酒且賦詩為樂。後以此典切合暮春時上巳日修禊之事。例如：

（1）蘇軾〈望江南‧暮春〉（春已老）：「曲水浪低蕉葉穩，舞雩風軟紵羅輕。」（冊一，頁 249）

（2）洪适〈生查子〉（三月到盤洲）：「修竹蔭流觴，秀葉題佳句。」（冊二，頁 382）

（3）張孝祥〈拾翠羽〉（春入園林）：「禊事纔過，相次禁煙追逐。」（冊二，頁 700）

上述所說明與列舉的是兩宋詠春詞中的常見語典與事典，從中可以發現有些詞作同時援引兩個以上的典故，例如蘇軾〈南鄉子‧春情〉（晚景落瓊杯）中運用了高唐夢、蒲萄新綠漲等典實；史達祖〈東風第一枝‧壬戌閏臘望，雨中立癸亥春，與高賓王各賦〉（草脚愁蘇）中除了描寫鞭土牛與簪戴彩燕的立春風俗外，還運用了夢池

〔註71〕參見〔唐〕房玄齡撰，楊家駱主編《新校本晉書并附編六種》（臺北：鼎文書局，1983 年 7 月四版），第三冊，卷八十，〈列傳第五十‧王羲之傳〉，頁 2099。

秀句、小雨如酥的典實；周密〈東風第一枝・早春賦〉（草夢初回）
則運用了池塘春草、三眠細柳、梅妝等典實。又如在前文曾提及的
陳亮〈水龍吟・春恨〉（鬧花深處層樓）中運用了春日遲遲、南樓、
翠綃封淚等典實；劉辰翁〈蘭陵王・丙子送春〉（送春去）中則運用
了玉樹凋土、淚盤如露、金銅仙人、咸陽送客等典實；以及在〈沁
園春・送春〉（春汝歸歟）中，運用了兔葵燕麥、華清宮、凝碧池等
典實，皆是藉以描寫國家的變動、詞人面對亡國之痛，以及寄寓故
國之思的典故。〔註72〕諸如此類皆足見兩宋詠春詞在使用典故上的
靈活多變，以及典故的豐富與廣博。

　　以上所分析探討的詞作與典故，皆可見每種典故在詞作的運用
上貼切的傳達了詞人所欲表達的情思感懷，即使有不便明說之事，
也能藉由典故曲盡其意，委婉表達心中所感。靈活、妥貼的運用典
故，不但足以顯現詞人的文思才情，也使得作品別有一番意味深長
的韻致。因此使用典故，貴在自然妥貼，並且切合其事，就如劉勰
《文心雕龍・事類》中所謂「取事貴約」、「捃理須覈」、「用舊合機」
〔註73〕，取用事義，貴能簡約適當；取用成語或典故時，必須切合
實際、合於時機，就像出自一己的手筆般流利自然、不著痕跡，而
富於深意。

第二節　詞篇表現的形式

　　本節主在探討兩宋詠春詞中，較為特殊的詞篇表現形式，分別
為嵌字體、回文體與集句體。這三種詞作形式屬於雜體詞的範圍，
〔註74〕主要是在詞篇的形式、字句排列上，做鑲嵌、顛倒、錯綜、

〔註72〕關於陳亮〈水龍吟・春恨〉、劉辰翁〈蘭陵王・丙子送春〉，以及劉
　　　　辰翁〈沁園春・送春〉中所運用的典故，詳見本論文第三章第二節
　　　　「抒發逢春的情志」，因前文已探討，故此不再論列。
〔註73〕〔梁〕劉勰著，王更生注譯《文心雕龍讀本》，同註34，下篇，頁170。
〔註74〕「雜體」在詩、詞的體制方面之所以如此稱呼，乃是因為這種文

增損或化用古人與當代人之詩詞作品等伸縮變化的彈性技巧，因此是以藝術上的巧思爲主的詩歌型態。以下將據兩宋詠春詞中數量之多寡，依照嵌字體、回文體與集句體的次第予以介紹。

一、嵌字體

在詞語中，故意插入數目字、虛字、特定字、同義字、異義字的修辭方法，是爲「鑲嵌」。鑲嵌可分四類：一、鑲字——以無關緊要的虛字或數目字，插在有意義的實詞中間，藉以拉長詞語。二、嵌字——故意用特定字詞嵌入語句中，是爲「嵌字」。三、增字——同義字的重複並列，藉以加強語意。四、配字——異義字的重複並列，僅偏取其中一字的意義。〔註75〕鑲嵌是漢語特有的修辭現象，自先秦詩歌、漢代樂府，以致於後代的詩、詞、曲、小說等，都有這種修辭方法的使用。

在嵌字體中，將「春夏秋多」等特定字嵌入句子裡，除了使文

學類型的體制繁雜，且「體制不經而非詩體之正」，即此種詩歌體制有別於傳統詩歌，是在傳統詩歌體制之外另作別出心裁的安排。因此是我國詩歌發展史上一種特殊的表現形式，它是運用中國文字特性與修辭方法，在詩歌形式、字句排列、聲律等方面翻新出奇，以偏重形式技巧，在藝術上別具巧思的特色，呈現多變化的一種詩歌型態。相關資料參見何文匯著《雜體詩釋例》（香港：中文大學出版社，1986 年第一版，1991 年第二次印刷），頁 4～13；以及李立信指導，王慈鶯撰《宋代雜體詩研究》（嘉義：國立中正大學中國文學研究所碩士論文，1995 年 6 月），頁 1～7。又羅忼烈於〈宋詞雜體〉一文中，從造字、嵌字、聲韻三方面歸納歷代雜體詩之名目，並追溯雜體詩的起源與發展，認爲雜體詩至宋代最盛，也最成功：「宋代雜體詩既已盛行，又是詞體的黃金時期，因而把雜體詩的一些規矩移植到詞裡，是很自然的事。……這一類宋詞，以前沒有人作過系統的整理，還沒有總名，現在爲了定義正名，稱爲『雜體詞』。宋人雜體詞，大致可分爲集句、檃括、聯句、回文、嵌字、獨木體、藥名、集詞牌名等八種。」如此援「雜體詩」以稱「雜體詞」的觀念，是可取且正確的。相關資料參見羅忼烈〈宋詞雜體〉，收入《兩小山齋論文集》（北京：中華書局，1982 年 7 月版），133～159。

〔註75〕參見沈謙編著《修辭學》，同註20，頁 392。

氣舒緩鄭重外，還富有一種美妙的辭趣，作者的巧思也能表現在這種文字的安排與貼切上。〔註76〕本小節所要探討的是以嵌字體呈現的兩宋詠春詞，選詞標準則是：有明確詞題可以呼應，或是整闋詞中有過半詞句皆見同一字詞者，方可視爲「嵌字體」，〔註77〕餘則以容易與嵌字相混的「類字」〔註78〕視之，不列入本文探論之列。茲以下列三詞爲例說明之：

> 春牛春杖。無限春風來海上。便與春工。染得桃紅似肉紅。
> 　　春幡春勝。一陣春風吹酒醒。不似天涯。捲起楊花似
> 雪花。(蘇軾〈減字木蘭花・立春〉(春牛春杖)(冊一，頁272)
> 春風春雨花經眼。石泉槐火春容晚。流水自無情。回波聚
> 落英。　　問春何處去。春向天邊住。舉酒欲銷愁。酒闌
> 愁更愁。(謝明遠〈菩薩蠻〉(春風春雨花經眼)(冊二，頁119)
> 新春早。春前十日春歸了。春歸了。落梅如雪，野桃紅小。
> 　　老夫不管春催老。只圖爛醉花前倒。花前倒。兒扶歸
> 去，醒來窗曉。(楊萬里〈憶秦娥・初春〉(新春早)(冊二，頁653)

以上三闋詞中，均明顯出現「春」字。蘇軾〈減字木蘭花〉的詞題爲「立春」，整闋詞共有八句，有五句嵌上「春」字，詞作內容是描寫立春所見之風物，與詞題互相呼應，故本文視之爲「嵌字體」。在謝明遠〈菩薩蠻〉中，整闋詞共有八句，詞作內容是寫詞人面對春天歸去的惆悵之情，未有詞題與「春」相呼應；雖然詞中有四句嵌上「春」字，但是並未過半，未能幾乎逐句嵌上「春」字，因此本

〔註76〕參見黃慶萱著《修辭學》，同註3，頁409。

〔註77〕王偉勇撰有〈兩宋「雜體詞」研究〉一文，此研究計劃於2003年8月榮獲國科會九十一學年度計畫主持人獎勵。其中〈宋詞「嵌字體」探析〉一文，對「嵌字體」有明確的定義，並對全宋詞中的「嵌字體」做了詳瞻的整理與詮釋，且爲2004年8月在復旦大學舉辦的「中世文學國際學術研討會」的會議論文。本文在兩宋詠春詞中對於「嵌字體」的定義，即依照王偉勇此篇文章做爲嵌字體的選詞標準。參見〈宋詞「嵌字體」探析〉，頁1～2。

〔註78〕「類字」是指「同一字詞的隔離使用」。參見沈謙編著《修辭學》，同註20，頁424。

文僅視之爲「類字」。在楊萬里〈憶秦娥〉中，詞題爲「初春」，整闋詞共有十句，但是詞中只有四句以「春」字呼應詞題，未過半闋，因此本文亦視之爲「類字」。〔註79〕

　　經上述選詞標準檢閱兩宋詠春詞後，共有十六組（二十三闋詞）符合本文嵌字體原則，其中有單闋嵌字體，也有聯章詞或組詞之嵌字體，茲歸納說明如次：

（一）單闋「嵌字體」

1. 嵌一字

　　兩宋詠春詞中，單闋嵌「春」字之作品，共有九闋，依作品時間先後臚列如次：

（1）蘇軾〈減字木蘭花・立春〉（春牛春杖）：

　　春牛春杖。無限春風來海上。便與春工。染得桃紅似肉紅。
　　　　春幡春勝。一陣春風吹酒醒。不似天涯。捲起楊花似雪花。（冊一，頁272）

（2）趙鼎〈醉桃園・送春〉（青春不與花爲主）：

　　青春不與花爲主。花正開時春暮。花下醉眠休訴。看取春歸去。　　鶯愁蝶怨春知否。欲問春歸何處。只有一尊芳醑。留得青春住。（冊一，頁885）

〔註79〕在兩宋詠春詞中，尚有歐陽修〈玉樓春〉（殘春一夜狂風雨）（冊一，頁113）（8句中有4句用「春」字）、黃庭堅〈清平樂〉（春歸何處）（冊一，頁341）（8句中有3句用「春」字）、晁補之〈水龍吟〉（問春何苦忽忽）（冊一，頁497～498）（22句中有7句用「春」字）、朱淑眞〈蝶戀花・送春〉（樓外垂楊千萬縷）（冊二，頁408）（10句中有4句用「春」字）、石孝友〈清平樂・送同舍周智隆〉（惱花風雨）（冊三，頁62）（8句中有4句用「春」字）、汪莘〈小重山〉（居士情懷愛小春）（冊三，頁204）（12句中有4句用「春」字）、陳著〈青玉案〉（青山流水迢迢去）（冊四，頁43）（12句中有4句用「春」字）、陳允平〈謁金門〉（春欲去）（冊四，頁91）（8句中有4句用「春」字）、王沂孫〈摸魚兒〉（洗芳林、夜來風雨）（冊四，頁320）（20句中有8句用「春」字）等九闋，皆累用「春」字，因未達本文嵌字體標準，故以「類字」視之，不列入本小節討論範圍。

（3）張孝祥〈菩薩蠻〉（恰則春來春又去）：

恰則春來春又去。憑誰說與春教住。與問坐中人。幾時迎
送春。　　明年春更好。只怕人先老。春去有來時。願春
長見伊。〔註80〕（冊二，頁690）

（4）張孝祥〈減字木蘭花〉（二十六日立春）：

春如有意。未接年華春已至。春事還新。多得年時五日春。
　　春郊便綠。只向臘前春已足。屈指元宵。正是新春二
十朝。（冊二，頁694）

（5）蔡幼學〈好事近・送春〉（日日惜春殘）：

日日惜春殘，春去更無明日。擬把醉同春住，又醒來岑寂。
　　明年不怕不逢春，嬌春怕無力。待向燈前休睡，與留
連今夕。（冊三，頁168）

（6）高觀國〈卜算子・泛西湖坐間寅齋同賦〉（屈指數春來）：

屈指數春來，彈指驚春去。簷外蛛絲網落花，也要留春住。
　　幾日喜春晴，幾夜愁春雨。十二雕窗六曲屏，題遍傷
心句。〔註81〕（冊三，頁380）

（7）趙必璂〈風流子・別贛上故人用美成韻〉（春光纔一半）：

春光纔一半，春未老、誰肯放春歸？問買春價數，酒邊商
略，尋春巷陌，鞭影參差。春無盡，春鶯調巧舌，春燕壘
香泥。好趁春光，愛花惜柳，莫教春去，柳怨花悲。　　春
心猶未足，春幃煖，爐薰香透春衣。說與重歡後約，春以
為期。記春雁回時，錦牋須寄，春山鎖處，珠淚長垂。多
少愁風恨雨，惟有春知。（冊四，頁335）

（8）仇遠〈減字木蘭花〉（一番春暮）：

一番春暮。惱人更下瀟瀟雨。花片紛紛。燕子人家都是春。
　　莫留春住。問春歸去家何處。春與人期。春未歸時人
未歸。（冊四，頁365）

〔註80〕「幾時迎送春」一句，唐圭璋《全宋詞》作「幾回迎送春」。參見《全
宋詞》，同註2，冊三，頁1706。

〔註81〕「題遍傷心句」一句，唐圭璋《全宋詞》作「題遍傷春句」。參見《全
宋詞》，同註2，冊四，頁2361。

（9）葉景山〈感皇恩〉（春水滿池塘）：

春水滿池塘，春風吹柳。春草茸茸媚晴晝。春煙駘蕩，春
色著人如舊。春光無限好，花時候。　　春院宴開，春屏
環繡。春酒爭持介眉壽。春衫春暖，春回過雲聲透。春年
常不老，松筠茂。（冊四，頁779）

以上九闋詞，均為兩宋詠春詞中嵌「春」字之作品。其中以趙必瓛
〈風流子〉嵌「春」字的比例最低〔註82〕，餘者未嵌處均在三句以
下。就作品內容而言，蘇軾與張孝祥所作之〈減字木蘭花〉，均是
描寫立春的作品；尤其蘇軾將「春牛」、「春杖」、「春幡」、「春勝」
等立春風俗寫入詞中，充分呈現出時人迎春的歡快與隆重。蘇軾〈減
字木蘭花·立春〉凡八闋，共有五句（七字）嵌「春」，不但有加
深意境、渲染氣氛的藝術效果，在沒有嵌「春」的句子裡，例如「染
得桃紅似肉紅」、「捲起楊花似雪花」兩句，則分別以兩個「紅」字、
兩個「花」字，錯落有致的展現了熱情活潑的海南春天。

　　此外，在趙必瓛〈風流子〉中，詞作內容主要是表達於春日及
時行樂之感，例如「好趁春光」四句便道出須趁春光未盡時好好把
握珍惜之意。在葉景山〈感皇恩〉中，則充滿了春日萬物蓬勃的生
氣，在春景如畫的美好時光裡，人們持春酒以介眉壽，歡樂的歌聲
響亮美好，展現出一片享受春光的欣喜之情。他如趙鼎〈醉桃園·
送春〉、張孝祥〈菩薩蠻〉、蔡幼學〈好事近·送春〉、高觀國〈卜算
子·泛西湖坐間寅齋同賦〉、仇遠〈減字木蘭花〉（一番春暮）五闋
詞，在詞題或是內容上則主要表達詞人在面對春天歸去、年華流逝
時，所興起送春、留春，與惜春的感懷。

2. 嵌兩字

　　在詠春詞中，嵌兩字的作品有三闋，包括晏幾道〈歸田樂〉（試
把花期數）、陳允平〈祝英臺近〉（待春來），以及蔣捷〈解佩令〉（春
晴也好）。茲說明如下：

―――――――――
〔註82〕趙必瓛〈風流子〉凡二十四句，有八句未嵌春字。

（1）晏幾道〈歸田樂〉（試把花期數）：

　　試把花期數。便早有、感春情緒。看即梅花吐。願花更不
　　謝，春且長住。只恐花飛又春去。　　花開還不語。問此
　　意、年年春還會否。絳脣青鬢，漸少花前語。對花又記得、
　　舊曾游處。門外垂楊未飄絮。（冊一，頁194）

（2）陳允平〈祝英臺近〉（待春來）：

　　待春來，春又到，花底自徘徊。春淺花遲，攜酒爲春催。可
　　堪碧小紅微，黃輕紫豔，東風外、妝點池臺。　　且銜杯。
　　無奈年少心情，看花能幾回。春自年年，花自爲春開。是他
　　春爲花愁，花因春瘦，花殘後、人未歸來。（冊四，頁90）

（3）蔣捷〈解佩令〉（春晴也好）：

　　春晴也好。春陰也好。著些兒、春雨越好。春雨如絲，繡
　　出花枝紅裊。怎禁他、孟婆合早。　　梅花風小。杏花風
　　小。海棠風、驀地寒峭。歲歲春
　　光，被二十四風吹老。楝花風、爾且慢到。（冊四，頁394）

以上三闋詞，晏幾道、陳允平兩人所作，均嵌上「春」、「花」兩字，
晏幾道〈歸田樂〉共十二句，有四句嵌「春」字、七句嵌「花」字；
陳允平〈祝英臺近〉共十六句，有八句嵌「春」字、七句嵌「花」字。
就內容而言，晏幾道〈歸田樂〉寫的是憐花惜春，希望春天長留，以
及回憶舊游之情；陳允平〈祝英臺近〉在上片是催促春天到來的期盼
心情，下片則有青春年華流逝、春去花殘而人未歸來之感懷。至於蔣
捷〈解佩令〉，上片六句中，有四句嵌上「春」字；下片六句中，有
五句嵌上「風」字。內容則是流露出詞人喜愛春天、珍惜春天的心情，
也因爲擔心美好的春光會被風吹老，因此期望代表春天那最後一波花
信的楝花風，可以慢點才到。〔註83〕

（二）聯章詞及組詞之「嵌字體」

　　關於聯章詞或組詞之「嵌字體」，本文之選詞標準有二：一是凡

〔註83〕關於蔣捷〈解佩令〉（春晴也好）一詞的內容探析，請參見本論文第
　　　　三章第一節「描寫春天的風華」。

三闋以上，累用同一字、詞、句者，均屬「嵌字體」。二是若僅有兩闋之聯章詞或組詞，如果累用同一句者方屬嵌字體；若是只累用同一字、詞者，則暫予保留，僅視爲作者塡詞之句法變化。〔註84〕例如蘇軾〈望江南・暮春〉兩闋聯章詞：

> 春已老，春服幾時成。曲水浪低蕉葉穩，舞雩風軟紵羅輕。酣詠樂昇平。　微雨過，何處不催耕。百舌無言桃李盡，柘林深處鵓鴣鳴。春色屬蕪菁。（冊一，頁249）

> 春未老，風細柳斜斜。試上超然臺上看，半壕春水一城花。煙雨暗千家。　寒食後，酒醒卻咨嗟。休對故人思故國，且將新火試新茶。詩酒趁年華。（冊一，頁250）

這組聯章詞首句，一作「春已老」，一作「春未老」，累用「春」與「老」兩字，並未累用同一句，因此雖有部分詞句雷同，但是難於認定爲作者刻意鑲嵌，故本文不列入「嵌字體」的範圍。

在兩宋詠春詞中，屬於聯章詞及組詞的嵌字體，共有四組，分別爲兩組嵌三字的詞作，以及各一組嵌五字、嵌九字的作品，茲分別歸納說明如下。

2. 嵌三字

詠春詞中，嵌三字的作品有兩組，分別是歐陽修〈採桑子〉組詞，以及吳潛〈望江南〉（家山好）組詞，這兩組組詞皆以聯章體的形式呈現。歐陽修〈採桑子〉組詞共有十闋（冊一，頁103～104），其中第一、二、四闋屬於詠春詞的範圍；吳潛〈望江南〉（家山好）組詞共有十四闋（冊三，頁 759～761），其中第一闋屬於詠春詞的範圍。茲逐次臚列如下：

（1）歐陽修〈採桑子〉（輕舟短棹西湖好）：

> 輕舟短棹西湖好，綠水逶迤。芳草長堤。隱隱笙歌處處隨。　無風水面琉璃滑，不覺船移。微動漣漪。驚起沙禽掠

〔註84〕此種選詞標準係依據王偉勇〈宋詞「嵌字體」探析〉一文對於「嵌字體」的定義，同註77，頁2。

岸飛。（冊一，頁103）

（2）歐陽修〈採桑子〉（春深雨過西湖好）：

春深雨過西湖好，百卉爭妍。蝶亂蜂喧。晴日催花暖欲燃。

蘭橈畫舸悠悠去，疑是神仙。返照波間。水闊風高颺

管絃。（冊一，頁103）

（3）歐陽修〈採桑子〉（羣芳過後西湖好）：

羣芳過後西湖好，狼籍殘紅。飛絮濛濛。垂柳闌干盡日風。

笙歌散盡遊人去，始覺春空。垂下簾櫳。雙燕歸來細

雨中。（冊一，頁103）

（4）吳潛〈望江南〉（家山好）：

家山好，好處是三春。白白紅紅花面貌，絲絲裊裊柳腰身。

錦繡底園林。　　行樂事，都付與閒人。挈榼攜壺從笑傲，

踏青挑菜恣追尋。贏得箇天真。（冊三，頁759）

　　歐陽修〈採桑子〉中歌詠四季景物的組詞共有十闋，主要是敘寫西湖在四季與晨昏更迭流轉中的風情，有遊湖泛舟、飲酒之樂，或是醑賞於美景之中的恬淡逸趣等，充分體現了詞人愛賞自然山水的閒適之情。在十闋〈採桑子〉組詞中，每闋詞的起首爲七字句，各於首句末三字嵌入「西湖好」三字，例如：「畫船載酒西湖好」、「荷花開後西湖好」、「天容水色西湖好」、「平生爲愛西湖好」等。上述列舉的詞作分別描摹了春日、春半、暮春的西湖景物，並抒發詞人面對眼前風景而興起的感懷。

　　吳潛〈望江南〉（家山好）組詞共有十四闋，每闋詞的起首爲三字句，各嵌入「家山好」三字；另有四闋詞的起首兩句分別爲「家山好，好處是三春」、「家山好，好處是秋來」、「家山好，好處是三多」、「家山好，好處是安居」，除了嵌入「家山好」三字，並且累用「好處是」三字。上述列舉的詞作是這組組詞中的第一闋，描寫春季美麗的景色，以及於春天所從事的活動，充滿了歡欣恣意之情。

3. 嵌五字

　　詠春詞中，嵌五字的作品有洪适〈生查子‧盤洲曲〉，這組組詞

共有十四闋（冊二，頁381～383），其中第二、三、四闋屬於詠春詞的範圍，茲臚列於下：

（1）洪适〈生查子·盤洲曲〉（正月到盤洲）：

正月到盤洲，解凍東風至。便有浴鷗飛，時見潛鱗起。

高柳送青來，春在長林裏。綠萼一枝梅，端是花中

瑞。（冊二，頁381～382）

（2）二月到盤洲，繁纈盈千蕚。恰恰早鶯啼，一羽黃金落。

花邊自在行，臨水還尋壑。步步肯相隨，獨有蒼梧鶴。

（冊二，頁382）

（3）三月到盤洲，九曲清波聚。修竹蔭流觴，秀葉題佳句。

紅紫漸闌珊，戀戀鶯花主。芍藥擁芳蹊，未放春歸去。

（冊二，頁382）

洪适〈生查子·盤洲曲〉共有十四闋，除了第一闋詞是交代以下各闋分寫盤洲一年景色的序言，以及最後一闋是為盤洲曲做個尾聲，說明以〈生查子〉填詞外；從第二闋至第十三闋詞，均以月為序，描寫江西盤洲一至十二月的景物，每闋詞的起首為五字句，各嵌入「某月到盤洲」五字。〔註85〕上述列舉的三闋詞作，是屬於歌詠春天的作品，詞中描寫春天的節候、禽鳥蟲魚的動態，以及隨著時間流逝，花開草長漸至凋謝零落的變化，皆生動而細膩的描摹出盤洲的春景，猶如徜徉悠遊於這一片如現眼前的美好景色之中。

4. 嵌九字

嵌九字的作品，在兩宋詞中僅有王千秋〈點絳脣〉四闋（冊二，頁476～477），題為「春日」，屬聯章體，〔註86〕四闋詞中只有第一闋有標明詞題「春日」。茲臚列於下：

〔註85〕從歐陽修〈採桑子〉、吳潛〈望江南〉（家山好），以及洪适〈生查子·盤洲曲〉等三組組詞，皆可發現宋人喜好以四季與十二月為序填詞。關於此種創作方式的文化淵源與特色，在本論文第三章第一節「描寫春天的風華」中有詳細討論。

〔註86〕參見王偉勇〈宋詞「嵌字體」探析〉一文，同77，頁16。

（1）王千秋〈點絳脣・春日〉（何處春來）：

何處春來，試煩君向垂楊看。萬條輕線。已借鵝黃染。

弄日搖風，按舞知誰見。陽關遠。一杯休勸。且放

脩眉展。（冊二，頁476）

（2）何處春來，試煩君向梅梢看。壽陽妝面。漏泄春何限。

冷蕊疏枝，似恨春猶淺。收羌管。莫驚香散。留副□

和願。（冊二，頁476）

（3）何處春來，試煩君向釵頭看。舞翻飛燕。已拂春風面。

白玉圓鈿，酌酒殷勤勸。深深願。願長□健。歲與春

相見。（冊二，頁476）

（4）何處春來，試煩君向盤中看。韭黃猶短。玉指呵寒翦。

犀筯調勻，更爲雙雙卷。情何限。怕寒須暖。先酌黃

金盞。（冊二，頁476～477）

　　王千秋〈點絳脣〉（何處春來）共有四闋，每闋詞的起首爲四字句，各嵌上「何處春來」四字；次句皆爲七字句，各嵌上「試煩君向……看」五字，合計嵌入九字。而七字句中之兩字，則逐闋予以變化。上述列舉的詞作中，前兩闋詞作分別透過對初春嫩黃色的楊柳枝條的描摹，以及由梅梢上仍殘留的梅花所漏泄的春光，揭示了春來乍到的訊息；後兩闋詞作則是描寫春日歌舞酒宴之情景，以及於仍然寒冷的春日中享受食物與美酒的情景，其中也提到期望每年都能盡情享受這美好春光的心願。

　　由以上所列詠春詞中單闋以及聯章詞、組詞之「嵌字體」，可知以嵌一字（「春」字）的現象最多，詠春詞中的單闋詞也只有嵌一字與嵌兩字之情形。若以單闋詞以及聯章詞與組詞的兩大形式相比較，可以發現單闋嵌字，以嵌入字、詞爲主，未見嵌整句者；而聯章詞與組詞，則以嵌整句爲主。若就嵌字體詠春詞之內容而言，除了以春天爲整體的描寫對象、記覽立春風俗，或是對春景有所感發外，聯章詞與組詞中則多有於春日遊賞記趣、描寫地方春景等連貫的作品。上述列舉的嵌字體詠春詞作品，表現出詞人於文字上的匠心安排，與詞意

上的搭配巧妙，使得詞作更有變化且饒富文趣。

二、回文體

「回文」是指上下兩句，詞彙大多相同，而詞序排列恰好相反，造成回環往復的形式的修辭方法。〔註87〕「回文」本是修辭的一種方式，但是由於好奇，有人刻意創作一種順讀倒讀都可成文的文體，即「回文體」。〔註88〕魏慶之在《詩人玉屑》中也云：「回文體：謂倒讀亦成詩也。」〔註89〕由此可知回文體是以倒迭、重複的手法來創作文學，不但能形成具有美感的語言境界，表現語言的回環美；還能加強語氣，並且深刻地表達情思，發揮語言的感染力。

回文形式表現於詞體者爲回文詞，此種作詞方式始見於北宋，〔註90〕也是修辭技巧的配置辭位方式中最難爲力且最爲巧妙的形式，〔註91〕因爲詞作句子參差不齊，音韻變化也較詩爲複雜，因此要創作詞句能回環成誦、又符合聲律，且內容與形式兼備的作品是不容易的。回文詞就其形式結構可分爲三種：（一）逐句回文：此體雙句均倒疊單句，一字不易。因此每兩句中之單雙句句法字數全同者，始得恰合回文。若是每兩句中之單雙句句法字數參差不同者，則倒疊只能限於雙句之句法，單句字數溢出雙句者，無法全疊。（二）分段回文：此體是以後段倒疊前段。（三）通體回文：此體爲通首可以倒疊，倒疊後可重出一首。只有此種回文方式保留了回文詩詞的通過回文衍生新詩詞的特徵。〔註92〕在全宋詞中，符合本論文選詞

〔註87〕參見黃慶萱著《修辭學》，同註3，頁515；沈謙著《修辭學》，同註20，頁560。
〔註88〕參見黃慶萱著《修辭學》，同註3，頁517。
〔註89〕〔宋〕魏慶之撰《詩人玉屑》（臺北：臺灣商務印書館，1983年9月臺一版），卷二〈詩體下：回文體〉，頁28。
〔註90〕參見徐元選注《趣味詩三百首——中國異體詩格備覽》（上海：上海古籍出版社，1993年8月第一版），頁27。
〔註91〕詹安泰撰，詹伯慧編《詹安泰詞學論集》，同註1，頁265。
〔註92〕此三種分類方式是參照詹安泰撰，詹伯慧編《詹安泰詞學論集》，同註1，頁274～275；以及宋緒連、鍾振振主編《宋詞藝術技巧辭典》，

標準的詠春詞作中，有六闋詞是以回文的形式表現，〔註93〕以下將臚列討論之：

1. 劉燾〈菩薩蠻・四時四首回文春〉（小紅桃臉花中笑）：

    小紅桃臉花中笑。笑中花臉桃紅小。垂柳拂簾低。低簾拂柳垂。　　裊花風鬢繞。繞鬢風花裊。歸路月沉西。西沉月路歸。（冊一，頁642）

2. 趙子崧〈菩薩蠻・四時四首春〉（錦如花色春殘飲）：

    錦如花色春殘飲。飲殘春色花如錦。樓上正人愁。愁人正上樓。　　晏天橫陣　雁。雁陣橫天晏。思遠寄情詞。詞情寄遠思。（冊一，頁735）

3. 趙鑑堂〈菩薩蠻・答伯山四時四首春〉（落花叢外風驚鵲）：

    落花叢外風驚鵲。鵲驚風外叢花落。鄉夢困時長。長時困夢鄉。　　暮天江口渡。渡口江天暮。林遠度棲禽。禽棲度遠林。（冊一，頁736）

4. 梅窗〈菩薩蠻・春晚二首〉（點點花飛春恨淺）：

同註26，頁490～491、526、558～559、564～565。

〔註93〕排除在本論文選詞標準外的回文詞作例如：蘇軾〈菩薩蠻・回文〉：「落花閑院春衫薄。薄衫春院閑花落。遲日恨依依。依依恨日遲。　　夢回鶯舌弄。弄舌鶯回夢。郵便問人羞。羞人問便郵。」（冊一，頁262）、蘇軾〈菩薩蠻・回文春閨怨〉：「翠鬟斜幔雲垂耳。耳垂雲幔斜鬟翠。春晚睡昏昏。昏昏睡晚春。　　細花梨雪墜。墜雪梨花細。顰淺念誰人。人誰念淺顰。」（冊一，頁263）、劉燾〈菩薩蠻・四時四首回文春〉：「涇花春雨如珠泣。泣珠如雨春花涇。花枕並攲斜。斜攲並枕花。　　織文回字密。密字回文織。嗟更數年華。華年數更嗟。」（冊一，頁643）、梅窗〈菩薩蠻・春晚二首〉：「曲屏春展山浮玉。玉浮山展春屏曲。香鴨瑞雲翔。翔雲瑞鴨香。　　醉深留客意。意客留深醉。涼枕怯宵長。長宵怯枕涼。」（冊一，頁736）等，其中可見現存最早的回文詞乃是蘇軾〈菩薩蠻〉，蘇軾以四時寫閨怨，開四季詞題材內容由總體轉向專門化的先河。參見林友良〈東坡雜體詞探析〉，《東方人文學誌》第2卷第4期，2003年12月，頁117～142；蔡鎮楚、龍宿莽著《唐宋詩詞文化解讀》（北京：北京圖書館出版社，2004年9月第一版第一次印刷），頁308～309。以上舉例的詞作中，有些詞題雖與「春」有關，然而整體內容以閨情為主，故不列入本論文擇取範圍。

點點花飛春恨淺。淺恨春飛花點點。鶯語似多情。情多似
語鶯。　　戀春增酒勸。勸酒增春戀。顰損翠蛾新。新蛾
翠損顰。（冊一，頁 736）

5. 曹勛〈菩薩蠻・回文〉（等閒將度三春景）：
等閒將度三春景。景春三度將閒等。愁怕更高樓。樓高更
怕愁。　　弄花梅已動。動已梅花弄。梅看幾年催。催年
幾看梅。（冊二，頁 253）

6. 朱熹〈菩薩蠻・回文〉（晚紅飛盡春寒淺）：
晚紅飛盡春寒淺。淺寒春盡飛紅晚。尊酒綠陰繁。繁陰綠
酒尊。　　老仙詩句好。好句詩仙老。長恨送年芳。芳年
送恨長。（冊二，頁 659）

以上六闋詞作，均是詠春詞中以回文形式表現的作品。從這些作品可
以發現四個有趣的現象：一是六闋詞皆以〈菩薩蠻〉爲調；〔註94〕二
是六闋詞均有標明或是回文，或是與春相關的詞題；三是六闋詞均以
回文體中的逐句回文形式表現，即每兩句的上句倒爲下句，若以每兩
句爲一組，則全詞共爲四組回文，且每兩句之間形成頂眞。故詞作中
雖有八句實則有四句是回文而成，而四句倒句又能自成詞意；四是就
其內容而言，六闋詞皆寫景兼抒情，未有通篇回文皆是描寫春景者。
而在劉燾、趙子崧、趙鑑堂的詞作中皆以四時爲題，寫詞人面對四時
自然景物所產生的感觸，乃是受到前朝民歌的影響。〔註95〕

〔註94〕〔宋〕桑世昌《回文類聚》是第一部雜體詩專集，也是最早的專門
記載回文形式文學作品的書籍。參見〔宋〕桑世昌《回文類聚》（臺
北：臺灣商務印書館，1977 年四庫全書珍本七集）。其中卷四收錄的
是回文詞，作品以〈菩薩蠻〉爲詞牌者有 53 首最多。在墻峻峰〈小
議宋代回文詞〉一文中，作者提及〈菩薩蠻〉（七七五五、五五五五
式）與〈西江月〉（六六七六、六七六六式），是適宜表現回文體的
句式，如〈菩薩蠻〉多爲「七七五五、五五五五」式，這種每兩句
字數相等的體式特別適宜寫回文體，因爲回文體是需要循環往復來
讀的。參見墻峻峰〈小議宋代回文詞〉，《韓山師範學院學報》第 23
卷第 4 期（總第 66 期），2002 年 12 月，頁 88～89。
〔註95〕參見墻峻峰〈小議宋代回文詞〉，同上註，頁 87。文中所謂民歌是指
南朝的〈子夜四時歌〉。

　　在劉燾的作品中，以艷紅的桃花、低垂的柳樹，以及散繞在女子髮髻周圍的幾許花朵，來呈現春天的活潑生氣。在文句的回環往復中，首兩句似是寫桃花，也似是描寫女子欣喜的笑容，別有一番韻致。趙鑑堂的作品則是應答趙子崧的〈菩薩蠻·四時四首春〉，兩闋詞的內容皆是情景交錯，景色方面以暮春的春色為主，趙子崧在作品中點明時序已進入殘春，雁群北歸；而趙鑑堂除了提及落花、點出春天白晝較長的特點，並同趙子崧一樣也將禽鳥帶入作品之中。曹勛則是將春天稍縱即逝、光陰一去不返的惆悵感懷抒發於作品之中。而梅窗與朱熹的作品皆是在上片描寫暮春景色，下片以抒發感懷的形式呈現。梅窗以春盡花飛點明殘春景象，並將黃鶯的啼叫予以擬人化，似是同人一樣捨不得春歸，而人只能借酒表達惜戀春天的情感。朱熹則在上片以飄盡的落花、不寒的天候，以及倒映在酒杯中的陰陰樹色，呈現春末夏初的景色；下片則流露時光消逝、年華老去的慨歎。

　　從以上這些作品可以發現詞人以回文體的形式精心安排其作品結構、詞序，力求回環誦讀以不失為佳句的修辭工夫，構成作品聲韻流轉，富於韻律性的特色。而經由上下詞句的次序更動，使得詞意也隨之改變，如此與回文體在形式上回環往復的特質互為表裡，表現出了詞作層轉迴旋的情思意韻。此外，此種用字簡省的體式，也是其他文學體式所沒有的。〔註96〕因此這是詞體結構型態的一種創新，也是富於巧思的一種文學樣式。儘管此種體式的文學在演變過程中有其專以賦情的特色，以及不乏文字遊戲之作，然而誠如《回文類聚》序前所載：「惟是詠歌漸盛，工巧日增，詩家既開此一途，不可竟廢。錄而存之，亦足以資博洽。」〔註97〕以及桑世昌於《回文類聚》中所言：「蓋情詞交通，妙均造化，此文之所以為無窮也。」〔註98〕皆道出了作家在回文體上於藝術技巧與聲情方面的巧妙營造，是值得肯定的。

〔註96〕　參見詹安泰撰，詹伯慧編《詹安泰詞學論集》，同註1，頁274。
〔註97〕　參見〔宋〕桑世昌《回文類聚》所載〈欽定四庫全書·回文類聚提要〉，同註94，頁1。
〔註98〕　〔宋〕桑世昌《回文類聚》序，同註94，頁2。

三、集句體

「人之情意，本有同然，其在事物，亦或巧合，欲出新裁，既損精而勞神；襲用陳言，得事半而功倍。是以凡有古人所言，先獲我心者，不妨獵取，加以熔鑄，使情理密合，事物融通，如天衣之無縫，亦技之至神者也。……約有二種：即『集句』與『改竄』是也。」〔註99〕文學作品貴在創新，貴在匠心獨具而有屬於自己的風格，然而每個人因事因物而有所感發的心情難免會有雷同之處，有些前人或當代人的詞句甚至是當下心情的最佳註解。因此若能適當襲用他人的詩歌語言，加以融會貫通，鑄造新的意蘊以表達心中所感，誠如前引文字所謂「技之至神者」，或是能達到「集句別有機杼，佳處眞令才人閣筆。」〔註100〕的境界，亦不失爲一種文學的創作方式。

而所謂集句詞，是集前人的詩句、詞句成篇，在宋代出現，這與宋詞的繁榮有關。宋人集句詞多數是集唐人詩，也有少數是集當代人的詞句。〔註101〕至於對「集句詞」明確周全予以定義，則由王師偉勇率先提出：「集句詞者，以整引、截取、增損、化用、檃括等方式，雜集古句；間或雜入一、二今人或個人作品以成詞也。」〔註102〕因此選詞標準並非只限於需整闋集入旁人的詩詞那般嚴格。兩宋集句詞共五十一闋，〔註103〕又經筆者檢閱兩宋詠春詞，屬於集句詞的僅得晁補之〈江神子·集句惜春〉（雙鴛池沼水融融）一闋：

> 雙鴛池沼水融融。桂堂東。又春風。今日看花，花勝去年紅。把酒問花花不語，攜手處，遍芳叢。　　留春且住莫

〔註99〕 參見詹安泰撰，詹伯慧編《詹安泰詞學論集》，同註1，頁298。
〔註100〕 〔清〕謝章鋌撰《賭棋山莊全集》，收入沈雲龍主編《近代中國史料叢刊續編》（臺北：文海出版社，1975年4月影印版），第十五輯，〈詞話十二卷〉之「詞話十一」，頁3。
〔註101〕 徐元選注《趣味詩三百首——中國異體詩格備覽》，同註90，頁66。
〔註102〕 參見王偉勇《詞學專題研究》（臺北：文史哲出版社，2003年4月初版），其中「體製篇」之〈兩宋集句詞形式考——兼論兩宋集句詞未必盡集前人成句〉，頁330。
〔註103〕 參見王偉勇《詞學專題研究》，同上註，頁289。

忽忽。秉金籠。夜寒濃。沉醉插花，走馬月明中。待得醒
時君不見，不隨水，即隨風。（冊一，頁497）

這闋詞是以「整引」、「截取」、「化用」的形式呈現。〔註104〕以下將
詞句依序進行原句探索：

1. 「**雙鴛池沼水融融**」：

張先〈一叢花令〉（傷高懷遠幾時窮）：「雙鴛池沼水溶溶，南北
小橈通。」（冊一，頁56）〔註105〕此中「溶溶」兩字，晁補之於詞中
改易作「融融」，與原詞稍異。「溶溶」是形容水流動的樣態，「融融」
則有「和暖」、「和樂」之意。

2. 「**桂堂東**」：

李商隱〈無題二首〉之一：「昨夜星辰昨夜風，畫樓西畔桂堂
東。」（《全唐詩》第十六冊，卷539，頁6163）〔註106〕由此可見

〔註104〕 參見王偉勇《詞學專題研究》，同註102，頁290。此頁對於「整引」、
「增損」、「截取」、「化用」、「檃括」等術語有詳細的說明。在此僅
徵引要說明晁補之此闋詞所使用到的術語：「整引」意謂整句引用
成句，其中字數、語順、命意不變，而有一、二字相異，亦均屬之；
蓋有鑒於宋人所讀版本，未必盡如後世也。「截取」：意謂就成句截
取三字以上，以成獨立句式者。如就七言截取三字，以成三字句；
或截取四字，以成四字句者。五言之截取三字者，亦屬此類。「化
用」：凡取材詩文片段，不易其文意，而另造新句；或引伸文意、
反用文意，而另造新句者，均屬之。

〔註105〕 此詞下句「南北小橈通」之「小橈」兩字，一作「小橋」。張先〈一
叢花令〉（傷高懷遠幾時窮）全詞爲：「傷高懷遠幾時窮。無物似情
濃。離愁正引千絲亂，更東陌、飛絮濛濛。嘶騎漸遙，征塵不斷，
何處認郎蹤。　　雙鴛池沼水溶溶。南北小橈通。梯橫畫閣黃昏後，
又還是、斜月簾櫳。沉恨細思，不如桃杏，猶解嫁東風。」其中「傷
高」一作「傷春」；「離愁」一作「離心」；「正引」一作「正惹」；「更
東陌」一作「更南陌」；「斜月」一作「新月」；「東風」一作「春風」。

〔註106〕 此詩下句「畫樓西畔桂堂東」之「畫樓」兩字，一作「畫堂」。凡
是以下詩作引自清聖祖御定《全唐詩》（同註46），皆在詩作後面直
接標明冊數與頁碼，不再另以註腳方式附註。李商隱〈無題二首〉
之一全詩如下：「昨夜星辰昨夜風。畫樓西畔桂堂東。身無綵鳳雙
飛翼。心有靈犀一點通。隔座送鉤春酒暖。分曹射覆蠟燈紅。嗟余
聽鼓應官去。走馬蘭臺類斷蓬。」其中末句「走馬蘭臺類斷蓬」之

晁詞「桂堂東」一句是截取李商隱詩的下句而成。

3.「又春風」：

唐圭璋《全宋詞》與朱德才《增訂注釋全宋詞》皆作「又春風」。〔註107〕而「春風」實與「東風」相同，因此若以「又東風」檢視詩詞作品，可得李煜〈虞美人〉（春花秋月何時了）：「小樓昨夜又東風，故國不堪回首月明中。」（《全唐五代詞》卷四，頁444）〔註108〕，可見晁詞「又春風」一句，或許是截取李煜詞上句且稍有改易而成。

4.「今日看花，花勝去年紅」：

歐陽修〈浪淘沙〉（把酒祝東風）：「今年花勝去年紅。可惜明年花更好，知與誰同。」（冊一，頁121）〔註109〕可見晁詞「今日看花，花勝去年紅」兩句，是化用自歐陽修詞首句而成。

5.「把酒問花花不語」：

唐人嚴惲〈落花〉詩：「盡日問花花不語，爲誰零落爲誰開。」（《全唐詩》第十六冊，卷546，頁6308）〔註110〕又歐陽修〈蝶戀花〉（庭院深深深幾許）：「淚眼問花花不語，亂紅飛過鞦韆去。」〔註111〕可見晁詞「把酒問花花不語」一句，是化用自嚴惲詩上句，

「斷」字一作「轉」。

〔註107〕 參見唐圭璋《全宋詞》，同註2，冊一，頁557。

〔註108〕 凡是以下詞作引自張璋、黃畬合編《全唐五代詞》（臺北：文史哲出版社，1986年10月臺一版）者，皆在詩作後面直接標明冊數與頁碼，不再另以註腳方式附註。李煜〈虞美人〉（春花秋月何時了）全詞爲：「春花秋月何時了，往事知多少。小樓昨夜又東風，故國不堪回首月明中。　雕欄玉砌應猶在，只是朱顏改。問君能有幾多愁，恰似一江春水向東流。」詞作後面之校勘云：「小樓」，馬令《南唐書》作「小園」；「東風」作「西風」；「回首」作「翹首」。參見《全唐五代詞》卷四，頁445。

〔註109〕 歐陽修〈浪淘沙〉（把酒祝東風）全詞爲：「把酒祝東風。且共從容。垂楊紫陌洛城東。總是當時攜手處，遊遍芳叢。　聚散苦忽忽。此恨無窮。今年花勝去年紅。可惜明年花更好，知與誰同。」

〔註110〕 嚴惲〈落花〉詩全詩爲：「春光冉冉歸何處。更向花前把一杯。盡日問花花不語。爲誰零落爲誰開。」

〔註111〕 關於此闋詞的作者，歷來爭議頗多，或題作馮延巳的作品（參見

或是歐陽修〈蝶戀花〉詞上句。〔註112〕

6.「攜手處，遍芳叢」：

歐陽修〈浪淘沙〉（把酒祝東風）：「總是當時攜手處，遊遍芳叢。」（冊一，頁121）可見晁詞「攜手處，遍芳叢」兩句，是截取歐陽修詞而來。

7.「留春且住莫忽忽」：

歐陽修〈鶴沖天〉（梅謝粉）：「花無數。愁無數。花好卻愁春去。戴花持酒祝東風，千萬莫忽忽。」（冊一，頁124）〔註113〕可見晁詞「留春且住莫忽忽」一句，是從歐陽修詞「花好卻愁春去」三句化用而來。

8.「秉金籠。夜寒濃」：

晏幾道〈訴衷情〉（渚蓮霜曉墜殘紅）：「雲去住，月朦朧。夜寒

《全唐五代詞》，同註108，卷四，頁369）；或題作歐陽修〈蝶戀花〉詞。檢視唐圭璋《全宋詞》，唐圭璋將此詞放入存目詞中，見氏著，同註2，冊一，頁159、162；朱德才主編《增訂注釋全宋詞》則未收入此闋詞。然而在李清照〈臨江仙〉（庭院深深深幾許）并序有言：「歐陽公作〈蝶戀花〉，有『深深深幾許』之句，予酷愛之。用其語作『庭院深深』數闋，其聲即舊〈臨江仙〉也。」（參見朱德才主編《增訂注釋全宋詞》，冊一，頁869。）本文係依據王偉勇《詞學專題研究》中之判斷，從李清照所言，乃題爲歐陽修所作，見氏著《詞學專題研究》，同註102，頁302。歐陽修〈蝶戀花〉（庭院深深深幾許）全詞爲：「庭院深深深幾許。楊柳堆煙，簾幕無重數。玉勒雕鞍遊冶處。樓高不見章臺路。
雨橫風狂三月暮。門掩黃昏，無計留春住。淚眼問花花不語。亂紅飛過鞦韆去。」

〔註112〕 在朱德才主編《增訂注釋全宋詞》中，晁補之「把酒問花花不語」下之註腳只註明集句自歐陽修〈蝶戀花〉詞中「淚眼問花花不語，亂紅飛過鞦韆去。」見氏著《增訂注釋全宋詞》，冊一，頁497。而王偉勇《詞學專題研究》中則有註明「亦可能化自唐嚴惲〈落花〉七絕……。」，同註102，頁302。

〔註113〕 歐陽修〈鶴沖天〉（梅謝粉）全詞爲：「梅謝粉，柳拖金。香滿舊園林。養花天氣半晴陰。花好卻愁深。　花無數。愁無數。花好卻愁春去。戴花持酒祝東風。千萬莫忽忽。」

濃。」（冊一，頁 199）〔註114〕可見晁詞「秉金籠。夜寒濃」兩句中的「夜寒濃」，是自晏詞末句整引而來；「秉金籠」句則是化用「月朦朧」之意，在月亮朦朧的夜色中，適宜「秉金籠」，以度此寒夜。

9.「沉醉插花，走馬月明中」：

張泌〈酒泉子〉（紫陌青門）：「咸陽沽酒寶釵空。笑指未央歸去，插花走馬落殘紅。月明中。」（《全唐五代詞》卷五，頁 604）〔註115〕可見晁詞「沉醉插花」兩句，是自張泌詞化用而來。

10.「待得醒時君不見，不隨水，即隨風」：

歐陽修〈定風波〉（把酒花前欲問公）：「待得酒醒君不見。千片。不隨流水即隨風。」（冊一，頁 122）〔註116〕可見晁詞「待得醒時君不見」三句中，首句是整引歐詞首句，然有「醒時」與「酒醒」之異；〔註117〕結尾兩句則是化用自歐詞末句而成。

從以上各句索原可知，在晁補之〈江神子·集句惜春〉中，屬於「整引」的句子有「夜寒濃」一句；「雙鴛池沼水融融」、「待得醒時君不見」或許是因為詞作收錄的版本不同，而稍有差異，因此同樣可視為「整引」。至於「桂堂東」、「又春風」、「攜手處，遍芳叢」四句，是「截取」他人作品的方式入詞；而「今日看花」兩句、「把酒問花花不語」一句、「留春且住莫怱怱」一句、「沉醉插花」兩句、「不隨水，即隨風」兩句，則是「化用」他人作品入詞。因此晁補

〔註114〕 晏幾道〈訴衷情〉（渚蓮霜曉墜殘紅）全詞為：「渚蓮霜曉墜殘紅。依約舊秋同。玉人團扇恩淺，一意恨西風。　雲去住，月朦朧。夜寒濃。此時還是，淚墨書成，未有歸鴻。」

〔註115〕 張泌〈酒泉子〉（紫陌青門）全詞為：「紫陌青門，三十六宮春色，禦溝輦路暗相通，杏園風。　咸陽沽酒寶釵空。笑指未央歸去，插花走馬落殘紅，月明中。」

〔註116〕 歐陽修〈定風波〉（把酒花前欲問公）全詞為：「把酒花前欲問公。對花何事訴金鍾。為問去年春甚處。虛度。鶯聲撩亂一場空。　今歲春來須愛惜。難得。須知花面不長紅。待得酒醒君不見。千片。不隨流水即隨風。」

〔註117〕 參見王偉勇《詞學專題研究》，同註102，頁304。

之這闋集句詞，是以「整引」、「截取」、「化用」的形式呈現，而「整引」的句數最少，「化用」的句數最多。此外，由此闋詞中還可發現，晁補之所集句的來源除了有前朝的唐詩與五代詞外，以取材自當代詞人的作品數量為眾，其中尤以歐陽修的詞作取用最多，於此也透露出歐詞對晁補之的影響。

第三節　小　結

　　本章著重於兩宋詠春詞的藝術表現，分別從修辭技巧的運用，以及詞篇表現的形式兩方面切入討論。從修辭技巧運用的妥貼圓熟，以及詞篇表現的形式多樣，都能更突顯詞作中無論是歌詠春天，或是藉春天以表達情思感懷的主題，而收畫龍點睛之妙。茲整理幾點結論如次：

　　其一：在第一節「修辭技巧的運用」中，則是將詠春詞歸納整理後，發現摹寫、擬人、設問、典故的使用等四種修辭方式為兩宋詠春詞中使用次數最為頻繁，因此針對這四方面進行討論。在摹寫的運用方面，除了分為視覺、聽覺、嗅覺、觸覺、心覺摹寫，以及上述人文感官的綜合摹寫外，還將詠春詞細分為自然物候的摹寫，包含對於春天天候以及動植物的描摹。在擬人修辭方面，則著重在詞人將春天比擬成人類的表情、容貌樣態、思想與情感意緒，以及人類與他人之間的往來互動等三面向加以探討。在設問修辭中，則概分為「有問有答」、「問而不答」、「反問」等三方面進行說明。最末在典故的運用上，則以兩宋詠春詞中常見的語典與事典分別舉證說明。

　　由以上摹寫、擬人、設問等修辭技巧的分類，以及觀覽所列舉的詞例，可以發現在數闋詞例中，同一闋作品或同一句文字，詞人往往旁及其他修辭技巧而交錯運用著，例如將春天擬人的詞例中寓含有譬喻的修辭，在設問的詞例中詞人也同時將春天或春天的動植物予以擬人化等，如此多種豐富的修辭技巧的使用，使得詞人無論

在比擬、刻劃春天的景物、形象，或是描摹詞人面對春景而有的感發等，都能使春天的形貌栩栩如生、鮮活靈動而更深刻具體。此外，在典故的運用上，有借用典故以喻寫春天的天候與春草、春水；有歌詠春景的美好；有於春天出遊、修禊之事；也有表示分離送別、人生無常，以及敘寫惜春、春歸的感傷，或是借典故抒發身世家國的感懷等，或是辭意暢達，或是委婉含蓄，皆貼切傳神的表達了作品的意涵而耐人尋味。

其二：在第二節「詞篇表現的形式」中，主要是探討兩宋詠春詞中，較為特殊的詞篇表現形式，經整理歸納後，發現兩宋詠春詞中有嵌字體、回文體與集句體三種形式的運用。在嵌字體方面，有「單闋嵌字體」以及「聯章詞及組詞之嵌字體」兩種現象：單闋嵌字體中又有嵌一字與嵌兩字之作品，其中以嵌一字的情況比例最高，所嵌的字皆為「春」字，表現的內容包含歌詠春天、記覽立春風俗、面對春景而興起的感發，以及詞人喜愛春天、珍惜春天的心情。在聯章詞及組詞之嵌字體中，則有嵌三字、嵌五字，以及嵌九字之作品，此類聯章詞及組詞之嵌字體，所嵌的字是以嵌整句，以及聯章詞及組詞所要表現的內容為主，且此類聯章詞及組詞的特色是多有於春日遊賞記趣、描寫地方四季風光等連貫的作品，例如歐陽修〈採桑子〉組詞、吳潛〈望江南〉〈家山好〉組詞，以及洪适〈生查子‧盤洲曲〉等，於此也顯現出宋人喜好以四季與十二月為序填詞的創作特色。

在回文體方面，兩宋詠春詞中共有六闋回文作品，此六闋作品不但皆以〈菩薩蠻〉為調，因〈菩薩蠻〉的句式多為「七七五五、五五五五」式，這種每兩句字數相等的體式是適宜表現回文體循環往復來頌讀的形式；又六闋詞中均有標明或是回文，或是與春相關的詞題；而在表現形式上均是以逐句回文的形式表現。此外，就其內容而言，六闋詞皆寫景兼抒情，也有以四時為題，寫詞人面對四時自然景物所產生的感觸的作品。在集句體方面，兩宋詠春詞中僅得晁補之〈江神

子・集句惜春〉（雙鴛池沼水融融）一闋，此闋詞運用了集句詞中整引、截取、化用三種方式，而集句取材的來源包含了前朝的唐詩與五代詞，還有以當代詞人的作品為主的取材；其中尤以歐陽修的詞作為晁補之取用最多，於此也可觀察出歐詞對晁補之的影響。

　　春天給予人的魅力是無限的，每個人所領受到的春光與心中意緒也有不同。藉著作品中藝術技巧的運用，無論是以修辭或形式的方式呈現，總是透露出詞人們努力想捕捉春天的形貌與神韻，或是以春天做為訴說心事的對象。而除了醞釀真實的情感與豐富的想像力，將春天孵化做文字，詞人也使用了如同魔杖般能點染作品、使作品為之增色的修辭方式，以鋪寫即目之景，以及傳達心中所感，使詠春詞蘊含著豐富的意趣。

第五章　兩宋詠春詞的比較

　　本論文在第三章與第四章分別論述兩宋詠春詞的主題與內容，以及兩宋詠春詞在藝術技巧上的表現，在著手進行詠春詞作的整理、分類與論述時，會發現北宋與南宋在詠春詞的作品數量與主題內容上有著差異性，這與當時創作風格與時代背景的不同皆有著密切的關係。因此本章在兩宋詠春詞的比較方面，首先將對兩宋詠春詞在詞人與詞作數量、詞調的使用上做一統計，其次則是探討南北宋的詠春詞作在思想內容上的差異。

　　而本論文對於南北宋的年代分限，則以宋欽宗靖康二年（西元一一二七年）發生的靖康之難，徽欽二宗被擄，康王趙構即位宋州應天府（時又稱南京，即今河南商丘縣南），是為高宗，改元建炎，即歷史上所謂之南宋，〔註1〕以此（西元一一二七年）作為南北宋的分界點。又王偉勇先生《南宋詞研究》中對於南宋詞的界說有云：「本文所謂『南宋詞』，即依據上述政治期限，加以劃定，亦即指高宗建炎元年（一一二七）至帝昺祥興二年（一二七九）間，宋人之詞作也。然政治之因革固可依年限劃定，而人類之行為，實難據以釐清，故對於跨越兩時代，又曾生活於上述時間之宋人詞作，亦列入討論範圍。

〔註1〕相關資料參見王偉勇《南宋詞研究》（臺北：文史哲出版社，1987年9月初版），頁1。

依此原則，本文所謂『南宋詞』，實包含下列三種人士之作品：一、
南渡人士，……二、南宋人士，……三、南宋遺民，……。」〔註2〕
因此本文在分判南北宋的詞人與作品時，即以一一二七年做爲分判
點，宋代詞人的卒年若是早於一一二七年者（九六○～一一二七），
即劃分爲北宋詞人；若是生於一一二七年之前，但是卒於一一二七年
以後者，則將之歸爲南宋詞人；〔註3〕若是生卒年皆在一一二七年以
後者，包括南宋遺民，皆歸入南宋詞人的範圍。若遇有生卒年不詳的
詞人，則以本文採用的底本朱德才主編之《增訂注釋全宋詞》中，編
排詞人年代先後的方式，將詞人歸入北宋或南宋範圍。〔註4〕由於詞
人與詞作年代的隸定難以判然而分，因此係以上述原則作爲劃分的依

〔註2〕 參見王偉勇《南宋詞研究》，同上註，頁2～3。

〔註3〕 例如葉夢得（1077～1148）、朱敦儒（1081～1159）、李清照（1084
～約 1155）、李邴（1085～1146）、王之道（1093～1169）、史浩（1106
～1194）等。

〔註4〕 例如朱德才主編之《增訂注釋全宋詞》將李冠編列在（冊一，頁98）、
將李元膺編列在（冊一，頁388）、將劉燾編列在（冊一，頁642）、
將謝明遠編列在（冊二，頁119）、將黃昇編列在（冊三，頁1008）
等，其中李冠的生平有註云：「生於北宋初年，……。」、李元膺的
生平有註云：「與蔡京同時，……。」按：蔡京（1047～1126）。以
上李冠、李元膺等依編列方式應歸爲北宋；劉燾的生平有註云：
「……宣和七年（1125）除秘閣修撰，靖康時擅離官守，爲李光所
劾。……。」依文字敘述，劉燾卒於 1127 年以後，應歸入南宋範
圍。又謝明遠與黃昇皆無生卒年或生平活動之紀年標載，因此依編
排在《增訂注釋全宋詞》第二、三冊之順序，應歸入南宋詞人之林。
以上詞人，經檢閱昌彼德等編著《宋人傳記資料索引》、鄭騫撰《宋
人生卒考示例》，以及李國玲編纂《宋人傳記資料索引補編》等書
籍，皆未收錄上述詞人之資料，或是有收錄但皆未註明詞人生卒年
爲何，因此僅依照朱德才主編之《增訂注釋全宋詞》中編列詞人與
作品年代先後的方式，將詞人及作品歸入北宋或南宋範圍。上列參
考書籍分別爲昌彼德、王德毅、程元敏、侯俊德編著《宋人傳記資
料索引》（臺北：鼎文書局，1974 年 10 月初版）；鄭騫撰《宋人生
卒考示例》（臺北：華世出版社，1977 年 1 月初版）；李國玲編纂《宋
人傳記資料索引補編》（成都：四川大學出版社，1994 年 8 月第一
版）；朱德才主編《增訂注釋全宋詞》（北京：文化藝術出版社，1997
年 12 月北京第 1 版）。

據，以盡確實而無疏漏之處。

第一節　詞作數量與詞調使用的統計

　　本節主要在探討兩宋詠春詞中詞人數量、詠春詞作數量，以及詞人在詞調上的運用情形。透過詞人與詞作數量的統計，可以知曉南北宋詠春詞在數據呈現上的多寡；在詞調的使用方面，則可見出詞人喜愛以哪些詞調來創作詠春詞。

一、詞人與詞作的數量比較

　　依照本論文的選詞標準，共得兩宋詠春詞 473 闋，另有無名氏詞作 10 闋、宋人話本小說中人物詞 1 闋、宋人依托神仙鬼怪詞 1 闋，以及殘句 4 闋，這些皆不列入兩宋詠春詞的數量統計範圍。〔註 5〕在兩宋詠春詞 473 闋作品中，北宋與南宋詠春詞的詞人與詞作數量如下表：

〔註 5〕 無名氏詞作有〈失調名〉（曉日樓頭殘雪盡）（冊四，頁 594）、〈木蘭花〉（東風昨夜歸來後）（冊四，頁 595）、〈失調名〉（捏個牛兒體態）（冊四，頁 595）、〈失調名〉（綵縷旛兒花枝小）（冊四，頁 595）、〈拜星月〉（賀新春）（冊四，頁 616）、〈錦纏道〉（燕子呢喃）（冊四，頁 645）、〈金明池・春遊〉（瓊苑金池）（冊四，頁 645～646）、〈迎春樂令〉（神州麗景春先到）（冊四，頁 724）、〈西江月慢〉（煙籠細柳）（冊四，頁 724）、〈一萼紅〉（斷雲漏日）（冊四，頁 732）。宋人話本小說人物詞為黃夫人〈鷓鴣天〉（先自春光似酒濃）（冊四，頁 745）；宋人依托神仙鬼怪詞為李季蕚〈木蘭花・惜春〉（東風忽起黃昏雨）（冊四，頁 753）。屬於殘句的則為李重元〈憶王孫・春詞〉：「萋萋芳草憶王孫。柳外樓高空斷魂。杜宇聲聲不忍聞。欲黃昏。雨打梨花深閉門。」（冊二，頁 32）全詞僅五句、周煇〈失調名・和人春詞〉：「捲簾試約東君，問花信風來第幾番。」（冊二，頁 609）全詞僅兩句、劉南翁〈如夢令・春晚〉：「沒計斷春歸路。借問春歸何處。鶯燕也含愁，總對落花無語。春去。春去。門掩一庭疏雨。」（冊四，頁 529）全詞未達一闋、吳氏〈失調名・立春〉：「剪新幡兒，斜插眞珠髻。」（冊四，頁 824）全詞僅兩句，又此闋詞唐圭章《全宋詞》未收。以上詞作皆不列入本論文詠春詞的數量統計，而於第三、四章的引文中則有適當的援引。

時　代＼詞人與詞作數量	詠春詞人	詠春詞作
北　宋	23 人	105 闋
南　宋	125 人	368 闋
總　計	148 人	473 闋

　　從上述表格可以看出，北宋創作詠春詞的詞人有 23 人，詠春詞作有 105 闋；南宋創作詠春詞的詞人有 125 人，詠春詞作有 368 闋。在北宋詠春詞中，以歐陽修創作 26 闋居冠，蘇軾創作 16 闋居次；南宋詠春詞中則以趙長卿創作 30 闋居冠，辛棄疾創作 20 闋居次，劉辰翁創作 19 闋次之，程垓創作 12 闋再次之。此外，南宋詠春詞作 368 闋中，還包括了幾組作品較多的聯章詞，例如洪适〈生查子‧盤洲曲〉（正月到盤洲）等共有三闋作品；張掄〈點絳脣‧詠春十首〉（何處春來）等共有十闋作品；王千秋〈點絳脣‧春日〉（何處春來）等共有四闋作品，以及汪莘〈好事近‧春有三變，曰：孟、仲、季。天分四象，曰：曉、夕、晝、夜。自是而出，有不可勝言者矣。約而賦之，凡七篇〉則有七闋歌詠春天以及抒寫感懷的詠春詞。

　　北宋（九六〇～一一二七）與南宋（一一二七～一二七九）在國祚相較之下，北宋較南宋多了十五年，但是創作詠春詞作的詞人與作品數量卻與南宋差距甚大，究其原因，除了因為本文將南渡詞人以及作品數量皆歸入南宋的範圍外；南宋士人對詞體較為尊重的觀念，並積極參與填詞創作的態度；〔註 6〕以及也與南北宋的時代背景等因素有關。例如靖康之難以及南宋的覆亡，許多詞人藉著春天來抒發對國破家亡的悲憤，或是將春天比擬成家國的象徵，描寫國運的搖搖欲墜或是國都已殘破不堪等，而非純粹是面對春天而有所感發的描寫。關於南北宋詠春詞在作品思想內容上的比較，將於下一節探討之。

〔註 6〕參見王偉勇《南宋詞研究》，同註 1，頁 89。

二、詞調與詞序的使用比較

　　在兩宋詠春詞 473 闋作品中，共使用了 118 種詞調，茲將詞調運用次數的多寡，依序明列於下表之中；而遇有相同運用次數之詞調，則以《增訂注釋全宋詞》中出現冊數之先後順序爲準；在「同調異名」一欄，則以聞汝賢《詞牌彙釋》〔註7〕爲本，又某些詞牌的異名不只一種，下表僅列出兩宋詠春詞中出現的詞牌異名；此外，若詞調僅出現於北宋詠春詞，則以「◎」於備註欄標示之，若是僅出現於南宋詠春詞，則以「＊」於備註欄標示之：

編號	詞調名	使用次數	同調異名	備　註
1	蝶戀花	28（北宋：9，南宋：19）		
2	菩薩蠻	27（北宋：2，南宋：25）	重疊金	
3	好事近	20		＊
4	點絳脣	20		＊
5	阮郎歸	19（北宋：4，南宋：15）	醉桃源，宴桃源，如夢令，鶴沖天，喜遷鶯	
6	謁金門	19		＊
7	浣溪沙	17（北宋：4，南宋：13）		
8	木蘭花	15（北宋：10，南宋：5）	木蘭花令，玉樓春	
9	鷓鴣天	12	思佳客，歸國遙	＊
10	滿江紅	10（北宋：1，南宋：9）		
11	踏莎行	10（北宋：5，南宋：5）	喜朝天	
12	南歌子	10（北宋：2，南宋：8）	南柯子，望秦川，怨王孫	
13	采桑子	9（北宋：7，南宋：2）	醜奴兒	
14	減字木蘭花	8（北宋：5，南宋：3）		
15	虞美人	8（北宋：1，南宋：7）		
16	朝中措	8		＊
17	小重山	7（北宋：1，南宋：6）	小沖山	

〔註7〕聞汝賢撰《詞牌彙釋》（臺北：聞汝賢印行，1963 年 5 月臺壹版）。

18	柳梢青	7		✳
19	漁家傲	6		◎
20	臨江仙	6（北宋：1，南宋：5）		
21	清平樂	6（北宋：2，南宋：4）		
22	鵲橋仙	6（北宋：2，南宋：4）		
23	念奴嬌	6	杏花天	✳
24	摸魚兒	6		✳
25	桃源憶故人	5（北宋：1，南宋：4）	醉桃園	
26	滿庭芳	5（北宋：2，南宋：3）		
27	沁園春	5（北宋：1，南宋：4）		
	八聲甘州	5（北宋：1，南宋：4）		
28	卜算子	5		✳
29	驀山溪	5		✳
30	望江南	4（北宋：3，南宋：1）		
31	浪淘沙	4（北宋：1，南宋：3）	賣花聲	
32	訴衷情	4（北宋：3，南宋：1）		
34	江城子	4（北宋：1，南宋：3）	江神子	
35	生查子	4（北宋：1，南宋：3）		
36	西江月	4		✳
37	憶秦娥	4	秦樓月	✳
38	青玉案	4		✳
39	長相思	4		✳
40	祝英臺近	4		✳
41	畫堂春	3（北宋：2，南宋：1）		
42	少年遊	3（北宋：1，南宋：2）		
43	風入松	3		✳
44	粉蝶兒	3		✳
45	探春令	3		✳
46	漢宮春	3		✳
47	賀新郎	3		✳
48	東風第一枝	3		✳
49	酒泉子	2		◎
50	南鄉子	2（北宋：1，南宋：1）		

51	惜雙雙	2（北宋：1，南宋：1）	惜分飛	
52	洞仙歌	2（北宋：1，南宋：1）		
53	行香子	2（北宋：1，南宋：1）		
54	金鳳鉤	2		◎
55	水龍吟	2（北宋：1，南宋：1）		
56	武陵春	2（北宋：1，南宋：1）		
57	探春	2	探春慢	※
58	一落索	2		※
59	風流子	2		※
60	二郎神	2		※
61	烏夜啼	2	錦堂春	※
62	眼兒媚	2		※
63	山花子	2		※
64	燭影搖紅	2		※
65	探芳信	2	探芳訊	※
66	瑣窗寒	2		※
67	高陽臺	2	慶春宮	※
68	破陣子	1		◎
69	夜行船	1		◎
70	賀聖朝影	1		◎
71	洞天春	1		◎
72	憶漢月	1		◎
73	杜韋娘	1		◎
74	歸田樂	1		◎
75	哨徧	1		◎
76	望海潮	1		◎
77	惜餘春	1		◎
78	舞迎春	1		◎
79	石州引	1		◎
80	一叢花	1		◎
81	第二	1		◎
82	第三	1		◎
83	黃鸝繞碧樹	1		◎

84	安平樂慢	1		✳
85	醉花陰	1		✳
86	荷葉鋪水面	1		✳
87	拾翠羽	1		✳
88	四和香	1		✳
89	更漏子	1		✳
90	木蘭花慢	1		✳
91	定風波	1		✳
92	上平西	1		✳
93	瑞鷓鴣	1		✳
94	賀聖朝	1		✳
95	海棠春	1		✳
96	歸朝歡	1		✳
97	孤鸞	1		✳
98	水調歌頭	1		✳
99	鶯啼序	1		✳
100	霜天曉角	1		✳
101	解語花	1		✳
102	掃花遊	1		✳
103	永遇樂	1		✳
104	春風裊娜	1		✳
105	慢摸魚兒	1		✳
106	瑞鶴仙	1		✳
107	蘭陵王	1		✳
108	蘇幕遮	1		✳
109	氐州第一	1		✳
110	一萼紅	1		✳
111	綺羅香	1		✳
112	最高樓	1		✳
113	解佩令	1		✳
114	步蟾宮	1		✳
115	秋夜雨	1		✳
116	春霽	1		✳

117	霓裳中序第一	1		＊
118	感皇恩	1		＊
總計	118 種詞調	473 闋詞	26 種同調異名的詞調	兩宋同時使用32 種詞調；北宋與南宋分別單獨使用了 19 種、67種詞調

　　上表為兩宋詠春詞 473 闋作品所運用的詞調統計，由上表可知詞人共使用了 118 種詞調來填寫詠春詞，其中還包含了 26 種同調異名的詞調，即有些詞調調名不同而實為一調，也就是一調數名之意，這往往是後人不斷改換詞調名的結果，例如上表中〈菩薩蠻〉一名〈重疊金〉；〈憶秦娥〉一名〈秦樓月〉等。在 118 種詞調中，以〈蝶戀花〉運用 28 次最多，其次為〈菩薩蠻〉（包含 6 闋回文詞）運用 27 次，再其次為〈好事近〉與〈點絳脣〉皆運用了 20 次，其中〈好事近〉包含了汪莘〈好事近〉聯章詞共七闋，〈點絳脣〉則包含了張掄〈點絳脣・詠春十首〉以及王千秋〈點絳脣・春日〉兩組聯章詞共十四闋作品。由上表中還可看出，北宋選用最多的詞調分別為〈木蘭花〉運用 10 次，〈蝶戀花〉運用 9 次，〈采桑子〉運用 7 次；南宋詠春詞選用最多的詞調則為〈菩薩蠻〉運用 25 次，〈好事近〉、〈點絳脣〉各運用 20 次，〈蝶戀花〉、〈謁金門〉各運用了 19 次。此外，除了南北宋皆有使用的 32 種詞調外，由上表還可發現北宋詠春詞還單獨使用了 19 種詞調，南宋詠春詞則單獨使用了 67 種詞調，於此也顯現出詞人選用詞調的廣泛與豐富。

　　至於詞調名與詞作內容的關係，陳弘治《詞學今論》有云：「唐五代時，調即是題，而已有不盡然者。至宋以後，則詞皆有題，倚調以成聲，而所詠之事，與調無涉矣（自度曲例外）。」〔註8〕又如王師偉勇於《南宋詞研究》中對題序則有詳盡的說明：「依敦煌曲所載，唐代民間詞作，內容雖廣而命意簡明，鮮見標示詞題者。洎乎文士著

〔註8〕　參見陳弘治《詞學今論》（臺北：文津出版社，1991 年 7 月增訂二版），頁 101。

手填製，其作用率爲宴遊契濶之際，供優伶女樂歌以娛賓遣興、陶情侑尊而已，少發抒個人之襟抱情感也。故此時特須以詞牌爲題，一則自詞牌即可知其大致內容，便於歌者適時應景之運用。……二則其內容係泛說，非專指一事一人，便於任何場合歌唱，自無須標題。……趙宋既興，張先、歐陽修、柳永或標示題目，而詠物敘別、流連花間，仍因前習，內容極其單純。迨蘇軾作樂府，方視詞爲詩，藉詞之抑揚宛轉，言志抒情，無不可入，無不可言，歌詞遂爲之一變，不爲詞牌所拘，於焉詞題乃大量出現。」〔註9〕由此可知唐五代時詞多有調無題，因內容與調名一致，又方便於任何場合歌唱；宋代以降，詞成爲文人學士抒情寫懷的一種文學形式，於是詞作的內容、意境和題材都變得繁複，因此多數詞調名漸與內容無涉，而另於詞調下立題、附著作意，則能從詞題清楚知道詞作的內容爲何。又詞題是詞調名下寫得較爲簡單的文句；而以一段較長的文字來說明作詞緣起，並略爲說名詞意者，則稱爲詞序。

由上引文字的敘述，還可知大力推行於詞調下另立題目此種風氣者，當屬蘇軾。檢閱蘇軾之前的北宋詠春詞作 42 闋中，只有 8 闋於詞調下有另立詞題；蘇軾有 16 闋詠春詞，其中僅有 2 闋未立詞題；而蘇軾之後的北宋詞作有 47 闋，其中有 26 闋有標明詞題。而南宋 368 闋詠春作品中，有 270 闋詞作有標明題序（未包含組詞與聯章詞共 19 闋作品）〔註10〕，可見南宋詞人頻繁使用題序的情況。〔註11〕在兩宋詠春詞中有 318 闋作品有標明題序，題序中有超

〔註9〕 參見王偉勇《南宋詞研究》，同註 1，頁 172～173。

〔註10〕 十九闋作品爲王之道〈桃源憶故人‧追和東坡韻呈曾倅子修三首〉（冊二，頁 148）一闋；張掄〈點絳脣‧詠春十首〉（冊二，頁 412～413）九闋；王千秋〈點絳脣‧春日〉（冊二，頁 476～477）三闋；汪莘〈好事近‧春有三變，曰：孟、仲、季。天分四象，曰：曉、夕、晝、夜。自是而出，有不可勝言者矣。約而賦之，凡七篇〉（冊三，頁 209～210）六闋。上述十九闋作品未重複計算詞調下之題序。

〔註11〕 以南宋詠春詞爲例，趙長卿 30 闋詠春詞中，每闋皆有標明詞題；辛棄疾 20 闋詠春詞中，有 16 闋標名詞題或詞序；劉辰翁 19 闋詠春詞

過半數是與春天有關的題序，或言春天的時序例如「立春」、「春景」、「暮春」、「春日」、「早春」、「深春」、「春半」、「春濃」、「春光」、「春晴」等；或言詞人對春天的情感，例如「春思」、「春情」、「惜春」、「春懷」、「春恨」、「春愁」、「催春」、「春興」、「詠春」、「春感」等。〔註12〕

　　其他的題序則有關於宴飲歡樂之活動，例如王質〈江城子・宴守倅〉（冊二，頁724）、趙善扛〈喜遷鶯・春宴〉（冊二，頁986）、程垓〈謁金門・陪蘇子重諸友飲東山〉（冊三，頁16）、馬子嚴〈賀聖朝・春遊〉（冊三，頁84）、高觀國〈卜算子・泛西湖坐間寅齋同賦〉（冊三，頁380）等；有關於點明時間、地點者，例如歐陽修〈玉樓春・題上林後亭〉（冊一，頁112）、晁補之〈金鳳鉤・東臯寓居〉（冊一，頁495）、張孝祥〈蝶戀花・懷于湖〉（冊二，頁678）、王炎〈點絳脣・崇陽野次〉（冊二，頁842）、王炎〈南鄉子・甲戌正月〉（冊二，頁844）、史達祖〈玉樓春・社前一日〉（冊三，頁339）等；也有次韻或是和韻填詞者，例如賀鑄〈蝶戀花・改徐冠卿詞〉（冊一，頁477）、晁補之〈水龍吟・次韻林聖予惜春〉（冊一，頁497～498）、万俟詠〈安平樂慢・都門池苑應制〉（冊一，頁751）、王灼〈清平樂・壎太白應制詞〉（冊一，頁809）、王灼〈菩薩蠻・和令狐公子〉（冊一，頁810）、趙師俠〈蝶戀花・戊戌和鄧南秀〉（冊三，頁92）等；還有說明作詞緣由與背景者，例如李元膺〈洞仙歌・一年春物，惟梅柳間意味最深。至鶯花爛熳時，則春已衰遲，使人無復新意。予作洞仙歌，使探春者歌之，無後時之悔。〉（冊一，頁389）、侯寘〈菩薩蠻・小女淑君索賦晚春詞〉（冊二，頁432）、范成大〈眼兒媚・萍鄉道中乍晴，臥輿中，困甚，小憩柳塘〉（冊二，頁622）、范成大〈謁金門・宜春道中野塘春水可喜，有懷舊感〉（冊二，頁622）、蔣捷〈秋夜雨・蔣正夫令作春夏多各一闋，次前韻〉（冊四，頁402）等。

中，每闋皆有標明詞題；又如嚴仁（6闋詠春詞）、黃昇（7闋詠春詞）、蔣捷（6闋詠春詞）等，皆全標上詞題或詞序。
〔註12〕詳細題序與詞作請參見本論文附錄「兩宋詠春詞一覽表」。

　　此外，北宋的詞題以簡短、不超過一句話爲主；較長的文字敘述而稱爲詞序的，僅有蘇軾〈浣溪沙・元豐七年十二月二十四日，從泗州劉倩叔遊南山〉（冊一，頁 277）以及李元膺〈洞仙歌・一年春物，惟梅柳間意味最深。至鶯花爛熳時，則春已衰遲，使人無復新意。予作洞仙歌，使探春者歌之，無後時之悔。〉（冊一，頁 389）兩闋詞。在南宋詠春詞中，較簡短的詞題仍屬多數，但是詞人創作詞序的比例則較北宋爲高，例如范成大〈朝中措・丙午立春大雪，是歲十二月九日丑時立春〉（冊二，頁 611～612）、辛棄疾〈摸魚兒・淳熙己亥，自湖北漕移湖南，同官王正之置酒小山亭，爲賦〉（冊二，頁 857）、汪莘〈好事近・春有三變，曰：孟、仲、季。天分四象，曰：曉、夕、晝、夜。自是而出，有不可勝言者矣。約而賦之，凡七篇〉（冊三，頁 210）、郭應祥〈柳梢青・兩邑大夫鞭春之集，城南主人張澧州有詞，次其韻〉（冊三，頁 242）、高似孫〈鶯啼序・屈原九歌東皇太一，春之神也。其詞悽愴，含意無窮。略采其意，以度春曲〉（冊三，頁 282）、史達祖〈東風第一枝・壬戌閏臘望，雨中立癸亥春，與高賓王各賦〉（冊三，頁 339）等。

　　由於詞體的演進與內容意境上的拓展，詞人漸以標明詞題或詞序來呼應詞作的主體內容。從上述詠春詞作的題序標示，皆可從中知曉詞人創作的緣由，或是標識春天的時序，或是用以昭示詞人作詞的心境等；而從南北宋詞作題序上的繁衍，還可知曉詠春詞發展至南宋，詞人對春天有著更細部的描繪，例如詞人趙長卿以多種詞調細分吟詠春天的時序更迭，而有尋春、早春、春半、春濃、春深、暮春、春殘等詞題；又如前述以汪莘〈好事近〉的詞序爲例，作品分爲孟春、仲春、季春、春曉、春夕、春晝、春夜等七個變化來吟詠春天。凡此皆可由題序得知南宋詞人較北宋詞人對春天有更細部的雕琢描繪。因此藉由題序不但能增進對這些詠春作品的認識，也能觀察出詞人在題序創作上的使用次數多寡，以及題序內容的豐繁。

第二節　思想內容的比較

　　兩宋詞人在面對春天時發爲吟詠的詞篇，折射了當時所處時代背景與人生經歷；即使身處同一個時代，每個人所領受到的春天也是豐富而多樣的。本論文在第三章論述了兩宋詠春詞的主題與內容，分別在第一節與第二節探討兩宋詞人面對春天時序的推移所描摹的春天風貌，以及藉由春天所抒發的情感。北宋與南宋的詠春詞篇顯現出兩宋詞人在面對春天時有其共同的、對春天消逝的感懷，而也存在著因爲時代背景的不同而有藉著歌詠春天表達不同的思想內容。因此本節將從北宋、南宋兩個時代在詠春詞作思想內容上的主要差異，即詞人面對春天的態度上加以比較論述，並探討造成兩宋詠春詞在思想內容上差異的原因。

一、北宋詠春詞偏重對春天存有的情思

　　檢閱兩宋詠春詞作，可以發現兩宋皆有面對春天而興發的心緒感懷，例如惜春、留春、傷春、珍惜並把握美好春光以及時行樂，以及面對春天歸去、送春歸去而引發的感傷愁緒。而南北宋不同之處，則在於北宋詞人多是自然的面對春景而就眼前景物來抒發心緒上的感悟；南宋詞人則多是因社會國家的變動使眼前的春景蒙上了一層憂國的色彩，而藉由春天來寄托自己的悲慨。換言之，因爲北宋所處的是承平繁華、遊宴享樂的時代環境，詞作多展現寬舒中和的音調與色彩，詠春詞作多是以抒發惜春、留春、春愁等心緒感懷爲主，詞作也多是婉媚清麗的風致；但是在南宋，即使鋪展詞人眼前的是美好春色，詞人卻反覺觸目傷懷，對景徒增哀傷。

　　北宋詠春詞作除了描摹春天景致的作品，以及藉著描寫春天景致展現詞人欣喜迎接春天的情感外，多數詞作是詞人面對春天而自然、直接的抒發感懷，例如第三章曾論述的宋祁〈玉樓春・春景〉（東城漸覺風光好）：「浮生長恨歡娛少。肯愛千金輕一笑。爲君持酒勸斜陽，且向花間留晚照。」（冊一，頁100）流露出詞人意識到

人生的短暫以及歡娛時刻的稍縱即逝，歡娛恨少，憂患苦多，春天有再輪迴的時候，人的生命卻不能再重來。歐陽修〈漁家傲〉（二月春耕昌杏密）：「留客醉花迎曉日。金盞溢。卻憂風雨飄零疾。」（冊一，頁 117）流露出詞人想留住春天，以及需珍惜把握春光的心情；而〈玉樓春〉：「殘春一夜狂風雨。斷送紅飛花落樹。人心花意待留春，春色無情容易去。　高樓把酒愁獨語。借問春歸何處所。暮雲空闊不知音，惟有綠楊芳草路。」（冊一，頁 113）則展現詞人留春不住的愁苦，以及面對春天歸去的無奈與惆悵。

又如黃庭堅〈清平樂〉：「春歸何處。寂寞無行路。若有人知春去處。喚取歸來同住。　春無蹤迹誰知。除非問取黃鸝。百囀無人能解，因風飛過薔薇。」（冊一，頁 341）則是細膩描繪出詞人由問春到尋春、惜春，從期待到失望的過程，每經一心境上的轉折，便越加深一層惜春的心情；以及春天終究還是歸去時，詞人深感落寞的惆悵。秦觀〈畫堂春〉：「落紅鋪徑水平池。弄晴小雨霏霏。杏園憔悴杜鵑啼。無奈春歸。　柳外畫樓獨上，憑闌手撚花枝。放花無語對斜暉。此恨誰知。」（冊一，頁 401）從詞中「無奈春歸」以及「放花無語對斜暉。此恨誰知」幾句，則明顯表現出詞人面對春光遲暮的景色時，所興發的春愁、傷春、惜花等哀婉纖柔之愁緒。

此外，北宋詠春詞作流露的惜春、留春、傷春、面對春歸而興發的春愁、珍惜光陰等心緒感懷，於下列詞作中同樣呈現出這些特質，例如晏殊〈採桑子〉（紅英一樹春來早）：「無端一夜狂風雨，暗落繁枝。蝶怨鶯悲。滿眼春愁說向誰。」（冊一，頁 82）以風雨橫掃枝頭的春景勾勒出蝴蝶與黃鶯的春愁，實際上則飽含著詞人面對春天漸漸消逝的滿腔愁緒；在晏殊另外兩闋詞作〈酒泉子〉：「三月暖風，開卻好花無限了，當年叢下落紛紛。最愁人。　長安多少利名身。若有一盃香桂酒，莫辭花下醉芳茵。且留春。」（冊一，頁 84）、〈酒泉子〉（春色初來）：「勸君莫惜縷金衣。把酒看花須強飲，明朝後日漸離披。惜芳時。」（冊一，頁 84）此兩闋詞，除了流露

出惜花、惜春、留春等溫婉深蘊的心情外，還有珍惜時光、把握美好春色的寓意。李冠〈蝶戀花・春暮〉（遙夜亭皋閒信步）：「遙夜亭皋閒信步。才過清明，漸覺傷春暮。數點雨聲風約住。朦朧淡月雲來去。」（冊一，頁98）則是以風雨與朦朧月色烘托出詞人的傷春情緒。又如王安國〈清平樂・春晚〉（留春不住）：「留春不住。費盡鶯兒語。滿地殘紅宮錦污。昨夜南園風雨。」（冊一，頁175）詞中描繪了殘花經風雨吹打後的狼藉情狀，道出詞人無計留春之苦，以及惜春與惜花的深情。

此外，晏幾道〈歸田樂〉（試把花期數）：「試把花期數。便早有、感春情緒。看即梅花吐。願花更不謝，春且長住。只恐花飛又春去。」（冊一，頁194）詞中「試把花期數」一句，可見詞人盼望春天到來的心情，然而春還未到、花還未開之時，便已有感春的情緒了。因此全詞是以盼春寫傷春，並以「花」爲線索，串起全詞，以突出傷春之意。又如蘇軾〈南歌子・暮春〉（紫陌尋春去）：「綠陰青子莫相催。留取紅巾千點、照池臺。」（冊一，頁248）則流露出詞人期望春天長留、希望花能開得久一點的惜春、惜花之心情。至如晁補之〈八聲甘州・歷下立春〉（謂東風、定是海東來）：「莫歎春光易老，算今年春老，還有明年。歎人生難得，常好是朱顏。」（冊一，頁492）、〈金鳳鉤・同前送春〉〔註13〕（春辭我向何處）：「春辭我向何處。怪草草、夜來風雨。一簪華髮，少歡饒恨，無計罥春且住。」（冊一，頁495）以及毛滂〈阮郎歸〉（雨餘煙草弄春柔）：「紅盡處，綠新稠。穠華只暫留。卻應留下等閒愁。令人雙鬢秋。」（冊一，頁635）三闋詞，則顯露詞人無計留春的無奈與惆悵，並由美好春光的短暫與消逝，聯想到自身年華老去、盛年不再重來，以及人生旅途上的苦多於樂，於此皆呈顯出詞人面對春景卻感慨益深與越發愁悶的心情。

〔註13〕詞牌中的「同前」指的是「東皋寓居」，爲詞人晁補之晚年閒居所作的一系列詞作。

　　由以上詞例，展現出詞人面對春天的心態，是隨著景物的變化所興發的情感律動，有因為風雨打落枝葉、看見落花飄飛，以及希望花開不謝、懇求夏日晚點到來而不要早早便催促春天歸去所興起的惜花、惜春心情；有詞人無計留春住的無奈與歎惋之情；也有因為知道美好的春光短暫難久留，而興起的珍惜春光、把握當下，以及及時行樂的感懷。此外，也還有由春天的消逝聯想到人類生命的短暫與渺小的體悟，因為大自然的時序有其恆常的流轉，即使現在已是遲暮的春色，明年大地還會再捎來春天的訊息，然而人類的生命無法重來，時間的巨輪終究會將生命推向萎謝凋零。因此現在即使捕捉住眼前美好的春色，或是正值人生璀璨的年華，但是隨即又得擔心畏懼生命的衰老，就如同面對春天無情的消逝。

　　綜上所述，北宋詠春詞作多呈現出詞人在面對春天、感受春景時，將心靈的悸動發為自然的抒寫，或是對春天的禮讚、歌詠，或是流露出對春天的珍惜、挽留、愁苦、傷感、不捨春歸等心緒，凡此用靈思巧筆點染的春天情感，皆來自於詞人面對春天時那亙古駐留心中的感動，也織就了北宋詠春詞較為婉媚清麗的基調，與其自然吟詠春天的特質。

二、南宋詠春詞偏重藉春天書寫家國之思

　　強敵壓境的半壁江山是南宋面臨的新環境，社會生活由北宋的承平盛世轉為動盪不安，因此南渡之後的詞作，由宴遊享樂、娛賓遣興、抒寫兒女私情與怨離恨別等內容，擴而抒寫關心家國、隱刺朝政的內容，使得懷念故國、渴望收復中原失地成為南宋詞作的主旋律；而南宋覆亡後的遺民詞人，面對蒙古鐵蹄蹂躪之下的破碎河山，亦大量寄寫家國之思、身世之感，並藉由對春天吐露的愁思感懷，傾洩想念故國的心情，使詞作充滿了委婉沉鬱、淒苦絕望的音調。因此這些因家國變動所激起的內容，是北宋未有的經歷，也是

南宋詞最大的特色，〔註14〕不但展示了當時代的苦難與悲痛在詞人心中留下的印痕，也成了悼亡南宋時代的哀歌。

北宋詞人所領受到的春天是一種對大自然眞實的心靈悸動，藉著詠春、嘆春來譜寫筆下的文字之春；當同樣美好絢爛的春景展現在南宋詞人眼前，也有讚賞與欣喜迎接春天的詞篇，或是更細膩描摹春天的面貌，但是較北宋詠春詞特出的則是南宋詞人將社會國家的離亂與悲痛，藉著春天的形象傾吐變色的河山，以及想念故國的心情。因此以下即是論述南宋詠春詞此種反映家國變動，與北宋詠春詞有別的特色。

本論文第三章所論述的辛棄疾〈摸魚兒・淳熙己亥，自湖北漕移湖南，同官王正之置酒小山亭，爲賦〉（更能消、幾番風雨）（冊二，頁857）一詞，以春天將要逝去的淒迷景象，比喻南宋國勢的風雨飄搖與衰沉，而詞人爲朝政奔勞、意圖恢復北宋故土的雄心壯志，卻只能如畫簷蛛網般辛勤沾黏飛絮而欲盡一點棉薄之力。此外，詞人還以陳皇后、楊玉環、趙飛燕等人的典故，來慨歎自身遭遇，以及無法施展報效國家之志，而眼看著南宋國勢如同暮春落照迷離之景，在失望痛心之餘，卻也只能化作這些飽含著幽咽纏綿的淒美文字，在低徊綿麗中寄託無盡的感慨。繆鉞先生認爲辛棄疾此闋〈摸魚兒〉是「宋詞中的《離騷》」，如同屈原借美人香草之辭抒發政治上的感憤。〔註15〕此外又如〈滿江紅・暮春〉（可恨東君）（冊二，頁880）、〈滿江紅〉（點火櫻桃）（冊二，頁956）兩闋詞，辛棄疾同樣藉著春天將要歸去的景致，以春歸人不歸、離人想念家國的情語來寄寫愛國思緒，抒寫對家國河山的憂愁以及壯志難酬之恨，並交揉著不被接納而遭妒忌排擠的北方歸正人身分，使得英雄無用武之地的痛苦和悲哀構築了這

〔註14〕相關資料參見王偉勇《南宋詞研究》，同註1，頁99。

〔註15〕相關論述參見繆鉞、葉嘉瑩合撰《靈谿詞說》（臺北：國文天地雜誌社，1989年12月初版），繆鉞撰寫之〈論蘇、辛詞與《莊》、《騷》〉，頁229～235。

些沉重抑鬱的詞篇，也表達出在當時風雨飄搖、動盪不安的時代下，詞人希望南北統一的殷切。此外，在辛棄疾〈蝶戀花・戊申元日立春，席間作〉（誰向椒盤簪綵勝）（冊二，頁 899），以及〈漢宮春・立春日〉（春已歸來）（冊二，頁 919）兩闋立春詞中，則是通過立春時節景物的描繪，以及詞中「往日不堪重記省。爲花長把新春恨。春未來時先借問。晚恨開遲，早又飄零近。今歲花期消息定。只愁風雨無憑準。」、「清愁不斷，問何人、會解連環。生怕見、花開花落，朝來寒雁先還。」等大自然景物的春花、寒雁來表達詞人對於國勢的隱憂、憂愁與沉痛之情，以及懷想家鄉與中原仍陷敵手的悲痛，使得理應是喜氣洋洋、充滿歡慶與希望的立春佳節，反而彌漫著一股愁悶與感傷的情調。

　　從辛棄疾的詠春詞篇，可以看見貫串其中的春來春去、春光易逝、歸期難卜、傷春惜花、遠眺盼歸之情，實際上乃是詞人對故國、對家鄉的那份關心的情感、忠義奮發的志意，以及對時日空待、對北歸無期的失望與希望之間的交替，也是追求與幻滅相續的情思抒述。〔註16〕詞人能將面對大自然的景物所得的感發，結合了對國事的擔憂以及自身壯志難酬的感慨，用自己生命中之志意與理念敘寫詞篇，而並非只是流連光景的偶發之情而已。而由辛棄疾的詠春詞篇中還能發現，其中的創作手法含有比興寄託多於賦的成分的特點，因爲詞人多是以兩種形象做間接抒懷的表現，一種是大自然界的景物之形象，另一種是歷史中古典之形象，其寫景與用典並不僅是由於有心以之爲託喻，也是由於他對於眼前的景物及心中的古典本來就有一種豐富的聯想及強烈的感發，因此能把內心所凝聚的家國之恨、欲收復中原的想望，以及受到朝廷小人讒毀擯斥等互相衝擊的力量，深致委婉的發抒於詞篇，而能以英雄豪傑之手段表現出

〔註16〕相關論述參見孫崇恩、劉德仕、李福仁主編《辛棄疾研究論文集》（北京：中國文聯出版社，1993年2月第一版第一次印刷），嚴迪昌撰寫之〈論辛棄疾的「詠春」詞〉，頁138。

詞篇曲折含蘊的特質。〔註17〕也正因為「辛棄疾乃是借春寓理、托花抒情，理寓其中，情自理出，抒發著家國之情，興亡之理，於是也就與唐五代北宋以來的本來意義上的春愁閨怨，以及借以抒發個人沉浮得失的悲苦截然有別。」〔註18〕春代表著美好、繁盛、活力與希望，春天的消逝則代表著凋謝、衰亡，它一旦和政治發生聯繫，所代表的往往便是時勢、國家。〔註19〕此種有意運用比興寄託的創作方式影響所及，南宋中晚期如辛派詞人等，便以春天做為抒發愛國情懷的常見題材，當然「春」的象徵以及「春」所借托的內容會隨著時局的變遷而有所變化，表現於詞篇中的情思也會隨著國破家亡的慘境而變得更為悽楚絕望。

　　除了辛棄疾的詠春詞篇，稍早的南渡詞人如朱敦儒（1081～1159）、趙鼎（1085～1147）、楊無咎（1097～1171）等，也有藉春天譜寫南宋偏安江南的感懷。例如朱敦儒〈一落索〉（慣被好花留住）：「今日江南春暮。朱顏何處。莫將愁緒比飛花，花有數、愁無數。」（冊一，頁 793）、楊無咎〈醉花陰〉：「淋漓盡日黃梅雨。斷送春光暮。目斷向高樓，持酒停歌，無計留春住。　　撲人飛絮渾無數。總是添愁緒。回首問春風，爭得春愁，也解隨春去。」（冊二，頁 209）詞人皆以春天的逝去喻指靖康之難中北宋的覆亡，並以飛花柳絮、春末夏初的黃梅雨等暮春景色，描摹詞人面對山河殘破的淒苦與無助。又如趙鼎〈點絳脣・春愁〉（香冷金爐）：「香冷金爐，夢回鴛帳餘香嫩。更無人問。一枕江南恨。……清明近。杏花吹盡。薄暮東風緊。」（冊一，頁 879）詞面上以穠妍的筆調敘寫夢中出現以往的浪漫生活，但是如今流落江南，只有滿腔難以言喻的離恨，

〔註17〕相關論述參見繆鉞、葉嘉瑩合撰《靈谿詞說》，同註15，葉嘉瑩撰寫之〈論辛棄疾詞〉，頁 401～449。

〔註18〕參見孫崇恩、劉德仕、李福仁主編《辛棄疾研究論文集》，同註16，嚴迪昌撰寫之〈論辛棄疾的「詠春」詞〉，頁 146。

〔註19〕參見劉慶雲〈稼軒〈摸魚兒〉春詞在詞史上的典範意義〉，頁 287。此篇論文收錄於《辛棄疾學術研討會論文彙編》（研討會於 2004.4.11～15 在福建武夷山市舉辦）。

詞人以暮春景色作結來刻劃春愁，眼前的春景蒙上哀傷的色彩，詞人將家國之思與身世之感以柔婉淒楚的文字展現，〔註20〕因此傷春愁春中有著詞人守住春色不放的深情，其實也寓含著對人生的唱嘆與世事的憂慮，正如薛礪若先生評價趙鼎的詞作：「多河山故主之思，音節雖婉柔，而意緒則甚淒楚也。」〔註21〕由上引三闋詞作中的「春」，不但代表著季節時序的概念，也是一種故國繁華的象徵，而昔日北宋的繁華已如過眼雲煙，就好比眼前的春天無情消逝，詞人只能訴諸文字道出心中的無限哀愁與憤恨，也流露出漂泊江南的孤苦淒清之感懷。

之後，與辛棄疾同時的詞人趙善括，也有以春天寓寫國事的詞篇，例如〈摸魚兒・和辛幼安韻〉（喜連宵）：「喜連宵、四郊春雨。紛紛一陣紅去。東君不愛閒桃李，春色尚餘分數。雲影住。任繡勒香輪，且阻尋芳路。……西成事，端的今年不誤。從他蝶恨蜂妒。鶯啼也怨春多雨，不解與春分訴。新燕舞。猶記得、雕梁舊日空巢土。天涯勞苦。望故國江山，東風吹淚，渺渺在何處。」（冊二，頁 990）這闋詞是詞人對辛棄疾〈摸魚兒〉春詞的和作，因此詞中也有明顯的寄託。辛棄疾〈摸魚兒〉一詞以「更能消、幾番風雨」形容摧殘春景的勢力，趙善括則將春雨形容助長「西成事」的力量，「西成事」在詞面上指農作秋收，其實喻指恢復故國之大業，因此詞人面對春雨的態度是「喜連宵、四郊春雨」的欣喜之情。此外，詞中的「蝶恨蜂妒」、「鶯啼」、「燕舞」，則與辛詞中「長門事，準擬佳期又誤。蛾眉曾有人妒」、「君莫舞。君不見、玉環飛燕皆塵土」的意思相似，皆暗指朝廷小人的妒忌與弄權，是收復北方故土的阻力；雖然詞人懷有「西成事，端的今年不誤」中認為有收復失土的一天，然而面對著國勢的日益頹敗，不免發出「望故國江山，東風吹淚，渺渺在何處」的慨歎，也刻劃出詞人對未來國運的茫然心境。

〔註20〕相關論述參見黃文吉著《宋南渡詞人》（臺北：臺灣學生書局，1985 年 5 月初版），頁 234〜235。

〔註21〕薛礪若著《宋詞通論》（香港：中流出版社，1974 年 3 月版），頁 222。

　　上述南渡詞人與辛棄疾、趙善括等人面對的是只有半壁江山的南宋朝廷，然而尚有「國」的實體存在；時至宋末，當蒙古人的鐵蹄踐踏了偏安江南的南宋朝廷，此時亡於異族手中的國家已不復存在，因此詞人的傷春乃是悼念故國，「春天」也成為故國的象徵。例如何夢桂（1228～？）〈喜遷鶯〉：「留春不住。又早是清明，楊花飛絮。杜宇聲聲，黃昏庭院，那更半簾風雨。勸春且休歸去。芳草天涯無路。悄無語。倚闌干立盡，落紅無數。　　誰愬。長門事，記得當年，曾趁梨園舞。霓羽香消，梁州聲歇，昨夢轉頭今古。金屋玉樓何在，尚有花鈿塵土。君不顧。怕傷心，休上危樓高處。」（冊四，頁 129）從詞中可以發現辛棄疾〈摸魚兒〉一詞的痕跡，例如「飛絮」、「風雨」、「芳草天涯無路」、「落紅無數」、「長門事」、「塵土」、「休上危樓」等景物與人事用語，皆與辛詞相似；較為不同的則是何詞下片所說的「長門事」種種，是指南宋昔日的繁盛，而今轉瞬即逝，故國已然成為只能在夢中追尋的往事。

　　何夢桂其他詞篇也有藉春天哀悼故國南宋之作，例如〈滿江紅〉（春色三分）：「春色三分，怎禁得、幾番風力。又早見、亭臺綠水，柳搖金色。滿眼春愁無著處，知心惟有幽禽識。……且莫教春去，亂紅堆積。記得年時陪宴賞，重門深處桃花碧。待修書、欲寄楚天遙，無行客。」（冊四，頁 129）、〈八聲甘州・傷春〉（倚闌干立盡）：「倚闌干立盡，看東風、吹度柳綿飛。怕杜鵑啼殺，江南雁杳，游子何之。夢斷揚州芍藥，落盡簇紅絲。歌吹今何在，一曲霓衣。　　往事不堪重省，……恨春歸、留春未住，奈春歸、不管玉顏衰。傷心事，都將分付，榆砌苔磯。」（冊四，頁 133）、〈賀新郎・再用韻傷春〉（花落風初定）：「花落風初定。倚危闌、衷情欲愬，躊躇不忍。把酒問春春無語，吹落游塵怎任。待淚雨、紅妝蔫盡。不道燕銜春將去，誤啼鵑、喚起年年恨。芳草路，人愁甚。……金谷平泉俱塵土，誰是當年豪勝。……千古興亡東流水，望孤鴻、沒處殘陽影。無限意，傷春興。」（冊四，頁 134）等詞，皆與〈喜遷鶯〉一樣，結合暮春凋殘的景色，

如風吹、亂紅、飛絮、杜鵑、雁歸、芍藥等景物，藉此懷想往昔南宋
的繁盛，而今春天的歸去正象徵著南宋的覆滅，因此上述詞中彈奏著
的皆是對南宋故國的哀悼之音，訴說亡國的悲楚與心酸。

　　南宋滅亡後，詞人眷戀故國之作甚多，其表達方法也各有不同，
例如王沂孫是藉詠物以寄懷，張炎、蔣捷等詞人是在敘行蹤、寫景物
時隨筆流露故國之思，這些抒寫黍離之悲的詞作，有著怨抑淒涼、含
蓄蘊藉的特質。〔註22〕而劉辰翁的痛傷故國之詞與上述王沂孫、張
炎、蔣捷等人有所不同，劉辰翁「往往是整個一首詞都是抒寫亡國之
痛，而且是用中鋒重筆，所以尤其覺得激楚蒼涼，沉鬱穠至，富有感
人力量。」〔註23〕在本論文第三章也曾論述劉辰翁的詠春詞作，例如
〈蘭陵王・丙子送春〉（送春去）（冊四，頁187）、〈沁園春・送春〉
（春汝歸歟）（冊四，頁205）、〈浣溪沙・虎溪春日〉（春日春風掠鬢
鬚）（冊四，頁167）、〈山花子・春暮〉（東風解手即天涯）（冊四，
頁173）、〈八聲甘州・送春韻〉（看飄飄、萬里去東流）（冊四，頁196）、
〈摸魚兒・甲午送春〉（又非他、今年晴少）（冊四，頁216）；他如
〈菩薩蠻・丁丑送春〉（殷勤欲送春歸去）（冊四，頁169）、〈減字木
蘭花・庚辰送春〉（送春待曉）（冊四，頁173）、〈虞美人・客中送春〉
（樓臺煙雨朱門悄）（冊四，頁191）、〈虞美人・春曉〉（輕杉倚望春
晴穩）（冊四，頁192）等，在這些詠春詞作中，以送春詞居多，且
送春詞中多以甲子紀年，不用元人年號，透露出詞人堅守志節的情
操。而不論是描寫送春、暮春或是春日，詞人皆用「春」來象徵南宋
的國運，以「春歸」比喻國家的滅亡，並通過「送春」抒發亡國的愁
恨；詞人也在這些詞中運用比興手法，以古事借喻，將今古之思、亡
國的淒切心情訴諸於詞面，字字皆是悲咽與血淚，不但充分反映了時
代背景，也表達出覆巢之下無完卵的孤臣孽子心情上的沉痛與淒苦。

　　此外，宋元之際的詞人，也還有寄託身世家國的詠春詞篇，例如

〔註22〕參見繆鉞撰《繆鉞說詞》（上海：上海古籍出版社，1999 年 12 月第
　　　　一版第一次印刷），頁 186～187。
〔註23〕參見繆鉞撰《繆鉞說詞》，同上註，頁 187。

周密（1232～1298）〈探芳訊・西泠春感〉（步晴畫）：「東風空結丁香怨，花與人俱瘦。甚悽涼，暗草沿池，冷苔侵甃。……廢苑塵梁，如今燕來否。翠雲零落空堤冷，往事休回首。最消魂，一片斜陽戀柳。」（冊四，頁 253～254）、趙文（1238～？）〈蘇幕遮・春情〉（綠秋平）：「客路不如歸夢短。何況啼鵑，怎不教腸斷。」（冊四，頁 279）、趙功可（趙文之弟）〈氐州第一・次韻送春〉（楊柳樓深）：「楊柳樓深，推夢乍起，前山一片愁雨。嫩綠成雲，飛紅欲雪，天亦留春不住。借問東風，甚飄泊、天涯何許。……聽西河、人唱罷，何堪把、江南重賦。敲碎瓊壺，又前村、數聲鐘鼓。」（冊四，頁 284～285）三闋詞中出現的「怨」、「悽涼」、「冷」、「腸斷」、「愁」、「飄泊」等字詞，即勾勒出詞人遭逢國難的淒涼心境，故國昔日的繁華已是前塵往事，只能在夢中追尋熟悉的家園。如今在異族統治之下，只有飄泊無依的軀體與悲苦的心情，以及復國壯志難以達成的苦悶，詞人便交揉這些因素與眼前的暮春景致互相結合，以深婉之詞抒發心中的慷慨悲歌。

他如王沂孫〈鎖窗寒・春寒〉（料峭東風）：「誤千紅，試妝較遲，故園不似清明近。但滿庭柳色，柔絲羞舞，淡黃猶凝。……桐花漸老，已做一番風信。又看看、綠徧西湖，早催塞北歸雁影。等歸時、為帶將歸，併帶江南恨。」（冊四，頁 320）、劉將孫（1257～？）〈八聲甘州・送春〉（又江南、三月更明朝）：「春還是、多情多恨，便不教、綠滿洛陽宮。只消得，無情風雨，斷送忽忽。」（冊四，頁 468）兩闋詞，同樣是藉春暮夏初的景物來抒發對故國的想念，字裡行間滿溢著身為遺民的哀愁憤恨。其中王沂孫詞中「故園不似清明近」一句，似是意謂著詞人彷彿已將遠去的故國置於記憶深處，遠不如現實生活中即將到來的清明節序。而當詞人眼見大自然已漸漸披上夏初的色彩，還請歸雁一併帶上詞人心中的愁恨。王沂孫的詞作往往於吟風弄月中，帶出一種亡國人的情緒，能將故國之慟和身世之感融於自然景物之中而以輕描淡筆寫出，其哀怨隱忍處，往往終身不能忘懷。因此薛礪若先生認為這種特色的作品：「寫

得最能不動聲色，卻自然哀婉絕倫。」〔註24〕又云：「這是他唯一的特長處，為一切詞家所無的境界。他與永叔、少游很不相同：歐、秦都生在北宋承平的時代，縱有哀怨的作品，也只是傷春恨月，一種幽情愁緒罷了；碧山生當異族勢力完全統御著中國的時代，敢怒不敢言，往往對風月蟲花，偶然發出幾聲遺民的嘆息，與稼軒、白石相較，只是一種『尾聲』了。因此，他和南唐後主能直接抒寫自己的亡國恨又不相同。——蓋久處積威之下，與後主乍失南面之尊，易於奮激不同也。」〔註25〕這段文字將王沂孫的詞作風格與北宋的歐陽修、秦觀，南宋的辛棄疾與姜夔，以及南唐李後主等人做了比較，可見每位詞人由於時代背景以及自身經歷的不同，將心中所感鎔鑄於大自然景物之中的詞篇風格也會有所不同。而王沂孫正是以其輕、淡之筆敘寫自身感懷而有特出於其他詞人之處，然而詞筆雖是輕淡而非深重，隱含其中的感受卻是曲折而濃烈深刻的。

　　綜上所述，南渡詞人所遭逢的靖康之難，以及被異族覆滅的南宋遺民詞人，他們所譜寫的詠春詞作，融入了自身的經歷，反映了家國社會的變動，也將自身救國之志和壯志難酬之恨抒發於作品之中。例如辛棄疾與辛派詞人，有著一種欲有所為而生不逢辰的嗟嘆，是有志於天下而才無所用的傷痛，〔註26〕他們的詞篇主要是個性襟抱與時代風雲相激盪的產物，更多的是一種執著於用世的入乎其內的時代強音，〔註27〕因此時代的矛盾結合了人們內心的苦痛，融匯了歷史與現實、個人與時代因素，使得詞篇充滿凝重、悲切與憤慨的情調。至如南宋末年的遺民詞人所遭逢的國變，則較靖康之難有著更毀滅性的打擊，因此遺民詞人以送春、感春等時序書寫的詠春

〔註24〕參見薛礪若著《宋詞通論》，同註21，頁318～319。
〔註25〕參見薛礪若著《宋詞通論》，同註21，頁319～320。
〔註26〕參見孫立著《詞的審美特性》（臺北：文津出版社，1995年2月初版），頁55。
〔註27〕參見沈松勤著《唐宋詞社會文化學研究》（杭州：浙江大學出版社出版發行，2000年1月第一版），頁366。

詞篇更多的是哀哀的哭聲，「春」象徵著詞人朝思暮想卻已倏然遠去的家國身影。詞人並以隱晦曲折之筆傾訴對故國的懷想與悲慟，深婉寄寓身世家國之情，在沉鬱憂憤中多了一份淒苦之音，〔註28〕表現出深沉的國破家亡之痛，這實是宋遺民詞中最大的特色。

第三節 小 結

本章主在探討兩宋詠春詞的比較，分別從詞人與詞作數量、詞調使用情形，以及南北宋詠春詞在思想內容上各有側重的面向來進行討論，這些探討的角度對於南北宋的詠春詞皆能有更深的認識與了解。茲整理幾點結論如次：

其一：在第一節「詞作數量與詞調使用的統計」方面，主要是整理歸納兩宋詠春詞的詞人與詞作數量，以及詞調的運用次數、題序創作的繁衍情形。依照本論文的選詞標準，共得兩宋詠春詞 473 闋，其中北宋創作詠春詞的詞人有 23 人，詠春詞作有 105 闋；南宋創作詠春詞的詞人有 125 人，詠春詞作有 368 闋。此外，兩宋詠春詞共使用了 118 種詞調，詞人以選用〈蝶戀花〉、〈菩薩蠻〉等詞調來創作詠春詞為最多；而在詠春詞作中共有 318 闋作品有標明題序，題序中有泰半皆與春天相關。從創作人數與作品數量的豐富，可見吟詠春天為詞人慣用與喜愛為之的創作題材；由詞調數據則顯示詞人選用詞調的廣泛與豐富；而從題序的創作則可見南宋詞人普遍運用題序來說明創作緣由，以及南宋詞人較北宋詞人對於春天還有著更為細部的雕琢與描繪。

其二：在第二節「思想內容的比較」方面，則是將北宋、南宋較為凸出的特點分別論述。由詠春詞作的整理與歸納，可以發現北宋詞人多是在面對春景時，就眼前景物而自然、直接的抒發心緒上的感悟；南宋詞人則多是因社會國家的變動，而藉由春天來寄托自己的悲

〔註28〕參見王偉勇《南宋詞研究》，同註 1，頁 250、432。

慨之情。北宋的詠春詞，尚少與時政、國事相關，詠春詞中的春光主要是代表一種時間的觀念，表明一種節候的更迭，或是代表一種美好的年華與事物。作品中除了有敘寫春景、描摹詞人領受春天的美好與欣喜之情外，許多作品中所流露的傷春、春愁等心緒，是詞人感嘆韶光的流逝、惋惜美好事物的消歇；或是由春天的逝去興發人生遲暮、青春年華流逝之感；也有藉以懷想家鄉，抒發離人遊子的愁緒；也有從春光的逝去聯想到人類生命的短暫與有限，因而興起更須好好把握與珍惜時光以及時行樂等的積極想法，所以這些詠春作品彌漫著的往往是一片美麗的淒怨與哀愁。〔註29〕南宋的詠春作品則不同於北宋時期這些美麗的憂傷，取而代之的是一曲又一曲輪番演奏著的時代悲歌。

　　南宋先後遭逢了靖康之難，以及蒙古人覆滅南宋統一中原兩大劇變。南渡時期的詞人所創作的詠春詞，有著對家國河山的憂愁、希望收復北宋失土的想望，以及暗諷南宋政府安於偏安不思收復中原的懦弱，使得許多有志報效國家之士懷才不遇，無法一展抱負而有壯志難酬之憾恨，例如從朱敦儒、趙鼎、楊無咎、辛棄疾、趙善括、陳亮等人的詠春詞作可見發抒其中的哀痛與憤懣。宋亡之後的遺民詞人，將詞作中的「春天」喻爲故國的象徵，春天的逝去代表著國家與昔日繁盛之景已不復存在，詞人的傷春乃是悼念故國，藉著春天的形象譜寫對故國的眷戀與不捨，以及面臨亡國的悲哀而身爲遺民的沉痛與悽涼，此時期如何夢桂、劉辰翁、周密、趙文、趙功可、王沂孫、張炎、劉將孫等，都有抒發家國之思的詠春作品。此外，於南宋詠春作品中常見詞人以典故抒發胸中的苦悶，或是暗指南宋政權、國家滅亡等情事，這種比興寄託的方式在含蓄婉轉中蘊藏了無限的哀思，流露出詞人對家國的繾綣情思以及傷痛之感，還有那深重的、無力可回天的無助與淒楚。

〔註29〕參見劉慶雲〈稼軒〈摸魚兒〉春詞在詞史上的典範意義〉，此篇論文收錄於《辛棄疾學術研討會論文彙編》，同註19，頁284。

第六章　結　論

　　春天，是湧動著蓬勃生命力的季節，也是中國文人筆下習見的創作素材。隨著四季的運行，春天有著初春、盛春、暮春等時序的更迭流轉，期間人們對於春天的追尋、迎接、欣賞、珍惜、愁苦、悲傷、送別等，產生或欣喜或惆悵的感受，構築了詞人筆下的尋春、迎春、賞春、惜春、春愁、傷春、送春等多樣風貌的春天風情，也串起了人們在人生歲月中每一場與春天接觸的記憶。

　　陸機〈文賦〉云：「遵四時以歎逝，瞻萬物而思紛。悲落葉於勁秋，喜柔條於芳春。」〔註1〕劉勰《文心雕龍‧物色篇》載：「春秋代序，陰陽慘舒，物色之動，心亦搖焉。……是以獻歲發春，悅豫之情暢……歲有其物，物有其容；情以物遷，辭以情發。」〔註2〕鍾嶸《詩品‧序》亦云：「氣之動物，物之感人。故搖蕩性情，形諸舞詠。……若乃春風春鳥，秋月秋蟬，夏雲暑雨，冬月祁寒，斯四時之感諸詩者也。」〔註3〕這些文獻皆清楚說明人會因大自然景物的四季變化，有

〔註1〕　參見〔清〕陳元龍輯《歷代賦彙》（北京：北京圖書館出版社，1999年11月第一版），第五冊，頁271～278。
〔註2〕　〔梁〕劉勰著，王更生注譯《文心雕龍讀本》（臺北：文史哲出版社，1991年9月初版四刷），下篇，頁301～302。
〔註3〕　鍾嶸著，陳延傑注《詩品注》（臺北：里仁書局，1992年9月25日印行），頁1～5。

了心緒上的感觸與抒發，而文人又將自然界的景物結合了身世境遇、家國之思，或是人事界的感慨等一併傾洩於筆端，如此織就而成的詠春詞篇，便有了豐富的面貌。

本論文以「兩宋詠春詞研究」為題，首先就先秦至宋代春天與文學的文獻做一概述，接著對兩宋詠春詞做較全面性的探討，分析春天在兩宋詞中的意涵。其次則整理歸納兩宋詠春詞的藝術表現，並對北宋與南宋的詠春詞特點做一比較，期能對於春天在宋詞中的書寫有更全面的認識。綜合以上各章的討論面向，可以得出以下四點研究心得：

（一）詠春詩詞是中國文學習見的創作題材

當大地捎來春天的訊息，為春天揭開序幕，自然界便演奏著春之歌，萬物生命的律動與蓬勃的朝氣充塞著大自然，人類身上的毛孔也因春天的溫柔撫觸而舒暢妥貼，眼裡、耳裡、心裡都是滿滿的春意。春天代表著一歲之首，是充滿希望的象徵，人們有欣喜迎接春天、盡情享受春光的樂趣，也有面對春景而愁苦悲傷的心情。傷春悲秋向來為人們創作習見的題材，然而春天在感傷的因子外，還較秋天多了一份讓人們熱情歌頌與覺得幸福洋溢的魅力。

中國文學自先秦的《詩經》、《楚辭》、《論語》等經典中便有關於春天的作品，但是此時期歌詠春天的詩句都還只是佔整首詩中的一部分，全詩主體並非在於吟詠春天。及至漢魏六朝以及唐、宋時期，古詩、樂府詩、民歌、辭賦、近體詩等多種文學創作體裁的開展，使得歌詠春天的方式更加豐富多元，此時吟詠春天的詩歌作品也已獨立成篇，創作者並把握了春天的特質而能將春天的風采刻劃入微，以文筆繪製了春天的神韻。

至於春恨、傷春的感懷在《詩經》中已略見雛形，《豳風·七月》是傷春的原型；發展至《楚辭》則有更深刻的文學內涵，除了從單純的以自然物候的特質來表現外，還呈現出蘊含自我的生命意識，

有積極的，也有沉痛哀傷的。爾後此種文學傳統逐漸構築了後代春恨、傷春文學的系統脈絡，例如唐代的杜甫將家國之痛納於春詩之中，爲春季感懷詩注入了新的生命與內涵；南宋詞人在春恨、傷春的主題下，大多蘊藏著家愁國恨的幽憤，因此春恨、傷春文學也在南宋達到高峰，更加拓展了春天於文學作品中的內涵與深度。

（二）春天在兩宋詞中展現多樣的內涵

詞人逢春所描寫的春色，以及因歲時節日、所見景物而抒發的心情，皆賦予春天不同的情感色彩。詞人對春天存有一份觀覽的欣賞心態，並在覽賞春光時觀照自我，反省到自身的空虛與不足；因此同樣取材自春天，作品所反映的內容有充滿生機與希望的歡愉之情，也有彌漫著沉痛與悲傷的基調，使得春天的景色在詞人眼中反而成了惹愁引恨的觸媒。

在兩宋詞中，常見詞人對春天景物的細膩描摹與刻劃。無論是初春、盛春、暮春等時序的流轉代換，或是對於春天天候、花草植物、鳥獸蟲魚等大自然景物的描摹，以及人們趁春日欣喜出遊踏青的描寫，都各有一番韻致，也展現出人們喜愛春光、恣意享受美好春光的娛賞之情。再者，當詞人在面對時序的流轉，或是在春殘將盡、落花紛飛時，於作品中所傾注的是愛春惜春的細膩情感，是對生命短暫、時光易逝所流露的悵惘之情；當面對美好的春景時，則有懷想親人、友人、戀人甚至家國的念別之情；而當面對社會國家的變動時，便是藉著春天傾吐時代境遇、對國事的擔憂，以及個人的身世感懷。

此外，文中還探討揭開春季序幕的節氣——立春的由來，立春是一年新的開始，也是人們作息與耕種的起始依據，因此圍繞這個節日便有多種立春節俗活動，舉凡迎接春牛、鞭打春牛、簪戴幡勝、寫宜春帖、貼宜春字、食用春盤、餽贈春盤等節俗風尚，以示歡迎與慶祝春天的到來。在兩宋詠春詞中的立春詞，反映了人民於新春

滿懷的心願，祈祝能有平安順泰的好年景，也展示了宋人豐富的生活情趣與深厚的文化內涵。

（三）為詠春詞上色著妝的藝術表現方式

文學作品中運用的藝術技巧，不但能構成作品的美感，使得內容與形式互為表裡而相得益彰，還能作為表達作者情意與讀者探求詞意的橋樑。因此適當而生動貼切的修辭，就如同文學作品的化妝師，可以使作品為之增色，而收畫龍點睛之妙。

本文所探討的詠春詞藝術表現方式，主要在修辭技巧的運用與詞篇表現形式兩方面。在修辭技巧的運用方面，則有摹寫、擬人、設問、典故的使用等四種運用次數較為頻繁的修辭種類。藉著這些修辭的運用，於作品中常可見春天的身影，有時是憑藉大自然景物的描摹透露出春天的時序；有時春天幻化作巧繡春光的小女孩；有時則如女子展現嬌媚的神態；也有化作真實可親的人類，能與詞人如朋友、戀人般有欣喜相迎或是眷戀不捨的微妙互動。至如典故的運用，除了有春天天候、春草、春水、春雨、春遊等歌詠美好春色的典故外，也包含了表示分離送別、人生無常、敘寫惜春與春歸的感傷，以及抒發身世家國等的典故，這些都加強了作品涵義上的表達，不但富有深意，還別有一番韻致。就詞篇表現形式而言，詠春詞有嵌字體、回文體與集句體三種較為特殊的詞篇形式，內容包含歌詠春天、記覽立春風俗、面對春景而興起的感發，也有詞人喜愛春天、珍惜春天的心情，以及於春日遊賞記趣、描寫地方四季風光等。

透過藝術技巧的點染，將詞人善感的心靈，藉著豐富的想像力與春天互動，使春天的形貌栩栩如生、鮮活靈動而更深刻具體，就如同是為詞作上色著妝般，使詠春詞更添魅力。

（四）北宋與南宋詠春詞各具特色

兩宋詠春詞依照本文選詞標準，共得 473 闋，兩宋在詞人與詞

作數量、詞調的運用次數，以及題序創作的繁衍情形上，都有數據上的差異。而從詞調的使用與題序的創作情形，則顯示了詞人選用詞調的廣泛與豐富，以及南宋詞人普遍運用題序來說明創作緣由，並較北宋詞人對於春天有著更為細部的描繪。

文學是時代的晴雨表，每個時代的詞風也是當時社會環境與風尚的映照，因此時代的興衰安危多會在文學作品上得到反映。就兩宋詠春詞而言，處於承平盛世的北宋，詞人多就眼前春天的景物自然而直接的抒發心緒上的感悟，尚少與時政、國事相關，詠春詞中的春光主要是代表一種時間的觀念，表明一種節候的更迭，或是代表一種美好的年華與事物，因此詞作多有對春天的禮讚、歌詠，或是流露出對春天的珍惜、挽留、愁苦、傷感、不捨春歸等心緒。南宋則先後遭逢靖康之難與蒙古統治中國，作品流露出越益沉痛與激切的風格，詞人多藉由春天來寄託自己的悲慨之情，並將春天做為故國的象徵，以春天的逝去代表著國家與昔日繁盛之景已不復存在，於是詞人藉著春天的形象將個人身世之感、壯志難酬之憾恨，以及對故國的眷戀與不捨交揉在一起，譜寫一曲曲悼亡的哀歌。

經過上述各章節對兩宋詠春詞作的溯源、主題與內容、藝術表現、相互比較等面向的探討，足見詠春詞在兩宋詞中的發展、所呈現的特色，以及春天蘊藏的民俗文化內涵方面，都有其豐富性與值得開拓關注之處。此外，對於其他相關主題的研究，例如關於「春天」在文學作品中呈現的象徵或寫實意義，以及「女子傷春、懷春」、文人將春天與女性的特質相互結合等意涵的探索，或許也有指標性的意義，而能有所貢獻與助益。

參考書目舉要

（各部分皆依作者姓氏筆畫排序，同一作者再依書籍筆畫排序；碩博士論文與期刊論文以出版年月為序）

一、詩詞文集

（一）詞　集

1. 毛晉輯，《宋六十名家詞》上海：上海古籍出版社，1989 年 12 月第一版。

2. 朱德才主編，《增訂注釋全宋詞》北京：文化藝術出版社，1997 年 12 月北京第 1 版。

3. 唐圭璋編，《全宋詞》北京：中華書局，1965 年 6 月第一版。

4. 張璋、黃畬合編，《全唐五代詞》臺北：文史哲出版社，1986 年 10 月臺一版。

5. 歐陽修撰，《六一詞》臺北：華正書局，1987 年 9 月初版。

（二）詩文集

1. 王瑗撰，董洪利校點，《楚辭集解》北京：北京古籍出版社，1994 年 1 月第一版。

2. 北京大學古文獻研究編，《全宋詩》北京：北京大學出版社，1991 年 7 月第一版。

3. 朱熹撰，《楚辭集注》臺北：藝文印書館，1983 年 6 月四版。

4. 李白撰，楊齊賢注，蕭士贇補，郭雲鵬編，楊家駱主編，《李太白

全集》臺北：世界書局出版，1962 年 3 月初版一刷。

5. 查慎行、張玉書等編錄，《佩文齋詠物詩選》臺北：廣文書局，1970 年 2 月初版。

6. 洪興祖撰，《楚辭補註》臺北：藝文印書館，1986 年 12 月七版。

7. 桑世昌，《回文類聚》臺北：臺灣商務印書館，1977 年四庫全書珍本七集。

8. 陳元龍輯，《歷代賦彙》北京：北京圖書館出版社，1999 年 11 月第一版。

9. 郭茂倩撰，《樂府詩集》臺北：里仁書局，1984 年 9 月 5 日出版。

10. 郭慶藩輯，《莊子集釋》臺北：河洛圖書出版社，1974 年 3 月臺景印一版。

11. 清聖祖御定，《全唐詩》北京：中華書局，1960 年 4 月第一版。

12. 庾信撰，倪璠注，許逸民校點，《庾子山集注》北京：中華書局，1980 年 10 月第一版。

13. 揚雄、鄭文著，《揚雄文集箋注》成都：巴蜀書社出版，2000 年 6 月第一版。

14. 蕭統編，李善注，《文選》北京：中華書局，1977 年 11 月第一版。

15. 謝靈運著，顧紹柏校注，《謝靈運集校注》臺北：里仁書局，2004 年 4 月 30 日初版。

16. 蘇軾著，傅成、穆儔標點，《蘇軾全集》上海：上海古籍出版社，2000 年 5 月第一版。

（三）總　集

1. 永瑢、紀昀等撰，《武英殿本四庫全書總目提要》臺北：臺灣商務印書館，1983 年 10 月初版。

2. 阮元用文選樓藏本校勘，嘉慶二十年重刊宋本，《十三經注疏》臺北：宏業書局，1971 年 9 月出版。

3. 李昉等撰，《太平御覽》北京：中華書局，1960 年 2 月第一版，1992 年 2 月第四次印刷。

4. 紀昀、陸錫熊、孫士毅等原著，四庫全書研究所整理，《欽定四庫全書總目》北京：中華書局，1997 年 1 月第一版。

5. 陳夢雷撰，《古今圖書集成》臺北：文星書店，1964 年 10 月 1 日出版。

6. 曾慥輯，《類說六十卷》北京：書目文獻出版社，1988 年 2 月出版。

二、詩詞評論

1. 沈祥龍撰,《論詞隨筆》,收入江寧、唐圭璋彙刊,《詞話叢編》臺北:新文豐出版公司,1988 年 2 月臺一版。

2. 沈謙撰,《填詞雜說》,收入江寧、唐圭璋彙刊,《詞話叢編》臺北:新文豐出版公司,1988 年 2 月臺一版。

3. 陳廷焯,《白雨齋詞話》北京:人民文學出版社,1959 年 10 月北京第一版。

4. 張炎撰,夏承燾校注,《詞源注》臺北:木鐸出版社,1982 年 5 月初版。

5. 劉熙載,《藝概》臺北:華正書局,1988 年 9 月版。

6. 謝章鋌撰,《賭棋山莊全集》,收入沈雲龍主編《近代中國史料叢刊續編》臺北:文海出版社,1975 年 4 月影印版。

7. 鍾嶸著,陳延傑注,《詩品注》臺北:里仁書局,1992 年 9 月 25 日出版。

8. 魏慶之撰,《詩人玉屑》臺北:臺灣商務印書館,1983 年 9 月臺一版。

三、字書、辭典

1. 朱芳圃,《甲骨學・文字編》臺北:臺灣商務印書館,1983 年 8 月臺四版。

2. 汪福寶、莊華峰主編,《中國飲食文化辭典》合肥:安徽人民出版社,1994 年 3 月第一版。

3. 林尹、高明主編,《中文大辭典》臺北:中國文化大學出版部,1973 年 10 月初版。

4. 林正秋主編,徐海榮副主編,《中國飲食大辭典》杭州:浙江大學出版社,1991 年 5 月第一版。

5. 周汛、高春明編著,《中國衣冠服飾大辭典》上海:上海辭書出版社,1996 年 12 月第一版。

6. 周法高主編,張日昇、徐芷儀、林潔明編纂,《金文詁林》京都:中文出版社,1981 年 10 月出版。

7. 段玉裁注,《說文解字注》臺北:藝文印書館,1979 年 6 月五版。

8. 奚少庚、趙麗雲主編,《歷代詩詞千首解析辭典》臺北:建宏出版社,1996 年 2 月初版。

9. 夏征農主編,《辭海》(臺灣版)臺北:臺灣東華書局,1992 年 10

月初版。

10. 梅膺祚撰,《字彙》上海:上海辭書出版社,1991年6月第一版。

11. 漢語大詞典編輯委員會編纂,《漢語大詞典》上海:漢語大詞典出版社,1999年11月第一版。

12. 劉熙撰,《釋名》北京:中華書局,1985年北京新一版。

四、史籍、傳記

1. 王雲五主編,計碩民選註,《春秋公羊傳》臺北:臺灣商務印書館,1976年8月臺一版。

2. 伶玄撰,嚴一萍選輯,《趙飛燕外傳》臺北:藝文印書館,1966年版。

3. 李延壽撰,楊家駱主編,《新校本南史附索引》臺北:鼎文書局,1985年3月四版。

4. 房玄齡等撰,楊家駱主編,《新校本晉書並附編六種》臺北:鼎文書局,1983年7月四版。

5. 范曄撰,楊家駱主編,《新校本後漢書并附編十三種》臺北:鼎文書局,1981年4月四版。

6. 脫脫等撰,楊家駱主編,《新校本宋史并附編三種》臺北:鼎文書局,1983年11月三版。

7. 歐陽修、宋祁撰,楊家駱主編,《新校本新唐書附索引》臺北:鼎文書局,1985年2月四版。

五、筆記雜錄與其他

1. 向孟撰,周履靖校梓,《土牛經》,收入《相雨書外五種》臺北:新文豐出版公司,1987年6月臺一版。

2. 吳自牧撰,《夢梁錄》北京:中華書局,1985年北京新一版。

3. 吳澄撰,嚴一萍選輯,《月令七十二候集解》出版地不詳:藝文印書館印行,1967年出版。

4. 李時珍著,《本草綱目》臺北:國立中國醫藥研究所,1976年2月出版。

5. 孟元老撰,《東京夢華錄》臺北:臺灣商務印書館印行,1971年1月臺一版。

6. 邱(丘)光庭著,《兼明書》北京:中華書局,1985年北京新一版。

7. 周密輯,《武林舊事》北京:中華書局,1991年北京新一版。

8. 宗懍撰,嚴一萍選輯,《荊楚歲時記》出版地不詳:藝文印書館印行,1965 年出版。

9. 耐得翁撰,《都城紀勝》,收入《東京夢華錄:外四種》臺北:大立出版社,1980 年 10 月出版。

10. 陳三謨編,《歲序總考全集》,收入藝文印書館編輯《歲時習俗資料彙編》臺北:藝文印書館,1970 年 12 月初版。

11. 陳元靚編,《歲時廣記》北京:中華書局,1985 年新一版。

12. 郭若虛撰,《圖畫見聞誌》上海:上海書店,1984 年 12 月印行。

13. 張處撰,《月令解》上海:商務印書館,1935 年出版。

14. 張澍編輯,《三輔舊事》出版地不詳:藝文出版社,1967 年影印本。

15. 程大昌撰,《演繁露》北京:中華書局,1991 年北京第一版。

16. 焦竑輯,《焦氏筆乘正續》北京:中華書局,1985 年新一版。

17. 黃奭輯,嚴一萍選輯,《尚書緯》出版地不詳:藝文印書館,1972 年影印本。

18. 蒲積中編,《歲時雜詠》臺北:臺灣商務印書館,1972 年出版。

19. 龐元英撰,《文昌雜錄》北京:中華書局,1985 北京新一版。

六、近人著作

(一)詞學相關著作

1. 王偉勇著,《南宋詞研究》臺北:文史哲出版社,1987 年 9 月初版。

2. 王偉勇著,《詞學專題研究》臺北:文史哲出版社,2003 年 4 月初版。

3. 王國維著,徐調孚校注,《校注人間詞話》北京:中華書局,1955 年 3 月上海第一版,2003 年 4 月北京新一版)。

4. 王國維著,馬自毅注譯,高桂惠校閱,《新譯人間詞話》臺北:三民書局,1994 年 3 月初版。

5. 王鈞明、陳泪齋選注,《歐陽修秦觀詞選》臺北:遠流出版社,1988 年 7 月 1 日臺灣初版一刷。

6. 沈松勤著,《唐宋詞社會文化學研究》杭州:浙江大學出版社出版發行,2000 年 1 月第一版。

7. 李栖著,《歐陽脩詞研究及其校注》臺北:文史哲出版社,1982 年 3 月初版。

8. 李國玲編纂,《宋人傳記資料索引補編》成都:四川大學出版社,

1994 年 8 月第一版。

9. 宋緒連、鍾振振主編,《宋詞藝術技巧辭典》長春:吉林文史出版社,1998 年 1 月第一版。

10. 余毅恆著,《詞筌》(增訂本)臺北:正中書局,1966 年 11 月臺初版,2001 年 1 月增訂本第三次印行。

11. 昌彼德、王德毅、程元敏、侯俊德編,《宋人傳記資料索引》臺北:鼎文書局, 1974 年 10 月初版。

12. 孫立著,《詞的審美特性》臺北:文津出版社,1995 年 2 月初版。

13. 唐圭璋選釋,《唐宋詞簡釋》臺北:木鐸出版社,1982 年 3 月初版。

14. 唐圭璋等撰寫,《唐宋詞鑑賞集成》臺北:五南圖書公司,1991 年 6 月初版一刷。

15. 夏承燾、吳熊和著,《讀詞常識》北京:中華書局,2000 年 4 月新一版。

16. 陳弘治著,《詞學今論》臺北:文津出版社,1991 年 7 月增訂二版。

17. 梁令嫻輯,《藝蘅館詞選》臺北:中華書局,1970 年 10 月臺一版。

18. 陳邦炎主編,《詞林觀止》臺北:臺灣古籍出版,1997 年 1 月初版一刷。

19. 張相《詩詞曲語辭匯釋》臺北:洪葉文化事業,1993 年 4 月初版一刷。

20. 張晶著,《心靈的歌吟:宋代詞人的情感世界》保定:河北大學出版社,2001 年 9 月第 1 版。

21. 張夢機著,《詞筌》臺北:三民書局,1971 年 12 月初版。

22. 黃文吉著,《宋南渡詞人》臺北:臺灣學生書局,1985 年 5 月初版。

23. 黃成民、謝亞非等編,《唐宋詞典故大辭典》南寧:廣西人民出版社,1994 年 7 月第一版。

24. 黃畬箋注,《歐陽修詞箋注》臺北:文史哲出版社,1988 年 10 月臺一版。

25. 詹安泰撰,詹伯慧編,《詹安泰詞學論集》汕頭:汕頭大學出版社,1997 年 10 月第一版。

26. 楊海明著,《唐宋詞史》高雄:麗文文化事業,1996 年 2 月初版一刷。

27. 楊海明著,《唐宋詞主題探索》高雄:麗文文化事業,1995 年 10 月初版一刷。

28. 楊海明著,《唐宋詞與人生》石家莊:河北人民出版社,2002 年 5

月第一版。

29. 楊海明著,《張炎詞研究》濟南:齊魯書社,1989 年 10 月第一版。

30. 葉嘉瑩著,《迦陵談詞》臺北:三民書局,1997 年 2 月初版。

31. 聞汝賢撰,《詞牌彙釋》臺北:聞汝賢印行,1963 年 5 月臺壹版。

32. 劉紀華著,《張炎詞源箋訂》臺北:嘉新水泥公司文化基金會,1974 年 2 月出版。

33. 鄧喬彬著,《唐宋詞美學》濟南:齊魯書社,1993 年 12 月第一版。

34. 鄧喬彬著,《詞學廿論》上海:上海古籍出版社,2005 年 6 月第一版。

35. 蔡鎮楚、龍宿莽著,《唐宋詩詞文化解讀》北京:北京圖書館出版社,2004 年 9 月第一版第一次印刷。

36. 鄭騫撰,《宋人生卒考示例》臺北:華世出版社,1977 年 1 月初版。

37. 繆鉞撰,《繆鉞說詞》上海:上海古籍出版社,1999 年 12 月第一版第一次印刷。

38. 繆鉞、葉嘉瑩合撰,《靈谿詞說》臺北:國文天地雜誌社,1989 年 12 月初版。

39. 薛礪若著,《宋詞通論》香港:中流出版社,1974 年 3 月出版。

(二)文學研究專書

1. 上海古籍出版社編,《先秦漢魏六朝詩鑒賞》上海:上海古籍出版社,1998 年 12 月第一版。

2. 尹建章、蕭月賢著,《詩經名篇賞析》鄭州:中州古籍出版社,1993 年 10 月第二版。

3. 王立著,《中國古代文學十大主題——原型與流變》臺北:文史哲出版社,1994 年 7 月初版。

4. 王雲五主編,馬持盈註譯,《詩經今註今譯》臺北:臺灣商務印書館,1971 年 7 月初版,1985 年 11 月修訂二版。

5. 王雲五主編,王夢鷗註譯,《禮記今註今譯》臺北:臺灣商務印書館,1969 年 1 月初版。

6. 王毓榮著,《荊楚歲時記校注》臺北:文津出版社,1988 年 8 月初版,1992 年 6 月二刷。

7. 王鎮遠著,《兩晉南北朝詩選》香港:香港中華書局,1991 年 10 月初版。

8. 木齋總主編,陶文鵬主編,《中國文學寶庫·宋詩精華》桂林:廣

西師範大學出版社，1996 年 1 月第一版。

9. 朱易安、傅璇琮等主編，《全宋筆記》鄭州：大象出版社，2003 年 10 月第一版第一次印刷。

10. 曲德來、遲文浚、冷衛國主編，《歷代賦廣選・新注・集評》瀋陽：遼寧人民出版社，2001 年 1 月第一版。

11. 何文匯著，《雜體詩釋例》香港：中文大學出版社，1986 年第一版，1991 年第二次印刷。

12. 吳正吉著，《活用修辭》高雄：復文圖書出版社，1986 年再版。

13. 吳曉著，《詩歌與人生：意象符號與情感空間》臺北：書林出版有限公司，1995 年 3 月出版。

14. 李珺平著，《中國古代抒情理論的文化闡釋》北京：北京大學出版社，2005 年 11 月第一版。

15. 李澤厚著，《美的歷程》臺北：谷風出版社，1987 年 11 月初版。

16. 余嘉錫編撰，周祖謨、余淑宜整理，《世說新語箋疏》臺北：華正書局，1989 年 3 月版。

17. 宋柏年著，《歐陽修研究》成都：巴蜀書社，1995 年 5 月第一版。

18. 沈謙編著，《修辭學》臺北：國立空中大學，1995 年 1 月修訂版。

19. 松浦友久著，孫昌武、鄭天剛譯，《中國詩歌原理》臺北：洪葉文化事業，1993 年 5 月初版一刷。

20. 金性堯選注，《宋詩三百首》臺北：書林出版，1990 年 10 月出版。

21. 洪北江主編，《山海經校注》臺北：洪氏出版社，1981 年 11 月 20 日再版。

22. 姜亮夫著，《楚辭通故》昆明：雲南人民出版社，1999 年 12 月第一版。

23. 柯慶明著，《境界的再生》臺北：幼獅文化事業，1977 年 5 月初版，1993 年 12 月初版六印。

24. 徐元選注，《趣味詩三百首——中國異體詩格備覽》上海：上海古籍出版社，1993 年 8 月第一版。

25. 高亨注，《詩經今注》臺北：里仁書局，1981 年 10 月 15 日印行。

26. 高海夫、金性堯主編，《古詩漢魏六朝新賞》臺北：地球出版社，1993 年 6 月第一版。

27. 凌欣欣著，《初唐詩歌中季節之研究》臺北：文津出版社，1997 年 7 月一刷。

28. 孫崇恩、劉德仕、李福仁主編，《辛棄疾研究論文集》北京：中國

文聯出版社，1993 年 2 月第一版第一次印刷。

29. 許東海著，《庾信生平及其賦之研究》臺北：文史哲出版社，1984 年 9 月初版。

30. 陳奇猷校釋，《呂氏春秋校釋》上海：學林出版社，1984 年 4 月初版。

31. 張庚纂，《古詩十九首解》北京：中華書局，1985 年北京新一版。

32. 章培恒、安平秋、馬樟根主編，許逸民譯注，安平秋審閱，《庾信詩文》臺北：錦繡出版，1992 年 8 月初版。

33. 陳望道著，《修辭學發凡》臺北：文史哲出版社，1989 年 1 月再版。

34. 曾昭旭著，曾昭旭、林安梧主編，《讓孔子教我們愛》臺北：臺灣商務印書館，2004 年 12 月初版一刷。

35. 富壽蓀選註，劉拜山評解，《唐人絕句評注》臺北：木鐸出版社，1982 年 6 月初版。

36. 黃慶萱著，《修辭學》臺北：三民書局股份有限公司，1975 年 1 月初版。

37. 黃麗貞著，《實用修辭學》臺北：國家出版社，1999 年 3 月初版一刷。

38. 傅錫壬註譯，《新譯楚辭讀本》臺北：三民書局印行，1976 年 7 月初版，1978 年 12 月再版。

39. 楊伯峻譯注，《論語譯注》臺北：五南圖書，1992 年 9 月初版一刷。

40. 葉嘉瑩著，《晏殊・歐陽修・秦觀》臺北：大安出版社，1988 年 12 月初版。

41. 劉大杰著，《校訂本中國文學發展史》臺北：華正書局，1999 年 8 月。

42. 鄭永曉選析、華岩審訂，《相逢何必曾相識──白居易作品賞析》臺北：開今文化事業，1993 年 2 月初版。

43. 黎虎主編，《漢唐飲食文化史》北京：北京師範大學出版社，1998 年 1 月北京第一版。

44. 劉勰著，王更生注譯，《文心雕龍讀本》臺北：文史哲出版社，1991 年 9 月初版四刷。

45. 蕭滌非等撰寫，《唐詩鑑賞集成》臺北：五南圖書，1990 年 9 月初版一刷。

46. 錢鍾書著，《管錐編》臺北：書林出版，1996 年 10 月一版。

47. 錢鍾書著，《談藝錄》臺北：書林出版，1988 年 11 月出版。

48. 謝文利、曹長青著，《詩的技巧》臺北：洪葉文化事業，1996 年 7 月一版一刷。

49. 魏耕原主編，《歷代小賦觀止》西安：陝西人民教育出版社，1998 年 2 月第一版。

50. 羅忼烈著，《兩小山齋論文集》北京：中華書局，1982 年 7 月版。

51. 龔鵬程著，《春夏秋冬》臺北：月房子出版社，1994 年 1 月初版。

（三）節令文化相關著作

1. 王貴民著，《中國禮俗史》臺北：文津出版社，1993 年 7 月初版一刷。

2. 伊冷、姚立江、潘蘭香選注，《歷朝歲時節令詩》北京：華夏出版社，1999 年 4 月北京第一版。

3. 李永匡、王熹著，《中國節令史》臺北：文津出版社，1995 年 12 月初版一刷。

4. 李岩齡、韓廣澤著，《中國古代詩歌與節日習俗》臺北：百觀出版社，1995 年 7 月初版一刷。

5. 李露露著，《春牛辟地》北京：社會科學文獻出版社，1998 年 7 月第一版。

6. 海上著，《中國人的歲時文化》長沙：岳麓書社，2005 年 7 月第一版。

7. 郭興文、韓養民著，《中國古代節日風俗》臺北：博遠圖書，1989 年 2 月 25 日初版。

8. 馮賢亮著，《歲時節令：中國古代節日文化》揚洲：廣陵書社，2004 年 10 月第一版第一次印刷。

9. 喬繼堂、朱瑞平主編，《中國歲時節令辭典》北京：中國社會科學出版社，1998 年 5 月第一版。

10. 喬繼堂著，《中國歲時禮俗》臺北：百觀出版社，1993 年 4 月初版。

11. 蕭放著，《歲時——傳統中國民眾的時間生活》北京：中華書局，2002 年 3 月北京第一版。

七、學位論文

1. 王偉勇指導，陶子珍《兩宋元宵詞研究》臺北：私立東吳大學中國文學研究所碩士論文，1992 年。

2. 王偉勇指導，張金蓮《兩宋上巳寒食清明詞研究》臺北：私立東吳大學中國文學研究所碩士論文，1993 年。

3. 邱添生指導，莊金德《唐代年節生活之研究——冬至到上元》臺北：國立臺灣師範大學歷史研究所碩士論文，1993 年。

4. 張敬指導，廣重聖佐子《宋代節令詞研究》臺北：國立臺灣大學中國文學研究所碩士論文，1994 年。

5. 李立信指導，王慈鷲撰《宋代雜體詩研究》嘉義：國立中正大學中國文學研究所碩士論文，1995 年 6 月。

八、期刊論文

1. 李若鶯〈趙長卿詠春詞欣賞〉《中國國學》第 13 期，1985 年 10 月，頁 267～278。

2. 秋虹〈紅杏枝頭春意鬧——試析宋祁〈玉樓春〉〉《國文天地》第 5 卷第 12 期，1990 年 5 月，頁 82～83。

3. 朱啓新〈「迎春圖」年畫所反映的古代「立春」習俗〉《歷史月刊》第 73 期，1994 年 2 月，頁 58~65。

4. 陳清俊〈盛唐「傷春」與「悲秋」詩的主題探討〉《國文學報》第 23 期，1994 年 6 月，頁 135～157。

5. 劉少雄〈論張炎的詞學理論及其詞筆〉《臺北師院語文集刊》第 3 期，1998 年 8 月，頁 79～103。

6. 趙麗玲、金聲〈中國古代詠春詩漫論〉《咸寧師專學報》第 18 卷第 4 期（總第 59 期），1998 年 11 月，頁 35～39。

7. 張仲謀〈論唐宋詞的「閒愁」主題〉《文學遺產》第 6 期，1999 年，頁 42～50。

8. 王立〈春恨文學表現的本質原因及其與悲秋的比較〉《古今藝文》第 26 卷第 3 期，2000 年 5 月，頁 39～49。

9. 張玉璞〈我正悲秋，汝又傷春矣！——宋詞主題研究之一〉《齊魯學刊》第 5 期（總第 170 期），2002 年，頁 63～68。

10. 宋邦珍〈歐陽脩詞中所呈現的生命情調——以「惜春」主題爲主〉《中國語文》第 536 期，2002 年 2 月，頁 66～70。

11. 墙峻峰〈小議宋代回文詞〉《韓山師範學院學報》第 23 卷第 4 期（總第 66 期），2002 年 12 月，頁 86～90。

12. 王偉勇〈古典詞的主題與技巧——以唐宋詞爲論述核心〉《國文天地》18 卷 9 期，2003 年 2 月，頁 28～43。

13. 林友良〈東坡雜體詞探析〉《東方人文學誌》第 2 卷第 4 期，2003 年 12 月，頁 117～142。

14. 劉慶雲〈稼軒〈摸魚兒〉春詞在詞史上的典範意義〉《辛棄疾學術

研討會論文彙編》（研討會於 2004.4.11～15 在福建武夷山市舉辦），頁 284～291。

15. 王偉勇〈宋詞「嵌字體」探析〉（共 19 頁）（2004 年 8 月在復旦大學舉辦的「中世文學國際學術研討會」的會議論文）。

九、網路電子資料庫

1. CNS11643 中文全字庫 http://www.cns11643.gov.tw/web/index.jsp
2. 中央研究院漢籍電子文獻 http://www.sinica.edu.tw/ftms-bin/ftmsw3
3. 中國期刊網全文資料庫 http://cnki.csis.com.tw/
4. 中華民國期刊論文索引系統 http://cdnet.lib.ncku.edu.tw/ncl-cgi/hypage51.exe?HYPAGE=Home.txt
5. 全國博碩士論文資訊網 http://etds.ncl.edu.tw/theabs/index.jsp
6. 故宮【寒泉】古典文獻全文檢索資料庫 http://210.69.170.100/s25/index.htm
7. 國家圖書館全球資訊網 http://www.ncl.edu.tw/
8. 網路展書讀 http://cls.admin.yzu.edu.tw/

附錄　兩宋詠春詞一覽表

兩宋詠春詞一覽表（一）

編號	作者	詞作（詞調名與起句）	冊數、頁數	本論文中有引述之詞作〔註1〕
1	張先	〈滿江紅・初春〉（飄盡寒梅）	冊一，頁76	✓
2	晏殊	〈採桑子〉（春風不負東君信）	82	✓
3		〈採桑子〉（紅英一樹春來早）	82	✓
4		〈採桑子〉（陽和二月芳菲徧）	82	
5		〈酒泉子〉（三月暖風）	84	✓
6		〈酒泉子〉（春色初來）	84	✓
7		〈木蘭花〉（東風昨夜回梁苑）	84	
8		〈踏莎行〉（細草愁煙）	87	✓
9		〈踏莎行〉（小徑紅稀）	88	✓
10		〈破陣子・春景〉（燕子來時新社）	95	
11	李冠	〈蝶戀花・春暮〉（遙夜亭皋閒信步）	98	✓
12	宋祁	〈玉樓春・春景〉（東城漸覺風光好）	100	✓
13	歐陽修	〈採桑子〉（輕舟短棹西湖好）	103	✓

〔註1〕 此處之數量計算是以本論文第三章、第四章，以及第五章第二節爲
　　　　範圍，尚未包括重複引用者。至於第一章與第五章第一節所舉例的
　　　　詞作，因未論及內容，故不列入引述之計量範圍。

14		〈採桑子〉（春深雨過西湖好）	103	✓
15		〈採桑子〉（羣芳過後西湖好）	103	✓
16		〈踏莎行〉（雨霽風光）	105	
17		〈減字木蘭花〉（留春不住）	106	✓
18		〈蝶戀花〉（簾幕東風寒料峭）	107	✓
19		〈蝶戀花〉（南雁依稀回側陣）	107	✓
20		〈蝶戀花〉（臘雪初銷梅蕊綻）	107	
21		〈玉樓春‧題上林後亭〉（風遲日媚煙光好）	112	✓
22		〈玉樓春〉（洛陽正值芳菲節）	113	
23		〈玉樓春〉（殘春一夜狂風雨）	113	✓
24		〈玉樓春〉（雪雲乍變春雲簇）	115	✓
25		〈玉樓春〉（東風本是開花信）	116	✓
26		〈玉樓春〉（陰陰樹色籠晴晝）	116	
27		〈漁家傲〉（正月斗杓初轉勢）	116	
28		〈漁家傲〉（二月春耕昌杏密）	117	✓
29		〈漁家傲〉（三月清明天婉娩）	117	
30		〈又漁家傲〉（正月新陽生翠琯）	118	✓
31		〈又漁家傲〉（二月春期看已半）	118～119	
32		〈又漁家傲〉（三月芳菲看欲暮）	119	✓
33		〈浣溪沙〉（湖上朱橋響畫輪）	123	
34		〈鶴沖天〉（梅謝粉）	124	✓
35		〈夜行船〉（滿眼東風飛絮）	124	✓
36		〈賀聖朝影〉（白雪梨花紅粉桃）	125	
37		〈洞天春〉（鶯啼綠樹聲早）	125	
38		〈憶漢月〉（紅豔幾枝輕裊）	125	
39	杜安世	〈杜韋娘〉（暮春天氣）	145	
40	蘇氏	〈臨江仙‧立春寄季順妹〉（一夜東風穿繡戶）	162	
41	王安國	〈清平樂‧春晚〉（留春不住）	175	✓
42	韋驤	〈減字木蘭花‧春詞〉（帝城春媚）	176	
43	晏幾道	〈歸田樂〉（試把花期數）	194	✓
44	蘇軾	〈南鄉子‧春情〉（晚景落瓊杯）	243	✓

45		〈南歌子・晚春〉（日薄花房綻）	246	
46		〈南歌子・暮春〉（紫陌尋春去）	248	✓
47		〈望江南・暮春〉（春已老）	249	✓
48		〈望江南・暮春〉（春未老）	250	✓
49		〈蝶戀花・春景〉（花褪殘紅青杏小）	256	
50		〈蝶戀花・送春〉（雨後春容清更麗）	256	✓
51		〈蝶戀花・暮春〉（籢籢無風花自䦂）	257	
52		〈哨徧・春詞〉（睡起畫堂）	265～266	✓
53		〈桃源憶故人・暮春〉（華胥夢斷人何處）	268	✓
54		〈如夢令・春思〉（手種堂前桃李）	270	✓
55		〈減字木蘭花・立春〉（春牛春杖）	272	✓
56		〈浣溪沙・春情〉（風壓輕雲貼水飛）	277	
57		〈浣溪沙・元豐七年十二月二十四日，從泗州劉倩叔遊南山〉（細雨斜風作曉寒）	277	
58		〈減字木蘭花〉（鶯初解語）	283	✓
59		〈浪淘沙〉（昨日出東城）	288	✓
60	舒亶	〈浣溪紗・和葆先春晚飲會〉（金縷歌殘紅燭稀）	318	
61	黃庭堅	〈減字木蘭花・春〉（餘寒爭令）	339	
62		〈木蘭花令〉（新年何許春光漏）	341	
63		〈清平樂〉（春歸何處）	341	✓
64		〈采桑子〉（城南城北看桃李）	355	
65		〈訴衷情〉（小桃灼灼柳鬖鬖）	359	✓
66	晁端禮	〈惜雙雙〉（天上星杓春又到）	377	
67	李元膺	〈洞仙歌・一年春物，惟梅柳間意味最深。至鶯花爛熳時，則春已衰遲，使人無復新意。予作洞仙歌，使探春者歌之，無後時之悔。〉（雪雲散盡）	389	✓
68	秦觀	〈望海潮〉（梅英疏淡）	396	
69		〈畫堂春〉（落紅鋪徑水平池）	401	✓
70		〈滿庭芳〉（曉色雲開）	405	
71		〈畫堂春・春情〉（東風吹柳日初長）	411	✓
72		〈行香子〉（樹繞村莊）	唐本冊一，頁479	✓

73		〈沁園春〉（暖日高城）	唐本冊一，頁 485	✓
74	賀鑄	〈惜餘春・踏莎行七首〉（急雨收春）	434	✓
75		〈舞迎春・迎春樂〉（雲鮮日嫩東風軟）	446	
76		〈石州引〉（薄雨初寒）	476	
77		〈蝶戀花・改徐冠卿詞〉（幾許傷春春復暮）	477	✓
78	仲殊	〈訴衷情・春詞〉（長橋春水拍堤沙）	484	✓
79	晁補之	〈八聲甘州・歷下立春〉（謂東風、定是海東來）	492	✓
80		〈訴衷情・東皋寓居　送春〉（東城南陌路歧斜）	495	✓
81		〈金鳳鉤・東皋寓居　送春〉（春辭我向何處）	495	✓
82		〈金鳳鉤・東皋寓居〉（雪消閒步花畔）	495	
83		〈江神子・集句惜春〉（雙鴛池沼水融融）	497	✓
84		〈水龍吟・次韻林聖予惜春〉（問春何苦忽忽）	497～498	✓
85		〈一叢花〉（東君密意在花心）	516	✓
86	周邦彥	〈少年遊・黃鍾〉（南都石黛掃晴山）	539	
87		〈少年遊〉（朝雲漠漠散輕絲）	539	
88		〈望江南・大石〉（遊妓散）	540	
89		〈第三〉（樓上晴天碧四垂）	540	
90		〈黃鸝遶碧樹・雙調　春情〉（雙闕籠嘉氣）	554	
91	謝逸	〈蝶戀花〉（豆蔻梢頭春色淺）	579	
92		〈菩薩蠻〉（喧風遲日春光鬧）	579	✓
93		〈菩薩蠻〉（縠紋波面浮鸂鶒）	579	
94		〈鵲橋仙〉（蝶飛煙草）	585	✓
95	毛滂	〈小重山・立春日欲雪〉（誰勸東風臘裏來）	606	✓
96		〈踏莎行・早春即事〉（階影紅遲）	610	
97		〈玉樓春・立春日〉（小園半夜東風轉）	612	
98		〈鵲橋仙・春院〉（紅摧綠剉）	628	

99		〈武陵春·正月七日，武都雪霽立春〉（春在前村梅雪裏）	629	✓
100		〈生查子·春日〉（日照小窗紗）	631	✓
101		〈阮郎歸·惜春〉（映階芳草淨無塵）	634	
102		〈阮郎歸〉（雨餘煙草弄春柔）	635	✓
103		〈虞美人〉（百花趕定東君去）	635	✓
104	劉燾	〈菩薩蠻·四時四首回文春〉（小紅桃臉花中笑）	642	✓
105	吳則禮	〈滿庭芳·立春〉（聲促銅壺）	684	✓
106		〈踏莎行·晚春〉（一片花飛）	685	
107	葉夢得	〈八聲甘州·正月二日作　是歲閏正月十四纔立春〉（又新正過了）	715～716	✓
108	趙子崧	〈菩薩蠻·四時四首春〉（錦如花色春殘飲）	735	✓
109	趙鼎臣	〈菩薩蠻·答伯山四時四首春〉（落花叢外風驚鵲）	736	✓
110	梅窗	〈菩薩蠻·春晚二首〉（點點花飛春恨淺）	736	✓
111	万俟詠	〈臨江仙〉（寒甚正前三五日）	749	✓
112		〈安平樂慢·都門池苑應制〉（瑞日初遲）	751	
113	田爲	〈南柯子·春思〉（團玉梅梢重）	754	
114		〈探春〉（小雨分山）	754	✓
115	朱敦儒	〈一落索〉（慣被好花留住）	793	✓
116		〈訴衷情〉（青旗綵勝又迎春）	805	✓
117	王灼	〈清平樂·塡太白應制詞〉（東風歸早）	809	✓
118		〈菩薩蠻·和令狐公子〉（風柔日薄江村路）	810	
119		〈醜奴兒〉（東風已有歸來信）	811	
120	李清照	〈好事近〉（風定落花深）	869	✓
121		〈念奴嬌·春情〉（蕭條庭院）	870	
122	呂本中	〈蝶戀花·春詞〉（巧語嬌鶯春未暮）	877	
123	趙鼎	〈點絳脣·春愁〉（香冷金爐）	879	✓
124		〈少年遊·山中送春〉（三月正當三十日）	884	✓
125		〈醉桃園·送春〉（青春不與花爲主）	885	✓
126	李邴	〈小沖山·立春〉（誰勸東風臘裏來）	887	

127	蔡伸	〈柳梢青〉（數聲鶗鴂）	冊二，頁15～16	✓
128	如晦	〈卜算子·送春〉（有意送春歸）	30	
129	吳淑姬	〈小重山·春愁〉（謝了荼蘼春事休）	33	✓
130	李彌遜	〈臨江仙·次韻葉少蘊惜春〉（試問花枝餘幾許）	47	✓
131		〈清平樂·春晚〉（一簾紅雨）	48	
132	張元幹	〈好事近〉（春色到花房）	99	✓
133	謝明遠	〈菩薩蠻〉（春風春雨花經眼）	119	✓
134	王之道	〈蝶戀花·和張文伯魏園行春〉（春入花梢紅欲半）	143	✓
135		〈桃源憶故人·追和東坡韻呈曾倅子修三首〉（逢人借問春歸處）	148	✓
136		〈桃源憶故人〉（不知春色歸何處）	148	
137		〈桃源憶故人·和張文伯送春二首〉（依依楊柳青青草）	149	
138		〈浣溪沙·春日〉（水外山光淡欲無）	157	✓
139		〈西江月·春歸〉（春色荒荒別浦）	158	
140	葛立方	〈風流子〉（夜半春陽啓）	180	
141		〈好事近·和子直惜春〉（歸日指清明）	185	
142	楊無咎	〈醉花陰〉（淋漓盡日黃梅雨）	209	✓
143	曹勛	〈二郎神〉（半陰未雨）	241	
144		〈菩薩蠻·回文〉（等閒將度三春景）	253	✓
145	史浩	〈滿庭芳·立春詞，時方獄空〉（愛日輕融）	280	✓
146		〈喜遷鶯·立春〉（譙門殘月）	283	✓
147		〈滿庭芳·立春〉（梅萼冰融）	294	
148		〈武陵春·戴昌言家姬供春盤〉（報道東皇初弭節）	298	✓
149	李石	〈長相思·暮春〉（花飛飛）	310	
150		〈烏夜啼·送春〉（繡閣和煙飛絮）	311	✓
151	康與之	〈風入松·春晚〉（一宵風雨送春歸）	318～319	
152		〈謁金門·暮春〉（春又晚）	319	
153		〈杏花天·慈寧殿春晚出遊〉（帝城柳色藏春絮）	320	

154		〈荷葉鋪水面・春遊〉（春光豔冶）	321	✓
155	曾協	〈踏莎行・春歸怨別〉（柳眼傳情）	349	✓
156	毛开	〈謁金門〉（春已半）	359	✓
157		〈玉樓春〉（日長澹澹光風轉）	359	
158		〈滿江紅〉（潑火初收）	360	✓
159	洪适	〈好事近〉（爛漫海棠花）	381	✓
160		〈生查子〉（正月到盤洲）	381～382	✓
161		〈生查子〉（二月到盤洲）	382	✓
162		〈生查子〉（三月到盤洲）	382	✓
163		〈菩薩蠻・春歸〉（牆根新筍看成竹）	393	✓
164		〈西江月・春歸〉（山路冥冥雨暗）	395	✓
165	朱淑眞	〈謁金門・春半〉（春已半）	407	
166		〈眼兒媚〉（遲遲春日弄輕柔）	408	✓
167		〈鷓鴣天〉（獨倚闌干晝日長）	408	✓
168		〈蝶戀花・送春〉（樓外垂楊千萬縷）	408	✓
169		〈西江月・春半〉（辦取舞裙歌扇）	410	
170	張掄	〈點絳脣・詠春十首〉（何處春來）	412	
171		〈點絳脣〉（昨夜東風）	412	
172		〈點絳脣〉（陽氣初生）	412	
173		〈點絳脣〉（暖日遲遲）	412	
174		〈點絳脣〉（花滿名園）	412	
175		〈點絳脣〉（春入山家）	413	
176		〈點絳脣〉（氣體沖融）	413	
177		〈點絳脣〉（樂事難并）	413	
178		〈點絳脣〉（一瞬光陰）	413	
179		〈點絳脣〉（浮世如何）	413	
180	侯寘	〈菩薩蠻・小女淑君索賦晚春詞〉（東風吹夢春醒惡）	432	
181	趙彥端	〈好事近〉（朱戶閉東風）	447	
182	王千秋	〈點絳脣・春日〉（何處春來，試煩君向垂楊看）	476	✓
183		〈點絳脣〉（何處春來，試煩君向梅梢看）	476	✓
184		〈點絳脣〉（何處春來，試煩君向釵頭看）	476	✓

185		〈點絳脣〉（何處春來，試煩君向盤中看）	476～477	✓
186	姚寬	〈怨王孫·春情〉（毿毿楊柳綠初低）	482	
187	李流謙	〈虞美人·春懷〉（一春不識春風面）	485	
188		〈謁金門·晚春〉（行不記）	485	✓
189		〈謁金門〉（春又晚）	485	
190	袁去華	〈謁金門〉（深院閉）	500	
191		〈謁金門〉（春寂寂）	500	✓
192	曹冠	〈喜朝天（即〈踏莎行〉）（翠老紅稀）	532	✓
193		〈宴桃源〉（廉纖小雨養花天）	536	✓
194		〈粉蝶兒〉（繞舍清陰）	540	✓
195	管鑑	〈臨江仙〉（三月更當三十日）	569	✓
196	陸游	〈木蘭花·立春日作〉（三年流落巴山道）	582	
197		〈朝中措〉（鼕鼕儺鼓餞流年）	582	
198	姜特立	〈畫堂春〉（故園二月正芳菲）	602	
199		〈浪淘沙〉（春事有來期）	603	✓
200		〈臨江仙〉（桃李飛花春漸老）	605	✓
201	范成大	〈朝中措·丙午立春大雪，是歲十二月九日丑時立春〉（東風半夜度關山）	611～612	✓
202		〈蝶戀花〉（春漲一篙添水面）	612	
203		〈菩薩蠻·元夕立春〉（雪林一夜收寒了）	616	
204		〈鷓鴣天〉（嫩綠重重看得成）	618	✓
205		〈眼兒媚·萍鄉道中乍晴，臥輿中，困甚，小憩柳塘〉（酣酣日腳紫煙浮）	622	✓
206		〈謁金門·宜春道中野塘春水可喜，有懷舊隱〉（塘水碧）	622	✓
207	謝懋	〈杏花天·春思〉（海棠枝上東風軟）	634	
208	沈瀛	〈念奴嬌〉（陽春布暖）	636	
209	楊萬里	〈憶秦娥·初春〉（新春早）	653	
210	李洪	〈浣溪沙·暮春〉（掃地燒香絕點塵）	655	
211	朱熹	〈菩薩蠻·回文〉（晚紅飛盡春寒淺）	659	✓
212	沈瑞節	〈念奴嬌〉（湖山照影）	669	
213	張孝祥	〈蝶戀花·懷于湖〉（恰則杏花紅一樹）	678	✓
214		〈菩薩蠻·立春〉（絲金縷翠幡兒小）	690	✓

215		〈菩薩蠻〉（恰則春來春又去）	690	
216		〈減字木蘭花・二十六日立春〉（春如有意）	694	✓
217		〈驀山溪〉（雄風豪雨）	700	✓
218		〈拾翠羽〉（春入園林）	700	✓
219	李處全	〈滿庭芳・初春〉（乳燕將雛）	712	
220		〈四和香・立春〉（香雪新苞偏勝韻）	717	
221	王質	〈長相思・暮春〉（紅疏疏）	719	
222		〈江城子・宴守倅〉（柳梢無雪受風吹）	724	✓
223		〈滿江紅・春日〉（慘淡輕陰）	725	
224	丘崈	〈浣溪沙・迎春日作〉（勝子幡兒裊鬢雲）	745	
225	趙長卿	〈踏莎行・春暮〉（柳暗披風）	764	✓
226		〈南歌子・早春〉（春色烘衣暖）	764	✓
227		〈蝶戀花・春深〉（宿雨新晴天色好）	764～765	
228		〈鷓鴣天・春暮〉（蜂蜜釀成花已飛）	765	
229		〈青玉案・春暮〉（天涯目斷江南路）	765～766	✓
230		〈驀山溪・早春〉（曉來雨霽）	766	✓
231		〈蝶戀花・暮春〉（芍藥開殘春已盡）	766	
232		〈虞美人・深春〉（冰塘淺綠生芳草）	766	✓
233		〈臨江仙・暮春〉（春事猶餘十日）	767	✓
234		〈南歌子・春暮送別〉（枝上紅飛盡）	767	
235		〈點絳脣・早春〉（春到垂楊）	768	✓
236		〈點將脣・春半〉（輕暖輕寒）	768	✓
237		〈點將脣・春暮〉（啼鳥喃喃）	768	
238		〈小重山・殘春〉（綠樹陰陰春已休）	769	✓
239		〈南歌子・暮春值雨〉（黯靄陰雲覆）	771	✓
240		〈浣溪沙・春暮〉（柳老拋綿春已深）	771	
241		〈浣溪沙・早春〉（不憤江梅噴暗香）	771	
242		〈長相思・春濃〉（花飛飛）	772	✓
243		〈探春令・早春〉（笙歌間錯華筵啓）	772	
244		〈菩薩蠻・春深〉（赤闌干外桃花雨）	772	✓
245		〈醜奴兒・春殘〉（牡丹已過酴醾謝）	772	
246		〈更漏子・暮春〉（日彤彤）	773	✓

247		〈蝶戀花·春殘〉（綠盡燒痕芳草遍）	773	
248		〈探春令·尋春〉（新元纔過）	773	
249		〈探春令·立春〉（數聲回雁）	773	✓
250		〈青玉案·殘春〉（梅黃又見纖纖雨）	775	✓
251		〈阮郎歸·咏春〉（和風暖日小層樓）	776	
252		〈玉樓春·春半〉（江村百六春強半）	776	✓
253		〈謁金門·暮春〉（風又雨）	776	✓
254		〈柳梢青·春詞〉（桃杏舒紅）	778	✓
255	京鏜	〈漢宮春·元宵十四夜作，是日立春〉（暖律初回）	834	
256	張震	〈蝶戀花·惜春〉（梅子初青春已暮）	840	
257		〈鷓鴣天·春暮〉（橫素橋邊景最佳）	840	✓
258	王炎	〈點絳脣·崇陽野次〉（雨淫東風）	842	✓
259		〈南鄉子·甲戌正月〉（雲淡日曨明）	844	✓
260		〈憶秦娥·甲戌賞春〉（臙脂點）	844	
261		〈木蘭花慢·暮春時在分寧〉（博山香霧冷）	846	✓
262		〈朝中措〉（杜鵑聲斷日曈曨）	847	✓
263	辛棄疾	〈摸魚兒·淳熙己亥，自湖北漕移湖南，同官王正之置酒小山亭，爲賦〉（更能消、幾番風雨）	857	✓
264		〈定風波·暮春漫興〉（少日春懷似酒濃）	873	✓
265		〈祝英臺近·晚春〉（寶釵分）	875	✓
266		〈滿江紅·暮春〉（可恨東君）	880	✓
267		〈滿江紅·暮春〉（家住江南）	882	
268		〈鷓鴣天·代人賦〉（陌上柔桑破嫩芽）〔註2〕	894～895	✓
269		〈鷓鴣天·遊鵝湖，醉書酒家壁〉（春入平原薺菜花）〔註3〕	895	
270		〈蝶戀花·戊申元日立春席間作〉（誰向椒盤簪綵勝）	899	✓

〔註2〕 唐圭璋《全宋詞》作「陌上柔條初破芽」。參見唐圭璋所編《全宋詞》（北京：中華書局，1965 年 6 月第一版），冊三，頁 1898。
〔註3〕 唐圭璋《全宋詞》作「春日平原薺菜花」。參見唐圭璋所編《全宋詞》，同上註，冊三，頁 1898。

271		〈好事近・席上和王道夫賦元夕立春〉〔註4〕（綵勝鬪華燈）	901	✓
272		〈惜分飛・春思〉〔註5〕（翡翠樓前芳草路）	905	
273		〈粉蝶兒・和趙晉臣敷文賦落梅〉〔註6〕（昨日春如）	917	✓
274		〈漢宮春・立春日〉（春已歸來）	919	✓
275		〈山花子・答傅岩叟酬春之約〉（豔杏矢桃兩行排）〔註7〕	924	
276		〈祝英臺近〉（綠楊堤）	942	✓
277		〈滿江紅〉（點火櫻桃）	956	✓
278		〈鵲橋仙・春晚〉（贏欲讀書已懶）	970～971	
279		〈踏莎行・春日有感〉（萱草齊階）	979	✓
280		〈好事近・春日郊遊〉（春動酒旗風）	980	
281		〈好事近〉（花月賞心天）	980	
282		〈好事近〉（春意滿西湖）	980	
283	趙善扛	〈重疊金・春遊〉（楚宮楊柳依依碧）	984	
284		〈謁金門・春情〉（新雨霽）	985	✓
285		〈喜遷鶯・春宴〉（韶華駘蕩）	986	✓
286	趙善括	〈摸魚兒・和辛幼安韻〉（喜連宵、四郊春雨）	990	✓
287		〈摸魚兒〉（被楊花、帶將春去）	990	
288		〈好事近・春暮〉（風雨做春愁）	991	
289		〈朝中措・惜春〉（東君著意在枝頭）	992	✓
290	程垓	〈上平西・惜春〉（愛春歸）	冊三，頁3	✓
291		〈瑞鷓鴣・春日南園〉（門前楊柳綠成陰）	11	✓

〔註4〕唐圭璋《全宋詞》作「元夕立春」。參見唐圭璋所編《全宋詞》，同註2，冊三，頁1905。

〔註5〕唐圭璋《全宋詞》在詞牌下有標明詞題：「春思」。參見唐圭璋所編《全宋詞》，同註2，冊三，頁1908。此闋詞的題序亦歸入本論文詠春詞題序數量統計。

〔註6〕唐圭璋《全宋詞》作「和晉臣賦落花」。參見唐圭璋所編《全宋詞》，同註2，冊三，頁1919。

〔註7〕唐圭璋《全宋詞》作〈浣溪沙・偶作〉（豔杏天桃兩行排）。參見唐圭璋所編《全宋詞》，同註2，冊三，頁1925。

292		〈望秦川・早春感懷〉（柳弱眠初醒）	13	✓
293		〈南歌子・早春〉（梅塢飛香定）	14	
294		〈謁金門・陪蘇子重諸友飲東山〉（烏帽側）	16	
295		〈蝶戀花・春風一夕浩蕩，曉來柳色一新〉（寒意勒花春未足）	16	✓
296		〈蝶戀花・自東江乘晴過蠹頤渚園小飲〉（晴帶溪光春自媚）	16	✓
297		〈蝶戀花〉（晴日溪山春可數）	17	
298		〈菩薩蠻〉（和風暖日西郊路）	17	
299		〈菩薩蠻〉（春回綠野煙光薄）	17	
300		〈菩薩蠻・訪江東外家作〉（畫橋拍拍春江綠）	17	✓
301		〈菩薩蠻〉（平蕪冉冉連雲綠）	18	✓
302	陳三聘	〈朝中措・丙午立春大雪，是歲十二月九日丑時立春〉（朝來和氣滿西山）	39	✓
303		〈菩薩蠻・元夕立春〉（春城辦得紅藥了）	44	
304		〈菩薩蠻〉（楊花滿院飛紅索）	44	✓
305	石孝友	〈菩薩蠻〉（雪香白盡江南隴）	60	✓
306		〈清平樂・送同舍周智隆〉（惱花風雨）	62	
307		〈驀山溪〉（鶯鶯燕燕）	69	
308	劉光祖	〈踏莎行・春暮〉（掃徑花零）	80	✓
309	馬子嚴	〈賀聖朝・春遊〉（遊人拾翠不知遠）	84	✓
310		〈海棠春・春景〉（柳腰暗怯花風弱）	84	
311		〈歸朝歡・春遊〉（聽得提壺沽美酒）	84	
312		〈孤鸞・早春〉（沙堤香軟）	84	✓
313		〈阮郎歸・西湖春暮〉（清明寒食不多時）	84	
314	趙師俠	〈水調歌頭・癸卯信豐迓春〉（韶華能幾許）	87	✓
315		〈滿江紅・丁巳和濟時幾宜迓春〉（去去春光）	89	✓
316		〈蝶戀花・戊戌和鄧南秀〉（柳眼窺春漸吐）	92	✓
317		〈柳梢青・祭戶立春〉（節物推移）	94	✓
318		〈浣溪沙・癸巳豫章〉（日麗風和春晝長）	95	✓

319		〈少年遊〉（冰霜凝凍臘殘時）	104	✓
320		〈小重山・農人以夜雨晝晴爲夜春〉（樂歲農家喜夜春）	104	
321		〈行香子〉（春日遲遲）	106	✓
322		〈卜算子・立石道中〉（晴日斂春泥）	106～107	✓
323	陳亮	〈水龍吟・春恨〉（鬧花深處層樓）	120	✓
324		〈虞美人・春愁〉（東風蕩颺輕雲縷）	120	
325		〈思佳客・春感〉（花拂闌干柳拂空）	120	
326	楊炎正	〈秦樓月〉（東風寂）	128	✓
327		〈浣溪沙〉（楊柳籠煙裊嫩黃）	128	
328	章良能	〈小重山〉（柳暗花明春事深）	136	✓
329	劉過	〈賀新郎・春思〉（院宇重重掩）	159	✓
330	蔡幼學	〈好事近・送春〉（日日惜春殘）	168	✓
331	汪莘	〈漢宮春〉（春色平分）	204	
332		〈小重山〉（居士情懷愛小春）	204～205	✓
333		〈卜算子・立春日賦〉（夏則飲紅泉）	209	
334		〈好事近・春有三變，曰：孟、仲、季。天分四象，曰：曉、夕、晝、夜。自是而出，有不可勝言者矣。約而賦之，凡七篇〉（風日未全春）	209	
335		〈好事近〉（春早不知春）	210	
336		〈好事近〉（風雨打黃昏）	210	
337		〈好事近〉（閬苑夢回時）	210	
338		〈好事近〉（夾岸隘桃花）	210	
339		〈好事近〉（天宇綠無雲）	210	
340		〈好事近〉（月落畫橋西）	210	
341	吳琚	〈柳梢青・元月立春〉（綵仗鞭春）	214	✓
342	杜旟	〈鷟山溪・春〉（春風如客）	216～217	✓
343	張履信	〈柳梢青〉（雨歇桃繁）	224	✓
344	徐瑒	〈謁金門〉（春欲半）	225	✓
345	郭應祥	〈菩薩蠻・立春日〉（雪銷未久寒猶力）	226	✓
346		〈鵲橋仙・□□立春〉（泥牛擊罷）	236	✓
347		〈鵲橋仙・丙寅除夕立春，骨肉團聚，是夕大雪〉	237	

348		〈柳梢青・兩邑大夫鞭春之集，城南主人張澧州有詞，次其韻〉（兩令邀賓）	242	
349		〈好事近・二月十日作〉（春事日相催）	246	
350	韓淲	〈西江月・晚春時候〉（聞道晚春時候）	255	✓
351		〈朝中措・和吳子似〉（春濃人靜倦游嬉）	255	
352		〈浣溪沙・滿院春〉（芍藥酴醾滿院春）	256	✓
353		〈謁金門・春早湖山〉（春尚早）	264	
354	高似孫	〈鶯啼序・屈原九歌東皇太一，春之神也。其詞悽惋，含意無窮。略采其意，以度春曲〉（青旆報春來了）	282	
355	易袚	〈驀山溪・春情〉（海棠枝上）	283	✓
356	吳禮之	〈杏花天・春思〉（悶來凭得闌干暖）	287	✓
357		〈蝶戀花・春思〉（滿地落紅初過雨）	288	✓
358		〈謁金門・春晚〉（風乍扇）	288	✓
359	汪晫	〈如夢令・次韻吳郎子信殘春〉（幾點弄晴微雨）	296	✓
360	程珌	〈錦堂春・留春〉（最是元來）	303	✓
361		〈柳梢青・和齊仙留春〉（嫩綠成堆）	305	
362	史達祖	〈東風第一枝・壬戌閏臘望，雨中立癸亥春，與高賓王各賦〉（草脚愁蘇）	339	✓
363		〈玉樓春・社前一日〉（游人等得春晴也）	339	
364	高觀國	〈東風第一枝・壬戌立春日訪梅溪，雨中同賦〉（燒色回青）	375～376	✓
365		〈卜算子・泛西湖坐間寅齋同賦〉（屈指數春來）	380	✓
366	洪咨夔	〈好事近・次曹提管春行〉（二十四番風）	485	✓
367	劉鎮	〈江神子・三月晦日西湖餞春〉（送春曾到百花洲）	494	✓
368	吳泳	〈洞仙歌・惜春和李元膺〉（翠柔香嫩）	531	✓
369	嚴仁	〈賀新郎・清浪軒送春〉（碧浪搖春渚）	565	
370		〈蝶戀花・春情〉（院靜日長花氣暖）	568	✓
371		〈鷓鴣天・春思〉（病去那知春事深）	568	
372		〈玉樓春・春思〉（春風只在園西畔）	569	✓
373		〈醉桃源・春景〉（拍堤春水蘸垂楊）	569	
374		〈一落索・春懷〉（清曉鶯啼紅樹）	569	

375	劉克莊	〈卜算子〉（片片蝶衣輕）	672	
376		〈憶秦娥・暮春〉（遊人絕）	674	✓
377	趙以夫	〈探春慢・立春〉（南國收寒）	690	✓
378		〈二郎神・次方時父送春〉（一江漾淨）	699	✓
379	劉子寰	〈霜天曉角・春愁〉（橫陰漠漠）	730	
380	吳潛	〈如夢令〉（一餉園林綠就）	759	✓
381		〈如夢令〉（雨過遠山如洗）	759	✓
382		〈望江南〉（家山好，好處是三春）	759	✓
383	李曾伯	〈虞美人・己亥春〉（韶華只隔窗兒外）	822	✓
384		〈滿江紅・立春招雲岩，再和以謝之〉（草草春盤）	838～839	✓
385		〈滿江紅・和立春韻簡雲岩〉（春自何來）	839	
386	方岳	〈如夢令・春思〉（知是誰家燕子）	852	
387		〈燭影搖紅・立春日柬高內翰〉（輦路融晴）	860	✓
388		〈浣溪沙・迎春〉（看見嬌黃拂柳芽）	864	
389	徐寶之	〈沁園春・春寒〉（水榭春寒）	867	
390	趙孟堅	〈沁園春・賞春〉（曉上畫樓）	870	
391		〈朝中措・客中感春〉（擔頭看盡百花春）	870	
392	吳文英	〈解語花・立春風雨中餞處靜〉（檐花舊滴）	899～900	✓
393		〈掃花遊・送春古江村〉（水園沁碧）	907	✓
394		〈如夢令〉（春在綠窗楊柳）	920	
395		〈如夢令〉（鞦韆爭鬧粉牆）	920	✓
396		〈祝英臺近・除夜立春〉（剪紅情）	924	✓
397	洪瑹	〈永遇樂・送春〉（歌雪徘徊）	985～986	
398		〈謁金門・春晚〉（風共雨）	986	
399	黃昇	〈賣花聲・己亥三月一日〉（鶯蝶太忽忽）	1011	
400		〈長相思・春晚〉（惜春歸）	1012	✓
401		〈蝶戀花・春感〉（百計留春春不住）	1012	✓
402		〈鷓鴣天・暮春〉（沉水香銷夢半醒）	1014	
403		〈重疊金・除日立春〉（銀幡綵勝參差剪）	1014～1015	✓
404		〈謁金門・初春〉（花事淺）	1015	

405		〈鵲橋仙‧春情〉（青林雨歇）	1015	
406	馮偉壽	〈春風裊娜‧春恨　黃鍾羽〉（被梁間雙燕）	冊四，頁 16	✓
407	張桂	〈浣溪沙〉（雨壓楊花路半乾）	24～25	✓
408	張樞	〈南歌子〉（柳戶朝雲溼）	25	
409	陳著	〈青玉案〉（青山流水迢迢去）	43	✓
410		〈賣花聲‧立春酒邊〉（殘夢騰騰）	44	
411	陳人傑	〈沁園春‧留春〉（春為誰來）	64	✓
412	陳允平	〈慢摸魚兒‧西湖送春〉（倚東風、畫闌十二）	81	
413		〈祝英臺近〉（待春來）	90	✓
414		〈謁金門〉（春欲去）	91	✓
415		〈謁金門〉（春又晚）	91	✓
416	何夢桂	〈喜遷鶯〉（留春不住）	129	✓
417		〈滿江紅〉（春色三分）	129	✓
418		〈八聲甘州‧傷春〉（倚闌干立盡）	133	
419		〈賀新郎‧再用韻傷春〉（花落風初定）	134	✓
420	趙聞禮	〈瑞鶴仙‧立春〉（凍痕消夢草）	141	
421	劉辰翁	〈江城子‧春興〉（一年春事幾何空）	165	
422		〈點絳脣‧和鄧中甫晚春〉（燕子池塘）	166	
423		〈浣溪沙‧虎溪春日〉（春日春風掠鬢鬖）	167	✓
424		〈菩薩蠻‧丁丑送春〉（殷勤欲送春歸去）	169	✓
425		〈歸國遙‧暮春遣興〉（初雨歇）	172	✓
426		〈浣溪沙‧春日即事〉（遠遠遊蜂不記家）	172	
427		〈減字木蘭花‧庚辰送春〉（送春待曉）	173	✓
428		〈山花子‧春暮〉（東風解手即天涯）	173	✓
429		〈鷓鴣天‧迎春〉（去年太歲田間土）	181	
430		〈鷓鴣天‧立春後即事〉（舊日桃符管送迎）	181	
431		〈青玉案‧暮春旅懷〉（無腸可斷聽花雨）	181	✓
432		〈燭影搖紅‧立春日雪，和秋崖韻〉（春日江郊）	183	
433		〈蘭陵王‧丙子送春〉（送春去）	187	✓
434		〈虞美人‧客中送春〉（樓臺煙雨朱門悄）	191	✓

435		〈虞美人・春曉〉（輕衫倚望春晴穩）	192	✓
436		〈八聲甘州・送春韻〉（看飄飄、萬里去東流）	196	✓
437		〈沁園春・送春〉（春汝歸歟）	205	✓
438		〈摸魚兒・甲午送春〉（又非他、今年晴少）	216	✓
439		〈謁金門・惜春〉（風又雨）	219～220	
440	周密	〈東風第一枝・早春賦〉（草夢初回）	230～231	✓
441		〈風入松・立春日即席次寄閒韻〉（柳梢煙軟已璁瓏）	241	
442		〈探芳訊・西泠春感〉（步晴晝）	253～254	✓
443	趙文	〈阮郎歸・惜春用前韻〉（舞紅一架欲生衣）	279	
444		〈蘇幕遮・春情〉（綠秧平）	279	✓
445	趙功可	〈氐州第一・次韻送春〉（楊柳樓深）	284～285	✓
446	王沂孫	〈一萼紅・初春懷舊〉（小庭深）	315	
447		〈鎖窗寒・春思〉（趁酒梨花）	319	
448		〈鎖窗寒・春寒〉（料峭東風）	320	✓
449		〈摸魚兒〉（洗芳林、夜來風雨）	320	✓
450	趙必瑑	〈綺羅香・和百里春暮遊南山〉（辦一枝藤）	334	
451		〈風流子・別贛上故人用美成韻〉（春光纔一半）	335	✓
452	黎廷瑞	〈朝中措・送春〉（游絲千萬暖風柔）	343	✓
453		〈清平樂・雨中春懷呈準軒〉（清明寒食）	345	
454	仇遠	〈探芳信・和草窗西湖春感詩〉〔註8〕（坐清晝）	360	
455		〈減字木蘭花〉（一番春暮）	365	✓
456	蔣捷	〈喜遷鶯・暮春〉（游絲纖弱）	388	
457		〈最高樓・催春〉（新春景）	393	
458		〈解佩令・春〉（春晴也好）	394	✓
459		〈步蟾宮・春景〉（玉窗掣鎖香雲漲）	397	

〔註8〕唐圭璋《全宋詞》詞題作「和草窗西湖春感詩」。參見唐圭璋所編《全宋詞》，同註2，冊五，頁3405。

460		〈粉蝶兒·殘春〉（啼鴂聲中）	398	✓
461		〈秋夜雨·蔣正夫令作春夏冬各一闋，次前韻〉（金衣露溼鶯喉嚲）	402	✓
462	陳德武	〈慶春宮·立春〉（風送深冬）	408	✓
463		〈蝶戀花·送春〉（昨夜狂風今日雨）	410	✓
464		〈浣溪沙·送春〉（月落桐梢杜宇啼）	410	✓
465	張炎	〈高陽臺·西湖春感〉（接葉巢鶯）	414	✓
466		〈風入松·春游〉（一春不是不尋春）	431	✓
467	劉將孫	〈八聲甘州·送春〉（又江南、三月更明朝）	468	✓
468	劉鉉	〈蝶戀花·送春〉（人自憐春未去）	475	
469	胡浩然	〈春霽·春晴〉（遲日融和）	478	✓
470	姜个翁	〈霓裳中序第一·春晚旅寓〉（園林罷組織）	492	✓
471	李裕翁	〈摸魚兒·春光〉（計江南、許多風景）	492	✓
472	劉天迪	〈虞美人·春殘念遠〉（子規解勸春歸去）	499	✓
473	葉景山	〈感皇恩〉（春水滿池塘）	779	✓
				共引述276闋詞作

兩宋詠春詞一覽表（二）

編號	作者	詞作（詞調名與起句）	冊數、頁數	本論文中有引述之詞作
1	無名氏	〈失調名〉（曉日樓頭殘雪盡）	冊四，頁594	✓
2		〈木蘭花〉（東風昨夜歸來後）	595	
3		〈失調名〉（捏個牛兒體態）	595	✓
4		〈失調名〉（綵縷幡兒花枝小）	595	✓
5		〈拜星月〉（賀新春）	616	
6		〈錦纏道〉（燕子呢喃）	645	✓
7		〈金明池·春遊〉（瓊苑金池）	645～646	✓
8		〈迎春樂令〉（神州麗景春先到）	724	
9		〈西江月慢〉（煙籠細柳）	724	✓
10		〈一斛紅〉（斷雲漏日）	732	

11	黃夫人（宋人話本小說人物詞）	〈鷓鴣天〉（先自春光似酒濃）	745	✓
12	李季蒘（宋人依托神仙鬼怪詞）	〈木蘭花‧惜春〉（東風忽起黃昏雨）	753	✓
13	李重元	〈憶王孫‧春詞〉（萋萋芳草憶王孫）	冊二，頁 32	✓
14	周煇	〈失調名‧和人春詞〉（捲簾試約東君）	冊二，頁 609	✓
15	劉南翁	〈如夢令‧春晚〉（沒計斷春歸路）	冊四，頁 529	
16	吳氏	〈失調名‧立春〉（剪新幡兒）	冊四，頁 824	

按：（1）上表「兩宋詠春詞一覽表（二）」為無名氏詞作、宋人話本小說中人物詞、宋人依托神仙鬼怪詞，以及屬於殘句（未達一闋）等屬於詠春詞範圍的詞作，這些詞作皆不列入兩宋詠春詞的數量統計範圍，然於本論文中則有適當援引。

　　　（2）上表編號 13～16 的詞作屬於殘句。

謝　誌

　　颱風過後所帶來的旺盛西南氣流，正挾帶著呼呼的風聲，與一陣一陣滴落在屋簷上的雨聲，為總是艷陽高照的大好晴天稍稍消了一些暑氣。

　　在台南的求學生涯中，太陽總是揮霍而不吝惜的展現它的熱情。悶熱的小房間裡，書架上、床上、地上皆擺放著一堆堆的書籍，我的心情的浮躁與煩悶指數在最後這段撰寫論文的日子裡，常與小房間的溫度不相上下，然而它始終是我最厚實的港灣。我想，日後我還是會懷念起這個小窩。

　　看著這本關於春天的論文小寶寶終於誕生，期間是受到許多人的呵護與關愛的。首先必須感謝的，是我的指導教授王偉勇老師，謝謝老師在這一年繁忙的公務裡，常常提點我論文上的架構與內容上的開展，給予我許多寶貴的意見；謝謝老師總是一字一句、細心又不厭其煩的批改我的論文，也謝謝老師將我們幾位門生當作是自己的寶貝般給予我們信心與鼓勵，使這本論文得以順利完成。

　　謝謝撥冗參與論文口試的高美華老師與高雄師範大學陳宏銘老師，謝謝兩位老師對這本拙作的耐心閱讀，並對這論文給予肯定。諸如對文字詞句上的評點與指正，以及對內容上的缺失提供了其他面向上的思考角度，這些都使我對於相關論題的研究有了更廣博豐厚的

認識。

　　還要感謝與我一同走過這段求學期間的學長姐、同學與朋友們。謝謝充滿正義感又善體人意的正容，你的陪伴、勉勵，與資料上的互享，都給了我溫暖的力量；謝謝可愛的琼琇，你的細膩貼心與不時丟來的腦筋急轉彎，常常讓我的心情笑開懷；謝謝總是充滿活力的玟璇，你的認真與衝勁是我的精神指標喔；謝謝總是為大家帶來快樂的翊良，你清楚的思路常能幫我理出頭緒，還在口試當天便一大早到學校幫忙，安定我的緊張情緒；謝謝惠椀總是耐心的給我許多專業知識上的協助與解答，你與黑姊姊的幽默趕走了我的疲憊；謝謝熱心的芳祥學長借我的書籍，也解決我許多論文上的疑惑；謝謝好朋友仁淵總是願意傾聽、分享我的喜怒哀樂，除了時常蒐集笑話安撫我的焦躁不安、陪我度過低潮的心情，還不時帶我出外透氣，在東山、鹽水、柳營、玉井、甲仙、高雄、阿里山等地方，留下許多快樂的回憶，至於在生活上對我的關照與在電腦排版上給予我的協助，更是讓我感動莫名；還要謝謝從大二便相識的我親愛的室友珮君，謝謝你一直情義相挺，給我許多支持與鼓勵。此外，還要謝謝其薇、芳蓓、世耘、贈燕等同學，不斷的為我加油打氣。能在台南認識你們這些好同學、好朋友，是我的幸運，也是很幸福的一件事。

　　最後要感謝我親愛的家人，謝謝爸媽始終支持我的決定，讓我選擇我喜歡的中文系所；謝謝哥哥與妹妹的噓寒問暖，你們的肯定與鼓勵，還有對我的照顧與呵護，都化作最溫柔的敦促，讓我有繼續向前的動力。

　　謹將這本初初誕生的春天寶寶，獻給所有我敬愛的、親愛的，你們。

2006 年 7 月於台南